Du fond de sa mémoire

*

Une mystérieuse révélation

CAROL ERICSON

Du fond de sa mémoire

Traduction française de
GAËLLE BRAZON

BLACK ROSE

HARLEQUIN

Collection : BLACK ROSE

Ce roman a déjà été publié en 2019

Titre original :
DELTA FORCE DADDY

HARPERCOLLINS FRANCE
83-85, boulevard Vincent-Auriol, 75646 PARIS CEDEX 13
Service Clients — https://www.harlequin.fr/contenu/contactez-nous
ISBN 978-2-2805-2544-2 — ISSN 1950-2753

Édité par HarperCollins France.
Composition et mise en pages Nord Compo.
Imprimé en décembre 2025 par ScandBook UAB en Lituanie
en utilisant 100% d'électricité renouvelable.
Dépôt légal : janvier 2026.

FSC
www.fsc.org
MIXTE
Papier | Pour une gestion forestière responsable
FSC® C021394

Pour limiter l'empreinte environnementale de ses livres, HarperCollins France s'engage à n'utiliser que du papier fabriqué à partir de bois provenant de forêts gérées durablement et de manière responsable.

Prologue

Lorsqu'il prit appui sur sa jambe gauche, une douleur aiguë lui transperça la cheville. Il chancela sur le côté et tendit le bras pour se retenir à la paroi de la falaise. Au contact de sa paume écorchée sur les aspérités, il retint un grognement.

Il s'accroupit, tendit sa jambe blessée devant lui et étudia l'étendue rocheuse en contrebas. Même en étant pleinement valide et en ayant bu et mangé, il aurait du mal à progresser dans un paysage pareil. Assoiffé, affaibli par la faim et diminué par sa blessure à la cheville, il n'avait pas l'ombre d'une chance.

Il observa le ciel chargé de nuages gris, annonciateurs d'une pluie libératrice – et de défis supplémentaires. Songeur, il frotta sa semelle sur les rochers maculés de terre. Dès qu'il se mettrait à pleuvoir, des ruisselets d'eau allaient couler le long de ces rochers, se chargeant de particules, avant de se rejoindre pour former un flot boueux. Sa descente se transformerait en périple glissant et dangereux.

Il avait déjà vu l'un de ses hommes tomber de la falaise. Knight avait-il survécu à cette chute ? se demanda-t-il. Connaissant son équipe, il était prêt à le parier. Mais même si Asher Knight avait survécu, ceux qui les avaient piégés l'auraient sûrement achevé.

Ils n'auraient pas laissé de témoins.

Il prit une profonde inspiration et se frotta la bouche du revers de la main.

— Denver, tu croyais vraiment que ce serait facile de disparaître en Afghanistan, en plein territoire ennemi ?

Sa voix lui parut rauque et assourdie, mais elle suffit à débusquer un oiseau. Le volatile fit quelques pas rapides en battant des ailes, avant de prendre son envol et de s'élever vers les nuages menaçants. Il le regarda s'éloigner avec une pointe d'envie.

Au prix d'un effort de volonté, il se releva. Il devait persévérer, en l'honneur de Knight et des autres. Il avança sa jambe blessée et resserra les lacets de sa ranger, afin de maintenir sa cheville au maximum. Il endossa son sac et l'accrocha autour de sa taille, puis passa son fusil en bandoulière. Il ne pouvait pas se permettre de le perdre si jamais il faisait une chute.

Au premier pas, tous ses os semblèrent s'entrechoquer, et il serra les dents. Il jugea le pas suivant encore pire, mais au moins il ne bascula pas dans le vide.

Au bout de quelques mètres de mouvements saccadés, son visage se mit à ruisseler de transpiration. Les gouttelettes coulèrent dans ses yeux, et sa vision se brouilla. De toute façon, il ferait peut-être mieux d'aborder cette descente par le toucher plutôt que par la vue. Il n'avait pas besoin d'admirer le panorama, mais plutôt de ne pas basculer dans le vide.

Quelque chose bougea derrière lui, délogeant des petits cailloux qui dévalèrent la pente et vinrent marteler l'arrière de ses jambes. Avec un peu de chance, il allait provoquer une avalanche qui lui permettrait de descendre beaucoup plus vite.

— Monsieur...

Il dégaina son arme de poing, fit volte-face et la braqua sur... un garçon. Plusieurs mètres au-dessus de lui, accroché à la paroi comme une chèvre, l'enfant l'observait.

Tendu comme un arc, Denver cracha dans un pashto guttural :

— Qui es-tu ? D'où est-ce que tu débarques ?

Les yeux du garçon s'écarquillèrent, mangeant son visage émacié. Puis il leva un vieux fusil russe, le pointa sur lui et déclara :

— Soldat américain. Toi mourir aujourd'hui.

1

— Je suis désolé. Le lieutenant Knight ne se souvient pas de vous, déclara l'officier au bout du fil, avant de se racler la gorge. Mais, à vrai dire, il ne se rappelle pas grand-chose. Il n'a pas mentionné votre nom. Ça, c'est sûr. Vous êtes certaine d'être sa fiancée ?

Paige serra son portable d'une main tremblante.

— C'est insensé. Vous croyez vraiment que je m'inventerais des fiançailles avec un soldat blessé de la Delta Force ?

L'homme ne répondit pas tout de suite, et elle sentit une bouffée de rage l'envahir. Elle tenta de l'évacuer en sifflant entre ses dents, tandis qu'il reprenait :

— Je... Je suis sûr que vous êtes fiancés et que le lieutenant Knight ne tardera pas à s'en souvenir. D'après les médecins, il finira par retrouver la mémoire.

— Oh ! c'est encourageant...

Paige ferma les yeux et prit une profonde inspiration.

— Qu'a-t-il oublié d'autre ?

— Eh bien, madame, fit l'officier en toussotant. S'il l'a oublié, comment pourrait-il nous en parler ?

Elle crispa le poing sur sa cuisse.

— Vous devez connaître des détails sur sa vie. Est-ce qu'il se souvient de ça ?

— Je ne suis que le messager, madame. Je n'en sais pas long sur l'état de santé du lieutenant Knight.

Ça, c'est sûr, songea Paige en prenant le verre d'eau posé sur son bureau. Après avoir bu une gorgée, elle demanda :

— Je peux parler à ses médecins ? Je suis moi-même psychologue.

— Madame, comme vous n'êtes pas un parent proche, les médecins ne vous diront rien.

Elle grinça des dents, retenant le cri qui montait dans sa gorge.

— Il est fils unique, sa mère est morte et son père est en prison. Avec qui exactement l'équipe soignante discute-t-elle de ses soins ?

— Je l'ignore, madame. Nous vous avons appelée parce que le lieutenant Knight avait vos coordonnées dans son téléphone. Il n'y avait que votre numéro dans sa liste de contacts favoris.

— Eh bien, voilà !

Elle était sa favorite. Cela n'avait-il donc aucune importance ?

— Manifestement, c'est moi qu'il voulait que vous contactiez en cas d'urgence. J'aimerais prendre l'avion pour venir le voir. C'est possible ?

— Non, madame. Nous ne pouvons pas vous autoriser à lui rendre visite. Pas encore.

Les mots du militaire lui firent l'effet d'un coup de poing dans le ventre, et elle se plia en deux. Elle devait parler à Asher, elle devait le voir. Lorsqu'ils seraient à nouveau dans les bras l'un de l'autre, il retrouverait la mémoire.

— Pendant combien de temps encore va-t-il rester en Allemagne ?

— Je le répète, madame : il ne m'est pas permis de vous communiquer les détails de la guérison du lieutenant. J'ai reçu l'ordre de vous appeler par politesse... parce que vous êtes un *favori*.

Si seulement il cessait de dire ce mot, songea Paige avant de demander :

— Pouvez-vous au moins me dire s'il est gravement blessé ? Va-t-il se rétablir complètement ?

— Il est fort. Pour autant que je sache, il va bien physiquement et devrait se remettre. Et, madame ?

— Oui.

— C'est à titre officieux.

Une fois l'appel terminé, Paige se laissa tomber dans le fauteuil derrière son bureau et posa les mains à plat sur la surface lisse. Que signifiait tout cela ? Le fait qu'Asher soit amnésique et ne se souvienne ni d'elle ni de leur relation voulait-il dire pour autant qu'il n'y avait rien entre eux ? Que faisaient ces médecins en Allemagne pour l'aider à recouvrer la mémoire ?

Une lumière clignota au-dessus de la porte, signalant l'arrivée de la patiente suivante. Comment allait-elle pouvoir aider qui que ce soit en cet instant, alors qu'elle ne pouvait même pas s'aider elle-même ?

Elle s'extirpa de son siège, redressa les épaules et marcha résolument jusqu'à la porte. Un sourire plaqué sur le visage, elle l'ouvrit en grand.

— Entrez, Krystal.

La jeune femme ramena ses longs cheveux sur une épaule et s'avança dans la pièce d'un pas chaloupé. Elle ondulait des hanches dans une jupe moulante qu'elle devait porter pour impressionner ses michetons – des michetons qu'elle n'était plus censée avoir.

Elle posa une feuille de papier sur le bureau de Paige et la tapota d'un ongle manucuré.

— Vous pouvez signer ça maintenant ? Plus que deux séances après celle-ci, et j'aurai rempli les conditions de ma libération conditionnelle.

— J'espère que ce n'est pas tout ce que vous avez retiré de ces séances, remarqua Paige en signant le document.

— Non, non.

Krystal s'installa dans son fauteuil habituel et croisa les jambes.

— Vous avez été super.

Une fois assise en face de sa patiente, Paige lui fit un signe de tête. La jeune femme se lança alors dans le récit de sa triste vie.

Dans le flot de mots, Paige essaya d'en saisir un ou deux au vol pour comprendre les grandes lignes, même si elle avait déjà entendu le principal lors de précédentes séances.

— Alors... Vous pensez que je devrais appeler mon père ? demanda Krystal.

Paige cligna des yeux et lâcha le crayon avec lequel elle jouait. Elle se pencha, puis palpa le tapis pour gagner du temps, pour cacher sa confusion face à cette question qu'elle n'avait pas vu venir.

— Il est à côté du pied, indiqua la patiente.

— Quoi ?

— Le crayon. Il est à côté du pied gauche du fauteuil.

Le visage cramoisi, Paige tendit les doigts et les referma sur le crayon.

— Je l'ai.

Krystal haussa un de ses sourcils peints.

— Alors ? Vous pensez que je devrais appeler cette ordure ?

Paige se racla la gorge et croisa les mains sur ses cuisses.

— Vous, qu'en pensez-vous ?

— Je savais que vous alliez dire ça.

Affalée contre le dossier de son fauteuil, la jeune femme fit cliqueter ses ongles laqués les uns contre les autres.

— Pourquoi est-ce que vous répondez toujours à une question par une autre question ?

— Si vous appeliez votre père, que lui diriez-vous ?

— Je ne sais pas trop.

Krystal mordilla sa lèvre brillante de gloss.

— Je n'ai pas envie de retrouver plus de trucs sur lui.

— Plus de trucs ?

— Je sais que vous m'avez aidée avec mes souvenirs refoulés et tout ça. Me rappeler les mauvais traitements de mon père m'a vraiment aidée à y voir plus clair. Ça m'a permis de comprendre pourquoi je pensais que la prostitution était une bonne façon de gagner ma vie. Mais je crois qu'il y a peut-être encore autre chose.

La patiente essuya une larme, laissant une traînée noire sur sa joue.

— J'ai une drôle de sensation au fond de moi, comme s'il m'avait fait encore plus de mal, et j'ai peur qu'en le voyant ça fasse resurgir ces souvenirs-là. Et je n'en veux pas. Je n'en veux plus.

Paige se pencha, ses genoux frôlant ceux de sa patiente, et lui tendit une boîte de mouchoirs.

— Vous voulez que je vous dise quoi faire ? Laissez tomber. Ne lui parlez pas. Ne le voyez pas.

Après le départ de Krystal, souriante et reconnaissante, Paige rejoignit son fauteuil et se rapprocha de son ordinateur. Elle ouvrit son calendrier virtuel, puis passa le premier appel pour annuler ses rendez-vous des deux prochaines semaines.

Si les souvenirs de la jeune prostituée étaient débloqués à la seule vue de son père, ce serait peut-être également le cas pour Asher et elle.

Elle s'en voulait de faire faux bond à ses patients, mais elle en avait désormais un qui surpassait tous les autres.

Asher cala ses boots contre la balustrade du porche et plissa les yeux en direction des bois au-delà de la clairière. Les médecins devaient redouter qu'il disjoncte d'une façon ou d'une autre, parce qu'il se sentait… surveillé. Surveillé ? C'était ce que son instinct lui soufflait, en tout cas.

Il soupira et contempla le nuage de vapeur qui se formait devant sa bouche. C'était étrange comme il se rappelait toutes les compétences qu'il avait acquises au sein de la Delta Force, de même que sa dernière mission – celle qui l'avait mis dans le pétrin et avait effacé ses souvenirs –, alors que le reste de sa vie était un grand point d'interrogation.

D'après les médecins, tout finirait par lui revenir. De toute façon, il n'avait pas grand monde à retrouver : mère décédée, père en prison fédérale pour braquage de banque, pas de frères ni de sœurs, ni même d'oncles ou de tantes. Pas d'épouse.

Il jeta un coup d'œil sur son annulaire gauche. Pas de trace plus claire indiquant la présence habituelle d'une alliance.

Les médecins lui avaient dit avoir passé en revue son dossier militaire sans y trouver mention d'une femme. Pourtant, il avait l'impression d'en avoir une. En plus de ses souvenirs, quelque chose – ou quelqu'un – lui manquait.

Les personnes qui devaient en savoir plus sur lui que n'importe qui d'autre – ses coéquipiers de la Delta Force – étaient injoignables pour l'instant. Leur supérieur, le commandant Rex Denver, manquait à l'appel. Asher était bien placé pour le savoir, puisqu'il avait été présent au moment où Denver avait déserté.

L'homme à qui il avait confié sa vie, qu'il avait admiré et suivi aveuglément, avait abattu un ranger de l'armée américaine et avait poussé Asher dans le vide avant de prendre la fuite. Asher avait été secouru par une section de rangers. Il avait survécu à sa chute avec des blessures superficielles… parce que sa tête avait absorbé le plus gros de l'impact.

Il passa un doigt sur la cicatrice à l'arrière de son crâne, où les cheveux n'avaient pas encore repoussé. Ce moment où Denver avait tiré sur le ranger, avant de se retourner contre Asher et de l'envoyer en bas de la falaise, était gravé dans son esprit, alors qu'il ne se souvenait pas de sa propre famille.

Les médecins en Allemagne s'étaient efforcés de lui retracer son passé. Il en connaissait donc les grandes lignes. Il n'avait même pas été choqué d'apprendre que sa mère était morte et que son père était en prison. D'une certaine façon, ces révélations avaient trouvé un écho quelque part en lui, mais les détails restaient hors de sa portée.

On lui avait montré des photos de ses coéquipiers et il avait même été autorisé à appeler Cam, en permission à ce moment-là.

Asher gratta sa cicatrice. La conversation ne s'était pas bien passée : Cam l'avait accusé de mentir. Asher n'avait même pas eu le temps de se justifier, parce que le psychologue avait mis fin à l'appel. L'homme avait balayé le problème en qualifiant son camarade de tête brûlée, ce qui lui avait rappelé quelque chose.

Sentant une douleur remonter le long de son cou, Asher se massa pour tenter de la faire disparaître. Les médecins lui avaient déconseillé de trop forcer sa mémoire, mais qu'avait-il d'autre à faire dans cette maison de repos ? Pour l'armée, il s'agissait d'un centre de rétablissement, mais il ne se sentait pas rétabli. Il avait besoin de… quelque chose. Il ignorait ce que c'était, mais un élément central de sa vie était hors de sa portée.

Il poussa un grognement et laissa retomber ses pieds sur le sol. En réalité, l'essentiel de sa vie lui était inaccessible. S'il voulait s'en souvenir, il avait tout intérêt à prendre ses médicaments et à continuer les séances avec les psys. *Psy… Psychojolie.*

Qu'est-ce que c'était que ce mot ? se demanda-t-il en secouant la tête, en proie à une douleur lancinante. Les pensées qui lui venaient parfois à l'esprit lui donnaient l'impression de nager en plein délire.

Un éclair de lumière à travers les arbres attira son attention, et il plissa les yeux. Pour autant qu'il sache, il n'y avait pas de route dans cette partie du domaine. Un nouveau symptôme venait sûrement de s'ajouter à la liste des bizarreries qui se produisaient dans son cerveau.

Il se frotta les paupières, puis vit à nouveau la lumière briller dans la pâle lueur du soleil d'hiver. Il tourna la tête pour observer les bâtiments derrière lui. La plupart des patients faisaient la sieste après le déjeuner et le personnel en profitait pour se détendre. Il avait les lieux pour lui tout seul – tant que ses espions étaient en pause.

Alors que le phénomène se reproduisait une troisième fois, Asher se leva de sa chaise et s'étira. Il allait mener sa petite enquête, ce qui lui permettrait de se changer les idées.

Il remonta la fermeture Éclair de son blouson et enfonça les mains dans ses poches. Il avait l'impression de partir en mission, et le bout de ses doigts le picotait, mais il se sentait nu sans son arme. Il n'en aurait pas besoin pour ce qui serait probablement un objet pris dans les branches d'un arbre mais, au moins, il avait une mission.

Il traversa à grands pas la pelouse en pente douce, parsemée de chaises et de transats abandonnés à cause de l'air frais de décembre. Inquiet à l'idée que quelqu'un l'arrête, il jeta un coup d'œil par-dessus son épaule. Il n'aurait su expliquer pourquoi. Il n'était pas prisonnier, après tout. Ou bien l'était-il ?

Il courba les épaules et fila tout droit vers l'orée de la forêt. Quand il atteignit les arbres, tous ses muscles se tendirent. Son instinct, qui semblait avoir été effacé par les médicaments qu'il ingérait régulièrement, revint à la vie.

L'herbe laissa place à un épais tapis d'aiguilles de sapin, qui craquèrent sous ses semelles lorsqu'il s'avança. Où était passée la lumière ? Il l'avait aperçue une fois de plus pendant qu'il marchait, comme un phare le guidant dans la nuit.

Un bruissement de pas le fit pivoter sur la droite, et il porta aussitôt la main à sa hanche, frustré de ne pas y trouver son arme.

— Montrez-vous !

Une touche de bleu apparut au milieu des verts et des bruns de la forêt, puis une tête recouverte d'une capuche surgit de derrière un tronc d'arbre.

— Asher ?

Il déglutit et cilla. Les médecins l'avaient-ils poursuivi jusqu'ici ?

La silhouette s'écarta de l'arbre et la capuche tomba en arrière. En voyant la masse de cheveux dorés tomber sur les épaules de la femme, Asher ressentit l'étrange besoin de faire courir ses doigts dans les mèches soyeuses.

— Asher, c'est moi.

Sans lâcher le tronc, elle se pencha sur le côté et tendit la main vers lui, comme pour amadouer un animal sauvage.

— C'est Paige. Tu te souviens ?

Paige ? Sa voix lui fit l'effet d'un ruisseau d'eau fraîche coulant sur des rochers. Il sentit alors une violente douleur lui traverser le crâne, et il frotta sa cicatrice pour tenter de la calmer.

La femme continuait à tendre la main d'un geste suppliant qui le toucha.

— Tu as mal, mon amour ?

Bouche bée, il la dévisagea.

— C'est… C'est une blague ?

Elle battit des paupières, mais son visage lisse resta impassible.

— Ce n'est pas une blague, Asher. Je suis ta fiancée.

— Fiancée ? Mais...

Un million d'émotions entremêlées lui traversèrent l'esprit. *Psychojolie.* Il essaya d'en retenir une au passage, mais quelque chose le piqua à la nuque. Alors qu'il abattait la main sur son cou, le beau visage devant lui disparut, et il sombra dans l'inconscience.

2

Lorsque Asher s'effondra sur le sol, Paige eut un hoquet de surprise et fit un pas en avant.

Des voix fortes et un bruit d'impact l'obligèrent à se réfugier à nouveau derrière l'arbre.

— Bon sang, Granger ! Tu étais obligé de lui balancer une fléchette ?

Reculant de plusieurs pas, Paige se mit à couvert derrière un buisson et une souche en décomposition. Elle tira sa capuche sur sa tête, puis enfonça le visage dans l'humus, dont l'odeur riche et humide lui emplit les narines.

— Arrête ton char, Lewis. Si ce type s'échappe, ça va nous retomber dessus.

— Je ne crois pas qu'il prenait le large. Où veux-tu qu'il aille ? De toute façon, avec toute la drogue qu'il a dans les veines, il ne pourrait pas aller bien loin.

Paige retint son souffle en entendant des pas s'approcher de sa cachette. Elle ne pouvait pas voir les deux hommes. Avec un peu de chance, ils ne la verraient pas non plus.

Le dénommé Granger émit un reniflement dédaigneux.

— Tu es prêt à parier là-dessus ? C'est un grand costaud, et même s'il a l'esprit embrouillé, il a toujours la condition physique d'un Delta Force.

— C'est bien là où je veux en venir, répliqua Lewis.

Le sous-bois craquait et bruissait comme si les deux hommes tiraient un tronc d'arbre.

— Tu l'as assommé, et maintenant, il faut qu'on se le coltine. On aurait simplement pu lui dire que le tournoi de ping-pong allait commencer, ou quelque chose de ce genre.

En sentant un insecte se faufiler sur son visage, Paige serra les paupières encore plus fort. Pourvu qu'il ne s'approche pas de son nez... Il ne fallait pas que ces hommes la surprennent ici, même si elle brûlait d'envie d'arracher Asher à leurs griffes.

— On ne sait pas ce qu'il voulait faire ni dans quel état d'esprit il était. Je me méfie de ces gars, et je ne compte pas perdre mon boulot, ni risquer de me faire botter les fesses par l'un d'entre eux – celui-ci en particulier.

La conversation s'interrompit, remplacée par des halètements et des jurons. Quand le silence retomba dans la forêt, Paige releva la tête et jeta un coup d'œil par-dessus la souche.

Elle rampa dans la direction opposée, même si tout son être lui hurlait de retourner vers Asher. Se souviendrait-il de leur rencontre quand il reprendrait connaissance ? Comprendrait-il ce qu'on lui avait fait ? Saurait-il garder le secret sur elle ?

Lorsqu'elle atteignit la lisière, son visage était inondé de larmes. Que faisaient-ils subir à Asher et pourquoi ? se demanda-t-elle en descendant la colline vers la voie d'accès.

Il était un héros qui avait risqué sa vie pour son pays, et ce pays le retenait désormais prisonnier, aussi captif que son esprit.

Paige longea le bas-côté du chemin en traînant des pieds. Elle ne pouvait pas aller voir la police. Elle ne pouvait pas aller voir l'armée. Si elle prévenait quelqu'un, elle risquait de mettre Asher en danger.

Avant de s'engager sur la route principale, elle regarda par-dessus son épaule en direction de la colline couverte d'arbres. Elle reviendrait.

Elle reviendrait chercher Asher, elle le ferait sortir de cette maison de fous. Après tout, elle était la fiancée d'un D-Boy.

Asher grogna et roula sur le côté. Quand il s'humecta la lèvre inférieure, il sentit un goût de terre sur sa langue. La forêt. La femme.

Une voix enjouée le tira de ses pensées.

— Ça y est, on se réveille ?

Il ouvrit un œil et distingua la silhouette robuste d'une infirmière en blouse rose. Ce n'était pas cette femme – Tabitha – qu'il avait vue dans la forêt. Comment se faisait-il qu'il se souvienne aussi bien de l'inconnue ?

Il toucha l'arrière de sa tête et pressa la main contre la cicatrice.

— Que s'est-il passé ?

— Vous avez été un peu trop ambitieux, le gronda-t-elle gentiment en agitant un doigt vers lui.

Asher ressentit une brusque envie de le mordre, mais la sensation s'évanouit aussi vite qu'elle était venue.

— Pendant que tout le monde faisait la sieste, vous avez décidé de faire un tour sur l'herbe et vous vous êtes effondré à mi-chemin.

Il grinça des dents, écrasant la terre dans sa bouche. *Vous mentez, Tabitha*, songea-t-il en se massant la tempe avec deux doigts.

— Je me souviens que je me dirigeais vers la pelouse. Je ne me rappelle pas grand-chose après ça.

Comme il essayait de se redresser, l'infirmière se précipita et se percha sur le bord du lit.

— Laissez-moi faire.

Elle passa un bras solide autour de ses épaules, enlaça son torse de l'autre et l'aida à s'asseoir.

— Et voilà...

— Comment est-ce que je suis revenu ici ?

Il rejeta les épaules en arrière, dans l'espoir de déloger la main posée sur ses pectoraux.

Elle recourba les doigts, enfonçant brièvement les ongles dans sa chair, avant de s'écarter.

— Granger et Lewis sont sortis ranger les meubles de jardin

et vous ont vu étalé dans l'herbe. Ils vous ont ramené dans votre chambre.

Asher passa la langue sur ses dents sèches et reconnut la sensation de bouche pâteuse causée par les cachets qu'on lui donnait – ceux qu'il avait jetés ce matin. Il tourna les yeux vers la fenêtre, dont les rideaux étaient ouverts. Dehors, il faisait nuit noire.

— Je me suis évanoui ? J'ai fait un malaise ? Il faisait jour quand je suis allé marcher. Du moins, c'était la fin d'après-midi.

Les cils translucides de Tabitha papillonnèrent.

— Un peu de surmenage, c'est tout, et à cause de votre... traumatisme crânien, les médecins ont pensé que ce serait mieux de vous donner un calmant.

Voilà qui n'avait rien d'étonnant, songea Asher en grattant sa mâchoire râpeuse.

— Heureusement qu'ils étaient là, Lewis et...

— Granger.

— C'est ça.

Tabitha se pencha en avant, et le bout de sa langue rose apparut entre ses dents.

— Je pourrais vous raser, si vous voulez.

Il préférait encore se laisser pousser la barbe jusqu'aux genoux.

— Je suis...

— Comment va le patient, Tabitha ? demanda le Dr Evans en entrant dans la chambre.

L'infirmière posa une main chaude et moite sur son front.

— Il est réveillé et il se sent bien. Physiquement, tout est parfait. Et je suis sûre qu'il est prêt à manger. Est-ce que vous avez faim, lieutenant ?

En repoussant les couvertures, Asher prit conscience de sa tenue pour la première fois : il était nu sous une blouse d'hôpital béante à l'avant. Qui lui avait fait l'insigne honneur de le déshabiller ? La possibilité que ce soit la soignante aux mains baladeuses le faisait frémir.

Il balaya la chambre du regard, à la recherche de ses vêtements.

— Je suis prêt à manger. Il est trop tard pour aller faire un tour au mess ?

— Pas si vite, lieutenant Knight, déclara le médecin, debout près du lit. J'aimerais procéder à quelques examens, puis faire venir le Dr Goshen pour une consultation.

— Le psy ?

Asher fit passer ses jambes par-dessus la barrière du lit, manquant percuter Tabitha au passage.

— Je vais bien. Je me suis évanoui. Je n'ai pas eu d'hallucination.

En était-il vraiment sûr ? Paige, sa fiancée, n'avait-elle été qu'une illusion ? Personne n'avait évoqué une femme dans les bois. Si elle était bien réelle, il valait mieux pour elle qu'elle se soit échappée, parce qu'elle ne serait sûrement pas la bienvenue ici.

— Votre perte de connaissance a peut-être une cause psychologique. Nous ne voulons prendre aucun risque, affirma le médecin, avant de montrer l'infirmière du pouce. Pendant qu'on va vous faire un bilan physique et mental, Tabitha peut descendre à la cuisine pour commander votre repas.

L'homme ajusta ses lunettes, avant de poursuivre :

— Vous pourrez dîner au lit, puis nous vous donnerons quelque chose pour vous assurer une bonne nuit de sommeil.

Asher sentit son sang bouillonner dans ses veines, et il serra le poing. Puis il ferma les yeux et inspira profondément. S'il faisait un scandale maintenant, ils ne le lâcheraient plus d'une semelle.

— Eh bien, ça m'a l'air d'une bonne idée.

— Bien sûr. Tabitha, aidez le lieutenant à se remettre au lit. Après m'être occupé de lui, j'irai chercher le Dr Goshen.

La femme se pencha au-dessus d'Asher, lui effleurant le bras de son sein droit, et redonna un peu de gonflant à ses oreillers.

— Ce soir, il y avait de délicieuses côtes de porc et de la purée. Je vais demander au cuisinier de vous préparer une assiette et d'ajouter un dessert.

— Ça me va, répondit-il en se remettant au lit.

Comme sa blouse remontait sur ses cuisses, Tabitha tira sur

le tissu, les doigts dangereusement proches de son entrejambe. Elle ramena ensuite les couvertures sur ses jambes, puis les borda de chaque côté de sa taille. Les mains posées à côté de ses hanches, elle demanda :

— Voulez-vous que je vous apporte autre chose avant d'aller commander votre dîner ?

— Je n'ai besoin de rien, tout va bien, Tabitha. Merci.

Il parvint même à lui adresser un petit sourire.

Bien mal lui en avait pris.

L'infirmière rosit jusqu'à la racine de ses cheveux blond vénitien.

— On va faire le nécessaire pour que ça continue... Asher.

Quand le Dr Evans revint avec le psychiatre, elle serra la cuisse d'Asher et hocha la tête d'un air encourageant.

Il supporta leur invasion de son corps et de son esprit en souriant et en gardant un ton agréable. Quand Tabitha revint avec un plateau chargé de nourriture, le Dr Goshen posa deux comprimés bleus près de l'assiette.

— Prenez-les après avoir mangé un peu, et vous serez de retour sur les rails.

Sur les rails en direction de la maison de fous ? La seule direction qu'il voulait prendre était celle menant à la forêt... et à Paige.

Paige passa les doigts dans ses cheveux humides et se laissa tomber sur le lit. Il ne l'avait vraiment pas reconnue. Ses yeux verts étaient restés vides d'expression lorsqu'il l'avait regardée. Il souffrait peut-être d'autre chose que d'amnésie.

Elle avait traité suffisamment de patients atteints de stress post-traumatique pour savoir qu'il pouvait prendre de nombreuses formes. Asher était peut-être un danger pour lui-même et pour les autres, ce qui expliquerait pourquoi l'armée le gardait ici... en captivité. Il avait peut-être essayé de déserter, comme le commandant Denver. Il était peut-être détenu ici jusqu'à sa guérison avant d'être traduit en cour martiale.

Elle roula sur le ventre et donna un coup de poing dans l'oreiller. C'était impossible. Elle avait du mal à croire que le commandant Denver soit un traître, mais apparemment Asher lui-même l'avait confirmé. Il était le seul survivant de la mission désastreuse qui avait eu pour conséquences la mort d'un ranger, la défection de Denver et la chute d'Asher, responsable de son amnésie.

Si Asher avait des ennuis avec l'armée, pourquoi les militaires ne la mettaient-ils pas au courant ? Ce serait suffisant pour la tenir à l'écart. Sa source au sein de l'armée, Terrence Elder, l'ami de son père qui était devenu le proche confident de sa mère, ne lui avait pas fait part d'une arrestation ou d'une cour martiale. Terrence avait fait jouer ses relations pour découvrir où Asher avait été envoyé après l'Allemagne. C'est ainsi que Paige avait retrouvé sa trace à Hidden Hills, une clinique de convalescence dans le Vermont.

Les coéquipiers d'Asher ne lui avaient été d'aucune aide. Quand ils l'avaient rappelée, et seuls quelques-uns l'avaient fait, ils avaient dit ignorer où se trouvait Asher et n'avaient pas semblé se préoccuper de son sort. À leurs yeux, ses accusations contre le commandant Denver étaient le summum de la trahison envers l'homme et l'équipe.

Mais Asher faisait toujours ce qui était juste. Il avait pris le contre-pied de son braqueur de père en ne déviant jamais du droit chemin. S'il était témoin d'un méfait, il le signalerait à la police – quel que soit le responsable, quelles que soient ses réserves à le faire. Elle était bien placée pour le savoir.

S'il affirmait que le commandant Denver avait tué ce ranger et poussé Asher dans le vide avant de s'enfuir, c'était ce qui s'était passé.

Mais Asher avait perdu la mémoire. Comment pouvait-il se rappeler ces événements et avoir oublié sa fiancée ? Et s'il ne se souvenait pas d'elle, il ne se souvenait pas de…

La sonnerie de son portable interrompit le fil de ses pensées. Elle le prit sur la table de chevet et décrocha.

— Salut, maman. Ça va ?

— Tout va bien. Et de ton côté ? Tu l'as vu ?

— Si on veut. C'est une longue histoire.

Paige tapota l'écran du bout du doigt.

— Tu n'utilises pas FaceTime, maman. Est-ce qu'Ivy est encore debout ? Il y a trois heures de moins chez vous.

— Je suis désolée, ma puce. Ivy est allée faire la sieste après le repas. Tu veux que je fasse le truc avec la vidéo quand elle se réveillera ?

— Ce n'est pas grave, maman. Je suis épuisée.

— Et... Asher va bien ? Tu penses que tu peux l'aider ?

Paige prit une grande inspiration.

— Oui. Je crois que je peux l'aider.

— Toute seule ? Tu devrais peut-être rentrer à la maison, Paige. Tu n'as pas besoin de tout ce stress. Laisse l'armée s'en occuper.

— Je peux gérer le stress, maman. Ne t'inquiète pas pour moi. Cette fois, c'est Asher qui a besoin d'aide, et je ne compte pas l'abandonner.

Sa mère fit claquer sa langue.

— N'en fais pas trop. Ça ne te réussit pas, d'être sous pression.

Après cette remarque, Paige mit fin à la conversation plus vite que prévu, puis s'étendit sur le lit, les yeux rivés sur le plafond.

Il était plus que temps qu'elle apprenne à supporter la pression, parce que la seule façon d'aider Asher était de le libérer de sa prison et de restaurer ses souvenirs d'elle... et de leur fille.

Le lendemain, après avoir petit-déjeuné, Paige déplia un jean propre. En haut, elle allait remettre la veste à capuche qu'elle portait la veille et qui lui avait permis de rester invisible dans la forêt. Les deux hommes ne s'étaient pas doutés un instant qu'elle se cachait juste sous leurs yeux.

Comme Asher s'était trouvé tout seul sur ce porche après le déjeuner, elle allait viser le même horaire. Allait-il suivre son signal ? Allait-il la dénoncer – comme il avait dénoncé Denver ?

Au moins, personne n'était venu à sa recherche dans la

petite ville de Mooseville où elle se terrait. Si elle parvenait à retourner dans les bois, elle serait en sécurité. Elle avait seulement besoin qu'Asher lui fasse confiance.

Pourrait-il se fier à... une inconnue ? Paige serra le jean contre sa poitrine et baissa la tête. C'était impossible, elle et Asher ne seraient jamais des inconnus l'un pour l'autre. Son amour pour lui irradiait par tous les pores de sa peau.

Quand il avait appris qu'elle était enceinte, il l'avait soulevée dans ses bras et l'avait fait tournoyer dans la pièce, même si cette grossesse était une surprise et que Paige n'était pas tout à fait... prête. Il avait toujours rêvé d'avoir une famille à lui. Et dire qu'à présent il ne se souvenait même pas qu'il en avait une...

Le nez de Paige se mit à la picoter, et elle le frotta du revers de la main. Elle n'avait pas le temps, ni pour les larmes ni pour les doutes de sa mère. Elle devait sauver son homme, en espérant qu'il coopère.

Après le déjeuner, Paige gara sa voiture de location sur un embranchement de la route principale, à l'abri des regards. Alors qu'elle marchait vers la voie d'accès, elle pencha la tête en arrière pour étudier le ciel. Le soleil brillait encore à travers les nuages, assez pour qu'elle capte quelques rayons avec son miroir et attire l'attention d'Asher, comme elle l'avait fait la veille.

Elle se faufila sur le chemin, puis gravit la colline, dont le terrain était de plus en plus inégal. Une pente raide et quelques buissons n'allaient pas la décourager. Elle était prête à traverser les flammes de l'enfer pour retrouver Asher.

Les arbres étaient plus denses, mais Paige avait marqué le trajet la veille. Les bouts de fil bleu qu'elle avait attachés tout au long du chemin la guidèrent à nouveau en direction de l'établissement perché sur la colline.

Après avoir repéré l'arbre qui lui avait servi de poste d'observation, elle sauta pour attraper la branche la plus basse. Elle se hissa, puis se mit à grimper comme un singe maladroit pour atteindre son perchoir.

Elle enleva son sac à dos et en sortit des jumelles. La pelouse était déserte. Il y avait peut-être plus d'animation aux beaux jours… À moins que cette clinique ne garde les patients drogués et enchaînés dans la cave. Les dents serrées, elle frissonna.

Un quart d'heure plus tard, sa patience fut récompensée. Asher apparut sur le porche et s'assit sur la même chaise que la veille. Elle ajusta la mise au point, et son cœur se remplit de joie. Il paraissait en bonne santé, mais un peu… apathique.

Alors qu'elle plongeait la main dans la poche intérieure de sa veste, la porte derrière Asher s'ouvrit et une infirmière sortit à son tour.

— Zut…, murmura Paige, son souffle faisant bouger les feuilles près de son visage.

Était-il sous surveillance ? Hier, ils avaient dû garder un œil sur lui, sinon ils n'auraient pas remarqué qu'il avait quitté le perron et traversé la pelouse.

Sous l'effet de la tension et de la déception, Paige avait la mâchoire douloureuse. Elle allait peut-être devoir passer par la porte d'entrée et exiger de le voir, songea-t-elle, avant de braquer à nouveau les jumelles sur le porche. Irritée, elle pinça les lèvres. Les massages faisaient-ils vraiment partie du traitement d'Asher ?

Placée derrière lui, l'infirmière lui frictionnait le haut du corps. Chaque fois qu'elle se penchait, elle glissait les mains sous son blouson et les frottait contre son torse.

Soit Asher appréciait ce qu'elle faisait, soit il était trop déconnecté pour réagir. À chaque passage, les mains de la femme descendaient plus bas, comme si elle avait l'intention de lui offrir une finition érotique.

Tournant la tête, Asher dit quelques mots, et elle s'arrêta. Avait-il eu la sensation que sa fiancée regardait ?

Quand l'infirmière retourna à l'intérieur, Paige prit son miroir. Elle parvint à capter les faibles rayons du soleil, puis fit pivoter le miroir. Asher leva la tête.

Il avait vu la lumière.

La bonne humeur de Paige s'envola une minute plus tard lorsque l'infirmière revint près d'Asher. Cette fois, elle poussait un fauteuil roulant devant elle.

Paige retint son souffle tandis que la femme aidait Asher à passer de la chaise au fauteuil. Comme il penchait sur le côté, elle l'entoura de ses bras solides pour le remettre d'aplomb. Sans le lâcher, elle abaissa le visage près du sien pour lui parler.

— Écarte-toi de lui, grommela Paige.

Après avoir étendu une couverture sur les jambes d'Asher, l'infirmière dirigea le fauteuil vers le bas de la rampe.

Si Asher avait besoin d'être bordé, il serait trop faible pour l'accompagner à travers la forêt, pensa Paige. Les yeux rivés aux jumelles, elle suivit leur progression sur la pelouse. L'infirmière poussait le fauteuil d'une main tandis qu'elle gardait l'autre posée sur l'épaule d'Asher.

Arrivés à mi-chemin, ils s'arrêtèrent. Paige poussa un juron en voyant la tenue d'Asher. Il portait une veste pour le protéger du froid, mais en dessous il n'avait qu'une blouse d'hôpital. Elle comprenait mieux la présence de cette couverture sur ses jambes. Il avait de plus gros ennuis qu'elle ne l'avait imaginé. Elle ne put retenir un sanglot. Jamais elle ne réussirait à le faire sortir d'ici dans cet état… Surtout si cette satanée infirmière ne le lâchait pas d'une semelle.

Brusquement, leurs deux têtes se relevèrent à l'unisson. La femme se tourna en direction du bâtiment d'où ils étaient sortis.

Paige braqua ses jumelles sur le porche et fit la mise au point sur un médecin qui agitait la main. Lorsqu'elle reporta son attention sur Asher et l'infirmière, elle vit celle-ci faire un signe en retour.

La femme se pencha sur Asher, lissa la couverture sur ses cuisses et la borda. Elle passa les mains sur son torse, puis lui ferma son blouson. Enfin, elle se redressa et s'éloigna à la hâte en direction du bâtiment.

Paige observa les deux soignants tandis qu'ils rentraient à l'intérieur et refermaient la porte derrière eux. Braquant à nouveau les jumelles sur Asher, elle agita le miroir.

Mais que pouvait-il faire, avec sa blouse d'hôpital et sa couverture ? Il n'avait même pas de chaussures.

Il resta immobile pendant quelques secondes, puis Paige

sentit son cœur faire un bond dans sa poitrine lorsqu'il se leva. Il attrapa la couverture qui glissait de ses cuisses, la roula en boule et la plaça dans le fauteuil. Après avoir ôté son blouson, il le disposa sur l'étoffe. De derrière et de loin, cela ressemblerait peut-être à une personne avachie contre le dossier.

Sans un regard en arrière, il se mit à courir sur la pelouse.

Paige rangea les jumelles dans son sac à dos et descendit précipitamment de l'arbre. Elle venait de poser les pieds sur l'épaisse couche d'humus lorsqu'elle entendit Asher arriver au pas de course.

— Où es-tu ? Tu es là ? Paige ?

Une vague de joie la submergea. Il s'était souvenu d'elle. Il n'avait eu besoin de la voir qu'une fois pour retrouver la mémoire.

— Ici ! Je suis ici !

Il émergea des arbres, le bas de sa blouse flottant autour de ses jambes nues, avec pour seule protection contre les aiguilles et les brindilles une paire de chaussettes.

Paige s'élança vers lui.

— Asher ! Oh ! Asher !

Il lui attrapa les mains et l'empêcha de se jeter dans ses bras.

— Il faut que tu m'aides. Il faut que tu m'emmènes loin d'ici... Qui que tu sois.

3

En entendant ces mots Paige eut l'impression de recevoir un coup de poignard en plein cœur, pourtant elle redressa les épaules et fit un pas en arrière.

— On doit traverser ce bois, puis descendre une colline escarpée. Tu pourras y arriver, habillé comme ça ?

— Je pourrais y arriver nu comme un ver, avec un bras attaché dans le dos, si ça me permettait de m'échapper d'ici. Vas-y, passe devant.

— C'est parti. Mais tu aurais mieux fait de garder ton blouson, remarqua-t-elle.

— Ce blouson va peut-être me permettre de gagner un peu de temps, si quelqu'un jette un œil par la fenêtre pour vérifier que le patient abruti de médocs est toujours en train de baver dans son fauteuil.

— Tu n'es pas sous calmants ?

— J'ai recraché les comprimés qu'on me donnait… et j'ai fait semblant.

Elle écarta une branche et la retint pour qu'il ne la prenne pas en plein visage.

— Ils ne te faisaient quand même pas assez confiance pour te donner des vêtements.

— Ils m'ont sous-estimé, répliqua Asher en accélérant le pas derrière elle. Ne t'embête pas à essayer de me faciliter le chemin. Avance, c'est tout. Je te suis.

— Physiquement, ça va ?

— Je suis fort comme un bœuf.

Il la poussa doucement dans le dos.

— Arrête de parler. Tu gaspilles ton énergie.

Au bout de quelques minutes, ils atteignirent la lisière de la forêt. Quand ils arrivèrent sur le chemin qui menait à la voie d'accès, Paige se tourna vers lui.

— Ça ira pour descendre la pente ?

— Je suis tombé d'une montagne afghane et j'ai survécu. Je crois que je peux traverser une colline boisée du Vermont.

Comme il n'avait plus besoin qu'elle le guide, il la dépassa à grands pas en attrapant sa main au passage.

— Tiens le rythme.

En voyant sa blouse bâiller dans son dos, Paige haussa les sourcils.

— Tu es tout nu là-dessous.

— Leur tentative pour me soumettre. Comme je te l'ai dit, ils m'ont sous-estimé.

Il la regarda par-dessus son épaule.

— Si tu es vraiment ma fiancée, ça ne devrait pas te choquer de voir mes fesses.

— Je ne suis pas choquée, rétorqua-t-elle en dégageant ses doigts. Et arrête de me traîner derrière toi comme ça, sinon on va finir par dégringoler en bas de cette colline.

Ils n'échangèrent pas un mot pendant la descente. Lorsqu'ils atteignirent la voie d'accès, Asher ôta ses chaussettes, désormais couvertes de terre, de petits cailloux et d'aiguilles de sapin. Il les roula en boule et les fourra dans le sac à dos de Paige.

— Je ne veux laisser aucune trace.

Alors qu'ils approchaient de la jonction avec la route principale, il ralentit le pas.

— C'est trop exposé, ici.

— La voiture est à environ huit cents mètres. Attends-moi ici, j'arrive.

Alors qu'elle commençait à s'éloigner, il l'attrapa par la main.

— Tu vas revenir ?

— Je n'ai pas fait tout ce chemin pour t'abandonner

maintenant, Asher Knight... Même si tu ne sais pas du tout qui je suis.

Paige courut jusqu'à la voiture, son sac rebondissant sur son dos. Malheureusement, elle n'avait pas prévu de vêtements pour Asher. Elle n'aurait jamais imaginé qu'elle l'aiderait à s'échapper vêtu en tout et pour tout d'une blouse d'hôpital.

Une fois près du véhicule, elle se jeta sur la portière et l'ouvrit à la volée. Elle démarra en trombe, exécuta un large demi-tour et fonça vers la voie d'accès.

La route qui s'étendait devant elle était déserte. Elle sentit une bouffée de panique l'envahir, puis elle vit Asher émerger de derrière un buisson. La gorge nouée par un sanglot, elle murmura :

— Ressaisis-toi, ma grande.

Après un nouveau demi-tour, elle s'engagea sur le bas-côté et freina. Sans attendre l'arrêt, Asher se précipita à l'intérieur.

— Fonce !

Il n'eut pas besoin de le dire deux fois. Elle mit pied au plancher, et la petite voiture de location émit un vrombissement de protestation avant de bondir vers l'avant.

Alors qu'ils dévoraient l'asphalte, Asher posa la main sur son bras.

— Ralentis. On n'a pas besoin d'une amende pour excès de vitesse.

Elle vérifia son rétroviseur et leva un peu le pied.

— Mais si on se fait arrêter, on pourra informer la police de ce qui se passe. Tu n'es pas un prisonnier. Tu n'as pas été interné.

— Vraiment ? demanda-t-il en haussant un sourcil. Je n'ai pas la moindre idée de ce qui se passe. Il s'agit de l'armée américaine, du gouvernement américain. Il suffit qu'ils racontent ce qu'ils veulent à la police, et je retomberai dans leurs griffes, je te le garantis.

Le cœur de Paige palpita violemment, et elle tenta de ravaler sa peur. Elle s'était toujours fiée aux forces de l'ordre et aux autorités. À présent, elle ne devait plus compter que sur elle-même.

Asher tourna brusquement la tête vers elle et s'appuya des deux mains au tableau de bord.

— À moins que ça ne soit ton but ? Où m'emmènes-tu ?

Fantastique, songea Paige en se mordant la lèvre inférieure. Voilà qu'elle devenait la cible d'Asher. Sa paranoïa était-elle réelle ou imaginaire ? Elle lui jeta un coup d'œil oblique. Souffrait-il d'autres troubles mentaux qu'une simple amnésie ? Ses geôliers l'avaient peut-être privé de vêtements et bourré de médicaments parce qu'il constituait bien une menace pour lui-même... et les autres.

Elle sentait le poids de son regard sur le côté de son visage. Le regard froid d'un étranger.

— C'est ça ? insista-t-il. Tu es l'une d'entre eux ?

Glacée par sa voix sèche qui lui écorchait l'oreille, elle inspira profondément. S'il était prêt à entendre raison et à réfléchir de façon logique, cela la renseignerait sur son état mental.

— Je t'emmène à mon motel. On devrait partir sitôt la note réglée. C'est une petite ville, et les employés de la clinique des horreurs vont sûrement commencer là pour te chercher.

Comme Asher hochait la tête sans desserrer les lèvres, elle poursuivit :

— Pourquoi est-ce que je te contacterais en secret, avant de t'aider à t'échapper, si j'étais de mèche avec ces gens et que j'avais l'intention de te livrer à eux ? Ce serait dans quelle optique ? Pour te tester ? Ils n'avaient pas besoin de ça. Ils t'avaient à leur merci, avec toute une batterie de médicaments pour te soumettre à leur volonté.

Il desserra les mâchoires et cligna des yeux.

— Que t'ont-ils dit à propos de ce qui s'était passé dans les bois hier ? demanda Paige. Parce que, moi, j'ai tout vu : l'un des larbins à ta poursuite, Lewis ou Granger, t'a tiré une fléchette dans le cou.

Asher plaqua la main sur le côté gauche de son cou.

— Ils ont dit que j'avais perdu connaissance.

— Oui, comme un lion perd connaissance après s'être pris plusieurs centaines de fléchettes tranquillisantes.

— Je soupçonnais quelque chose, mais je n'ai rien laissé paraître.

Il se toucha l'arrière de la tête.

— C'est toujours un peu le fouillis là-dedans, mais j'ai prétendu que tout allait bien pour avoir une autre occasion de sortir… au cas où tu reviendrais.

— Et je suis revenue.

Elle tendit la main pour la poser sur sa cuisse, mais suspendit son geste. Pour lui, elle était toujours une inconnue, même si elle avait l'intention d'y remédier.

À la place, elle attrapa la bouteille dans le porte-gobelet. Elle la secoua, faisant clapoter le liquide à l'intérieur.

— Tu veux de l'eau ? Il n'y a rien de suspect dedans… À part mes microbes.

La main d'Asher resta figée au-dessus de la bouteille pendant quelques secondes, puis il la lui arracha et la vida d'un trait.

— Désolé. Ces fichus médicaments me donnent soif.

Détournant les yeux de la route, Paige désigna ses pieds.

— Il va falloir qu'on s'occupe de ça.

— Ça, c'est le cadet de mes soucis pour l'instant… et j'en ai plus que ma part.

Une demi-heure plus tard, ils arrivèrent en périphérie de Mooseville, et Paige tapota l'épaule d'Asher.

— Dans environ cinq minutes, il faudra que tu te fasses discret, le temps de traverser la ville. Mon motel est en retrait de la rue principale. Aucun problème pour te faire entrer discrètement.

— Je ne vais nulle part assis dans cette voiture.

— Pardon ?

Elle avait toujours dû composer avec l'entêtement d'Asher, mais combiné à l'amnésie et à la peur, ce trait de caractère prenait des proportions astronomiques.

— C'est trop risqué, répondit-il. Gare-toi, et je vais me cacher dans le coffre.

— Dans le coffre ?

Paige observa son grand corps, inchangé malgré des semaines de captivité et d'alitement.

— Je me ferai tout petit, affirma-t-il. Je ne veux pas courir le risque que quelqu'un me voie.

Après s'être garée, elle déclencha l'ouverture du coffre. Ils sortirent de la voiture, puis elle ouvrit le hayon.

— Fais comme chez toi.

— Comparé à mon lit d'hôpital, ça ressemble au paradis.

Asher s'installa à l'intérieur, et la blouse s'entrebâilla, dévoilant son magnifique fessier.

— Attends que je te couvre un peu, murmura-t-elle.

Elle tira le tissu sur ses cuisses, effleurant sa peau froide du bout des doigts. Alors qu'elle commençait à retirer son manteau, il la stoppa.

— Garde-le. Tu ne dois pas avoir l'air différente de quand tu es partie. Vas-y, ferme.

Paige claqua le hayon sur Asher, recroquevillé en position fœtale. Elle pouvait y arriver, quoi qu'en pense sa mère.

Elle traversa la petite ville tranquille et se gara devant la porte de sa chambre.

— Je suis arrivée au motel, cria-t-elle par-dessus son épaule. Je vais chercher mes affaires et régler la note.

Asher acquiesça d'une voix étouffée, et elle sortit de la voiture. Il ne lui fallut que dix minutes pour préparer ses bagages. Elle ouvrit le réfrigérateur et en sortit trois bouteilles d'eau, ainsi que le reste de son sandwich de la veille, qu'elle fourra dans un sac en plastique.

Tout en balançant la clé de la chambre au bout de son doigt, elle se dirigea à grands pas vers la réception. Quand elle poussa la porte, une sonnette tinta.

Charlie, le propriétaire du motel, passa la tête au coin du bureau. En la voyant, il écarquilla les yeux.

— Vous feriez mieux de partir en vitesse.

Bouche bée, Paige lâcha la clé.

— Pourquoi ?

— Ils vous cherchent.

— Qui ? demanda-t-elle, sentant la peur la gagner.

— Les gens de la clinique sur la colline.

Charlie regarda de tous les côtés comme s'ils n'étaient pas seuls dans la pièce.

— Des types du gouvernement.

Paige se baissa pour ramasser la clé et la posa sur le comptoir.

— Ils connaissent mon nom ?

— Le vôtre… et d'autres.

Après avoir récupéré la clé, il la laissa tomber dans un tiroir.

— Ils ont débarqué ici et m'ont posé des questions sur untel et untel – surtout des hommes – mais ensuite ils ont mentionné votre nom, Paige Sterling. Ils ont dit que vous utilisiez peut-être Paige Knight.

— Que voulaient-ils savoir ? demanda-t-elle, les doigts crispés sur la sangle de son sac à main.

— Si vous étiez passée ici, si vous aviez pris une chambre.

Elle tourna la tête pour jeter un regard vers le parking et sa voiture de location, dans le coffre duquel se cachait un soldat de la Delta Force.

— Et vous avez dit… ?

Charlie croisa les bras et plissa les yeux.

— Je leur ai dit qu'ils devaient revenir avec la police et un mandat de perquisition s'ils voulaient avoir accès aux noms de mes clients. J'ai aussi dit qu'aucune femme célibataire ne séjournait ici.

— Merci, Charlie. Je ne suis pas mêlée à quoi que ce soit d'illégal.

Il agita la main.

— Je ne fais pas confiance à ces gars-là. Je ne leur donnerais même pas l'heure s'ils me la demandaient.

— Moi non plus, je ne leur fais pas confiance. Je m'en vais. Vous pouvez débiter le prix de la chambre sur la carte bleue que j'ai utilisée.

— Ce sera fait. Dommage que j'aie déjà pris l'empreinte. La transaction peut être tracée, maintenant.

— Quand je suis arrivée ici, je ne savais pas...

Elle secoua la tête.

— Tant pis.

— Soyez prudente.

En sortant, Paige claqua la porte plus fort qu'elle n'en avait eu l'intention et courut jusqu'à sa voiture. Elle lança sa valise et son sac sur la banquette arrière, puis se glissa au volant. Tournant la tête, elle lança :

— Ils sont déjà à ma recherche, et je ne suis pas la seule sur leur liste. Ils ont dû comprendre que tu avais eu de l'aide. Le propriétaire du motel ne leur a rien dit, alors ils ne peuvent pas savoir que c'est moi qui suis ici.

Un coup résonna dans le coffre, indiquant qu'Asher avait entendu.

Paige sortit du parking dans un crissement de pneus et prit la direction de la ville à toute allure. Alors qu'elle tournait dans la rue principale, elle demanda :

— Tu peux taper encore une fois quelque part, pour me montrer que tu es toujours vivant ?

Un autre coup répondit à sa requête, mais ne fit rien pour calmer son anxiété.

— Dès que j'en ai l'occasion, je te fais sortir de là. Il faut qu'on trouve une destination.

À l'unique feu tricolore de la ville, elle s'arrêta derrière une camionnette blanche. Lorsque le feu passa au vert, elle leva le pied du frein pour le placer au-dessus de l'accélérateur, et la voiture avança légèrement.

Comme la camionnette n'avait pas bougé, Paige dut piler. La voiture piqua du nez, avant de rebondir en arrière.

— Désolée, mais il y a un idiot qui n'avance pas.

Elle posa la main sur le klaxon au milieu du volant.

— Je lui laisse deux secondes de plus.

En moins d'une seconde, les portières arrière de la camionnette s'ouvrirent tandis qu'un homme massif vêtu d'une blouse d'aide-soignant émergeait du siège passager.

Il la dévisagea d'un air menaçant et s'élança vers elle.

— Oh non, Asher ! s'exclama-t-elle. Ce sont eux. Ils nous ont retrouvés.

4

Une décharge d'adrénaline traversa Asher quand il entendit Paige hurler. Il fallait qu'elle s'échappe, qu'elle déplace la voiture, ragea-t-il intérieurement. À moins qu'ils ne l'aient prise en étau... Un véhicule devant et un autre derrière qu'elle n'aurait pas remarqués ?

Il tapa du poing sur le plafond de sa prison. La voiture bondit en arrière, et il se cogna la tête contre le côté du coffre. Aucune importance. Ils étaient en mouvement.

Il entendit un homme crier. La voix ressemblait à celle du grand dadais de la clinique, Granger. Les pneus crissèrent et une odeur de caoutchouc brûlé lui envahit les narines.

La voiture fit une embardée à gauche. C'était comme d'être sur un manège de parc d'attractions plongé dans l'obscurité, réservant une surprise à chaque virage, songea Asher.

Paige avait dû enfoncer l'accélérateur : la voiture jaillit vers l'avant et les roues arrière dérapèrent. Alors qu'elle prenait de la vitesse, un bruit fracassant résonna à l'extérieur. Asher se crispa dans l'attente de l'impact et cala ses pieds nus contre le côté du coffre... mais rien ne se produisit.

Le véhicule rebondit sur une bosse, puis plus rien. Ils continuèrent à rouler.

— Paige. Paige, tu m'entends ?

Quelques secondes plus tard, il entendit le son le plus agréable qui soit.

— On est tirés d'affaire. La camionnette qui m'empêchait de passer a été emboutie par une autre voiture.

Asher expulsa l'air de ses poumons douloureux dans l'espace confiné du coffre.

— Éloigne-toi le plus loin possible d'ici et roule vers le sud. Tu peux faire ça ?

Paige n'avait peut-être plus assez de souffle pour répondre mais, tant que la voiture continuait à rouler, il la laissait gérer la situation.

Parce que sa... fiancée s'était montrée plus que compétente. En fait, c'était une vraie dure à cuire.

Ils devaient rouler depuis une trentaine de minutes au moins lorsque la voiture ralentit. Elle cahota sur un terrain inégal avant de s'arrêter.

Lorsque Paige ouvrit le hayon, la lumière obligea Asher à cligner des yeux.

— Ça va ? lancèrent-ils à l'unisson.

Il reprit la parole en premier :

— Je vais bien. Que s'est-il passé là-bas, bon sang ?

Il déplia les genoux, se redressa, puis s'extirpa du coffre.

— Tu as besoin de te dégourdir les jambes avant de reprendre la route ? demanda Paige.

— Je veux seulement quitter cet endroit au plus vite.

Malgré les cailloux et des brindilles qui lui attaquaient la plante des pieds, il se précipita vers la portière avant.

Paige s'installa au volant et monta le chauffage.

— Tu dois être frigorifié.

— Je n'avais pas remarqué... jusqu'à maintenant, répondit-il en se frottant les bras. Tu vas me raconter ce qui s'est passé ?

La tête tournée par-dessus son épaule, elle fit marche arrière et rejoignit la route.

— En arrivant au seul feu de Mooseville, je me suis arrêtée derrière une camionnette blanche. Quand c'est passé au vert, elle n'a pas avancé. Je m'apprêtais à la contourner quand deux types en blouses en ont jailli. J'ai tout de suite compris qui ils étaient. Ils avaient sûrement prévu que je débarque – ou l'un de tes amis sur leur liste. Ils devaient avoir ma photo, et quand ils m'ont reconnue, ils sont passés à l'action.

— Et maintenant, ils savent qui m'a aidé.

Et ils savaient que Paige était liée à lui d'une façon ou d'une autre. Sa fiancée.

— Comment as-tu réussi à leur échapper ?

— J'ai reculé et ils sont remontés dans la camionnette, mais ils n'ont pas fait attention. Le feu avait changé et une autre voiture les a percutés de plein fouet.

Avec un petit sourire narquois, elle conclut :

— Crois-moi, cette camionnette ne risque pas de nous suivre.

— Ça nous permet de gagner un peu de temps.

— Il faut qu'on te trouve des vêtements… et de quoi manger. Tu as faim ?

— Pas du tout, répondit Asher, avant de donner un petit coup sec sur la vitre. Je ne sais pas où on va acheter quoi que ce soit au beau milieu de nulle part.

— On n'est pas vraiment au milieu de nulle part. Tu vois ces montagnes ? Il y a une station de ski là-haut, qui est ouverte malgré le manque de neige. Pour l'instant, ils fabriquent de la neige artificielle, mais normalement la météo devrait leur être favorable d'ici un ou deux jours, à temps pour les vacances de Noël.

— Tu connais le coin ?

— Non. Pourquoi est-ce que je connaîtrais le coin alors que je suis de Las Vegas ?

Paige s'interrompit, se mordit la lèvre, puis reprit :

— Mais tu ne sais pas que je suis de Las Vegas, n'est-ce pas ?

Il tendit brusquement le bras pour lui toucher le poignet.

— Non, mais je vais finir par m'en souvenir. Tu me raconteras tout.

Elle esquissa un sourire tremblant.

— J'ai hâte.

Asher reposa la main sur sa cuisse, en proie à une légère culpabilité. Il l'avait touchée de façon délibérée, parce qu'il avait perçu son chagrin. Le fait qu'il ait perdu la mémoire devait être pire pour elle que pour lui. Au moins, il ne savait pas ce qui lui manquait.

Ce devait être une véritable épreuve de regarder dans les yeux de quelqu'un qui était censé vous aimer et de n'y trouver aucun éclair de reconnaissance, aucun sentiment.

Il tourna le regard vers la fenêtre. Ce serait faux de parler d'une absence totale de sentiments. Même enfermé dans le coffre, il avait éprouvé un immense besoin de protéger cette femme quand elle s'était retrouvée en danger. C'était peut-être normal étant donné les circonstances, mais lorsqu'il l'avait vue dans les bois, il avait déjà senti son cœur battre plus fort.

Il allait retrouver ses souvenirs. D'après ce qu'il avait vu de Paige jusqu'ici, il avait très bon goût en matière de femmes.

— Combien de temps faut-il pour arriver à la station de ski ? Et tu penses que tu pourras trouver une boutique avant la fermeture pour me prendre des vêtements ?

— Une heure, peut-être. Je connais tes tailles, ne t'inquiète pas, le rassura-t-elle, avant de froncer les sourcils. Tu crois qu'on prend un risque ? Est-ce qu'ils auraient la moindre raison de nous suivre jusque là-bas ?

— Bon sang, je n'en sais rien. Je ne sais même pas pourquoi ils voudraient me suivre. Qu'est-ce qu'ils me veulent ?

— J'espérais que tu me le dirais. Tout ce que je voulais, c'était te rendre visite, mais l'officier qui m'a appelée a refusé de m'indiquer où tu étais. Il ne voulait pas croire que j'étais ta fiancée.

— Pourquoi t'a-t-il contactée ?

— Dès que j'ai su pour ton accident, j'ai passé un coup de fil à l'armée pour essayer de te localiser. C'est l'un de tes coéquipiers qui m'a prévenue par téléphone, mais il ne m'a pas donné beaucoup de détails. L'armée a fini par me rappeler après avoir trouvé mon nom et mon numéro dans tes contacts favoris.

Elle déplia les doigts sur le volant, puis l'agrippa à nouveau.

— Que s'est-il passé, Asher ? Est-ce que tu t'en souviens ?

— C'est bien ça qui est bizarre, répondit-il en se grattant la mâchoire. Je me rappelle ce qui s'est passé juste avant de tomber.

— C'est étrange, en effet.

Il tourna brusquement la tête vers elle.

— Tu trouves, toi aussi ?

— Étant donné que tu ne sais rien de moi, tu ignores que je suis psychologue. Je m'occupe de nombreux cas de stress post-traumatique et de souvenirs refoulés.

Asher haussa les sourcils.

— Ça tombe bien... Une psy. Psychojolie.

Elle fit une embardée.

— Pourquoi as-tu dit ça ?

— Psychojolie ? Je ne sais pas. Ce drôle de truc me vient à l'esprit chaque fois que je dis ou que j'entends le mot « psy ».

Il étudia le profil de Paige, son nez légèrement retroussé et son menton volontaire.

— Pourquoi ?

— Quand j'ai terminé mon internat et que j'ai commencé à exercer, c'est comme ça que tu m'appelais.

Elle s'humecta les lèvres.

— Tu t'en es souvenu tout seul.

— Oui, en effet. C'est super. Tout va finir par me revenir, n'est-ce pas ?

— Je peux t'aider, Asher, affirma Paige, la tête baissée. Je peux t'aider à récupérer tes souvenirs. Apparemment, ta lésion au cerveau n'est pas permanente si un surnom t'est revenu en tête aussi vite. Les médecins ont-ils parlé d'une blessure permanente ?

— Non. Ils m'ont assuré que j'allais complètement retrouver la mémoire.

Elle poussa un soupir.

— C'est une bonne chose. Mais c'est quand même bizarre que tu te rappelles l'incident lui-même. Que s'est-il passé ? Est-ce que tu peux me le dire ?

— Je peux te le dire. Ce n'est pas confidentiel, et si ça l'était, disons que je ne me souviens pas du niveau de protection de toute façon.

Il lui donna un petit coup de coude, ce qui la fit sourire.

— Il y a quelques avantages à avoir perdu la mémoire.

— Probablement, répondit-elle en rougissant. Alors... Que s'est-il passé en Afghanistan ?

— Mon supérieur, le commandant Rex Denver, était censé rencontrer un informateur appartenant à l'un des groupes qui contrôlent cette zone. Ce type proposait de nous fournir des informations, et c'est Denver qui devait les collecter. Il m'a emmené, ainsi qu'un ranger de l'armée. Pendant qu'on attendait notre contact, Denver est passé à l'action. Il a abattu le ranger, avant de s'en prendre à moi. Il m'a pris par surprise et m'a poussé de la falaise. Je suis tombé, je me suis cogné la tête et je me suis évanoui. Une unité de rangers m'a secouru. Par miracle, j'ai échappé à une blessure plus grave, mais je me suis retrouvé avec une entaille à l'arrière de la tête et je ne me souvenais de rien à mon réveil.

— Hormis l'incident qui t'a fait faire un vol plané.

— Non.

— Non ?

— Je ne m'en suis pas souvenu tout de suite non plus. Ça m'est revenu quand je suis arrivé dans un hôpital militaire en Allemagne, et encore plus quand ils m'ont transféré à Hidden Hills.

D'un air songeur, Paige passa le bout de sa langue au coin de sa bouche.

— Ce genre de souvenir sélectif est inhabituel.

— Je suis resté en Allemagne pendant un mois avant qu'ils ne m'expédient dans cet asile de fous. Là-bas, ils se sont surtout occupés du côté physique – la blessure à la tête.

— Et tes coéquipiers de la Delta Force ? Sont-ils venus te rendre visite ?

— Non, répondit Asher en serrant les poings. Ils n'ont pas aimé ce que j'avais à dire sur le commandant. Ils ne m'ont pas cru et m'ont mis la disparition de Denver sur le dos.

— J'ai essayé d'en appeler quelques-uns, sans succès.

Paige pianota sur le volant, avant de demander :

— Denver a disparu après ce qui t'est arrivé ?

— Tout de suite après. Apparemment, il s'est enfui après m'avoir attaqué. Il m'a laissé pour mort mais, au moins, il a informé quelqu'un que mon corps gisait en bas de la colline.

— Il a fait ça ? Il a signalé où tu te trouvais et dans quel état ?

— Ouais… Sympa, hein ? Il pensait m'avoir tué.

— Tu… Tu te souviens du commandant Denver et des autres ?

Asher sentit une pointe douloureuse lui vriller la tempe, et son œil cilla.

— Non. Le seul souvenir que j'ai de Denver, c'est en cet instant précis. Mais je n'en ai aucun sur lui, sur le travail… ou sur les autres.

— C'est peut-être ton moyen de défense, remarqua Paige en haussant les épaules. Ce qu'il t'a fait est tellement horrible que tu as bloqué tout ce qu'il y avait de positif à propos de lui pour te protéger.

— Je ne sais pas.

Il ferma les yeux lorsque la douleur s'étendit à son front.

— Prends mon sac sur la banquette arrière, déclara-t-elle. Il y a de l'ibuprofène dedans. Le sac plastique par terre contient des bouteilles d'eau et un reste de sandwich si tu as faim.

Asher se tourna et s'empara du sac à main.

— C'est où ?

— Dans la trousse à maquillage.

Il sortit un petit flacon de la pochette, fit tomber trois gélules dans sa main et les expédia dans sa bouche. Après les avoir avalées avec une gorgée d'eau, il se laissa aller contre l'appuie-tête.

— Je vais essayer de reposer mes yeux.

— Vas-y. Je te réveillerai quand on arrivera.

— Je ne crois pas que je vais m'endormir.

Il tenta de garder les yeux ouverts, mais la douleur disparaissait lorsqu'il les fermait, alors il abaissa ses paupières lourdes. Il parvint à s'assoupir plusieurs fois, mais quelque chose d'urgent le titillait, et il ne cessa de se réveiller en sursaut.

En peu de temps, il était devenu dépendant aux médicaments qui avaient facilité son endormissement tous les soirs.

Il ne voulait plus que ce soit le cas. Il ne prétendait pas être un spécialiste, comme Paige semblait l'être, mais les calmants qu'on lui administrait devaient interférer avec sa mémoire. Comment pouvait-il se rappeler son passé, alors que la moitié du temps il avait oublié ce qu'il avait mangé au déjeuner ?

— Laisse-toi aller, conseilla Paige.

— Quoi ?

Il ouvrit un œil, fit rouler sa tête sur le côté et braqua son regard sur elle tandis qu'elle expliquait :

— Tu n'arrêtes pas de piquer du nez et de te réveiller brusquement depuis trois quarts d'heure. Tu n'arrives pas à t'endormir ou tu ne veux pas ?

— Peut-être un peu des deux. Peut-être que je ronfle et que je bave dans mon sommeil.

— Tu ne baves pas. En tout cas, pas quand tu dors.

Il esquissa un sourire. Cette femme qui le connaissait... intimement était plus à même de restaurer ses souvenirs que tous les produits chimiques et les médecins de l'armée américaine.

Pourquoi avaient-ils essayé de la tenir à l'écart ? se demanda-t-il en observant les panneaux qui se succédaient sur le bas-côté. Ils annonçaient chalets, forfaits de remontées mécaniques et magasins de location de skis.

— On doit être tout près.

— En effet.

Paige prit son téléphone dans le porte-gobelet et le lui tendit.

— Commençons par le commencement. Tu peux chercher un magasin de vêtements ? Même si c'est une boutique de ski, on y trouvera sûrement des pantalons, des chemises, des blousons et des boots.

Il tapota l'écran, puis secoua l'appareil.

— Pas encore de connexion Internet. On va peut-être devoir entrer dans la station pour trouver du réseau. J'imagine qu'il y a des magasins dans le village. Pourquoi est-ce que tu ne veux pas y faire les courses ?

— Ces gens de la prison... enfin, de la clinique, pourraient se dire que c'est une étape logique pour nous.

— Probablement, mais on a une longueur d'avance sur eux. Et comment sauraient-ils que tu n'avais pas prévu des vêtements pour moi et un plan d'évasion ?

— J'aurais dû, répliqua Paige en se passant la main sur la joue. Quand j'ai vu ce qui se passait hier, j'aurais dû réfléchir un peu plus à comment te sortir de là.

— Je trouve que tu t'es bien débrouillée.

Il tira sur la blouse d'hôpital qui couvrait à peine ses cuisses.

— Tu ne savais pas qu'ils allaient me délester de mes vêtements et me laisser dans une position vulnérable.

Elle poussa un grognement amusé.

— S'ils pensaient que te prendre tes vêtements suffirait à te rendre vulnérable, ils ne connaissent pas Asher Knight comme je le connais.

Il pencha la tête d'un côté, puis de l'autre. Pour la première fois depuis qu'il était revenu à lui, il parvint à dénouer sa nuque. Quelqu'un le connaissait, et le profond sentiment d'abandon au creux de son ventre était un peu moins douloureux.

Il poussa un soupir.

— Sous-vêtements, T-shirt, chaussettes, jean, chemise à manches longues, boots et blouson. Est-ce que je dois mettre tout ça par écrit ?

— C'est toi qui as des problèmes de mémoire, pas moi, rétorqua-t-elle en lui adressant un large sourire. Comme je l'ai dit, je connais toutes tes tailles. Fais-toi discret pendant que je suis dans le magasin. Malheureusement, je vais devoir utiliser ma carte bancaire. Je veux garder mon argent liquide pour plus tard. Tu penses que l'armée va me traquer par le biais de ma carte ?

Asher désigna l'embranchement pour la station.

— C'est tout à fait possible, mais il n'y a pas grand-chose à faire. Je n'ai pas d'argent. Pas de cartes. Pas de mémoire. Pas de vie.

Elle obliqua à droite, puis tourna la tête vers lui.

— Eh bien, dis donc... Ça va ? À part ce qui saute aux yeux, bien sûr ?

— Je m'apitoie un peu sur mon sort, c'est tout, répondit-il, avant de se donner une claque sur la joue. Ça y est, je m'en suis remis.

— Tu n'as fait preuve d'aucun auto-apitoiement. Je pense que tu peux te laisser aller pendant une seconde ou deux.

— On doit trouver un moyen de mettre la main sur du liquide. Mon père en a peut-être mis de côté en cas de coup dur.

— À vrai dire, répondit-elle en lui lançant un regard en coin, les fédéraux pensaient que c'était le cas, mais il n'a jamais rien avoué.

— S'il m'en a parlé un jour, j'ai oublié ça comme tout le reste.

Il frotta ses bras couverts de chair de poule. La température extérieure n'avait cessé de baisser et le chauffage de la voiture n'avait pas évolué au même rythme.

Paige tourna le bouton.

— On ne va pas attendre de trouver des liasses de dollars quelque part pendant que tu meurs de froid, affirma-t-elle en entrant dans un immense parking. On va te trouver des vêtements, et puis on s'en ira. Tu ne crois quand même pas que c'est l'armée américaine qui est à tes trousses ?

— Au début, j'ai pris tout ce que me disaient les militaires pour argent comptant. En Allemagne, mes blessures ont été soignées et tout semblait normal, en dehors du fait que mon unité me rejetait à cause de mes allégations contre le commandant Denver. C'est quand ils se sont mis à m'embrouiller l'esprit, puis quand ils m'ont envoyé dans ce soi-disant centre de rétablissement, que j'ai commencé à tiquer.

— Remettons cette conversation à plus tard, d'accord ? suggéra Paige en se penchant au-dessus du volant pour regarder à travers le pare-brise. Je vois un magasin de vêtements là-bas. Accroupis-toi, sinon tu es bon pour un nouveau séjour dans le coffre.

Asher recula son siège au maximum et se glissa devant.

— Vas-y. Je commence à en avoir ras le bol de cette blouse d'hôpital… Et puis le bleu layette ne me va pas au teint.

Paige se gara sur une place et coupa le contact.

— Voyez-vous ça, une blague ! Tu dois être en voie de guérison. Et tu es séduisant quelle que soit la couleur de tes vêtements... ou quand tu n'en portes pas.

Avant qu'il ne puisse trouver une repartie, elle avait claqué la portière.

Comment allaient-ils se mettre au vert si l'armée suivait vraiment Paige à la trace via sa carte de crédit ? Il ne savait même pas s'il avait de l'argent. Ni comment y accéder. Ses médecins lui avaient dit qu'il vivait à Las Vegas. Il avait dû y rencontrer Paige. La connaissait-il depuis longtemps ?

Même s'il avait de l'argent, ils ne pouvaient pas être plus loin de Las Vegas qu'en ce moment.

Il ferma les yeux, bien que son instinct lui dise de veiller au grain. Les aides-soignants dans la camionnette n'avaient sûrement pas pu se dépêtrer de l'accident assez vite pour établir que Paige et lui se dirigeraient vers la station de ski, puis pour les prendre en chasse.

Cela dit, ils avaient peut-être prévenu Hidden Hills, pour que quelqu'un soit envoyé ici, afin de vérifier s'ils s'y trouvaient. Paige et lui leur avaient facilité la tâche, mais les médecins avaient compliqué la sienne. Où pouvait-il trouver des vêtements ailleurs qu'ici ?

Une chose était sûre : ils ne pouvaient pas utiliser la carte de Paige pour louer un chalet ou prendre une chambre dans un hôtel. Cela ferait d'eux des cibles faciles.

Une ombre passa au-dessus de la voiture, et Asher ouvrit les yeux. Il leva légèrement la tête pour regarder dans le rétroviseur. Une silhouette se déplaçait derrière le véhicule.

Il rentra le menton et serra les poings, prêt à s'en servir. Ils étaient la seule arme à sa disposition, même s'ils ne seraient pas très efficaces contre un pistolet. Mais ses geôliers de Hidden Hills n'allaient quand même pas l'assassiner dans un parking... Ou en étaient-ils capables ?

Dans la voiture silencieuse, il entendait son cœur battre.

Une flambée d'adrénaline se propagea dans ses veines, et il lutta contre le vertige qui l'accompagnait.

Si le type l'avait repéré, pourquoi ne tentait-il pas quelque chose ? Asher remonta sur son siège et lança un autre regard dans le rétroviseur. L'homme avait poursuivi son chemin. Sûrement un simple passant qui traversait le parking.

Asher se redressa davantage. Une navette stationnait près du trottoir, en bas des larges marches qui menaient aux boutiques, puis aux remontées mécaniques. Quelques personnes patientaient à proximité. Quand la navette s'éloigna, il restait deux femmes et un homme.

Les femmes semblaient se concerter, penchées sur leurs portables, mais l'homme regardait autour de lui sans rien faire.

Les yeux rivés sur lui, Asher le vit tourner la tête en direction des magasins. Attendait-il sa femme ?

C'était peut-être le passant qui avait longé la voiture de Paige. Asher ne voyait aucun autre homme dans le parking, et personne d'autre n'était vêtu de tissu écossais rouge.

Il le scruta, épiant le moindre de ses mouvements. Quand Paige apparut en haut des marches, les bras chargés de sacs, Asher se redressa complètement, tous les sens en éveil.

L'inconnu sembla lui aussi sortir de son apathie. Tournant le dos au parking, les mains enfoncées dans les poches de son blouson, il regarda Paige descendre l'escalier.

Asher ouvrit doucement sa portière. Au contact de son pied nu sur l'asphalte froid, une onde de choc le traversa, mais loin de le décourager, elle ne fit que le motiver davantage.

Il se mit à zigzaguer entre les véhicules garés, veillant à se baisser et à s'accroupir au cas où l'homme déciderait de quitter Paige des yeux.

Quand elle atteignit la dernière marche, incapable de voir ce qui se tramait à cause des sacs qu'elle serrait contre sa poitrine, l'inconnu bougea.

Il tendit le bras vers elle, comme pour l'aider, mais Asher bondit en avant en agitant les bras et en criant :

— Ici ! Je suis ici. C'est moi que vous cherchez.

5

Paige avait dépassé l'homme lorsqu'elle vit Asher foncer sur eux. Elle tourna le visage vers lui, bouche bée, avant de s'éloigner de l'inconnu qui tendait vers elle sa main droite.

Asher profita de son déséquilibre et se précipita sur lui, sa blouse flottant derrière lui.

— Cours, Paige ! cria-t-il.

À un mètre ou deux de l'inconnu, Asher bondit pour effectuer un plaquage qui aurait fait la fierté de son ami Cam, pratiquant de football américain. Avant que l'homme ne puisse prendre dans sa poche l'arme qui s'y trouvait sûrement, il le percuta au niveau du torse et le fit tomber en arrière sur les marches.

Les deux femmes qui se tenaient à quelques mètres de là se mirent à hurler.

Le type chercha sa poche à tâtons, mais Asher lui bloqua la main en la pressant avec son genou contre le ciment froid. Sans se soucier du grognement de douleur poussé par son adversaire, il lui asséna un coup de poing sur le nez. L'homme gémit à nouveau tandis que le sang jaillissait, et Asher enchaîna avec un direct dans le ventre.

Derrière lui, une femme lança d'une voix stridente :

— On appelle la police !

Asher frappa à nouveau l'homme sur le côté de la tête. Alors qu'il reculait le poing pour recommencer, il entendit un coup de klaxon dans son dos.

En regardant par-dessus son épaule, il vit la voiture de

location de Paige piler à l'arrêt des navettes. Il suspendit son geste, puis plongea la main dans la poche de l'inconnu. Ses doigts se refermèrent sur une seringue.

Il la sortit alors que Paige klaxonnait à nouveau. Sans se soucier du grognement de l'homme, Asher lui enfonça l'aiguille dans le cou.

D'autres personnes s'étaient rassemblées en haut des marches. La police n'allait sûrement pas tarder à arriver, songea-t-il en retirant la seringue. Il se releva maladroitement et s'engouffra dans la voiture qui avançait déjà.

Paige sortit du parking en trombe, jaillissant dans la rue avec force cahots.

— Asher, tu saignes ! s'exclama-t-elle.

— Je crois que c'est son sang.

— Non.

Elle tendit la main et frotta ses jointures éraflées.

— C'est ta main qui saigne.

— C'est parce que je l'ai frappé. Je l'ai pris par surprise et il n'a pas vraiment eu l'occasion de me rendre mes coups. Il avait l'intention d'utiliser ça, révéla-t-il en levant la seringue.

Paige poussa une exclamation horrifiée.

— Jette-la par la fenêtre.

— Au risque que quelqu'un d'autre, un gamin peut-être, la ramasse ?

Il la laissa tomber au pied de la banquette arrière.

— Je l'emballerai et je la jetterai plus tard.

— Je me suis trompée. On n'aurait pas dû venir ici, s'exclama Paige avant de frapper le volant du plat de la main. Évidemment qu'ils allaient chercher là en premier.

— On devait venir ici. On n'avait pas le choix.

Elle se pressa les doigts sur la joue.

— Et tes pauvres pieds… Tu cours partout dans le froid, tu te bats en blouse d'hôpital…

— Ne t'en fais pas pour moi. Je n'aurais pas dû t'envoyer là-bas toute seule. J'aurais dû me douter qu'ils posteraient un guetteur à la station de ski.

Elle haussa les sourcils.

— Tu ne pouvais quand même pas aller faire du shopping dans cette tenue.

— Il faut que je me débarrasse de ce truc, déclara Asher en tirant sur la blouse. J'ai besoin de me sentir à nouveau humain... Et après, ça va barder.

Paige lui jeta un coup d'œil. Ses mains avaient enfin cessé de trembler, mais les mots d'Asher provoquèrent une nouvelle décharge d'adrénaline dans tout son corps.

— Qu'est-ce que tu veux dire ?

— Je vais découvrir qui s'en prend à moi et pourquoi, et je ne compte pas m'arrêter tant que je n'aurai pas trouvé toutes les réponses... et récupéré tous mes souvenirs.

— Où peut-on aller maintenant ?

Elle ajusta le rétroviseur en poussant un petit soupir.

— Il n'y a pas encore de vraie neige, n'est-ce pas ? demanda Asher. Il doit y avoir dans le coin des centaines de chalets qui sont inoccupés en dehors des vacances.

Paige déglutit péniblement.

— Tu suggères qu'on entre par effraction dans un chalet vide et qu'on fasse comme chez nous ?

— Le temps de retomber sur nos pieds... et de me mettre quelque chose sur le dos.

Il pointa le doigt par-dessus son épaule.

— Le type là-bas est hors circuit. Ses complices vont conclure qu'on a fui la région.

— On devrait fuir la région.

— Soyons imprévisibles, répliqua-t-il. Tourne au prochain croisement.

Pendant une vingtaine de minutes, Asher la guida le long des routes de montagne et des carrefours comme s'il connaissait l'endroit. Après avoir observé et éliminé plusieurs chalets, il lui fit suivre une route menant à une zone très boisée où un chalet isolé était niché contre le flanc de la montagne.

— Celui-ci.

— Comment sais-tu que quelqu'un ne vit pas ici ?

— Tu vois des véhicules ? Des animaux domestiques ? Des signes de vie ?

Paige balaya la propriété du regard.

— Non, mais ça ne veut pas dire qu'il n'y en aura pas.

— On improvisera le moment venu.

Elle lui enfonça l'index dans la cuisse.

— Je crois que tu as oublié à quel point tu étais prudent.

— Je faisais partie de la Delta Force. Je ne devais pas être si prudent que ça.

— Tu *fais* partie de la Delta Force, et je suppose que « prudent » n'est pas le mot juste. Il serait plus approprié de dire « organisé ». Tu aimes planifier.

— C'est un plan. C'est le seul viable pour l'instant, à part prendre la fuite.

— Vêtu d'une blouse d'hôpital.

— Exactement. Gare-toi à l'arrière.

Elle braqua à droite pour s'engager sur le chemin de terre qui faisait le tour de la maison et s'enfonçait au milieu des arbres. Heureusement, il n'avait pas encore neigé, sinon ils se seraient retrouvés face à des congères. Pour le moment, le sol était dur et gelé, mais praticable.

Elle avança la tête pour mieux voir à travers le pare-brise.

— Tu crois qu'ils ont des caméras de surveillance ?

— S'ils en ont, je vais devoir les mettre hors service.

Lorsque Paige sortit de la voiture, le gravier crissa sous ses semelles, et le son sembla résonner dans les bois. La tête penchée en arrière, elle scruta les corniches, à la recherche de matériel de sécurité.

Asher s'approcha d'elle.

— Je ne vois rien, et toi ?

— Non, répondit-elle, avant de désigner ses pieds. Tu aurais au moins pu mettre les boots que je t'ai achetées.

Il recroquevilla les orteils dans les gravillons.

— Je commence à m'habituer à être pieds nus.

— Je vais les chercher.

Elle se pencha vers la banquette, où elle avait jeté les sacs à la hâte avant de démarrer pour rejoindre Asher et l'inconnu. Elle recula, les bras chargés, puis se tourna face au chalet, laissant sa valise et son ordinateur portable à l'intérieur de la voiture.

Asher lui fit signe depuis la dalle de béton derrière le chalet.

— Je crois que j'ai trouvé comment entrer.

Elle s'avança vers lui à grands pas, les sacs cognant contre ses cuisses.

— J'ai l'impression d'être une voleuse.

— On ne va rien voler... à part de l'eau et du savon.

Il frotta ses mains l'une contre l'autre.

— Et peut-être du bois pour le feu.

Quelques minutes plus tard, il avait forcé le verrou de la porte de derrière. Il posa la main sur la poignée.

— Tu es prête ?

— Pour les lumières clignotantes et les chiens de garde ?

— Quelque chose dans ce genre.

Il ouvrit doucement la porte.

Paige retint son souffle, mais rien n'arriva. Un silence feutré émanait même des bois derrière le chalet. Allaient-ils enfin avoir un moment de répit ? Elle avait tant de choses à dire à Asher.

Il ouvrit le battant en grand sur un petit vestibule. En entrant, ils virent quatre paires de chaussures de ski alignées contre un mur. Paige toucha du pied l'une des chaussures.

— On ne dirait pas qu'elles ont servi récemment.

Asher referma la porte derrière eux et tourna le verrou du haut.

— Je pense qu'on est en sécurité... pour l'instant.

— Une grande première depuis ton arrivée dans le Vermont.

— Je crois que ça sera une première depuis que je suis parti pour cette mission avec le commandant Denver.

Asher la précéda dans la cuisine, parfaitement rangée, attendant que ses occupants la ramènent à la vie.

Paige ouvrit le réfrigérateur. Rien sur les clayettes. Elle sortit une bouteille rangée dans la porte et remarqua :

— Ils ont tout vidé à la fin de la saison. Sauf si tu as une envie de ketchup.

— J'imagine qu'ils ont éteint le gaz, lança Asher en tournant l'un des boutons de la gazinière. Oui… La douche va être froide.

— Il y a un poêle en fonte avec un peu de bois à côté.

Il lâcha les sacs à ses pieds.

— Tu as l'intention de me faire chauffer des seaux d'eau et de les verser dans la baignoire ?

— Non, mais tu pourras te réchauffer après avoir pris ta douche froide et t'être habillé.

— Je crois que je vais me passer de la douche complète et faire une toilette de chat dans l'évier.

— Enlève cette blouse, c'est tout, conseilla-t-elle, avant de sentir ses joues s'enflammer. Et mets ces vêtements.

Il pencha la tête sur le côté.

— Je sais que la situation est gênante, mais tu n'as pas à rougir comme une écolière et clarifier le moindre propos équivoque.

— Tu as raison. C'est gênant, et je suis mal à l'aise, alors je vais m'esquiver pour aller chercher de quoi désinfecter tes pieds.

— Laisse-moi allumer le feu d'abord.

— File.

Elle posa les mains sur son dos et le poussa doucement.

— Va te laver et t'habiller. Je vais m'occuper du feu. J'étais scoute, tu te souviens ?

— Si tu le dis, répliqua-t-il, un sourcil haussé.

Elle se frappa le front de la main.

— Je suis vraiment désolée. C'est juste que…

— Ce n'est pas grave.

Il lui encercla les poignets de ses doigts, avant de poursuivre :

— Tu n'as pas à surveiller tes paroles avec moi. Traite-moi comme une personne normale, et je vais peut-être commencer à avoir l'impression d'en être une.

Ce contact entre eux, aussi léger soit-il, réconforta Paige. C'était comme si les choses revenaient à la normale. Elle éprouvait le besoin physique de se blottir contre lui et de le laisser s'occuper de tout comme il le faisait toujours. Elle secoua la tête. Ils avaient dépassé ce stade depuis longtemps.

C'était à elle de prendre soin de lui désormais, de le remettre sur pied. Elle en était capable.

Il lâcha ses poignets aussi vite qu'il les avait saisis.

— Je vais te laisser t'occuper du feu, mademoiselle la scoute.

— Il doit y avoir une vraie salle de bains à l'étage, dit-elle en ouvrant la porte sous l'escalier. Ici, c'est seulement un cabinet de toilette avec lavabo.

— C'est peut-être suffisant pour moi. Je n'ai pas très envie de barboter dans un bain froid.

— Non, mais tu dois tremper tes pieds dans de l'eau, qu'elle soit froide ou pas.

— Oui, chef.

Après lui avoir adressé un salut militaire, il monta les marches quatre à quatre, retenant d'une main la blouse derrière lui et tenant fermement les sacs de courses de l'autre.

Paige s'accroupit devant le poêle et prit du papier journal sur la pile à côté du bois. Elle jeta un coup d'œil sur la date, avant de chiffonner la page en marmonnant :

— L'an dernier. Le chalet n'a pas dû être occupé depuis.

Une fois le petit bois et les boules de papier amassés dans le poêle, elle posa des bûchettes par-dessus. Elle alluma un coin de papier avec une longue allumette, puis la passa tout autour de la pile. Assise sur ses talons, elle regarda les flammes s'attaquer au bois.

Lorsque le feu crépita, Paige se releva et se dirigea vers l'escalier. À l'étage, l'eau coulait de façon intermittente. Elle fouilla dans le placard sous les marches, en sortit une couverture et la coinça sous son bras. Se haussant sur la pointe des pieds, elle passa la main sur l'étagère du haut dans l'espoir d'y trouver une trousse à pharmacie, mais il n'y avait rien.

La couverture serrée contre la poitrine, elle leva les yeux vers la mezzanine. Il y aurait peut-être des fournitures médicales là-haut.

Elle était fiancée à Asher, avait vécu avec lui et n'aurait jamais hésité à entrer dans la salle de bains s'il s'y trouvait.

Et s'il était en train de se doucher, neuf fois sur dix, il l'aurait attirée sous l'eau avec lui.

Son nez la picota, et Paige le frotta doucement. Elle devait se montrer patiente. Asher ne faisait pas la différence entre elle et une des infirmières de Hidden Hills. Elle allait devoir gagner sa confiance et, après les événements de la journée, elle avait déjà fait des progrès dans ce sens. Elle allait aussi devoir faire appel à ses compétences professionnelles pour l'aider à recouvrer la mémoire. Ce n'était pas seulement leur amour qui en dépendait, c'était la vie d'Asher.

Elle déplia la couverture et la plaça sur le tapis devant le poêle, qui dégageait désormais de la chaleur comme une boule de lave en fusion.

— Il fait déjà meilleur.

Elle renversa à nouveau la tête en arrière. Asher était penché au-dessus de la rambarde en bois qui bordait la mezzanine. Il était vêtu d'un jean et d'une chemise en flanelle du même vert que ses yeux. Elle avait tout de suite reconnu la couleur dans le magasin.

— Tu pourrais regarder s'il y a des pansements et de la pommade dans la salle de bains ?

Il agita un sac rouge de forme carrée au-dessus d'elle.

— Déjà fait.

— Rejoins-moi, alors. On est bien, ici.

Allait-il croire qu'elle lui faisait du charme ?

— Je veux dire qu'il fait bon en bas. Près du poêle.

Il valait peut-être mieux qu'elle se taise.

— J'arrive, répondit Asher.

Il dévala l'escalier d'un pas énergique. Arrivé sur la dernière marche, il lui lança le sac.

— L'eau était vraiment froide, mais ça m'a fait du bien.

— On dirait que ça t'a remonté à bloc. Tu devrais peut-être aller te rouler dans la neige, suggéra Paige en agitant la main vers l'extérieur.

— Il neige ?

En quelques enjambées, il rejoignit la fenêtre qui donnait sur l'avant du chalet et écarta les rideaux d'un doigt.

— S'il neigeait, je veux dire, corrigea-t-elle. On dirait que ça ne va pas tarder.

— Ouf, fit Asher en reculant. Ça ne nous arrangerait pas qu'il neige maintenant, le chalet ne resterait pas longtemps vide.

Elle ouvrit la trousse à pharmacie.

— Comment vont tes pieds ? Laisse-moi jeter un œil.

— Plutôt pas mal, étant donné ce que je leur ai fait subir.

Paige s'agenouilla devant le poêle, puis tapota le fauteuil qu'elle avait rapproché du foyer.

— Assieds-toi.

Il s'installa et tendit les jambes devant lui.

— Pour les vêtements, tu as bien choisi. Le jean est un peu large à la taille, mais je mettrai une ceinture.

— Je ne t'ai pas pris de ceinture, répondit-elle en lui soulevant le pied droit et en le posant sur son genou. Tu as sûrement maigri un peu pendant... ta captivité.

Il poussa un sifflement.

— C'est exactement ce que c'était.

— Je vois quelques échardes sur ta plante de pied.

Elle récupéra son sac à main derrière elle, en sortit la trousse à maquillage et fouilla à l'intérieur.

— Ah, ah !

Elle brandit sa pince à épiler et la fit cliqueter.

— Ça devrait faire l'affaire.

En passant les doigts sous son pied, dont la peau était ramollie par l'eau et le savon, elle repéra trois échardes enfoncées dans l'épiderme. Elle désinfecta la pince avec une lingette antiseptique et s'attaqua au premier fragment. Quand elle eut sorti le troisième, elle donna une petite tape sur son pied gauche.

— Laisse-moi m'occuper de celui-là tant que j'ai les instruments à portée de main.

Il changea de pied.

— Arrête de me chatouiller. Je suis très chatouilleux.

— Je sais, murmura-t-elle.

Cette fois, elle sortit seulement une écharde. Elle tamponna ensuite les petites plaies avec une autre lingette.

— Je ne crois pas qu'il y ait besoin de pansements.

— J'espère bien que non. Je ne pourrais pas marcher et encore moins courir avec des pansements sous les pieds.

— Tu as l'intention de courir beaucoup ? demanda-t-elle en le regardant par-dessus ses orteils.

— Oh oui. Jusqu'à ce que je comprenne enfin ce qui se passe dans ma vie.

— Là aussi, je peux t'aider.

Elle se toucha la tempe de l'index.

— Je vais commencer par t'hypnotiser, Asher.

— Faisons-le.

Il replia les jambes et se pencha en avant, les bras croisés sur ses genoux.

— Je ne travaille pas le ventre vide, répliqua Paige. Je ne sais pas ce qu'il en est pour toi, mais j'ai besoin de manger quelque chose d'abord. L'heure du dîner est passée depuis un bout de temps.

— As-tu trouvé autre chose que du ketchup dans cette cuisine ?

— Je n'ai pas regardé dans les placards, mais tout à l'heure, pendant que je faisais les courses, j'ai aussi acheté un assortiment de fruits secs, des noix et du bœuf séché.

Il émit un reniflement hautain.

— Est-ce que j'ai l'air d'un écureuil ?

— Tu préférerais des haricots en boîte froids, ou je ne sais quelle autre conserve rangée dans ces placards ?

— Tout compte fait, du bœuf séché, ça m'ira très bien.

Paige sauta sur ses pieds. Sa proximité avec Asher l'empêchait de se concentrer sur la nourriture ou sur quoi que ce soit d'autre. Elle attrapa l'un des sacs en plastique et chercha à l'intérieur.

— En fait, c'est de la dinde séchée. Tu n'as rien contre ?

— Envoie.

Sur le chemin de la cuisine, elle lui lança le sachet.

— Je vais me laver les mains. Tu as besoin de quelque chose ?

— De l'eau.

L'emballage crépita lorsqu'il entama la viande séchée.

— Tu penses que tu peux le faire ?

— Quoi ? T'apporter de l'eau ?

Elle ouvrit un placard pour trouver un gobelet.

— M'hypnotiser, répliqua-t-il.

Laissant la phrase en suspens, elle ouvrit le robinet et remplit le verre, puis rejoignit Asher. Elle secoua devant lui le sachet de fruits secs qu'elle tenait dans l'autre main, mais il secoua la tête.

— Tu es réceptif à l'hypnose, finit-elle par déclarer. Je peux le faire.

Il mordit dans un morceau de viande et mâcha pendant quelques secondes.

— Est-ce que je peux te dire ce dont je veux me souvenir en premier, ou le but est-il d'en retrouver le plus possible, peu importe dans quel ordre ?

Elle ouvrit le sachet et tria toutes les noix de cajou, prenant son temps pour répondre.

— Je peux isoler des souvenirs grâce à la suggestion. Que veux-tu te rappeler en premier ?

Il posa le sachet de viande séchée et s'essuya les doigts.

— Ce qui s'est passé sur cette montagne en Afghanistan.

Paige sentit son cœur se serrer. Il n'était même pas au courant pour Ivy.

— Je suis désolé.

— Non, non. Je comprends. C'est à ce moment-là que tu as perdu la mémoire. Autant commencer par là.

— Je pense que c'est essentiel de comprendre ce qui s'est passé ce jour-là. Plus on sera informés, plus on sera en sécurité. Ça nous expliquera peut-être pourquoi ils m'ont enfermé à Hidden Hills.

— Bien sûr.

Elle grignota quelques noix de cajou, puis releva les yeux.

— Quoi ?

— Quand est-ce qu'on commence ?

— Tu n'as pas fini ton... dîner, dit-elle en agitant la main dans sa direction.

— Je préférerais qu'on se mette au travail pour retrouver ces souvenirs. Et tous les autres, à terme.

Elle ferait mieux de lui parler d'Ivy, songea Paige, la gorge nouée. Ce n'était pas la peine d'attendre qu'il se souvienne de sa propre fille tout seul. Bien sûr, si elle lui révélait qu'ils avaient un enfant de quatre ans, il demanderait pourquoi ils n'étaient pas encore mariés.

Et alors elle devrait lui dire tout le reste.

Il serra ses mains l'une contre l'autre et les plaça entre ses genoux.

— Le plus tôt sera le mieux.

Pour l'instant, la priorité d'Asher était de découvrir ce qui s'était passé lors de la mission avec le commandant Denver, pas d'en savoir plus sur leur vie commune. Même si elle avait très envie de lui parler de leur histoire d'amour et de leur magnifique fille, elle n'avait pas hâte de lui raconter leur parcours semé d'embûches. À présent, elle avait une excuse pour garder le secret un peu plus longtemps.

— Ça ne marchera pas si tu restes courbé comme ça, remarqua-t-elle, avant de lécher le sel sur ses doigts. Je vais aller me laver les mains et trouver un objet de concentration. Pendant ce temps, installe-toi confortablement et détends-toi.

Elle se leva et s'approcha de la fenêtre. Asher se redressa, puis tourna la tête par-dessus son épaule.

— Tu vois quelque chose ?

— Non, et il ne neige pas, répondit-elle en remettant le rideau en place. À mon avis, on est toujours en sécurité.

— Même s'ils pensent qu'on est restés dans le coin, ça leur fait beaucoup de chalets à explorer. Mais ça ne veut pas dire qu'ils ne trouveront pas celui-là.

Elle se détourna de la fenêtre et vint lui donner une pichenette sur l'arrière du crâne, prenant soin d'éviter sa cicatrice.

— Tu es censé te détendre, pas penser à la prochaine attaque.

— Elle a dit que ce n'était pas du poison. On va la laisser au chaud devant le poêle. Sa voiture est garée derrière, et elle pourra partir quand elle se réveillera.

— Sans toi.

— Sans moi, heureusement.

Mettant un genou à terre à côté de la femme, Asher fouilla dans la poche de son manteau.

— Qu'est-ce que tu cherches ? demanda Paige.

— Tout et n'importe quoi. Téléphone, clés, drogues.

— Fais attention au cas où il y aurait d'autres seringues. Évite de te piquer le doigt dessus.

— Je fais attention.

Il sortit un trousseau de clés de la poche et les passa en revue.

— Clé de voiture, clé de maison, clé de chalet. Alors elle ne mentait pas à ce sujet.

— Comment sais-tu que c'est une clé pour le chalet de ses parents ?

— Peut-être grâce à l'étiquette qui indique « chalet », répondit-il en lui montrant l'une des clés.

— Est-ce que tu penses la même chose que moi ?

Il haussa un sourcil.

— Probablement pas.

La tête penchée sur le côté, elle déclara :

— Tabitha a dit qu'il y avait de la nourriture là-bas. On devrait peut-être aller dévaliser son chalet avant qu'elle ne revienne à elle.

Asher fit glisser la clé de l'anneau et la lui lança.

— Je te laisserai gérer le pillage. A-t-elle dit où se trouvait le chalet ?

— As-tu trouvé son téléphone ? C'est peut-être enregistré dans le GPS.

— Elle se servait d'un GPS pour moi, pourquoi pas pour le chalet, acquiesça-t-il en cherchant dans l'autre poche. Rien, à part deux ou trois dollars.

— Gardons-les. Elle te doit bien ça, affirma Paige.

Asher lui mit les billets dans la main, puis la serra.

— J'imagine que je suis à l'aise avec les criminels.

— Ce qu'elle t'a volé vaut plus que quelques dollars.

Elle lui fit un clin d'œil.

— Et puisqu'elle est tellement amoureuse de toi, ça ne la dérangera pas.

— Ça, c'est une bonne raison, riposta-t-il en agitant le doigt vers elle. Mon père avait toutes sortes d'excuses pour justifier son comportement.

Paige, qui était en train de ranger l'argent et la clé de Tabitha dans la poche avant de son jean, se figea.

— Ah bon ? Tu te souviens de ça ? Tu te rappelles ses excuses ?

Il releva les yeux du manteau de Tabitha, une nouvelle lueur brillant dans ses yeux.

— Je me souviens de quelque chose. Une conversation avec mon père m'est revenue à l'esprit. Je l'ai même visualisée.

— Excellente nouvelle, Asher. Sans toutes ces substances dans ton organisme, tu as de bonnes chances de retrouver tes souvenirs. À quoi ressemblait ton père ?

— À moi.

Il fourragea dans ses cheveux bruns.

— Sauf qu'il avait le crâne rasé.

Le cœur de Paige fit un petit bond dans sa poitrine.

— Tout à fait. J'ai vu des photos de ton père. Un bel homme. Un bel homme malhonnête.

— Ce souvenir m'est revenu tout naturellement au cours de la conversation. Quand je me suis jeté sur ce type en bas des marches, je me suis aussi rappelé que Cam Sutton jouait au football américain. À ton avis, c'est comme ça que ça va se passer pour moi ?

— Je pense que c'est un bon début.

Il palpa une poche intérieure du manteau de Tabitha.

— Son téléphone. Il pourrait contenir des informations importantes.

— Comme, par exemple, si sa venue ici a été organisée par Hidden Hills ?

— Exactement, répondit-il en touchant l'écran du portable. Protégé par mot de passe.

— Fais voir. J'ai quelques idées. Si tu étais son obsession – et c'est le cas –, son mot de passe devrait être facile à deviner.

— Tu n'imagines pas à quel point ça me donne la chair de poule.

— Dans le cas présent, ton charme dévastateur et ton physique séduisant ont tourné à ton avantage.

Paige commença à tester quelques mots de passe évidents.

— Eh bien, au moins, ce n'est ni ton prénom, ni ton nom, ni aucune combinaison des deux.

— Ça me soulage, s'exclama-t-il, avant de lever la clé de voiture de Tabitha. Étant donné qu'on ne peut pas explorer son téléphone pour l'instant, je vais voir ce que je peux trouver dans sa voiture, par exemple le trajet jusqu'à l'autre chalet.

— D'accord. Je vais rester au chaud pour réfléchir au mot de passe.

Asher se dirigea vers le vestibule tandis que Paige se perchait sur un tabouret dans la cuisine. Elle voulait être le plus loin possible de Tabitha. L'infirmière pourrait se ranimer d'un coup comme l'un de ces méchants de film d'horreur et l'attraper par la cheville.

Essayant un mot de passe après l'autre, elle murmura :

— Delta Force, D-Boy, lieutenant Asher.

Alors que son index était suspendu au-dessus des lettres, la porte de derrière s'ouvrit à la volée. Paige sauta du tabouret, puis pivota sur elle-même, le cœur battant la chamade.

Asher jaillit du vestibule et lui saisit le bras.

— Allons-y. Ils sont là.

Elle ne posa pas de questions. Les doigts crispés sur le téléphone de Tabitha, elle laissa Asher l'entraîner à grands pas hors du chalet.

L'air froid la frappa au visage, et son nez se mit aussitôt à couler.

Asher avait gardé les clés de sa voiture de location. Il la poussa doucement vers le côté passager.

— Monte. Je vais prendre la petite route d'accès qui traverse le bois. C'est notre seule chance. Dès qu'ils entendront le moteur démarrer, ils sauront qu'on est dehors.

Paige referma sa portière sans la claquer. Alors qu'Asher s'installait au volant et glissait la clé dans le contact, elle retint son souffle et vérifia par-dessus son épaule que personne ne venait à leur poursuite.

En une seconde, un éclair lumineux embrasa le ciel nocturne. Le chalet explosa derrière eux. Ils ne voulaient pas les capturer, comprit Paige. Ils voulaient les tuer.

8

Asher enfonça l'accélérateur. Il passa en trombe entre deux grands sapins qui marquaient le début de la route derrière le chalet.

Leurs poursuivants n'entendraient pas le moteur. L'explosion et l'incendie masqueraient les bruits de la voiture.

Les flammes montèrent vers les nuages, et Paige enfonça les doigts dans le bras d'Asher tandis que la voiture rebondissait sur la surface inégale.

— Tabitha !

— Elle est morte, Paige. Tu as vu ce brasier ?

Elle se couvrit le visage de ses mains.

— Oh non... Ils croyaient qu'on était à l'intérieur. Leur but n'est plus de te récupérer. Ils veulent te tuer.

— Nous, fit Asher sans desserrer les dents. Ils veulent *nous* tuer.

— Comment savais-tu qu'il y avait quelqu'un ?

— Pendant que je fouillais la voiture de Tabitha, j'ai entendu un moteur. Je me suis penché à l'angle du chalet et j'ai vu un véhicule remonter l'allée. Je me doutais que ça annonçait les ennuis, mais je n'imaginais pas qu'ils allaient lancer une bombe incendiaire sur le chalet... avec Tabitha à l'intérieur.

— Si tu n'étais pas sorti, ça aurait été nous. D'après toi, ils nous suivent ? demanda-t-elle en jetant un coup d'œil en arrière.

— Je ne pense pas. Ils ont cru qu'on était à l'intérieur, et maintenant, ils pensent qu'on flambe.

La voiture cahota à nouveau, et il crispa les mains sur le volant.

— Cet incendie nous a sauvés. S'ils avaient prévu d'encercler le chalet, ils auraient entendu le moteur. Ils auraient su qu'on avait survécu à l'explosion. Au lieu de ça, ils croient nous avoir pris par surprise.

— S'ils pensent qu'on est morts tous les deux, ça nous permet de gagner du temps. Ils ne vont pas attendre les pompiers pour savoir combien de cadavres il y a dans le chalet. Ils ne resteront probablement pas sur place assez longtemps pour aller vérifier les voitures derrière.

— Un rondin enflammé a traversé le pare-brise de la voiture de Tabitha quand on est partis. Elle doit brûler en ce moment même. Qui sait, peut-être même a-t-elle explosé.

Paige se tourna sur son siège pour regarder par la lunette arrière.

— Je vois beaucoup de fumée noire tourbillonner dans l'air. S'ils sont partis tout de suite, est-ce qu'on va les retrouver sur la route principale ?

— Avant de monter dessus, on surveillera les voitures. Et on va guetter les véhicules de secours.

— Et après ?

— Direction le chalet de la famille de Tabitha.

— Quoi ? s'exclama Paige en se tournant vers lui.

— Avant d'entendre le bruit de leur moteur, j'ai trouvé l'adresse dans le GPS de la voiture de Tabitha. Ensuite, j'ai effacé toutes les données, mais le feu s'en sera sûrement chargé mieux que moi.

— Tu penses que c'est prudent d'aller là-bas maintenant ? Même si on n'a pas à s'inquiéter que Tabitha débarque...

Paige s'interrompit un instant, avant de poursuivre d'une voix étranglée :

— Les gens avec qui elle travaillait doivent connaître l'existence de ce chalet. Quand ses proches apprendront qu'elle est morte, ils s'y rendront sûrement. Ça me paraît risqué.

— Si nos poursuivants pensent qu'on a grillé dans le feu, ils ne vont pas venir nous chercher dans le chalet de Tabitha ou ailleurs. Étant donné que le chalet qui vient d'exploser n'était pas le sien, les experts en incendie de la police ne pourront pas identifier le corps dans l'immédiat. Ils auront besoin de comparer avec des dossiers dentaires, et ils ne le feront que si quelqu'un signale sa disparition. Tu crois que la clinique va dire que l'une de ses infirmières manque à l'appel si ses employés sont responsables de sa mort ? Peu probable. Pour l'instant, le chalet de sa famille est l'option la plus sûre. Personne ne va partir à notre recherche, ou à la sienne, tout de suite. Notre priorité, c'est de disparaître.

Paige se renfonça dans son siège et tendit les mains devant elle.

— Oui, elles tremblent encore.

— Bon sang, on a frôlé le drame. Si je n'avais pas voulu examiner sa voiture et entendu le moteur en approche, on aurait été à l'intérieur de ce chalet quand ils l'ont incendié.

— Comment savaient-ils que Tabitha était là ? Crois-tu qu'elle a menti et qu'elle collaborait avec eux depuis le début ?

— Non.

— Tu lui fais confiance ? demanda-t-elle en serrant les mains sur ses cuisses pour les empêcher de trembler.

— Je n'ai confiance en rien ni en personne. Après avoir relevé les informations du GPS, j'ai inspecté la voiture et trouvé un mouchard sous le châssis.

— Alors Tabitha te suivait grâce à un GPS caché dans ta blouse d'hôpital et les charmants médecins de Hidden Hills suivaient Tabitha grâce à un GPS sur sa voiture, résuma Paige.

Asher fit claquer sa langue, avant de déclarer :

— Je vais accorder le bénéfice du doute à Tabitha et présumer qu'elle n'était pas au courant pour le mouchard. Ils se sont servis d'elle.

— Elle les a menés droit jusqu'à nous… et à sa propre mort.

Paige frissonna.

— Si Tabitha n'avait pas été inconsciente, elle aurait pu partir en même temps que nous.

Asher lui enserra le genou de sa main chaude.

— Ce n'est pas notre faute. Elle est venue au chalet pour

m'assommer avec un calmant, et va savoir ce qu'elle t'aurait fait après m'avoir mis hors-jeu.

Lorsqu'ils approchèrent de l'embranchement avec la route principale, il ralentit. Il se gara sur le bas-côté, à un endroit avec une vue dégagée, puis mit au point mort et éteignit ses feux.

— Voyons ce qui se passe avant de continuer.

Paige abaissa sa vitre de quelques centimètres.

— Je crois que j'entends des sirènes.

Le son retentit de plus en plus fort jusqu'à ce que les véhicules d'urgence passent devant eux sur la route.

Asher enclencha une vitesse.

— Ceux qui ont mis le feu sont déjà loin. Le chalet de Tabitha est à quelques kilomètres d'ici sur une autre voie d'accès.

Paige n'était pas réjouie à l'idée de se réfugier dans le chalet qui aurait dû accueillir Tabitha et Asher, mais si elle pouvait le transformer en nid d'amour pour eux deux, elle se ferait une raison.

Elle coula un regard en coin vers Asher. Il s'était souvenu de détails sur son père et sur Cam. Les détails les concernant elle et leur fille n'allaient pas tarder à lui revenir. Elle était sur le point de lui parler d'Ivy juste avant que Tabitha ne les interrompe.

Bien sûr, une fois qu'elle lui aurait dit qu'ils avaient une petite fille de quatre ans, elle devrait lui expliquer pourquoi ils n'étaient pas encore mariés.

Pour l'instant, son ignorance l'arrangeait.

En arrivant devant le chalet de Tabitha, Asher se courba au-dessus du volant pour regarder par le pare-brise. Même si l'endroit paraissait désert, il éteignit les phares et alla se garer derrière.

Paige et lui n'avaient pas passé deux minutes d'affilée sans être sous pression ou confrontés à une menace. Lorsqu'il aurait enfin l'occasion de souffler un peu, ses souvenirs finiraient peut-être par lui revenir.

Il voulait donner à cette femme ce qu'elle désirait, ce qu'elle méritait. Il voulait l'aimer. Bon sang, il était déjà à moitié amoureux d'elle alors qu'il ne la connaissait pas.

Alors qu'elle s'apprêtait à ouvrir sa portière, il leva la main pour l'interrompre.

— Reste dans la voiture jusqu'à ce que je te donne le feu vert.

— Tu penses que ça pourrait être un piège ?

— Ça pourrait être n'importe quoi. Laisse-moi y aller en premier pour vérifier. Ce chalet a l'air plus grand que l'autre.

— J'espère que les propriétaires étaient assurés. On est responsables de la destruction de leur logement.

— Ce n'est pas nous qui l'avons fait sauter, répliqua-t-il en lui pinçant le menton. Attends ici.

Asher se faufila jusqu'à la porte de derrière et inséra la clé dans la serrure. Quand il entendit le « clic », il se détendit. Au moins, ils étaient au bon endroit et ils avaient la bonne clé.

Il ouvrit la porte, passa la tête à l'intérieur et tendit l'oreille quelques secondes. Dès qu'il franchit le seuil de la bâtisse, une douce chaleur l'enveloppa. Il fit un tour d'inspection, puis revint sur ses pas et fit signe à Paige.

Lorsqu'elle approcha, il ouvrit le battant en grand.

— Ce chalet a l'air beaucoup plus confortable que l'autre.

— C'est parce que Tabitha l'avait préparé pour toi, fit observer Paige en le dépassant pour se rendre dans la cuisine.

Elle tourna le bouton de la gazinière et remarqua :

— Il y a du gaz.

— Et le frigo est rempli.

Une main sur la porte, il observa les bouteilles d'eau, de jus de fruit, de vin, les œufs, le lait, les légumes. Assez de provisions pour nourrir une famille de six personnes pendant une semaine.

Paige le rejoignit et regarda par-dessus son épaule.

— Du vin ? Elle vous avait vraiment préparé une gentille petite escapade.

— Ouais, et j'aurais passé mon temps drogué jusqu'à la moelle et attaché à un lit. Ça aurait été pire qu'à Hidden Hills.

— Veux-tu manger quelque chose ? Je peux préparer un repas rapide. Des œufs brouillés avec des toasts, au moins.

— Il est tard, tu dois être épuisée.

— En fait, je suis comme une pile électrique.

— Sers-toi un verre de vin... ou deux. Je monte la garde. J'ai assez dormi pour les six prochains mois.

Deux taches rouges apparurent sur les joues de Paige, et elle pressa une main contre sa poitrine.

— Je... Je ne bois pas.

— Il y a peut-être du thé.

Asher ouvrit un placard, puis tourna la tête vers elle.

— Et moi ?

— Est-ce que tu bois ?

— C'est bizarre, non ? Je ne sais même pas ce que j'aime et ce que je n'aime pas.

Il haussa les épaules et prit une boîte de sachets de thé sur l'étagère.

— Tu bois parfois, mais on ne boit pas ensemble, répondit Paige. Ce n'est pas quelque chose qu'on fait.

— De toute façon, j'ai besoin de garder l'esprit vif. En tout cas, aussi vif que possible étant donné les circonstances.

Il secoua la boîte en carton.

— Tu veux une tasse ?

— Non, merci. Je vais aller voir combien de lits il y a là-haut, sauf si tu penses qu'on doit rester en bas.

Tandis qu'elle observait la mezzanine, la tête penchée en arrière, Asher déclara :

— Tu peux monter voir, mais moi je vais passer la nuit ici. Veux-tu que j'aille chercher tes bagages dans la voiture ?

— Oui, s'il te plaît. J'aimerais aller sur Internet pour vérifier s'il y a du nouveau.

— C'est un coup de pot qu'on n'ait pas apporté tes affaires dans le premier chalet. Tout aurait été détruit.

— Comme Tabitha.

— Tout va bien, Paige ? Tu es sûre de ne pas vouloir de thé ? Tu sembles encore secouée.

Il s'avança jusqu'au canapé et saisit la couverture posée sur le dossier.

— Et si tu t'allongeais ? Je vais t'apporter ton ordinateur.

— C'est toi le patient. Je m'occupe de toi, tu te souviens ?

— Je me souviens.

Il secoua la couverture pour la déplier, puis la posa sur le canapé.

— Et tu as fait du sacré bon boulot, mais je vais de mieux en mieux, alors tu peux faire une pause.

— On peut peut-être en faire une tous les deux.

— Je n'attends que ça.

Laissant Paige debout près du canapé, Asher ressortit et marcha jusqu'à la voiture. À en juger par l'air froid et le ciel gris, il n'allait pas tarder à neiger. La station serait bientôt envahie de skieurs, et ils ne seraient plus que deux personnes parmi tant d'autres s'abritant dans un chalet de montagne.

Après avoir récupéré le sac de Paige et la sacoche d'ordinateur sur la banquette arrière, il retourna dans la bâtisse.

En voyant Paige lui faire face armée d'un fusil de chasse, il laissa tomber les sacs par terre et fit un bond en arrière.

— Est-ce que tu pointes ça sur moi ?

— Bien sûr que non. Je l'ai trouvé dans le placard, expliqua-t-elle en posant l'arme contre le manteau de la cheminée. Ça peut toujours servir.

— Tu n'as pas du tout l'air détendue.

Il se baissa pour attraper la sangle de la sacoche et la passa sur son épaule.

— Tu crois qu'ils ont le wifi ici ?

— J'ai du réseau sur mon téléphone. Je suis sûre que tous les chalets et les hôtels en ont, alors ça semble logique qu'il y en ait ici aussi.

Il posa la sacoche sur la table basse.

— Vas-y, tente le coup. Je veux commencer à faire des recherches demain.

— Des recherches ? demanda Paige en sortant le portable.

— Sur le commandant Denver. Je veux découvrir l'histoire officielle. Tu connais forcément tous mes coéquipiers, n'est-ce pas ? Je veux essayer de les contacter. Ils ont coupé les ponts avec moi quand j'ai impliqué Denver.

— C'est ce que les docteurs mabouls de Hidden Hills t'ont dit, en tout cas. Tu ne peux même pas être sûr qu'ils aient contacté tes coéquipiers, hormis pour leur annoncer que tu avais survécu.

— S'ils l'avaient fait, et que j'aie discuté avec les gars, est-ce qu'ils m'auraient parlé de toi ?

Il se laissa tomber dans le fauteuil en face du canapé et étudia le visage de Paige, qui prenait une expression circonspecte.

— Oui, bien sûr, répondit-elle. J'ai rencontré tous tes coéquipiers, y compris le commander Denver.

Elle le pointa du doigt.

— Tu me soupçonnes toujours d'être une fausse fiancée ?

— Je n'ai jamais soupçonné ça. Du moins, je ne crois pas. Dès l'instant où je suis tombé sur toi dans les bois, j'ai trouvé que tu dégageais quelque chose.

Il traça une croix sur son cœur lorsqu'elle commença à protester.

— Je te jure. Je ne te dis pas simplement ce que tu as envie d'entendre. Par la suite, tes actions ont confirmé mon intuition. Tu m'as sauvé.

Elle agita les mains devant son visage, comme pour rafraîchir ses joues empourprées.

— Crois-moi, c'est un renversement des rôles. En général, c'est moi qui ai besoin d'être sauvée.

Il allongea les jambes sur la table basse entre lui et Paige.

— Tu es sûre de ne pas vouloir essayer ta sorcellerie sur moi ce soir ?

— Je pense que ça suffit pour aujourd'hui. C'est valable pour nous deux.

Ses doigts volèrent sur le clavier.

— Je ne trouve rien sur l'incendie, mais je ne sais pas trop où chercher les infos locales en ligne.

— Il n'y a rien sur un soldat ayant disparu d'une clinique de rétablissement, n'est-ce pas ?

Paige émit un grognement ironique.

— Et quelle clinique… Mais non, rien là-dessus non plus.

— Rien sur le commandant Denver ?

Malgré son envie d'en savoir plus, Asher bâilla. Tandis qu'il tendait les bras au-dessus de sa tête, elle répondit :

— Ça, c'est top secret, ce n'est pas destiné au grand public. Si je suis au courant, c'est parce que l'armée m'en a parlé quand ils m'ont expliqué ce qui t'était arrivé.

— J'imagine que ma situation aussi restera confidentielle.

Elle s'avança au bord du canapé.

— Je suis sur ton lit, je t'empêche d'aller te coucher. Sauf si tu préfères la mezzanine.

— C'est mieux que je reste ici, répondit-il, avant de désigner le fusil. Et puis maintenant, j'ai une arme. Monte et essaie de dormir quand tu en auras fini avec l'ordinateur.

— Je veux vérifier mes mails, au cas où mes patients aient des soucis.

— Je suis sûr que tu les as laissés entre de bonnes mains. C'est sûrement le genre de thérapeute que tu es.

Elle le regarda par-dessus l'écran du portable.

— Ne me mets pas sur un piédestal. Tu risques d'être très déçu.

— Je vais essayer de garder l'esprit critique et les dents propres, grâce à l'autre sac que tu as eu la bonne idée de laisser dans la voiture.

Il se leva, puis s'étira à nouveau.

— Les seules choses qu'on ait perdues dans ce chalet sont ma blouse d'hôpital et un peu de nourriture et d'eau.

— Et Tabitha.

— Je sais.

Il contourna le canapé et posa les mains sur les épaules de Paige, dont les cheveux chatouillèrent sa peau.

— Je ne veux pas paraître insensible, mais je ne crois pas que Tabitha nous réservait un sort très enviable, ni à toi ni à moi.

— Je sais. Mais c'est…

S'interrompant, elle agita les doigts vers lui.

— Va te laver les dents. Je libérerai ton lit dans quelques minutes.

Il attrapa le sac plastique contenant les affaires que Paige lui avait achetées et le serra dans sa main. Il n'avait pas envie qu'elle libère son lit, mais passer la nuit ensemble ne ferait qu'ajouter à la bizarrerie de la situation.

C'était peut-être beaucoup demander, mais il voulait que leur amour et leur relation se développent naturellement au fur et à mesure qu'il retrouvait ses souvenirs.

Une pensée rôdait dans un coin sombre de son esprit : ce n'était pas parce qu'il avait été amoureux de Paige qu'il allait se rappeler cet amour, et reprendre le fil de leur relation.

Et elle, de quoi avait-elle peur ? D'une certaine façon, elle semblait inquiète à l'idée qu'il retrouve la mémoire. Pourquoi ne leur simplifiait-elle pas les choses en lui racontant leur vie par le menu ?

Après s'être brossé les dents, il s'essuya la bouche avec la serviette propre fournie par Tabitha. Alors qu'il s'apprêtait à la suspendre, il entendit un hoquet de surprise dans l'autre pièce. Il sortit précipitamment de la salle de bains.

— Que se passe-t-il ?

— J'ai reçu un mail de l'un de tes coéquipiers.

— C'est une bonne chose, non ?

Il rejoignit Paige à grandes enjambées, puis s'assit à côté d'elle.

— Pas forcément, répondit-elle en lui posant l'ordinateur sur les genoux.

Il lut à voix haute :

— « Si tu sais où ce sale traître se cache, tu peux lui dire d'aller brûler en enfer. »

9

— C'est un peu brutal, non ? s'exclama Asher en haussant les sourcils.

Paige fit claquer sa langue.

— C'est du Cameron Sutton tout craché. Toujours à ouvrir la bouche avant de réfléchir.

— Cam...

Asher frotta son menton, avant de reprendre :

— Sa réponse m'a l'air plutôt réfléchie, au contraire. Et résolue. C'est ce qu'ils doivent tous penser, n'est-ce pas ? Cam l'a exprimé avec ses mots, c'est tout.

— Il doit savoir que tu as quitté Hidden Hills.

— En admettant qu'il ait su que j'y étais.

Il plissa le front.

— En tout cas, ça ne me plaît pas qu'il s'adresse à toi comme ça.

— Je ne le prends pas mal.

Paige le poussa légèrement pour se remettre face au clavier, puis agita les doigts au-dessus des touches.

— Est-ce que je lui annonce la bonne nouvelle ?

— Attends, lança-t-il en la prenant par le poignet. Je suppose que ton ordinateur n'est pas protégé de quelque façon que ce soit, à part ton mot de passe. Quelqu'un, quelque part, attend peut-être de voir si tu communiques par voie électronique. Ils ont sans doute les moyens de te localiser, ou au moins de savoir que tu es toujours vivante. C'est trop tôt.

Elle se dégagea et se frotta la tête.

— Tu ne plaisantes pas, n'est-ce pas ? Quelqu'un surveille peut-être mes mails.

— Je préfère être prudent. Il n'y a pas de raison d'informer qui que ce soit qu'on est toujours vivants, alors que les larbins de Hidden Hills pensent qu'on était dans ce chalet.

Il leva un doigt.

— Cam est d'humeur bavarde.

Paige posa un bras sur l'épaule d'Asher et se pencha vers l'ordinateur.

— Il dit qu'il a trouvé des preuves que Denver avait été piégé.

— Il n'est pas le seul.

Asher suivit du doigt les mots de Cam Sutton.

— Les mails qui ont impliqué Denver au départ étaient faux.

Paige tambourina sur l'ordinateur pendant qu'ils attendaient un nouveau message de Cam, mais le mail suivant était une publicité pour des coupons de réduction en ligne.

— On dirait que Cam est à court de mots pour l'instant, remarqua-t-elle, avant de soupirer. J'aimerais bien l'appeler. Est-ce que ça serait prudent ?

— Non.

Elle jeta un coup d'œil vers son téléphone en charge sur la table.

— Tu veux dire qu'ils pourraient aussi localiser mon portable ?

— Ils pourraient obtenir ton numéro et piéger le téléphone. Ils peuvent surveiller tes coups de fil. Tout appel en provenance de ton portable en ce moment ne jouerait pas en notre faveur.

— On va être coincés ici sans pouvoir communiquer avec qui que ce soit.

— Ça ne veut pas dire que je ne peux pas faire quelques recherches sur ton ordinateur.

Il désigna l'écran.

— Et si on arrive à acheter un portable prépayé, on pourra contacter Cam.

Paige claqua des doigts.

— De nos jours, n'importe quelle épicerie a ce genre de

téléphone en rayon. Je suis sûre que demain je peux m'aventurer dehors avec un déguisement quelconque pour nous dégoter ça.

— On trouvera un moyen.

Il se leva du canapé, loin de la chaleur de Paige.

— Il est tard. Cette journée a été très longue.

— Je sais.

Elle éteignit l'ordinateur, puis se leva à son tour.

— Je vois une salle de bains à l'étage. Je vais aller faire ma toilette et me coucher. Je ne suis même pas encore montée.

Asher recula et renversa la tête en arrière.

— Il y a au moins un lit là-haut, et un clic-clac à côté de la salle de bains. Je vais monter la garde ici.

— Toi aussi, tu as besoin de dormir. On pourrait veiller à tour de rôle.

— D'accord. Je prends le premier quart.

Un pied sur la marche du bas, Paige posa la main sur sa hanche.

— Je ne suis pas dupe, Asher. Ton quart ne finira jamais.

— Ne t'en fais pas pour ça. Tu t'es assez inquiétée pour moi comme ça. Je vais bien et j'irai encore mieux quand j'aurai compris ce qui se passe.

Secouant la tête, elle monta l'escalier d'un pas vif. Sa voix descendit jusqu'à lui :

— Waouh ! Tu ne vas pas croire ce qu'il y a là-haut !

Les doigts d'Asher se crispèrent par réflexe.

— Quelque chose de mauvais ?

— Ça dépend du point de vue.

Paige se pencha par-dessus la rambarde et ouvrit la main. Des pétales de rose flottèrent jusqu'au sol. Quelques-uns atterrirent sur l'épaule d'Asher, et il les brossa d'un revers de main.

— Des fleurs mortes ?

— Tabitha avait sorti le grand jeu pour ta visite. Des pétales de rose sur le lit, des bougies partout dans la chambre...

Asher entendit le bruit d'un tiroir qui s'ouvre et se referme bruyamment.

— ... des préservatifs dans le tiroir de la table de nuit.

Il poussa un sifflement.

— Cette femme délirait complètement. J'ai de la peine pour elle maintenant.

— Je sais. Je me fais presque l'effet d'une voyeuse, à fouiner dans ses affaires. Apparemment, elle était aussi obsédée par les chats, sauf si ses parents trouvaient que c'était le thème idéal pour décorer un chalet.

— Le côté positif, c'est que tu peux dormir sur des pétales de rose.

Asher attrapa le fusil puis, après avoir vérifié qu'il était chargé, le posa sur le sol près du canapé.

— Je croyais que tu voulais prendre ton ordinateur.

— Je suis fatiguée. Je vais dormir. Et sans les pétales. Je les ai secoués du dessus-de-lit.

Une fois la mezzanine plongée dans l'obscurité, Asher éteignit la lampe près du canapé.

— Bonne nuit, Paige. Merci d'être venue à mon secours.

— Bonne nuit, Asher. Heureuse de t'avoir renvoyé l'ascenseur.

Après avoir remonté la couverture jusqu'à son menton, il ferma les yeux et inhala le parfum que Paige avait laissé derrière elle.

Il n'avait pas besoin de pétales de rose, mais il commençait à se rendre compte qu'il avait besoin de Paige... Si seulement elle l'aidait à se rappeler.

Le lendemain matin, Paige se leva du lit et marcha à pas feutrés jusqu'à la fenêtre. Elle suivit du regard les flocons qui tombaient du ciel gris pour recouvrir les branches des sapins.

Les touristes n'allaient pas tarder à affluer, mais de toute façon Asher et elle ne pouvaient pas rester dans ce chalet pour toujours. Asher devait retrouver le cours de sa vie... et ses souvenirs.

Une odeur de café flotta jusqu'à la mezzanine. Paige se détourna de la fenêtre, traversa la pièce et se pencha par-dessus la rambarde.

— Ça sent bon. Je vais préparer le petit déjeuner.

Asher recula hors de la cuisine, la tête en arrière.
— Je m'en suis occupé. J'ai fait des pancakes.
— Super ! J'arrive tout de suite.
Paige tira sur l'ourlet de sa chemise de nuit. Ce n'était pas vraiment sexy, mais était-elle censée se changer ? Elle lissa le tissu sur ses cuisses, puis s'engagea dans l'escalier. Cet homme était son fiancé – qu'il s'en souvienne ou pas.
Elle rapprocha un tabouret du plan de travail tandis qu'Asher posait une assiette bien garnie devant elle.
Une bouteille dans chaque main, il lança :
— On a même le choix entre du sirop d'érable et du sirop de myrtille.
— Que serait une visite dans le Vermont sans sirop d'érable ?
Il lui tendit le récipient.
— Tu devrais vérifier les infos locales sur ton ordinateur. Je suis curieux de savoir comment les autorités qualifient l'incendie de l'autre chalet et si le corps de Tabitha a déjà été découvert.
— S'ils évoquent un seul corps, on va devoir reprendre la route. Ceux qui sont à nos trousses vont comprendre qu'on n'était pas là-bas.
Asher piqua sa fourchette dans quatre couches de pancakes.
— Mais ça faisait du bien de se poser un peu, et maintenant, ça fait du bien de manger de la vraie nourriture.
— Tu as bien dormi sur le canapé ?
— J'ai sûrement passé ma meilleure nuit de sommeil depuis l'incident.
— Tu n'as pas monté la garde ? J'ai remarqué que le fusil avait été ton compagnon de lit.
Elle n'avait pas eu cette chance, songea Paige à regret.
— J'ai le sommeil léger, surtout maintenant, répondit Asher. Je me suis dit que je pouvais m'assoupir un peu, et que je me réveillerais si quelqu'un essayait de forcer l'entrée.
— Alors, au programme du jour : faire les bagages et partir d'ici, acheter un téléphone prépayé et appeler Cam...
Paige pencha la tête sur le côté, avant de poursuivre :
— Et peut-être t'acheter plus de vêtements.

— Si tu le dis. Je préférerais emballer un peu de cette nourriture que Tabitha avait préparée pour notre rencard. Et je suis prêt pour une autre séance d'hypnose dès que tu l'es. Cette fois, je veux savoir tout ce qui s'est passé dans ma vie *avant* cette montagne en Afghanistan.

— Peut-être ce soir quand on sera en lieu sûr quelque part.

Elle traça des petites croix dans le sirop sur son assiette avec les pointes de sa fourchette.

— D'ailleurs, où va-t-on ? Je suppose que ce n'est pas une bonne idée de retourner à Las Vegas. Ils risquent de nous chercher là-bas.

— J'aimerais rester près de Washington. Je ne peux pas vraiment débouler dans un QG de l'armée en déclarant que mes souvenirs de l'incident avec le commandant Denver étaient mensongers et que je veux corriger l'histoire. J'ai besoin de savoir qui se cache derrière les agissements de la clinique, qui voulait que cette version de l'histoire sorte.

— Il faut que tu sois prudent, Asher. Les personnes qui sont derrière cette version sont investies dedans à cent pour cent. On sait tous les deux que ce complot n'a pas été fomenté par une poignée de psychiatres à Hidden Hills. Ils obéissaient à des ordres.

— Je me demande jusqu'où ça remonte dans la chaîne de commandement.

Après avoir posé sa fourchette, il se leva et empila leurs assiettes vides.

— Je pense que Cam Sutton peut nous aider.

— Dès qu'on lui dira que tu n'es pas un sale traître.

— C'est un cabochard, ce petit jeune, mais il a bon cœur.

Paige pressa deux doigts sur ses lèvres. Les souvenirs et les sensations d'Asher remontaient à la surface tout naturellement.

Il lâcha bruyamment la vaisselle dans l'évier.

— Tu te rends compte ? Je me suis rappelé ces aspects de la personnalité de Cam.

— J'ai remarqué. Tout finira par te revenir sans l'interférence des médecins de Hidden Hills et leur cocktail de drogues.

Asher se sécha les mains avec une serviette en papier et se pencha au-dessus du plan de travail.

— Toi aussi, je te connaissais, Paige. Quand je t'ai vu dans les bois la première fois, j'ai su que je pouvais te faire confiance.

— Ça aussi, ça va te revenir. Ça et tout le reste.

Elle cligna des yeux et se plaqua un sourire sur le visage.

— Si ça ne t'embête pas, je vais aller prendre ma douche en premier et m'habiller. J'ai plus de bagages à préparer que toi.

— Tu veux bien vérifier les informations en ligne d'abord ? Ensuite, je vais ranger ici et tout remettre comme on l'a trouvé, à part la nourriture. Je vais en emporter le plus possible.

— Après tout, Tabitha l'a achetée pour toi.

Sentant son ventre se nouer, Paige posa la main dessus. Elle n'arrivait toujours pas à croire qu'ils avaient laissé un cadavre derrière eux.

Asher croisa les bras sur son torse et s'appuya contre le plan de travail.

— Tabitha jouait avec le feu, Paige. Elle était infirmière. En tant que professionnelle, aurais-tu accepté d'être complice d'un plan insensé ayant pour but de détenir un soldat qui venait de subir un traumatisme ? De lui faire croire n'importe quoi ?

— Bien sûr que non.

— Comme je l'ai dit, elle jouait avec le feu.

Paige débrancha son ordinateur, puis le posa sur le plan de travail.

— À ton avis ? Les actualités du Vermont ? Celles de cette station de ski ?

— J'essaierais avec le nom de la station.

Paige obéit. L'écran se remplit de bulletins météo et de conditions de ski, mais elle finit par voir le titre.

— « Incendie dans un chalet », ça y est.

Sans cesser de faire la vaisselle, Asher lui jeta un coup d'œil.

— Qu'est-ce que ça dit ?

— Ils pensent que c'est un incendie criminel.

Elle suivit du doigt les lignes du bref article.

— Rien sur un corps.

— J'ai du mal à croire que les pompiers ne l'aient pas trouvée, remarqua Asher. Ils ont sûrement décidé de ne pas en parler pour l'instant, ou peut-être pas dans cet article, en tout cas. Tu vois autre chose ?

Paige cliqua pour afficher la page suivante de résultats de recherche.

— Non, rien d'autre.

— Alors, ceux qui ont mis le feu ne sont pas au courant non plus, déclara-t-il en accrochant le torchon sur la poignée du four. Ça nous fait gagner un peu de temps.

Elle poussa un soupir.

— Je vais aller me doucher.

— Laisse-moi un peu d'eau chaude... Je vais m'occuper des provisions pour le trajet. Moins on aura besoin de s'arrêter dans les magasins de la région, mieux ce sera.

Paige se doucha et s'habilla en un temps record. Elle n'aimait pas être dans le chalet de Tabitha – et ce n'était pas seulement parce qu'elle avait peur d'être retrouvée. Cet endroit lui donnait la chair de poule.

Lorsqu'elle rejoignit le rez-de-chaussée, traînant sa valise derrière elle, Asher avait préparé quelques sacs de nourriture. Il releva les yeux en l'entendant approcher et désigna son ordinateur.

— Je me suis permis de chercher quelques endroits à proximité où on pourrait trouver un téléphone, mais ce serait peut-être mieux de filer vers Washington. Ça va être plus compliqué de trouver un lieu où passer la nuit. On n'a pas assez d'espèces pour prendre une chambre d'hôtel et on doit éviter d'utiliser tes cartes de crédit.

— Je peux peut-être me procurer du liquide.

— Pas de banques.

— Où est ton père quand on a besoin de lui ?

Elle plaqua une main sur sa bouche et leva les yeux sur lui.

— Je plaisante. Tu... Tu en étais arrivé au stade où on pouvait faire des blagues à propos de ton père.

— J'espère bien. Je ne crois pas qu'une petite amnésie de rien du tout m'ait rendu hypersensible.

Paige le suivit du regard lorsqu'il monta les marches pour aller se doucher. Pourvu que cette petite amnésie ne l'ait pas non plus rendu trop prompt à juger, se dit-elle.

Il avait cessé de neiger lorsqu'ils terminèrent leurs préparatifs. Asher s'accroupit près de la porte de derrière et glissa la clé sous le paillasson.

— Les parents de Tabitha vont se demander ce qu'elle faisait dans l'autre chalet alors que le leur était à trois kilomètres de là.

— Ils devraient plutôt se demander pourquoi quelqu'un a voulu tuer leur fille.

— Cette enquête n'aboutira à rien. Les autorités feront le lien entre elle et Hidden Hills, mais les médecins de la clinique ne vont sûrement pas révéler la fascination de Tabitha pour un soldat amoché qui a disparu.

Alors qu'Asher rangeait la valise dans le coffre, elle posa la main sur son bras.

— C'est comme ça que tu te vois ? Amoché ?

— Je ne suis pas indemne, n'est-ce pas ? Et je ne le serai pas tant que je ne me souviendrai pas de tout. Je ne le serai pas tant que je ne saurai pas pourquoi Denver a été piégé.

Il lui tendit les clés.

— Tu conduis, je fais le copilote.

— Où va-t-on ? As-tu pris une décision ?

— Roule vers le sud, et on achètera un téléphone dès qu'on se sentira en sécurité et qu'il y aura plus de monde.

— Avec un peu de chance, la bande de Hidden Hills nous croit morts.

— Pour l'instant. J'aimerais quand même qu'on s'éloigne d'ici au plus vite.

En signe d'assentiment, Paige accéléra. Elle voulait mettre autant de kilomètres que possible entre eux et le chalet incendié – et le corps de Tabitha.

Une heure plus tard, Asher lui indiqua de prendre la route pour Montpelier.

— Ce n'est pas une très grande ville, mais elle l'est assez pour qu'on passe inaperçus.

Paige se gara sur le parking d'un hypermarché.

— Là-dedans, on peut trouver un téléphone, des vêtements et encore plus de nourriture.

— Est-ce que tu vas payer en liquide ou te servir encore de ta carte ?

— Je vais retirer ma carte de la circulation. À Mooseville, quand j'ai décidé que j'allais te faire évader, je suis allée au distributeur deux fois en deux jours et j'ai retiré le plus d'argent possible de mes... de nos économies.

Elle tapota son sac.

— J'ai de quoi financer cette virée shopping.

— Et le reste ? demanda Asher. Tu as dit tout à l'heure que tu pouvais te procurer du liquide – sans cambrioler de banque.

— Le... L'ami de ma mère. C'était le copain d'armée de mon père, et lui et maman passent beaucoup de temps ensemble. D'après moi, ils sont en couple, mais ils ne me l'ont pas encore dit. Bref, c'est Terrence qui a découvert où l'armée te cachait. Je pense qu'il pourrait nous fournir de l'argent.

— Il ne va pas rester loyal envers l'armée ?

— Est-ce que tu le resterais, après ce qu'elle vous a fait, à toi et au commandant Denver ? La loyauté de Terrence va à ma mère et moi. Il fera tout ce qui est en son pouvoir pour me protéger... et te protéger, toi.

Ils déambulèrent dans le magasin et trouvèrent un téléphone prépayé, ainsi que d'autres vêtements.

Alors qu'ils attendaient à la caisse, Paige observa Asher, qui portait sur le bras un jean bon marché et des chemises en flanelle. Elle sourit.

Il haussa les sourcils.

— Qu'est-ce qui se passe ?

— Dans la vraie vie, tu ne t'abaisserais pas à porter ce genre de frusques. Tu as beaucoup de style – l'une des qualités que tu as héritées de ton père.

Il écarta les vêtements de lui et les inspecta.

— Une raison de plus pour rester en vie : pouvoir remettre mes propres affaires.

Une fois dans la voiture, Asher déchira l'emballage du portable prépayé.

— On doit aller dans un café pour charger la batterie et commencer à passer quelques coups de fil.

— Ça a l'air d'être une zone commerciale, alors on devrait pouvoir trouver quelque chose pas loin.

Ils quittèrent le parking et roulèrent quelques centaines de mètres.

— Là, à droite, déclara Asher en tendant le doigt.

Paige se gara devant le café, puis ils entrèrent et s'assirent à une table. Tout en sirotant leur boisson, ils laissèrent le portable charger.

Elle sortit son propre téléphone de son sac.

— Je vais devoir l'allumer pour récupérer le numéro de Cam.

— Courons le risque. Si nos ennemis décident de piéger ton portable plus tard, on sera partis d'ici depuis longtemps.

Paige avala sa salive avec difficulté.

— Nos ennemis ?

— Comment les appellerais-tu ? Ces gens essaient de nous tuer.

— Oui, « ennemis » est approprié.

Après avoir allumé l'appareil, elle chercha dans ses contacts.

— Je ferais bien de noter tous ces numéros et de les enregistrer dans le portable neuf. Je ne me souviens plus d'aucun numéro par cœur.

— Moi non plus.

Elle lui jeta un coup d'œil et Asher esquissa un sourire. C'était le premier qu'elle voyait depuis Hidden Hills. Elle lui donna une claque sur le bras.

— Si l'armée ne veut plus de toi, tu devrais peut-être te lancer dans une carrière de comique.

— L'armée a intérêt à vouloir de moi.

Il tapota la table devant le téléphone prépayé.

— Il est chargé.

Paige inspira profondément puis, sans débrancher le téléphone, composa le numéro de Cam.

— Il ne décrochera probablement pas s'il ignore qui appelle.

— Probablement pas, admit Asher en prenant l'appareil. Je vais lui laisser un message.

Quelques secondes plus tard, il secoua la tête et murmura :

— Cam, c'est Asher. Je suis avec Paige et je suis au courant de ce que tu as dit sur moi. Je retire ma version des faits qui ont mené à la disparition du commandant Denver. J'ai été piégé autant que lui, et il faut qu'on parle.

Il marqua une pause pour se frotter les yeux, avant de poursuivre :

— Rappelle-nous à ce numéro. C'est un portable prépayé.

Il s'interrompit. En étudiant son visage, Paige remarqua la fine couche de transpiration qui brillait sur son front.

Il serra les mâchoires, puis se remit à parler :

— On essaie de laisser le téléphone de Paige éteint. Longue... longue hist...

— Asher !

Ses yeux se révulsèrent. Il lâcha l'appareil... juste avant de s'effondrer sur la table.

10

Paige regarda autour d'elle, passant en revue les tables occupées et les clients qui faisaient la queue. Heureusement que les gens étaient accros à leurs smartphones. Personne n'avait remarqué le malaise d'Asher.

Elle se pencha, ramassa le portable, puis fit semblant de parler à Asher – au cas où quelqu'un relèverait la tête de son écran assez longtemps pour voir ce qui se passait.

Comme la messagerie de Cam continuait sûrement à enregistrer, Paige murmura dans le micro :

— Cam, c'est Paige. Asher vient de perdre connaissance. Je vais avoir besoin d'un coup de main. On est dans le Vermont... à Montpelier, mais sûrement plus pour longtemps.

Après avoir raccroché, elle croisa les bras sur la table et posa le menton sur ses mains. Rapprochant sa bouche de l'oreille d'Asher, elle chuchota :

— Que se passe-t-il, Asher ? Tu m'entends ?

Il répondit par un léger gémissement. Au moins, il n'était pas mort.

Que s'était-il passé ? Leur café avait-il été empoisonné ? Elle ôta le couvercle de son gobelet et étudia le liquide. À part les employés, personne n'aurait pu verser quoi que ce soit dans leur boisson. Or, il était peu vraisemblable que les médecins de Hidden Hills aient payé des serveurs de Montpelier pour le faire.

Asher avait peut-être des séquelles de son traumatisme crânien. Comment ses blessures physiques avaient-elles été traitées ? Ces médecins s'étaient surtout intéressés à son état psychologique… et à comment le manipuler.

Elle lui toucha le front, puis repoussa ses cheveux en arrière. Il avait la peau moite. Elle risquait gros si elle appelait les secours, mais elle devait le faire. Elle préférait le voir de retour à Hidden Hills plutôt que mort, même si un autre séjour dans la clinique pouvait avoir la même issue.

— Réfléchis, murmura-t-elle, les doigts pressés sur ses tempes.

Elle avait aidé plus d'un ivrogne à sortir d'un bar. En quoi cela serait-il différent ?

Elle saisit les poignets d'Asher.

— On sort d'ici. Je vais t'aider, mais il faut que tu marches tout seul. Compris ?

Les paupières d'Asher papillonnèrent, et il remua les lèvres.

— On va dire que c'est oui, marmonna-t-elle.

Elle fourra le portable dans son sac à main qu'elle passa en bandoulière. Puis elle s'accroupit à côté de la chaise d'Asher, lui prit le bras et le passa autour de ses épaules.

— À trois, je vais me redresser, et tu te lèveras avec moi.

Elle planta ses pieds dans le sol et lança :

— Un, deux, trois.

Elle poussa sur ses cuisses, et Asher fit un effort pour l'accompagner, ce qui lui facilita la tâche. Ainsi, il pouvait l'entendre et réagir à sa façon.

Lorsqu'ils furent debout côte à côte, Paige commença à le traîner vers la porte. Un couple qui entrait s'écarta pour les éviter, mais leur tint la porte.

Paige les remercia d'un hochement de tête, puis franchit le seuil sans cesser de soutenir Asher.

Un jeune homme assis dans le café bondit de sa chaise et les suivit à l'extérieur.

— Vous avez besoin d'aide ? Il est malade ?

— Oui, il est malade. Je dois l'amener à la voiture, c'est tout.

— Voulez-vous que j'appelle les secours ?

— Non. Il a la grippe. Il faut juste qu'on rentre à la maison.

— Je vais vous aider.

L'homme se plaça à gauche d'Asher. Ils le traînèrent jusqu'à la voiture et l'installèrent sur le siège passager.

L'ami du client les rejoignit au pas de course, mais trop tard pour leur prêter main-forte.

Paige se précipita du côté conducteur.

— Merci beaucoup.

Elle venait de s'asseoir lorsqu'elle entendit le second homme demander :

— Qu'est-ce qu'il a ?

Le bon Samaritain renifla avec dédain et répondit :

— Encore un camé.

Une flambée de colère envahit Paige – pendant une seconde. Et si c'était bien de la drogue dans l'organisme d'Asher ? se demanda-t-elle en claquant sa portière. Une substance injectée par les médecins de Hidden Hills censée se manifester plus tard ? Était-ce possible ? Un produit que Tabitha lui aurait administré pour s'assurer de sa docilité ?

Elle passa la ceinture en travers du torse d'Asher, puis vérifia sa respiration : toujours régulière.

Sans perdre un instant, elle s'éloigna du parking, au cas où quelqu'un dans le café ait eu l'idée d'appeler la police ou une ambulance.

Elle se gara aux abords d'un parc. Par ce temps froid, les balançoires et les toboggans étaient déserts.

Asher avait-il pris des stupéfiants ? Après ce qu'il avait enduré, elle ne le lui reprocherait pas, mais il avait les drogues en horreur, quelles qu'elles soient.

Elle sortit son vieux portable de son sac, l'alluma et chercha dans ses contacts le numéro d'Elena Morelli. Comme elle-même n'était pas habilitée à prescrire des médicaments, elle adressait souvent les patients qui en avaient besoin à Elena, une psychiatre qui travaillait dans le même bâtiment qu'elle.

Elle faillit pleurer de soulagement quand Elena décrocha après la seconde sonnerie.

— Salut, Paige. Je croyais que tu n'étais pas en ville.

— Je n'y suis pas. J'ai besoin de ton aide. C'est urgent.

— Je t'écoute.

— Je suis avec un... ami, et il a perdu connaissance. Je pense que c'est peut-être dû à un narcotique quelconque, mais je n'en suis pas sûre. J'ai besoin de connaître la meilleure façon de le faire émerger si c'est une drogue. Les stupéfiants qui ont un effet retard, ça existe ? Quelque chose qu'on injecte à quelqu'un et qui se manifeste plus tard ?

— Waouh, s'exclama la psychiatre. Tu viens de me donner matière à réflexion. Pourquoi n'amènes-tu pas cet ami aux urgences ? Tu n'es pas en danger, j'espère ? Est-ce que tu as... des ennuis ?

C'était le cas, mais pas dans le sens où Elena l'entendait.

— Je vais bien, Elena. Mais mon ami... C'est une longue histoire. Je ne peux pas l'amener à l'hôpital pour l'instant. Je veux seulement m'assurer qu'il va bien et voir si je peux faire quelque chose pour accélérer sa guérison.

— Je ne vais pas t'être d'une grande aide si je ne sais pas de quelle drogue il s'agit. Comment est sa respiration ?

— Lente et régulière.

— Sa peau est-elle sèche au toucher ? Tu vois ce que je veux dire ? Déshydratée ?

Paige remonta la manche d'Asher et lui frotta l'avant-bras.

— On dirait que non.

— Soulève-lui les paupières. Comment sont ses yeux ? Injectés de sang ? Pupilles dilatées ?

Paige recula son siège pour pouvoir se tourner face à Asher. Elle posa le pouce sur sa paupière et la fit remonter.

— Ses pupilles sont dilatées.

— Tu n'as aucune idée de ce qu'il a pris ? Est-ce qu'il a quelque chose sur lui ?

— Ce n'est pas ça, Elena. Il a été drogué, mais il est impossible que quelqu'un lui ait donné quelque chose juste avant qu'il ne s'évanouisse. C'est pour ça que je t'ai parlé d'une drogue avec effet retard.

— Tout ça est très bizarre, Paige. Dans quoi t'es-tu fourrée ? Tu as besoin d'appeler quelqu'un du programme ?

— Non. Je vais bien, Elena. Je veux seulement aider mon ami.

La psychiatre soupira au bout du fil.

— Pour l'instant, la meilleure chose que tu puisses faire pour ton *ami*, c'est de le mettre dans une position confortable, de préférence allongée. Laisse-le dormir, en veillant à ce qu'il reste en chien de fusil. Quand il reprendra connaissance, et ça arrivera, fais-lui boire beaucoup d'eau, puis oriente-le vers un programme de désintoxication.

Paige ferma les yeux et inhala profondément par le nez. Elena n'allait pas la croire de toute façon, alors autant ne pas prendre de gants.

— Donc il est possible d'administrer une substance qui fait effet plus tard ?

— Oui, c'est possible, répondit Elena d'un ton sec.

— Alors, c'est ce qui est arrivé. Combien de temps est-ce que ça peut durer ?

Il serait préférable qu'Asher ne continue pas à s'évanouir toutes les vingt-quatre heures.

— Je ne sais pas, admit la psychiatre. Tout dépend de la drogue. Tu es vraiment sérieuse, n'est-ce pas ?

— Oui.

— Il va falloir que tu emmènes ton ami chez un médecin.

— Je vais essayer.

Paige écarta les cheveux d'Asher et posa la paume sur son front.

— Merci, Elena. Si quelqu'un te demande si tu as eu de mes nouvelles, réponds non.

— Bien sûr. Paige, est-ce que tu vas bien ?

— Ça va aller.

Elle raccrocha. Où étaient-ils censés aller maintenant ? Elle ne voulait pas retourner au chalet de Tabitha.

Frustrée par la situation, elle frappa le volant. L'homme qui l'avait toujours aidée, l'homme qui avait réponse à tout, était inconscient à côté d'elle.

Elle secoua la tête. Elle devait mettre en application l'idée qu'elle avait eue pour obtenir de l'argent liquide. Avec son propre téléphone, elle appela Terrence, le meilleur ami de son père, qui était désormais le... meilleur ami de sa mère.

Asher s'agita et marmonna quelque chose.

— Asher ? demanda-t-elle en lui serrant l'épaule. Asher ? Essaie d'émerger.

Terrence répondit d'une voix calme et assurée. C'était exactement ce dont elle avait besoin.

— Paige ? Tout va bien ?

— Je vais bien, Terrence, mais j'ai besoin de te demander un autre service.

— Je suis sur le point de partir pour une randonnée de trois jours dans le désert, Paige, mais je vais faire mon possible.

Comment allait-il pouvoir l'aider depuis le désert ?

— J'ai besoin d'argent. En liquide.

— Où es-tu ? Toujours dans le Vermont ?

— Oui, mais je peux en partir n'importe quand.

Elle regarda Asher du coin de l'œil. Le pouvait-elle vraiment ?

— Je vais appeler quelques-uns de mes contacts sur place avant de partir, déclara Terrence. Est-ce que tu as vu Asher ?

— Il est avec moi, Terrence. Je l'ai fait sortir de la clinique.

— J'en conclus qu'il n'avait pas l'autorisation de partir si tu as besoin de cash. Comment va-t-il ?

— Il va bien.

Elle ne voulait pas inquiéter sa mère ou Terrence. Elle avait déjà suffisamment affolé sa mère.

— On a besoin de cet argent pour pouvoir circuler sans utiliser mes cartes bancaires.

— Tu es en train d'appeler de ton téléphone, Paige.

— Je m'en sers seulement pour quelques coups de fil. On a un portable prépayé.

— Alors utilise-le. Rappelle-moi dans la soirée et éteins le téléphone que tu as dans la main. Tu as assez d'espèces pour ce soir ?

— Oui.

— Bien. Appelle-moi plus tard, avec l'autre portable.

Après avoir raccroché, Paige éteignit son téléphone. Elle le déposa dans le porte-gobelet, puis démarra. Elle avait assez d'argent pour prendre une chambre d'hôtel. Asher avait eu l'intention d'aller à Washington, alors elle allait commencer à rouler vers le sud.

Elle observa Asher avec inquiétude. Il était toujours affalé sur son siège. Il semblait dormir mais, s'il ne reprenait pas connaissance très bientôt, elle allait devoir l'emmener aux urgences, au risque qu'il soit à nouveau capturé.

Plus elle s'éloignait de Hidden Hills, plus elle se détendait et desserrait sa prise sur le volant.

Enfin, alors qu'elle quittait l'État du Vermont, le portable prépayé sonna. Sans quitter la route des yeux, elle tâtonna pour prendre le téléphone et le posa sur le volant devant elle. Son cœur fit un bond dans sa poitrine lorsqu'elle vit le numéro de Cam.

— Cam, c'est Paige. Ne raccroche pas.

— Pourquoi est-ce que je raccrocherais ? Je te rappelle, c'est tout, ou du moins, je pensais rappeler Asher. Est-ce qu'il a retrouvé la raison ?

— As-tu entendu ma partie du message ?

— J'ai seulement entendu le message d'Asher. Que se passe-t-il ?

— Asher a des ennuis, répondit Paige en lui jetant un regard oblique. Ils lui ont embrouillé l'esprit, Cam.

— Je peux lui parler ?

— Il est... ailleurs.

— Ailleurs ? Où ça ?

Paige prit une grande inspiration.

— Il est K-O, drogué... Je ne sais pas.

Cam laissa échapper un chapelet de jurons.

— De quoi parles-tu ? Il est toujours dans cette clinique du Vermont ?

— Je l'ai aidé à s'en échapper. C'était eux qui le manipulaient, Cam. C'est à cause d'eux qu'il a fait cette déclaration à propos du commandant Denver. Les médecins de Hidden Hills lui ont implanté ces souvenirs dans la tête.

— Paige, ralentis. Qu'est-ce qui ne tourne pas rond chez lui en ce moment ? Il m'a laissé un message il y a quelques heures.

— Si je devais hasarder une hypothèse, je dirais que les médecins lui ont injecté une substance à retardement pour essayer de le contrôler. Ils ne lui avaient même pas parlé de moi. Ils n'ont pas du tout essayé de l'aider. Ils voulaient seulement qu'il raconte leur version à propos du commandant Denver.

— C'est incroyable... Mais je sais que Denver est au cœur d'un coup monté. Je viens d'apprendre que les mails originaux qui l'impliquaient étaient bidon. As-tu prévu d'amener Asher aux urgences ? Et où êtes-vous, d'ailleurs ?

— On est sur la route.

Paige leva le pied de l'accélérateur. Ce n'était vraiment pas le moment de se faire arrêter pour excès de vitesse.

— Je ne veux pas l'amener à l'hôpital, Cam. Je ne crois pas que ce soit ce qu'il veuille. Il risquerait de se faire capturer.

— Tu es sûre qu'il va bien ?

Elle tendit le bras et posa la main sur le torse d'Asher, qui se levait et s'abaissait doucement.

— Il respire toujours. Il n'a pas l'air de souffrir – pas d'écume aux lèvres, pas de spasmes.

— C'est déjà ça. Vous êtes toujours dans le Vermont ?

— On vient de passer la frontière. Tu peux m'aider, Cam ? Nous aider ?

— Je quitte le pays, Paige. Tu vas devoir te débrouiller toute seule. Tu peux y arriver ?

Elle rougit et répondit sèchement :

— Bien sûr.

— On dirait que tu t'en sors très bien pour l'instant... Au moins, tu l'as fait sortir de Hidden Hills. Est-ce que tu as de l'argent ? Un endroit où vous pourrez vous poser ? Il ne faut pas que tu laisses de traces électroniques. L'armée ne doit pas vous localiser.

— J'y travaille. On se dirige vers le sud. Avant qu'Asher... ne s'évanouisse, il m'a dit qu'il voulait aller à Washington. Il veut découvrir qui est derrière tout ça.

— Moi aussi. Est-ce que vous êtes encore loin de Washington ?

— Encore neuf heures de route, approximativement.

— J'ai une idée. Ma copine a une maison de famille sur la baie de Chesapeake, à une heure environ de la capitale.

Surprise, Paige cligna des yeux.

— Tu as une copine ?

— Ouais... Longue histoire. C'est la maison de sa mère, mais elle est inoccupée pour l'instant. Toi et Asher pouvez y aller, et on s'organisera pour que vous y trouviez de l'argent, ainsi qu'un médecin.

— Vraiment ? Je me sentirais tellement mieux si Asher pouvait être examiné.

— Martha a beaucoup de contacts dans la région. On peut y arriver tant que tu amènes Asher à Chesapeake en un seul morceau. Tu en es capable, Paige ? Tu peux le faire sans craquer ?

Si les amis d'Asher ne lui faisaient pas confiance, comment Asher le pourrait-il, avec tous ces souvenirs frais dans sa tête ?

Elle serra les mâchoires et répondit sans desserrer les dents :

— Je vais bien, Cam. Je ne vais pas craquer. Donne-moi l'adresse, et j'y conduirai Asher, même si c'est au péril de ma vie.

— D'accord, d'accord.

Cam lui dicta l'adresse et les instructions pour récupérer la clé.

— Envoie-moi un SMS quand vous y serez. Paige ?

— Oui ?

— Quand Asher se réveillera, dis-lui qu'on est à cent pour cent avec lui.

Paige roula pendant des heures. Pendant que l'après-midi s'achevait et que la soirée commençait, elle écouta de la musique, se parla à elle-même, parla à Asher.

Il remua plusieurs fois au cours du trajet. Elle passa par le drive-in d'un fast-food pour acheter de quoi boire et manger. De cette façon, il aurait le nécessaire à portée de main quand il se réveillerait. Parce qu'il se réveillerait.

Au milieu du Delaware, pendant le premier couplet d'une chanson, son vœu fut exaucé. Asher s'agitait depuis plusieurs kilomètres. Ses cils frémirent, et il allongea les jambes.

Après avoir marmonné quelque chose, il passa le revers de sa main sur sa bouche.

— Asher ? Asher, tu es réveillé ?

Elle avait hâte de lui dire la bonne nouvelle à propos de Cam et de lui annoncer qu'ils étaient en chemin vers un endroit sûr – et qu'elle avait tout organisé elle-même.

Il se redressa en se frottant les yeux, puis bougea la tête, comme pour détendre son cou.

— Bon Dieu, grommela-t-il, avant de refermer la main sur la bouteille d'eau dans le porte-gobelet.

Paige poussa un soupir.

— Dieu merci, tu veux dire ! J'étais morte d'inquiétude, mais je n'ai pas appelé les secours, et on est en route pour une planque. Tu vas même pouvoir consulter un médecin là-bas. Il y a de quoi manger à l'arrière, des hamburgers et des frites, et on est à mi-chemin pour Washington.

Elle attendit qu'il reprenne la parole.

Au lieu de cela, il vida la bouteille d'un trait et tourna les yeux vers la vitre.

— Asher ?

Il semblait éveillé, mais s'agissait-il d'une sorte d'état de conscience suspendue ? Paige patienta pendant quelques minutes qui semblèrent durer une éternité, puis demanda :

— Asher ? Tu m'as entendue ? On est en chemin pour une planque.

Alors qu'elle touchait sa main froide, il recula brusquement le bras. Il revissa le bouchon, remit la bouteille vide dans le porte-gobelet et se tourna vers Paige. Ses yeux verts étaient sombres et insondables.

— Quand diable comptais-tu me parler de notre fille ?

11

Paige donna un coup de volant involontaire, et la voiture fit une embardée sur l'autre voie. Après avoir redressé le véhicule, elle courba les épaules.

— Tu... Tu te souviens ? De tout ?

— De tout ce qui compte, répondit-il, les yeux plissés et les mâchoires crispées.

— Je pensais que ce serait trop dur pour toi d'apprendre ça en plus du reste, alors qu'il y a toujours des inconnus qui en veulent à ta peau... et à ton esprit.

— Vraiment ? Tu n'es pas venue à Hidden Hills pour m'aider à retrouver la mémoire ? À redevenir moi-même ?

— Oui, mais c'était avant que je découvre l'étendue de ce qu'ils te faisaient subir. Je ne sais pas encore toute l'histoire, et toi non plus. Tout à l'heure, j'ai dû te traîner hors de ce café parce que tu venais de t'évanouir. Tu t'en souviens ?

— Je me rappelle que j'essayais de laisser un message à Cam, et puis... plus rien.

— Exactement. Tu comprends pourquoi je trouvais que ce n'était pas une bonne idée de te parler d'Ivy ?

— Soyons sérieux, Paige ! s'exclama Asher en serrant les mains sur ses genoux. Tu pensais que c'était une mauvaise idée de me parler d'Ivy parce que tu ne voulais pas révéler les circonstances de sa naissance et tout ce qui s'est passé après.

Paige sentit une grosse boule se former dans sa gorge.

— Écoute... Oui, j'ai peut-être pensé que ce serait trop lourd à gérer pour toi. Tu ne te souvenais pas de moi, ni de ce que j'avais traversé. Je ne voulais pas que tu t'inquiètes à l'idée de placer ta confiance en une femme, une inconnue à ce stade, qui avait eu des... problèmes.

— Une alcoolique ayant replongé après la naissance de notre enfant. Une alcoolique qui a mis cette enfant en danger. Une alcoolique à qui j'avais peur de confier ma fille.

La route devint floue, et Paige battit des paupières, délogeant une larme de ses cils.

— J'aurais pu te raconter toute l'histoire à propos de mon sevrage et de mon chemin vers l'abstinence, mais ça n'aurait été que des mots pour toi, des mots dénués de sens sans le souvenir des hauts et des bas et des sentiments.

Asher ferma les yeux et se frotta le front entre les sourcils.

— Je m'en souviens. Ça, oui, je m'en souviens.

Elle effleura le volant de ses paumes moites.

— Alors tu t'es écroulé, et quand tu es revenu à toi, tu avais retrouvé la mémoire ? Ça m'étonnerait que ce soit l'effet qu'ils recherchaient.

Il l'interrompit d'un geste impératif.

— Comment va Ivy ? Qui s'occupe d'elle ? Ta mère ?

— Elle est avec maman et elle va très bien. Son papa lui manque. Je n'arrêtais pas de lui dire que tu allais bientôt rentrer à la maison... et puis tu es parti en mission avec le commandant Denver.

— Tu as des photos sur ton téléphone ? Je veux la voir. Je veux lui parler.

— Bien sûr, répondit-elle, avant de désigner la console centrale. Mon portable est là.

Il s'en empara, puis le serra entre ses mains.

— On ne devrait pas l'allumer.

Paige s'humecta les lèvres. Elle ne voulait pas lui dire qu'elle s'en était servie pour appeler Elena et Terrence. Elle était retombée dans ses mauvaises habitudes si facilement... Voilà qu'elle lui cachait à nouveau des choses.

— Je suis vraiment désolée, Asher. Je... Je voulais peut-être que tu me gardes sur ce piédestal pendant encore quelques jours. J'avais tort. J'aurais dû tout te dire.

Les mots lui vinrent aisément. Elle avait passé des années à s'excuser auprès d'Asher.

Il se frotta les yeux.

— Je n'arrive pas à croire que j'aie oublié Ivy. Elle est tout pour moi.

— Je le sais, répondit Paige en baissant la tête. Je te promets que je te dirai tout sur Ivy, mais d'abord, selon toi, que s'est-il passé dans le café ? Est-ce que ça t'est déjà arrivé à Hidden Hills ?

— La seule fois où il s'est produit quelque chose de similaire, c'est le jour où je suis tombé sur toi dans la forêt, quand Granger et Lewis m'ont tiré dessus avec la fléchette. Black-out complet.

— Eh bien, ce n'est pas ce qui s'est passé à Montpelier. Je n'arrête pas de me dire que ça devait être une substance à effet retard. J'ai appelé mon amie Elena Morelli, une psychiatre, et elle m'a dit que ce genre de chose existait.

— Je crois que ces médecins de Hidden Hills sont capables de n'importe quoi. S'ils peuvent implanter des faux souvenirs dans mon cerveau, ils peuvent m'injecter un produit qui m'affectera plus tard.

— Mais pourquoi feraient-ils ça ?

— Va savoir…

Il se frotta l'arrière du crâne, là où ses cheveux bruns repoussaient sur la cicatrice.

— Si je m'étais échappé tout seul et évanoui comme ça en public, quelqu'un aurait appelé les secours, et je serais à nouveau entre leurs mains.

— J'ai bien fait de ne pas t'amener aux urgences ? J'avais des doutes.

— Tu as fait ce qu'il fallait.

Il s'éclaircit la gorge, avant de poursuivre :

— Merci.

Elle hocha la tête. Son plaisir à recevoir un compliment de la part d'Asher était tempéré par le fait de savoir qu'il était fâché. Avait-elle eu tort de vouloir savourer sa réaction un peu plus longtemps ? Il avait montré tellement de satisfaction à avoir une fiancée combative qui l'avait sauvé de sa captivité.

Même après avoir guéri de son addiction, elle cherchait toujours le reflet de sa faiblesse dans les yeux d'Asher. Elle était sensible à toutes les nuances de sa voix, à tous ses coups d'œil, dès qu'elle tenait Ivy dans ses bras.

Elle avait eu tort. La décision ne lui avait pas appartenu, songea-t-elle en se redressant.

— Je suis désolée. J'aurais dû tout te raconter sur nous et notre fille. J'aurais dû te mettre sous hypnose et te faire retourner en arrière – jusqu'à notre rencontre pendant cette fête – quand je suis tombée dans la piscine, complètement soûle, tout habillée, sans lâcher ma margarita.

Les lèvres d'Asher frémirent.

— Je ressentais quand même un immense besoin de te sauver, soûle ou pas.

— Et tu l'as fait. Tu m'as sauvée de toutes les façons imaginables.

Elle couvrit sa main de la sienne.

— Je suis tellement heureuse que tu aies retrouvé la mémoire.

— Moi aussi, mais que va-t-il se passer si je perds à nouveau connaissance ? Et ça arrivera quand ? Où ? La prochaine fois, cette drogue va peut-être effacer tous les souvenirs que j'ai retrouvés et me faire revenir à la case départ.

Il tapa du poing sur son genou.

— Je ne peux pas me permettre de revivre ça, Paige.

— Je le sais, mais j'étais sérieuse en parlant du médecin.

— Quel médecin ?

Bien sûr, il ne se rappelait pas ce qu'elle avait dit sur leur destination, l'argent, le médecin et Cam. Il avait été trop occupé à se souvenir de leur relation tumultueuse et de la mauvaise mère qu'elle avait été.

— J'ai parlé à Cam – avec le portable prépayé.

Elle lâcha la main d'Asher et mit les essuie-glaces en marche.

— On se dirige vers la maison de sa petite amie sur la baie de Chesapeake. On y trouvera de l'argent et un médecin.

— Attends deux secondes, s'exclama-t-il en levant les mains. Je n'ai peut-être pas retrouvé toute ma mémoire. Cam Sutton a une petite amie ? Une petite amie avec une maison sur la baie de Chesapeake ?

— Il m'a dit que c'était une longue histoire, alors on n'est pas entrés dans les détails. Il m'a aussi dit qu'il était en train de quitter le pays. Peut-être un nouveau déploiement.

— Je me demande où il sera affecté, en l'absence de Denver et moi.

— Il ne me l'a pas dit, mais la maison sera vide. Il m'a donné des instructions. De son côté, Terrence fait le nécessaire pour nous faire parvenir de l'argent liquide.

— Terrence doit faire attention. Il est à la retraite. Il n'a pas besoin d'avoir des problèmes avec l'armée.

— Il sait ce qu'il fait. Il a des contacts à Atlantic City qui devraient aussi pouvoir nous aider.

— Tu t'es bien débrouillée, approuva Asher en lui effleurant le bras. Tu m'as encore sauvé.

— Je crois que j'ai encore un certain nombre de sauvetages à faire avant de pouvoir dire qu'on est quittes.

Il se tapa sur la tête du plat de la main.

— Ça fait bizarre de savoir qu'on est contrôlé à distance.

— Est-ce que ton trou noir pourrait être le résultat de tes blessures ? Tu te souvenais de tout quand tu t'es réveillé. C'est peut-être la façon dont ton corps t'a soigné ?

— Cette théorie me plaît beaucoup plus que celle d'une drogue à retardement qui me fait m'écrouler toutes les vingt-quatre heures.

Il la regarda en haussant un sourcil.

— Comment as-tu réussi à me faire sortir de ce café ?

— Tu étais toujours debout. Je t'ai à moitié traîné, à moitié porté dehors.

Elle lui fit un clin d'œil.

— N'oublie pas, je ne manque pas d'expérience pour ce qui est de faire sortir des ivrognes d'un bar.

— Tu as toujours été la meilleure des marraines aux AA.

— En toute honnêteté..., dit-elle en levant deux doigts. Un autre client m'a aidée à te faire traverser le parking jusqu'à la voiture.

— Un autre client ? Quelqu'un de fiable ?

— Il n'allait pas foncer appeler la police ou les secours, si c'est ce que tu veux dire. Il a cru que tu étais un junkie.

— Il n'était pas loin de la vérité, remarqua Asher en tapant du poing sur son torse. Je ne sais pas ce qui court dans mes veines.

— L'ami médecin de Martha pourra peut-être le découvrir.

— Martha ?

— La petite amie de Cam.

— La petite amie de Cam...

Il secoua la tête.

— Bon courage à elle.

Maintenant qu'il avait retrouvé la mémoire, Asher était assailli de souvenirs. Tout ce que Paige et lui avaient traversé à cause de son alcoolisme lui revenait à l'esprit avec tous les détails douloureux. Il avait été très clair : elle devait choisir entre lui et l'alcool. Elle avait choisi l'alcool, mais elle avait ensuite appris qu'elle était enceinte.

La nouvelle l'avait pétrifiée. Elle n'avait pas bu une goutte pendant sa grossesse, mais elle avait replongé après la naissance d'Ivy. Asher avait atteint ses limites et avait menacé de lui prendre le bébé si elle ne se faisait pas aider.

Elle aimait leur fille autant que lui, et elle avait travaillé d'arrache-pied pour s'en sortir : Alcooliques anonymes, thérapie, rupture avec ses copains de beuverie. Ce processus l'avait incitée à devenir conseillère spécialisée en thérapie du couple, de la famille et de l'enfance. Elle s'était lancée dans cette aventure avec autant d'énergie qu'elle en avait mis à lutter contre son addiction.

Il comprenait pourquoi elle avait hésité à tout lui raconter, mais quand il s'était rappelé qu'il avait une fille et pourquoi Paige ne lui en avait pas parlé, il avait senti son cœur se serrer. Il avait éprouvé la même chose lorsqu'elle avait tenté de se sevrer la première fois… avant d'échouer. Elle lui avait menti, lui avait caché des choses, s'était trouvé des excuses. Son attitude avait failli causer leur séparation.

Il détourna les yeux de la route pour la regarder. La tête penchée sur le côté, la bouche entrouverte, elle dormait profondément.

Leur expérience au sein de leurs familles à problèmes les avait rapprochés. Son père à lui était un braqueur de banque derrière les barreaux ; celui de Paige était un policier en disgrâce qui s'était supprimé. Mais le traumatisme de Paige était allé encore plus loin.

Elle était adolescente lorsqu'elle avait retrouvé son père dans le garage familial, le crâne explosé. Comment un enfant pouvait-il se remettre d'un tel choc ? Paige s'était anesthésiée avec l'alcool.

Asher avait géré ses désillusions en devenant organisé à l'excès dans tous les aspects de sa vie. Le destin l'avait conduit à Paige, au moment où elle avait besoin de lui et lui d'elle. Rien ne pouvait perturber la vie comme une personne alcoolique.

Prendre soin de Paige avait satisfait ce besoin intense de régir la moindre chose. Mais cela lui avait aussi enseigné la compassion et l'indulgence, des aptitudes qui lui avaient fait défaut jusque-là. Il avait besoin de les retrouver.

Paige se réveilla en sursaut et écarquilla les yeux.

— Où sommes-nous ?

— On a déjà traversé le New Jersey. Il nous reste moins d'une heure de route. Avec une adresse pareille, la petite amie de Cam doit être pleine aux as.

— D'après Cam, c'est la maison de sa mère.

— Et où est la mère ?

— Il ne l'a pas précisé. Il a seulement dit qu'on serait seuls dans la maison.

— Ça sera une bonne base d'opération pour nous. Et maintenant que les gars sont à nouveau de mon côté, ils accepteront peut-être de nous aider. Il faut que je reparle à Cam. Je veux en savoir plus long sur les mails qu'il a évoqués. Je ne crois pas que mon emprisonnement ait quoi que ce soit à voir avec moi. À mon avis, c'est plutôt lié à Denver. J'étais seulement un outil pour eux.

Paige bâilla, puis demanda :

— Maintenant que tu as retrouvé la mémoire, est-ce que tu te souviens de quoi que ce soit d'autre à propos de la mission ?

— Je me rappelle le nom du contact de Denver : Shabib. Il avait des informations pour le commandant qu'il devait lui communiquer en personne. C'était quelque chose que Denver attendait, sur quoi il enquêtait. Quelque chose d'énorme.

— Apparemment, c'était tellement énorme qu'il devait être neutralisé.

— Mais ils ne l'ont pas capturé, n'est-ce pas ?

Asher observa la pluie qui s'abattait sur le pare-brise, aussitôt chassée par les essuie-glaces.

— Denver est dans la nature quelque part, et il va compter sur nous - ses hommes - pour l'aider.

— Par où vas-tu commencer ?

— Par le début. Je vais retrouver Shabib, d'une façon ou d'une autre.

— L'embranchement est dans trois kilomètres, annonça-t-elle en se penchant pour tenter de voir à travers les gouttes. Cet endroit est vraiment loin de tout.

— Plus c'est isolé, mieux c'est.

— Plus c'est loin de Hidden Hills, mieux c'est.

— Ils sont sûrement encore en train d'essayer de comprendre ce qui s'est passé dans ce chalet.

— J'ai horreur d'y penser, murmura Paige en se frottant les bras.

— Ça a tourné en notre faveur - le destin.

— C'était le destin de Tabitha ? De mourir dans l'incendie de ce chalet ?

— Elle se l'est tracé toute seule, répliqua Asher, avant d'engager la voiture dans une longue allée. Et cette maison sur la baie est à nous pour l'instant.

Il sortit de la voiture et tapa le code pour ouvrir la porte du garage. Il s'arrêta à l'intérieur, puis referma la porte pour que la maison ait toujours l'air inoccupée.

Paige suivit les instructions de Cam pour récupérer la clé, et dix minutes plus tard, ils entrèrent dans une maison richement décorée, propre et bien approvisionnée.

Asher ouvrit le réfrigérateur et observa le contenu en poussant un sifflement.

— On a de quoi rester cachés ici pendant six mois.

— Espérons que ça ne sera pas nécessaire.

Elle tira un sac marin de sous une chaise.

— Du liquide. J'ai déjà appelé Terrence pour le prévenir qu'on avait une autre source.

Asher secoua la tête.

— Je n'arrive pas à croire que Cam ait organisé tout ça. Il n'a rien d'un planificateur.

— Je sais, mais sa nouvelle petite amie doit l'être. Il s'apprêtait à partir à l'étranger. Martha a dû faire le nécessaire.

— On devra remercier Martha si on la rencontre un jour.

Paige cessa de fouiller dans le sac et releva les yeux.

— Tu dis ça parce que tu penses que leur relation ne durera pas... ou parce que tu penses que la nôtre ne durera pas ?

— Oh ! j'ai bien l'intention d'être en vie pour rencontrer toutes les petites amies de Cam, et tu seras à mes côtés pour ça. En parlant de rester en vie..., lança-t-il en désignant le sac. Il y a le pistolet là-dedans ?

Elle enfonça les deux mains dans le sac et en sortit un .38 par le canon.

— Comme l'a promis Cam.

— Je commence à revoir mon opinion sur cette tête brûlée.

Asher traversa la grande pièce pour récupérer l'arme.

— Et les balles ?

— J'ai senti une boîte au fond du sac.

— De l'argent, une arme, de la nourriture et ton ordinateur. Je suis prêt à me mettre au travail.

— Moi, je suis prête à aller me coucher, rétorqua Paige en

se passant les mains dans les cheveux. Et peut-être à prendre une douche.

— Je suis prêt à voir des photos d'Ivy.

Il haussa les sourcils.

— Tu ne pensais pas que j'avais oublié, quand même ?

— Bien sûr que non.

Elle alla chercher son ordinateur portable et le posa sur le plan de travail de la cuisine.

— J'en ai plusieurs qui datent de Thanksgiving. Je te les avais envoyées. Ces enfoirés de Hidden Hills ont dû les voir sur ton téléphone, pourtant ils ne t'ont pas parlé de ta fille.

Deux taches rouges apparurent sur les joues de Paige.

— Et moi non plus.

— Les motivations étaient différentes.

— Égoïstes dans les deux cas.

— Ce n'est pas moi qui vais te dire le contraire.

Sentant la colère l'envahir à nouveau, Asher prit une profonde inspiration. Au moins, il comprenait les motivations de Paige. En outre, elle n'avait pas prévu de garder l'existence d'Ivy secrète pour toujours. Elle avait seulement voulu retarder le moment où il allait la juger et la blâmer.

Il la rejoignit tandis qu'elle allumait l'ordinateur.

— Je n'ai jamais eu mon téléphone, de toute façon.

— Ils ne te l'ont jamais donné ? demanda-t-elle en pianotant sur le clavier. Évidemment qu'ils ne te l'ont pas donné.

— Mon portable n'a jamais été retrouvé. En tout cas, c'est ce qu'ils m'ont dit.

— Tu les crois ?

Lorsqu'elle double-cliqua sur un dossier sur le bureau, sa fille apparut.

Asher s'approcha de l'écran et traça du doigt le contour du visage d'Ivy.

— Comment ai-je pu oublier cette adorable petite frimousse ?

— Tu n'as pas eu le choix.

Elle ouvrit un autre dossier.

— Voici celles de Thanksgiving, qui sont dans un téléphone quelque part en Afghanistan.

— Je me demande où il est...

Ils passèrent le quart d'heure suivant à regarder les photos, pendant que Paige lui racontait les dernières pitreries d'Ivy. Mais il se souvenait de ces images à présent. Il se rappelait qu'Ivy avait commencé à chanter dans sa brosse à cheveux, avait eu son premier récital de danse, réclamait un chiot.

Paige était une bonne mère, et malgré la distance, elle l'avait tenu informé des activités de leur fille.

Il ressentit une pointe de culpabilité. Elle l'avait tenu au courant du moindre détail parce qu'elle avait encore l'impression de devoir faire ses preuves. De devoir lui démontrer qu'elle était une bonne mère.

Rien d'étonnant à ce qu'elle n'ait pas voulu retrouver trop vite son regard accusateur.

Il se tourna brusquement vers elle et posa la main sur sa joue.

— Tu assures avec Ivy. Elle a l'air heureuse et en bonne santé. Et tout ça... c'est grâce à toi. Tu nous as permis de nous réfugier en lieu sûr.

Les lèvres de Paige s'étirèrent en un sourire.

— Techniquement, c'est Cam et son amie qui nous l'ont permis.

— Cam n'est pas ici. Toi, oui.

Il passa le pouce sur ses lèvres.

— Tu m'as fait sortir de ce café. Bon sang, tu m'as fait sortir de Hidden Hills. Sans toi, je serais encore en train de croupir là-bas, à penser que le commandant Denver était un traître.

— Tu t'imaginais que j'allais te laisser moisir dans cette clinique et renoncer à nos fiançailles ? Quand le militaire au téléphone m'a dit que tu ne te souvenais pas de moi, j'ai pensé que tu avais trouvé un moyen commode d'éviter de m'épouser.

— Comme si je pouvais avoir envie de faire ça...

Il se pencha pour l'embrasser. C'était leur premier vrai baiser depuis qu'ils s'étaient retrouvés, et au contact de ses lèvres, il eut l'impression de rentrer d'un long voyage.

Il enfouit les mains dans ses cheveux et l'embrassa plus passionnément tandis qu'ils se rapprochaient au-dessus des photos de leur fille sur l'écran d'ordinateur. Il murmura contre sa bouche :

— Je t'aime, Paige.

Elle posa les mains sur son torse.

— J'attends que tu me dises ces mots depuis tellement longtemps.

— Ne perdons plus une seconde, murmura-t-il en lui serrant doucement les poignets. On n'a même pas encore regardé où on va dormir, mais je ne passe pas une autre nuit sans toi.

Elle enfonça légèrement les ongles dans sa peau.

— Moi non plus, je n'en avais pas l'intention, mais j'ai besoin d'une petite douche avant d'aller au lit.

Il l'embrassa sur le front.

— Vas-y. Trouve-nous un lit, et je vais m'assurer que tout est sécurisé ici. Y compris cet argent.

— Prends le pistolet avec toi… au cas où, conseilla-t-elle, avant de s'esquiver.

Asher contempla les photos d'Ivy pendant encore quelques secondes, puis rabattit l'écran de l'ordinateur. Il souleva le sac d'argent et se rendit dans la cuisine, où il le rangea dans le placard sous l'évier.

Il entendit de l'eau couler dans les canalisations. Paige avait dû trouver la douche.

S'il se dépêchait un peu, il pourrait peut-être la rejoindre. Il sortit deux bouteilles d'eau du réfrigérateur et les cala sous un bras. Alors qu'il éteignait la lumière et pivotait vers l'escalier, Paige hurla :

— Asher, ils nous surveillent !

12

Lorsque Asher se précipita dans la chambre obscure, Paige cria :

— N'allume pas.

Emporté par son élan, il trébucha sur un meuble et se cogna le tibia contre un objet dur.

— Bon sang, Paige ! J'ai failli me tuer en venant ici. Qui nous surveille ?

Elle se tourna à nouveau vers la fenêtre et écarta une des lames du store.

— Il y a quelqu'un sur le ponton, et il braque des jumelles sur la maison.

Une décharge d'adrénaline traversa Asher, avant de s'estomper. Il reprit son souffle.

— Est-ce qu'il t'a aperçue ?

— Je ne crois pas, pas à cette fenêtre, mais il a dû voir la lumière de la salle de bains.

D'une main, elle ajusta la serviette autour de son corps.

— Après ma douche, je suis venue ici et j'ai voulu allumer l'interrupteur à côté du lit. En chemin, je me suis arrêtée pour jeter un coup d'œil par la fenêtre. Je me disais que la maison devait donner sur la baie. J'ai vu l'estuaire, en effet, mais j'ai aussi vu quelque chose de brillant sur le ponton. C'était la silhouette d'un homme, qui était tourné vers la maison et tenait quelque chose devant son visage. Je suis sûre que c'est une paire des jumelles.

— Il est toujours là ?

— Oui. Tu crois qu'on a été suivis ?

— Tout est possible, mais s'il était à nos trousses et savait qu'on était ici, pourquoi attendrait-il dehors à la vue de tous ? Et s'il nous suivait, comment est-il arrivé ici avant nous ?

Paige lâcha la latte.

— C'est logique, mais ce qui ne l'est pas, c'est ce type qui surveille la maison depuis le ponton.

— Ce n'est pas si surprenant que ça. Si un soldat est en fuite, à qui va-t-il demander de l'aide ?

— Aux membres de son unité, répondit-elle. Mais ce n'est même pas la maison de Cam.

— Parce que la maison de Cam n'est pas du tout dans le coin.

— Apparemment, tout le monde, y compris les méchants, était au courant que Cam avait une nouvelle petite amie, sauf nous.

Asher s'assit au bord du lit et se frotta le tibia.

— Tu as ton téléphone avec toi ? Je vais appeler Martha. De toute façon, Cam t'a dit de la prévenir de notre arrivée, n'est-ce pas ?

Paige s'écarta de la fenêtre. Elle était toujours raide comme un piquet, et la peur se lisait encore sur son visage. Elle prit son pull sur la chaise et plongea la main dans la poche.

— Le numéro de Martha est enregistré dans le répertoire.

Une fois l'appareil en main, Asher se laissa glisser du matelas jusqu'au sol.

— Pas la peine d'attirer davantage l'attention avec la lumière de l'écran.

Il sélectionna le numéro et retint son souffle. Au bout de deux sonneries, une voix douce répondit :

— Allô !

— Martha, c'est Asher Knight, l'ami de Cam.

Il activa le haut-parleur et adressa un signe de tête à Paige.

— Oui..., répondit Martha. J'ai reconnu le numéro que Cam m'a donné. Vous êtes bien arrivés ? Il y a le plein de nourriture ? L'argent est là ? Je me suis occupée de tout, et ma mère ne rentrera pas avant plusieurs mois. Un médecin devrait venir demain... sauf si vous avez besoin de lui maintenant.

— Non. Tout va bien... Sauf qu'il y a un homme sur le ponton qui observe la maison avec des jumelles.

La jeune femme poussa une exclamation.

— Cam avait peur que quelqu'un le surveille... nous surveille. Ce complot a pris une telle ampleur que je ne me sens toujours pas en sécurité.

— Ah bon ? demanda Asher.

Il regarda Paige en arquant les sourcils. Assise par terre à côté de lui, elle haussa les épaules tandis que Martha répondait :

— C'est moi qui ai reçu les faux mails impliquant le commandant Denver. Cam et moi avons même prouvé qu'ils étaient bidon, mais ça n'a pas arrêté la locomotive qui fonce à toute allure pour coincer Denver pour trahison.

— C'est complètement dingue, remarqua-t-il en se frottant la bouche. Alors le type qui est en train de surveiller votre maison est peut-être là juste au cas où Cam me donnerait un coup de main.

— C'est peut-être ça, sauf si vous pensez que quelqu'un vous a suivis ou localisés. J'ai une idée. Ma mère a une femme de ménage qui passe tout le temps à la maison. C'est elle qui a acheté les provisions. Si elle s'y trouvait en ce moment et qu'elle remarque un individu suspect, elle préviendrait la police.

— Martha, c'est Paige. Vous voulez qu'on appelle la police ?

— Je vais les contacter en me faisant passer pour elle. En venant enquêter, la police fera fuir l'homme en question. Il croira peut-être que la seule personne présente dans la maison est la femme de ménage de ma mère. Il n'y a aucune chance qu'il imagine que vous puissiez appeler la police... Sauf s'il vous a déjà vus.

Après avoir jeté un coup d'œil vers Paige, qui secoua la tête, Asher répondit :

— A priori non, mais si la police le fait fuir il va revenir, et je vais perdre l'occasion de mettre la main sur quelqu'un qui pourrait me fournir des réponses.

— Mettre la main ? s'exclama Paige, les yeux écarquillés par la surprise. Je ne crois pas que ce soit une bonne idée.

— Je trouve que c'est une idée géniale, insista-t-il en tapant sur le sol du plat de la main. Martha, y a-t-il un moyen d'aller de la maison au ponton sans être vu par quelqu'un qui se trouve au bord de l'eau ?

Paige lui donna un petit coup sur la jambe, mais il l'ignora.

— Vous pouvez rejoindre la rive en prenant un chemin à côté de la maison, indiqua Martha. Vous serez à l'abri jusqu'à ce que vous atteigniez la baie. Il pourra vous voir quand vous commencerez à approcher de lui en longeant le littoral.

— Sauf si je passe par l'eau.

— Il entendra un bateau arriver, même si c'est un bateau à rames.

— Je ne parle pas d'utiliser un bateau.

Les deux femmes s'exclamèrent de concert, puis Paige lui frappa à nouveau la jambe.

— Tu ne vas pas *nager* jusqu'à un type qui est probablement armé.

Dès qu'elle se tut, Martha enchaîna :

— L'eau va être glaciale.

— Je n'y resterai pas longtemps… et Paige pourra me réchauffer dès que je rentrerai.

— Pas si tu es mort, rétorqua-t-elle en le fusillant du regard.

Martha soupira.

— Si j'ai appris une chose sur vous, les D-Boys, après avoir fréquenté Cam ces derniers mois, c'est qu'on ne peut pas vous faire changer d'avis quand vous avez pris une décision.

— On pourrait penser que ma fiancée le sait aussi, lança-t-il en caressant la jambe de Paige.

— Alors voilà ce qu'il faut faire, reprit Martha. Sortez par la porte latérale et passez sous la barrière de ce côté de la propriété. Suivez le sentier jusqu'à la rive, et là, vous pourrez entrer dans l'eau. Vous saurez que vous êtes arrivé à notre ponton lorsque vous verrez les pilotis. Je sais que Cam sera déçu de ne pas avoir été là pour vous aider.

— Il nous a beaucoup aidés. Et dites à cette tête brûlée de continuer à l'être. Il devrait clamer haut et fort que je suis un... sale traître. Je crois que c'est comme ça qu'il l'a formulé. Si les responsables de ce complot pensent qu'aux yeux de Cam j'accuse toujours Denver de sabotage, ils vous laisseront peut-être tranquilles tous les deux.

— Je lui dirai dès que possible. Soyez prudents... Ces gens sont prêts à tout pour entretenir le mensonge à propos du commandant Denver, et on ne sait pas de qui il s'agit ni pourquoi ils font ça.

— On fera attention.

Après avoir raccroché, Asher marcha à quatre pattes jusqu'à la fenêtre.

— Je ferais mieux de vérifier qu'il ne s'est pas rapproché du perron.

Paige exhala longuement.

— Ça a plus d'ampleur que ce qu'on pensait. Ça va plus loin que quelques médecins à Hidden Hills.

— J'ai toujours pensé que c'était le cas. Je regrette seulement que tu sois mêlée à tout ça.

— J'allais forcément être mêlée à tout ça, Asher.

Elle se baissa et le rejoignit sous la fenêtre.

— Laisse-moi regarder. Je peux faire le guet pendant ton trajet. Si jamais il avance vers la maison, je commencerai à allumer les lumières. Ça sera notre signal.

— D'accord. Je garderai un œil sur la maison en marchant vers la rive. Si je vois les lumières s'allumer, je reviendrai.

Il désigna le pistolet.

— Garde-le avec toi. De toute façon, je ne peux pas l'emporter dans l'eau.

— Il est toujours là, remarqua Paige en soulevant le bas du store. Tu sais, s'ils espionnent Cam et sa petite amie, ils ont dû me mettre sous surveillance, moi aussi.

— Probablement.

Il se faufila jusqu'à la porte de la chambre.

— Reste ici. Avec un peu de chance, je vais rapporter notre proie avec moi.

— Je serai prête, répondit-elle, une main sur le cœur. Sois prudent et ne fais rien de stupide.

— Je pense que ces deux choses sont incompatibles.

Paige lui envoya un baiser depuis sa position sous la fenêtre.

— Je t'en ferais volontiers un vrai, mais je ne veux pas servir de cible au type dehors.

— Je ne crois pas qu'il puisse nous voir derrière les stores d'une pièce plongée dans l'obscurité…

Asher tendit la main comme pour attraper le baiser en plein vol.

— … Mais je vais prendre celui-ci au cas où.

Il descendit les marches en trottinant et sortit par la porte latérale. D'un bond, il franchit la clôture qui séparait la propriété du sentier public menant à la plage. Tandis qu'il avançait, ses boots crissèrent sur la terre sablonneuse. Il allait devoir les ôter avant d'entrer dans l'eau, sauf s'il voulait couler au fond de la baie.

Courbé en deux, il fonça sur le chemin, sans oublier de jeter un coup d'œil de temps en temps vers la maison pour guetter le signal. Toujours aucune lumière.

À environ trois mètres de la rive, il obliqua vers un petit hangar à bateaux, le seul obstacle entre lui et l'inconnu. Il ôta son blouson et ses boots. À quatre pattes, il s'avança au bord de l'eau, sans prêter attention aux cailloux qui s'enfonçaient dans ses genoux et dans ses paumes de mains.

En retenant son souffle, il s'enfonça dans les flots glacés. L'eau se referma sur lui, s'imprégnant dans ses vêtements et dans sa chair. C'était comme de geler de l'intérieur.

Il nagea sous la surface, la main gauche tendue devant lui pour sentir les pilotis. Quand il atteignit l'autre côté, il remonta à la surface et jeta la tête en arrière pour prendre une brève inspiration.

Sans remettre la tête sous l'eau, il pivota face à la maison de Martha. L'inconnu tournait le dos à la baie et observait la bâtisse en silence. Son hors-bord, qui dansait doucement sur les vaguelettes, permit à Asher d'avancer sans se faire remarquer.

Il n'avait pas droit à l'erreur. S'il mettait trop de temps à sortir de l'eau, s'il le faisait trop bruyamment, il finirait sûrement avec une balle dans la tête, et l'estuaire deviendrait sa tombe.

Il flotta jusqu'au bord du ponton. En un seul mouvement fluide, il se hissa hors de l'eau et se jeta sur l'homme.

L'obscurité, l'effet de surprise et le fait que l'inconnu ait les deux mains sur ses jumelles jouèrent en faveur d'Asher.

Sans lui laisser le temps de réagir, il le plaqua et lui écrasa le visage contre les jumelles.

Grognant sous son poids, le guetteur se débattit et tenta de libérer la main coincée entre son corps et le genou d'Asher. Sans perdre une seconde, Asher inspecta lui-même la poche que l'homme essayait d'atteindre.

Ses doigts se refermèrent sur la crosse d'un pistolet. Il le sortit et l'appuya contre la tempe de son adversaire.

— Qui êtes-vous et pourquoi surveillez-vous la maison ?

L'homme poussa un juron tandis que son corps se tendait sous celui d'Asher, qui poursuivit :

— Ça ne va pas se passer comme ça. Vous allez répondre à mes questions, sinon vous êtes un homme mort.

Les yeux plissés, l'inconnu cracha sur le côté.

— Votre entêtement va vous coûter la vie, lança Asher en se relevant et en visant le torse du type. Debout.

Celui-ci se remit sur pied en chancelant. Asher arracha les jumelles qui se balançaient à son cou, puis le frappa derrière les jambes.

— Allez, en route… Direction la maison. Si vous tentez quoi que ce soit, je tire.

Ils avancèrent l'un derrière l'autre, le silence étant seulement rompu par le bruissement des vêtements mouillés d'Asher.

Alors qu'ils marchaient vers la porte de service, les lumières de la terrasse s'allumèrent. Puis Paige apparut sur le seuil, pointant l'arme d'Asher sur eux.

— Tu as réussi.

— Je l'ai surpris. Il n'a encore rien dit... mais ça va venir, promit-il en poussant l'homme à l'intérieur.

Après avoir claqué la porte derrière eux, Paige tira l'une des chaises de la salle à manger sur le parquet.

— Fais-le asseoir ici. J'ai trouvé de la corde et du ruban adhésif dans le garage.

Des poches de l'homme, Asher sortit un portable et un trousseau de clés. Il lui donna ensuite une bourrade qui l'envoya sur la chaise. Pendant que Paige gardait le captif en joue, il lui attacha les chevilles aux pieds de la chaise et lui ligota les mains dans le dos.

— Reprenons à zéro, déclara-t-il en approchant son visage de celui de l'inconnu. Qui êtes-vous et pourquoi surveillez-vous la maison ?

Le captif se lécha les lèvres.

— Pourquoi faites-vous ça ? Pourquoi n'avez-vous pas appelé la police, tout simplement ?

Asher donna un coup de pied sur la chaise, et la tête de l'homme bascula d'avant en arrière.

— C'est moi qui pose les questions. Qu'est-ce que vous faites ici ?

— Je fais du repérage, répondit l'autre en haussant ses épaules étroites. C'est un quartier de rupins, et j'ai entendu dire que cette maison était vide.

— Alors pourquoi la surveillez-vous au lieu de la cambrioler ?

— Je voulais m'assurer qu'elle était bien vide. Je suis venu en bateau, j'ai vu une lumière s'allumer à l'étage, et ça m'a arrêté.

— Alors pourquoi n'êtes-vous pas parti ? Pourquoi n'avez-vous pas cherché une autre maison à cambrioler ?

— C'est celle-ci qu'on m'a ordonné de cibler.

Paige tourna brusquement la tête vers Asher.

— Qu'on lui a *ordonné* de cibler ? Quelqu'un vous a engagé pour cambrioler cette propriété ?

— Ça ne s'est pas passé comme ça.

L'homme secoua la tête, et des gouttes d'eau giclèrent de ses cheveux en bataille.

— J'ai entendu une rumeur en ville à propos de ces luxueuses maisons de bord de mer, notamment celles qui sont inoccupées. Elle faisait partie du lot.

— Ça n'a toujours aucun sens. Je ne connais pas beaucoup de voleurs qui resteraient à distance de la maison qu'ils veulent cambrioler, à l'observer avec des jumelles.

Le prisonnier émit un ricanement amusé.

— Parce que vous connaissez beaucoup de voleurs ?

— Vous n'imaginez pas, grommela Asher.

— Est-ce que vous agissez seul ? demanda Paige.

Elle tenait toujours l'arme, mais sa prise s'était relâchée.

— Y a-t-il quelqu'un d'autre dans le coin ?

Quelque chose vacilla dans les yeux sombres de l'homme.

— Seulement moi.

— Je ne vous crois pas, rétorqua Asher.

Il avait mal à la mâchoire à force de serrer les dents et de grelotter. Comment diable allait-il arracher des informations à ce type... Surtout en présence de Paige ?

— Croyez ce que vous voulez, mon pote. Pourquoi vous n'appelez pas la police ? Vous aussi, vous êtes entrés par effraction ?

Il se mit à ricaner, mais son rire se transforma en toux sèche.

— Et si on les appelait ? demanda Asher. Que découvrirait la police sur vous ? Un moins-que-rien qui n'existe nulle part ? Une fausse carte d'identité ? Des empreintes ne correspondant à personne ?

Un muscle se contracta au coin de l'œil du prisonnier.

Il savait quelque chose, conclut Asher, avant de se jeter sur lui. Il serra la main autour de son cou jusqu'à ce que ses yeux sortent de leurs orbites.

— Dites-moi pour qui vous bossez et ce que vous faisiez près de cette maison.

L'homme commença à étouffer, son corps se tortillant de façon incontrôlée. Asher le relâcha brusquement, et la chaise retomba en arrière.

— Répondez-moi.

En sentant la main de Paige dans son dos, il se raidit. Il ne pouvait pas interroger leur captif correctement si elle l'observait en condamnant ses actes.

Les yeux de l'inconnu s'embuèrent, et une larme coula au coin de son œil gauche.

— Allez au diable.

Asher grinça des dents. D'un pas décidé, il se rendit dans la cuisine. Il retira un couteau d'un bloc sur le plan de travail, puis les rejoignit. Ignorant le regard écarquillé de Paige, il se rapprocha de l'homme et posa le couteau sur sa gorge.

— Vous allez me dire ce que je veux savoir, et vous allez me le dire maintenant.

La pomme d'Adam du prisonnier tressauta lorsqu'il déglutit, mais il pinça les lèvres et ferma les yeux.

— Je vous ai déjà répondu.

Asher appuya légèrement sur la lame, et une goutte de sang perla sur le côté du cou.

— Vous pouvez mourir d'un millier de petites coupures aussi sûrement que d'un seul coup au niveau de la jugulaire.

Derrière lui, Paige inspira bruyamment.

— Faites de votre mieux, mon pote, répondit l'homme.

Asher toucha le bras droit de Paige, qui tenait l'arme d'une main molle, canon vers le bas.

— Garde le pistolet braqué sur lui. Je reviens tout de suite.

Il marcha jusqu'au garage et alluma la lumière. En regardant l'établi contre le mur, il remarqua les tiroirs que Paige avait laissés ouverts lorsqu'elle cherchait la corde. Il récupéra un marteau et une pince suspendus à des crochets, puis retourna dans la salle à manger. Après avoir détaché l'une des mains de l'homme, il la posa sur l'accoudoir et lui écarta les doigts.

— Hé ! s'exclama celui-ci.

Il essaya de se dégager, mais Asher appuya le poing sur le dessus de sa main. Sans hésiter, il abattit le marteau sur l'un des doigts. Le prisonnier lâcha un hurlement, qui se confondit avec le cri de Paige.

— Pourquoi êtes-vous ici et aux ordres de qui obéissez-vous ?

L'homme tordit la bouche.

— Vous pensez que vous pouvez me faire pire qu'eux ?

Le cœur d'Asher manqua un battement.

— Voilà, on progresse. C'est qui, « eux » ? Qui vous a envoyé ici et pourquoi ?

Le blessé enfonça ses doigts indemnes dans l'accoudoir.

— Vous savez déjà pourquoi j'ai été envoyé ici. On m'a ordonné de surveiller cette maison, la maison de la petite amie de Cam Sutton, de guetter votre arrivée.

— Pourquoi ? Qu'essaient-ils de faire à Asher ? demanda Paige en s'avançant face à l'homme, les bras croisés sur la poitrine.

Asher leva à nouveau le marteau, au-dessus du genou, cette fois. La jambe du prisonnier tressauta.

— Je… Je crois que vous le savez déjà. Ils veulent impliquer le commandant Rex Denver. Il est censé déclarer que c'est Denver qui a tué ce ranger et Denver qui l'a poussé dans le vide.

— Il a raison, Paige.

Asher abaissa le marteau, mais garda une prise solide sur le manche.

— On sait déjà pourquoi ils nous pourchassent et ce qu'ils attendent de moi. La question, c'est : qui est derrière tout ça ? Qui veut piéger le commandant Denver et pourquoi ?

— Ça, je ne sais pas, répondit l'homme en courbant les épaules. Mais ça va très loin.

— Est-ce que quelqu'un d'autre va débarquer ? Avez-vous contacté les renforts ?

— Je n'ai contacté personne. J'ai vu une lumière s'allumer dans la maison et j'ai commencé à observer. Je ne savais pas si c'était Martha Drake, sa mère ou la femme de ménage.

Ils en savaient déjà long sur Martha, songea Asher, avant de désigner le téléphone qu'il avait posé par terre.

— Vérifie, Paige.

Après avoir ramassé l'appareil, elle demanda :

— Mot de passe ?

Le captif baissa le menton. De son pied nu, Asher donna un petit coup dans sa chaussure, puis brandit la pince qu'il tenait dans l'autre main.

— Vous savez que je vais m'en servir. La façon dont j'ai été traité à Hidden Hills ? Ça m'a rendu dingue.

Paige hocha la tête et leva le portable.

— Donnez-moi votre mot de passe. Je ne peux rien faire pour l'arrêter.

L'inconnu se lécha les lèvres et dicta un code à quatre chiffres. Dès que Paige eut tapé les chiffres, le téléphone s'alluma.

— Il s'appelle Peter. Le dernier SMS remonte à une heure, à peu près au moment où je l'ai repéré dehors. Ça dit seulement :

Lumières dans la maison.

— À qui l'a-t-il envoyé ?

— Un contact nommé Linc.

— Qui est Linc ? demanda Asher en frappant le pied de la chaise.

L'homme releva la tête.

— C'est mon gars. Celui qui me donne des ordres. Celui à qui je fais mes rapports.

— Des appels, Paige ?

— Un appel entrant il y a quelques heures, juste un numéro, pas de nom.

— C'est quoi, cette organisation ? Pour qui travaillez-vous ?

— Aucune idée, mon pote. Je fais ce qu'on me dit, c'est tout.

— Vous mentez. Si vous n'étiez qu'un subalterne, vous ne seriez pas au courant, pour le commandant Denver et notre rendez-vous manqué avec son contact.

— Je suis un gros bras, rien de plus, mais ça ne veut pas dire que je ne pose pas de questions.

Asher inclina la tête vers Paige.

— Renvoie un SMS à Linc et dis-lui que c'était une fausse alerte, qu'il n'y a personne à la maison.

— Si jamais ils l'apprennent, je suis un homme mort,

protesta Peter. Et ils utiliseront autre chose que des marteaux et des pinces.

— On dirait un groupe très organisé, qui ne laisse rien au hasard. Est-ce que c'est lié au gouvernement américain ? C'est sûrement le cas, à en juger par le personnel installé à Hidden Hills. Quels noms avez-vous entendus ? Qu'est-ce que Linc vous a dit d'autre ?

— Je ne sais pas. Je n'arrive pas à réfléchir, marmonna le prisonnier en se cambrant sur la chaise. Je dois aller aux toilettes. Allez, soyez sympa, Knight. Je n'ai plus d'armes sur moi. Je coopère, pas vrai ?

Paige posa la main dans le dos d'Asher. Il lui donna les outils et récupéra le pistolet.

— Je vais vous laisser y aller, mais je vous accompagne. Si vous tentez quoi que ce soit, je vous tire dessus.

Pendant qu'Asher tenait l'homme en joue, Paige lui détacha les chevilles. Il se leva lentement et se frotta les avant-bras sous ses manches longues.

— Allez, ordonna Asher en agitant l'arme vers le cabinet de toilette près de la porte du garage.

Peter fit un pas hésitant, puis se couvrit la bouche de la main.

— Je croyais que vous aviez une envie pressante, lança Asher. Dépêchez-vous, sinon je vais décider que c'est une ruse et je vais vous abattre.

Le prisonnier trébucha, avant de tomber à genoux.

— Il a une autre arme ? s'exclama Paige.

Asher donna un coup de pied dans le dos de Peter, qui s'effondra en avant, la tête tournée sur le côté.

— Tire-lui dessus, Asher. Arrête-le.

S'accroupissant, il le fit rouler sur son flanc. L'homme avait les yeux exorbités et sa langue sortait de sa bouche. Asher posa deux doigts sur son cou pour sentir son pouls.

— Je n'ai pas besoin de lui tirer dessus, Paige. Il est mort.

13

Paige agrippa la crosse du pistolet, qu'elle continuait à pointer sur la tête de l'homme. Quand il était tombé à genoux, un courant d'énergie l'avait traversée, et elle en ressentait encore les effets.

— Comment... Comment est-il mort ? demanda-t-elle.

— Je n'en suis pas sûr, mais je pense qu'il a avalé quelque chose. Il a passé les mains dans ses manches quand il s'est levé. Il s'est couvert la bouche.

Stupéfaite, elle le dévisagea.

— Il s'est empoisonné ?

— On dirait bien, répondit Asher.

— Il s'est suicidé plutôt que de nous en dire plus sur cette organisation.

— Il devait avoir l'ordre de le faire. Une fois ses chefs au courant de sa capture, sans parler du téléphone perdu et du mot de passe donné, ils lui auraient sûrement réservé un comité d'accueil qui ne s'en serait pas tenu à quelques doigts cassés.

Paige avait eu peur quand Asher avait traîné cet homme dans la maison. Elle n'avait pas voulu regarder quand il avait abattu le marteau sur sa main. À présent, elle ne voulait pas réfléchir à quoi tout cela allait mener.

Elle déglutit, avant de demander :

— L'aurais-tu laissé partir ?

— Je ne sais pas, répondit-il en essuyant une goutte d'eau sur son front.

— Que va-t-on faire de son corps ?

— Le ramener au bord de l'eau. Il a un bateau amarré au ponton. C'est comme ça qu'il est arrivé ici. On peut le laisser dans le hangar. À cette époque de l'année, personne ne le retrouvera là.

Paige frissonna.

— Tu veux le laisser là-bas, au risque que la mère de Martha le découvre ?

— Elle n'est pas censée revenir avant un moment. Plus tard, on préviendra les complices de ce Peter de l'endroit où se trouve son corps, et ils viendront le chercher. Ils ne prendront pas le risque de laisser la police municipale enquêter sur la mort de l'un des leurs.

— Est-ce que tu crois qu'on est en sécurité ici ? demanda-t-elle en croisant les bras.

— Non.

— On va devoir reprendre la route, n'est-ce pas ?

— Au moins, on a du liquide, maintenant.

— Il faut que tu voies le médecin, Asher. Je ne m'en sortirai pas si tu perds à nouveau connaissance.

— On va passer le reste de la nuit ici. On s'occupera de lui demain matin. Ensuite, on partira.

Paige jeta un coup d'œil sur le portable du mort, posé sur la table de la salle à manger.

— Linc n'a pas encore répondu, mais on pourrait peut-être le convaincre que la piste concernant cette maison est une impasse.

— À un moment donné, ses chefs vont vouloir lui donner une nouvelle mission, déclara Asher en désignant l'homme à ses pieds. Que se passera-t-il quand il ne viendra pas au rendez-vous ? Quand il ne répondra pas au téléphone ?

— On peut se faire passer pour Peter pendant quelque temps. Ça peut nous permettre de rester plus longtemps ici.

— On verra.

Asher s'accroupit à côté du cadavre.

— Pour commencer, je vais le sortir d'ici.

— Je vais t'aider.

— Tu en es sûre ? demanda-t-il, les sourcils haussés.

— C'est mon problème à moi aussi. En fait, j'ai sûrement plus hâte que toi qu'il s'en aille d'ici.

Elle se tourna vers la cuisine.

— Je vais d'abord aller chercher une paire de gants.

— Au moins, il n'y a pas de sang à nettoyer.

Dans le placard sous l'évier, Paige trouva des gants en caoutchouc. Elle les enfila et rejoignit Asher, qui avait déjà soulevé le corps sur son épaule.

— Ouvre les portes, dégage-moi le chemin et guide-moi avec la lumière du portable.

Elle le précéda jusqu'à la porte de derrière, puis jusqu'au ponton. Après avoir ouvert la porte du hangar, elle demanda :

— Il y a une lumière. J'allume ?

— Non. On ignore si quelqu'un surveille l'endroit ou pas.

Elle éclaira les quatre coins de la pièce avec le téléphone.

— On peut l'enrouler dans cette bâche. Vu sa taille, elle doit servir pour un bateau.

— Bonne idée. Étale-la.

Asher entra dans le hangar, respirant bruyamment dans l'espace confiné.

Paige déroula la bâche. Comme Asher se baissait et commençait à faire glisser l'homme de son épaule, elle attrapa les bras qui pendaient mollement vers le sol. Ensemble, ils le traînèrent jusqu'au milieu de la toile.

Il recula en frottant ses mains l'une contre l'autre.

— Ça demande un sacré engagement de se suicider pour une cause. Quelle qu'elle soit.

— Il ne l'a peut-être pas fait pour la cause. Il s'est peut-être tué parce qu'il avait peur de ce qu'ils lui feraient subir lorsqu'ils le rattraperaient.

— Dans un cas comme dans l'autre, c'est quand même radical.

Paige étudia le profil d'Asher dans la faible lumière.

— Tu le ferais ? Si l'ennemi te capturait, tu te suiciderais plutôt que de livrer des informations ?

— Je préférerais me faire torturer plutôt que de parler. Mais, traite-moi d'optimiste si tu veux, je n'abandonnerais jamais l'espoir d'être secouru.

Son visage se durcit.

— C'est pour ça qu'on ne peut pas abandonner Denver.

Il leur fallut une dizaine de minutes pour enrouler le cadavre dans la bâche et la déplacer au fond du hangar.

Paige poussa un soupir.

— J'espère vraiment que personne ne tombera sur son corps avant que ses complices ne viennent le récupérer. Ça ressemble plus à un meurtre qu'à un suicide, et il y a dans cette maison des dizaines d'éléments pouvant nous impliquer.

— C'est pour ça que c'est mieux de le laisser ici plutôt que de le jeter à l'eau. Imagine qu'il s'échoue sur une berge quelque part... Personne ne va venir ici en plein hiver. La maison est assez isolée pour qu'aucun voisin ne signale des odeurs suspectes.

Elle plissa le nez.

— Retournons à la maison et allons faire le ménage, au cas où.

— J'ai hâte de voir si Linc a déjà répondu. En fait, je suis impatient de jouer un peu avec lui. Jusqu'ici, c'est lui notre meilleure piste.

Ils s'engagèrent sur le sentier public, où Asher récupéra ses boots et son blouson. Une fois à l'intérieur, ils essuyèrent le marteau, la pince et tous les outils qu'ils avaient utilisés pour soumettre l'intrus, puis les rangèrent à leur place.

Paige se tourna ensuite vers Asher et tira sur sa chemise mouillée.

— Il faut que tu prennes une douche bien chaude. Je vais mettre ces vêtements dans le lave-linge.

Alors qu'Asher commençait à déboutonner sa chemise en flanelle, le portable posé sur la table de la salle à manger se mit à vibrer. Il se rua dessus et le brandit vers Paige.

— Le mot de passe ?

Elle lui dicta les quatre chiffres, qu'il tapa sur l'écran.

— C'est Linc, déclara-t-il.

Confirmer position.

— Que vas-tu répondre ?

Tout en écrivant le SMS, il lut :

— « Toujours à la maison, pas de mouvement. »

Une main sur la bouche, Paige attendit. Cinq secondes plus tard, Asher reçut une réponse :

Bien reçu. Continuer surveillance.

— Voilà. C'est le signe que tu peux prendre une douche et qu'on peut se reposer un peu. Personne ne nous a suivis jusqu'ici. Personne ne sait qu'on est ici à part Cam et Martha. Le mort dans le hangar était chargé de surveiller la maison au cas où on vienne, et il ne risque pas de dire quoi que ce soit.

— Une douche et des vêtements secs, c'est un programme qui me plaît, mais je me sentirais beaucoup mieux si tu montais la garde sans lâcher le pistolet une seconde.

— C'est d'accord, même si je préférerais largement t'accompagner sous la douche.

Il défit le reste des boutons et enleva sa chemise. Lorsqu'il la lui tendit, il en profita pour l'attraper par la main.

— Paige, je suis de plus en plus impressionné par ta force. Je ne pouvais pas rêver d'une meilleure partenaire.

Elle lui serra la main, puis la leva jusqu'à sa bouche et pressa les lèvres sur ses jointures.

— Idem pour moi. Tu as toujours été ma force, Asher. Cette assurance qui émane de toi… je m'en suis toujours imprégnée.

Il s'écarta d'elle pour s'engager dans l'escalier et lança par-dessus son épaule :

— Je ne serai pas long. Sois vigilante.

Paige jeta un coup d'œil par la fenêtre de devant, mais tout était calme. Personne dans cette petite enclave luxueuse n'avait la moindre idée qu'ils avaient caché un cadavre dans le hangar.

Elle monta à l'étage et traversa la chambre pour entrer dans la salle de bains. Malgré la vapeur, elle discerna le corps nu d'Asher derrière la paroi vitrée.

— Je viens chercher le reste de tes affaires.

Il ouvrit la porte de la douche et passa la main dans ses cheveux mouillés.

— Rien à signaler dehors ?

— N-non..., marmonna-t-elle sans pouvoir s'empêcher de baisser les yeux.

— Quand tu me regardes comme ça, ça me donne envie de t'attirer ici avec moi.

— Ce serait bien volontiers, mais... vigilance, lui rappela-t-elle en tirant le pistolet de sa ceinture.

— Oui, mais évite d'agiter ça ici... ou de le pointer plus bas.

Elle récupéra les vêtements empilés sur les toilettes et les cala sous son bras.

— Je vais m'occuper de ça. Ensuite on pourra peut-être aller dormir un peu.

Il était retourné sous le jet d'eau et ne sembla pas l'entendre.

Paige soupira, puis redescendit les marches. Si l'homme aux jumelles ne les avait pas espionnés, elle et Asher seraient peut-être sous les draps en ce moment même... et cet homme serait peut-être en vie et sur le point d'entrer dans la maison.

Après avoir fourré les vêtements dans le lave-linge, elle retourna dans la cuisine et vérifia si Linc avait répondu. Rien. À cette heure, il dormait probablement. Il devait croire que Peter n'avait vu personne chez Martha. Combien de temps allaient-ils pouvoir continuer à le berner ?

Elle connecta le portable de Peter au chargeur de son ancien téléphone. Hors de question de perdre la connexion avec Linc à cause d'une batterie déchargée.

Elle ne ralluma pas son portable. Elle avait déjà appelé Terrence pour le prévenir qu'ils avaient trouvé une autre source d'argent.

Lorsque la bouilloire siffla, Asher passa la tête dans la cuisine.

— Tu en veux ? demanda-t-elle.

— Non, merci.

Il entra dans la pièce, une couverture enroulée autour des épaules.

— Pas de pyjama... J'avoue que cette douche m'a fait un bien fou.

Elle versa l'eau bouillante sur le sachet dans sa tasse.

— Tu penses qu'on peut dormir un peu ?

— Oui. Alors pourquoi te fais-tu un thé ?

— C'est de la tisane.

Elle donna une pichenette sur l'étiquette qui pendait sur le bord de la tasse.

— Excellente source de chaleur et de réconfort.

— Jusqu'ici, je n'ai pas été très doué en matière de chaleur et de réconfort.

Il ouvrit les bras et la couverture.

— Viens ici.

Paige s'avança vers lui, comme attirée par un aimant, et s'arrêta à quelques centimètres de son corps.

Il la prit dans ses bras, puis l'enveloppa dans la couverture et l'embrassa sur le haut du crâne.

— Tu as besoin de dormir. Je vais monter la garde.

— On va monter la garde tous les deux. Si tu ne peux pas dormir, je vais te tenir compagnie.

— Je dormirai dans la voiture ou à notre prochaine étape – en admettant qu'elle ne soit pas compromise comme celle-ci.

Elle se dégagea du cocon de ses bras.

— Je vais boire mon thé pour me tenir éveillée.

— Tu viens de dire que c'est de la tisane, remarqua Asher en s'installant sur le canapé.

— Oui, mais ça m'occupera.

Après avoir jeté le sachet à la poubelle, elle serra son mug entre ses mains et rejoignit Asher sur le canapé. Elle replia les jambes sous elle tandis qu'il l'entourait de son bras. Elle but une gorgée, puis posa la tête sur l'épaule d'Asher.

— J'ai hâte de rentrer et de voir Ivy. Elle sera tellement contente que son papa soit de retour à la maison.

— Ça va arriver, Paige. On sera tous ensemble, en sécurité.

Quand il se mit à lui caresser les cheveux, elle ferma les yeux.

Le mug lui semblait de plus en plus lourd. Asher avait dû le sentir, parce qu'il le lui prit des mains. Elle ne fit aucun effort pour le retenir.

Ses paupières se firent lourdes. Elle lutta pour garder les yeux ouverts, mais Asher glissa sa main chaude le long de son cou et de son épaule, l'apaisant comme lui seul en était capable.

Alors qu'elle sombrait dans le sommeil, elle eut un dernier pic d'énergie et cilla plusieurs fois.

— Je suis censée m'occuper de toi, marmonna-t-elle.

— Chut... C'est mon tour, maintenant.

Et pour la première fois, elle se sentit digne de sa protection.

L'odeur du bacon flotta jusqu'à ses narines, et pendant quelques secondes, Paige s'imagina être chez sa mère avec Ivy. Puis elle ouvrit les yeux, observa la pièce luxueusement décorée, et la réalité la frappa de plein fouet.

Elle se redressa sur le canapé, et la couverture glissa de ses épaules.

— Asher ?

— Je suis dans la cuisine, je prépare le petit déjeuner. Tu dormais si profondément...

Il se pencha par-dessus le plan de travail.

— ... Je ne voulais pas te déranger. Bonne nouvelle.

— Le type dans le hangar est toujours mort et personne ne l'a encore trouvé ?

— Oui, ça aussi.

Il leva l'un des portables en charge sur le plan de travail.

— Linc a accepté un rendez-vous.

Paige cligna des yeux.

— Tu as planifié un rendez-vous avec Linc ?

— Qu'est-ce que je peux faire d'autre pour remonter la chaîne de commandement et trouver le grand manitou ?

— Où et quand aura lieu ce rendez-vous ?

— Je n'ai pas encore tous les détails. On va peut-être le retrouver ici.

Asher leva une assiette remplie de bacon.

— On a tout ce qu'il nous faut pour l'instant.

— Je ne sais pas, répliqua Paige en s'étirant. Tu n'aurais pas dû me laisser m'endormir. Je parie que tu n'as pas fermé l'œil.

— Je dormirai plus tard. Qui sait ? Peut-être que cet état d'inconscience m'a permis d'emmagasiner de l'énergie.

Elle claqua des doigts.

— En parlant de ça... Ce matin, on doit appeler l'ami de Martha, le médecin. Et si tu perdais connaissance avant le rendez-vous avec Linc ?

— Ce serait regrettable.

Il attrapa un morceau de bacon entre deux doigts et mordit dedans.

— Pas mal. J'ai aussi fait des œufs.

Elle rapprocha un tabouret du plan de travail et s'assit.

— Je vois que tu as mis des vêtements secs. Depuis combien de temps es-tu debout ?

— Un peu plus d'une heure.

— Personne ne rôde autour du hangar ?

— Je ne pense pas qu'on doive s'inquiéter à propos de ça, Paige. Ce hangar est sur une propriété privée. Personne n'a de raison de soupçonner quoi que ce soit. Même Linc ne connaît pas l'état actuel de Peter.

Elle tira sur le cordon pour rapprocher le portable de Peter, tapa le code et lut l'échange de SMS entre Linc et Asher.

— Alors c'est lui qui a repris contact ?

— Il a demandé s'il y avait du nouveau. Comme tu peux le lire, je lui ai dit qu'il n'y avait aucun mouvement, puis je lui ai demandé quelle était la prochaine étape.

— Comment tu comptes t'y prendre ? demanda Paige, avant de hocher la tête lorsqu'il lui proposa des œufs brouillés.

— Je ne suis pas encore sûr. Un guet-apens, peut-être.

— Au milieu de tous ces échanges, est-ce que tu as contacté le médecin ?

— Non. Tu t'en charges ?

— Il faut qu'il arrive avant Linc, si on fait venir ce type ici.

Elle plissa le nez.

— Et si le rendez-vous a lieu dans cette maison, le hangar va finir par être plutôt bondé.

— Tant qu'on n'est pas parmi ses occupants, répondit-il avec un clin d'œil.

Une heure plus tard, l'ami de Martha frappa à la porte. Alors que Paige regardait par le judas, le médecin fit un pas en arrière et brandit son badge d'hôpital.

Une main sur la poignée, elle jeta un coup d'œil à Asher, qui se tenait à sa droite, arme au poing.

— Il est réglo.

Il empocha le pistolet, puis elle ouvrit la porte en souriant.

— Docteur Tucker ? Merci d'être venu.

— Appelez-moi Preston. Martha et moi, on se connaît depuis la prépa, et je ferais n'importe quoi pour elle.

— Je peux vous apporter quelque chose à boire ?

— Une boisson chaude. Il commence à faire froid dehors.

Preston coinça sa sacoche noire sous son bras et se frotta les mains.

— Du thé ? suggéra Paige, avant de montrer Asher du pouce. Voici le patient. Asher, Preston.

Tandis que les deux hommes se serraient la main, Asher déclara :

— Je ne sais pas ce que Martha vous a dit…

Preston l'interrompit d'un geste.

— Je n'ai pas besoin de savoir le pourquoi du comment. Martha m'a expliqué votre problème, et je pense avoir un remède. Je vais vous prélever un peu de sang, puis je vous ferai une piqûre qui servira d'antidote si c'est ce que je crois que c'est. Si, après analyses, il s'avère que c'est autre chose, je vous préviendrai.

Asher plissa les yeux.

— Si ce n'est pas ce que vous pensez que c'est et que vous

me faites quand même la piqûre, est-ce que ça aura un effet négatif sur moi ? Ça me tuera ? Ça me rendra impuissant ?

Paige laissa échapper un éclat de rire, tandis que Preston remontait ses lunettes sur son nez d'un air sérieux.

— Si ce n'est pas la drogue que je crois, cet antidote est sans danger. Si j'analyse votre sang et que je trouve autre chose… je devrai faire plus de recherches.

— Et il continuera à être affecté.

Paige entrelaça les doigts devant elle et les serra pour contenir sa nervosité.

— Il continuera peut-être de s'évanouir à intervalles réguliers, confirma le médecin, avant d'esquisser un sourire. Mais soyons optimistes. On peut s'asseoir à la table de la salle à manger ?

Paige prit un torchon propre sous l'évier et l'étala sur la table. Alors que Preston préparait son matériel, elle mit la bouilloire à chauffer.

— Asher, tu veux de l'eau ?

— Oui, volontiers, répondit-il en tendant le bras pour exposer ses veines au médecin.

Elle posa un verre d'eau sur la table tandis que Preston passait une lingette antiseptique sur le pli du coude d'Asher.

— Votre thé arrive.

Le médecin hocha la tête, puis leva le tube qu'il tenait entre le pouce et l'index.

— Je ne vais pas en prendre beaucoup. Juste assez pour remplir cette fiole.

Paige se détourna lorsque l'aiguille s'enfonça sous la peau. En entendant le sifflement de la bouilloire, elle se rua dans la cuisine, impatiente d'échapper à la vue du sang d'Asher qui remplissait le récipient en verre.

Elle prépara le thé, puis les rejoignit, un mug dans chaque main.

— Ah, super, j'ai raté la partie gore.

Asher haussa les sourcils en la regardant, et elle rougit. Bien sûr, ils venaient de transporter un cadavre hors de la maison, mais il n'y avait pas eu d'hémorragie. Le fait de rouler Peter dans la bâche lui avait paru moins écœurant que de voir du sang couler le long d'une fiole en verre.

Elle posa la tasse devant Preston, puis demanda :

— Lait ou sucre ?

— Sans rien, ça me va.

Il reboucha le tube et le glissa dans un sachet en plastique.

— Encore une seringue, si vous pouvez le supporter.

— J'avoue que j'ai eu ma dose de piqûres, mais si c'est la dernière, allons-y, répondit Asher en présentant son autre bras. Qu'est-ce que ça va me faire ? La réaction va être immédiate ?

— Vous aurez peut-être l'impression d'avoir bu cinq boissons énergisantes d'un coup, mais ça passera.

Il désigna le verre posé sur la table.

— Continuez à boire de l'eau.

— Et si plus tard dans la journée je m'évanouis, comme hier ?

— Ça veut dire que mon diagnostic était mauvais, et vous devrez m'appeler immédiatement.

Son mug à la main, Paige marcha jusqu'à la porte de derrière. Ils n'avaient rien fait de mal, songea-t-elle, les yeux rivés sur le hangar. Peter s'était suicidé. Ils n'auraient pas pu le sauver même en appelant les secours.

Elle pressa la tasse chaude contre son visage. Deuxième maison, deuxième cadavre. Linc serait-il le troisième ? Qu'aurait fait Asher à Peter si celui-ci ne s'était pas supprimé ? Que ferait-il à Linc s'il n'obtenait pas les réponses qu'il voulait ?

— C'est fini, trouillarde.

Elle jeta un coup d'œil par-dessus son épaule.

— Les piqûres, ça ne me dérange pas, mais je n'aime pas le sang.

— J'ai terminé, déclara le médecin en enlevant ses gants. Je suis persuadé qu'on a fait ce qu'il fallait.

Asher finit son verre d'eau, puis se leva.

— Combien est-ce qu'on vous doit ?

— Rien. Si vous êtes un ami de Martha, vous êtes un ami à moi.

Après avoir bu une gorgée de thé, il demanda :

— Vous êtes dans l'armée, comme le nouveau petit ami de Martha ?

— Ouais.

Les yeux plissés, Preston observa Asher à travers la vapeur qui montait du mug.

— C'est tout. N'ayez pas l'air si méfiant. Je ne vais pas vous interroger. Je vous ai dit que je n'avais pas besoin de connaître les détails.

Paige étudia le visage du médecin. Avait-il eu le béguin pour Martha avant que Cam Sutton ne la séduise ?

— Est-ce que vous aviez un faible pour Martha ?

— Moi ?

Avec un sourire en coin, il ôta ses lunettes et les essuya.

— Elle est adorable, mais je suis gay. C'est comme ça qu'on s'est rapprochés pendant nos études. Tous les deux, on était un peu inadaptés à notre environnement.

— Merci pour votre aide, Preston, déclara Asher, avant de presser une main contre son torse. Vous aviez raison à propos de la montée d'adrénaline.

— Ça va ?

Le médecin tendit le bras vers sa sacoche.

— Je peux prendre votre tension.

— Tout va bien, répondit Asher en levant son verre. Je vais continuer à boire de l'eau.

— Ça passera au bout d'une heure environ. Si vous avez besoin d'aide, vous pouvez me joindre au numéro que vous avez déjà appelé. Si l'analyse de sang ne donne pas le résultat escompté, je vous appelle.

Preston but quelques gorgées de thé, puis demanda :

— C'est tout ce qu'il vous fallait ?

— Vous avez quoi d'autre là-dedans ? demanda Asher en pointant un doigt tremblant vers la sacoche posée sur la table.

— Un large éventail de matériel médical… et quelques produits chimiques. Qu'est-ce que vous avez en tête, Asher ?

En regardant Asher marcher jusqu'à la fenêtre, Paige écarquilla les yeux. Était-il devenu accro aux médicaments qu'il avait dû prendre à Hidden Hills ? Ces médecins de la clinique n'auraient sûrement aucun scrupule à rendre quelqu'un dépendant.

Il fit quelques pas vers eux et répondit :

— Si vous avez ça en magasin, j'aimerais une seringue ou deux contenant une substance qui peut mettre quelqu'un K-O. D'un coup, l'assommer... comme ça, conclut-il en claquant des doigts.

— Pas d'effets durables, mais une action rapide et totale ?

— Exactement.

— J'ai ce qu'il vous faut.

Preston ouvrit sa sacoche et plongea la main dans une poche intérieure. Il en sortit deux seringues emballées dans du plastique, qu'il posa sur la table.

— Les effets devraient durer au minimum vingt-quatre heures. Le mieux, c'est de l'administrer dans un gros muscle, comme la cuisse ou la fesse.

— À travers les vêtements ?

Asher revint près de la table et effleura les seringues.

— Il suffit que l'aiguille traverse, répondit le médecin. Bon, maintenant, avant de laisser mon amitié pour Martha m'attirer encore plus d'ennuis, je vais vous laisser.

Lorsqu'ils arrivèrent près de la porte, Paige lui tendit son manteau.

— Merci beaucoup, Preston.

— Merci, vraiment, ajouta Asher en lui tendant la main. Et n'oubliez pas : discrétion.

— Vous croyez que je veux qu'on sache ce que j'ai fait aujourd'hui ? Je vous demande la même chose.

— On n'a jamais entendu parler de vous.

Après le départ de Preston, Paige se tourna vers Asher.

— Qu'est-ce que tu comptes faire de ces seringues ?

— Ça nous sera peut-être utile pour Linc ou toute autre personne qui décide de s'en prendre à nous.

Elle posa les deux mains sur ses épaules.

— Comment te sens-tu ? Tu es toujours surexcité ?

— Ouais. Je devrais peut-être aller faire un footing au bord de l'eau pour évacuer cette énergie.

— Tu n'as pas intérêt. Il ne faut pas qu'on soit repérés. Si la police retrouve le corps de Peter avant ses complices, on pourrait faire l'objet d'une enquête pour meurtre. Empreintes digitales, fibres... La brigade criminelle se régalerait avec tous les indices qu'on a laissés.

— Mais on n'a pas tué Peter. Il s'est suicidé.

Asher s'écarta d'elle. Tandis qu'il commençait à faire le tour du salon, elle le suivit du regard et déclara :

— Je n'ai même pas envie d'aborder le sujet.

— Paige, c'est le cadet de nos soucis. Les gens qui cherchent à piéger le commandant Denver, ceux qui nous pourchassent, ne laisseront jamais l'un des leurs se retrouver au cœur d'une enquête pour meurtre, ni même d'une enquête pour disparition.

Elle se frotta le front.

— Tu me rends nerveuse, à bouger comme ça. Tu es sûr que ça va ? Tu veux bien t'asseoir une minute ?

— Je vais bien. Je me sens agité, comme le médecin l'avait annoncé.

— Je ne veux pas avoir ce rendez-vous avec Linc tant que tu es encore... agité. On ne peut pas prévoir ce que tu vas lui faire dans cet état.

— Preston a dit que ça durerait environ une heure. On a largement le temps. Je préférerais m'occuper de Linc à la faveur de la nuit.

— Qu'est-ce qu'on va faire le reste de l'après-midi ?

— Oh ! je ne sais pas... Nos ennemis ne sont plus sur notre piste pour l'instant, il fait froid dehors et chaud dedans, et je suis shooté à quelque chose qui me donne une incroyable vitalité.

Il remua les sourcils d'un air suggestif.

— Je vois bien une façon parfaite de passer un après-midi seul avec ma fiancée.

— Je ne suis pas sûre de pouvoir tenir le rythme, remarqua Paige.

Elle pencha la tête sur le côté et fit la moue, mais son cœur battait déjà plus vite.

— Il n'y a qu'une seule façon de le découvrir, répliqua-t-il en s'avançant vers elle.

Quand il la souleva dans ses bras, elle cria et battit des jambes. Elle ressentait un profond soulagement à l'idée de trouver un semblant de normalité dans une situation qui n'avait rien de naturel.

Sans la lâcher, Asher s'accroupit près de la table basse pour récupérer le pistolet.

— J'espère que ça ne casse pas trop le romantisme de l'instant.

— Le fait que tu veuilles me garder en sécurité ne fait que l'intensifier.

Et tant pis pour la normalité, songea-t-elle en nichant la tête au creux de son cou.

Asher la porta dans l'escalier d'un pas vif et assuré. Soit il avait hâte de lui faire l'amour, soit il était toujours porté par son hyperactivité.

Quelle que soit sa motivation, Paige s'en moquait. Loin de protester, elle poussa un petit cri ravi lorsqu'il ouvrit la porte de la chambre d'un coup de pied.

Dès qu'il la lâcha sur le lit, elle s'agenouilla sur le matelas et saisit à pleines mains le bas de son T-shirt.

— Ça fait des jours que tu me tourmentes avec ce corps – tu laisses entrevoir tes fesses dans ta blouse d'hôpital, tu prends ta douche sans tes vêtements...

— Voyez-vous ça...

Il écarta les bras pour qu'elle puisse remonter le vêtement sur son torse.

— Vas-y, enlève-le, exigea-t-elle. C'est trop haut pour moi.

Il ôta le T-shirt et le jeta par-dessus son épaule. Paige passa les mains sur son torse, puis glissa les doigts dans les passants de son jean.

— Voilà pourquoi je ne t'ai pas pris de ceinture.

Pendant qu'elle défaisait les boutons, Asher tapa du pied.

— Tu ne peux pas aller plus vite que ça ?

— Vous feriez bien de ralentir, cher monsieur. J'attends ce moment depuis longtemps, alors je ne veux pas qu'on me bouscule.

Il prit une profonde inspiration et ferma les yeux.

— Je vais essayer.

Elle tira sur la fermeture Éclair, puis baissa le jean sur ses hanches. Tout en passant la main sur le devant de son slip, elle demanda :

— Tu crois que cet antidote va te donner une érection amplifiée ?

— Il me semble que c'est déjà le cas.

— Je t'ai dit de ralentir, protesta Paige.

— Je pense que le sexe en plein jour devrait être plus déchaîné et plus rapide, pas toi ?

— Ah, c'est ça le problème ? Il fait trop clair pour toi ? demanda-t-elle en descendant du lit. Je vais aller fermer ces rideaux, histoire de te duper.

Elle sautilla jusqu'à la fenêtre et attrapa les rideaux de chaque côté des vitres. Son regard se dirigea automatiquement vers le hangar où était entreposé le cadavre… Du moins le croyait-elle.

Un frisson remonta le long de sa nuque, et elle hoqueta.

— Ce n'est pas possible… C'est Peter.

— Quelqu'un l'a retrouvé ?

Serrant l'un des rideaux contre son corps, elle tourna brusquement la tête vers Asher.

— Non. Il est revenu à la vie.

14

Asher colla son visage à la vitre. Il essuya la buée formée par son souffle, puis poussa un juron.

Peter, ou quelqu'un lui ressemblant beaucoup, était là, debout devant le hangar, tourné vers la baie.

— Ce n'est peut-être pas lui. C'est peut-être quelqu'un d'autre.

— Ce qui serait presque aussi problématique. Je ne comprends pas. Peter était mort.

Paige ouvrait si grands les yeux qu'ils lui mangeaient la moitié du visage.

— Non ?

— Allons lui demander.

Après avoir remonté son jean, Asher récupéra son T-shirt et son arme. Alors qu'il se ruait dans l'escalier, il entendit Paige courir derrière lui. Lorsqu'il arriva sur la dernière marche, il tourna la tête par-dessus son épaule.

— Reste ici.

— Tu plaisantes ? Je n'ai encore jamais vu un homme revenir d'entre les morts.

Il enfila ses boots et mit son blouson à la hâte. Tout en fourrant le pistolet dans sa poche, il s'élança vers la porte de derrière.

Il sprinta sur la pelouse menant jusqu'à la rive. Si Peter avait encore toutes ses facultés, il ne s'en servait pas en ce moment.

L'homme qui observait la baie ne se tourna même pas vers eux. Il resta parfaitement immobile.

Asher prit une profonde inspiration, puis attrapa Peter par

le bras. Même si le type n'était pas mort, sa peau glacée aurait pu tromper un médecin légiste.

Peter tituba, avant de pivoter en brandissant un couteau.

— Attention ! hurla Paige.

Une seconde plus tard, Asher enfonça la seringue qu'il tenait dans son poing dans la cuisse de son adversaire, à travers son jean.

L'homme s'effondra aussitôt.

Asher regarda à gauche et à droite, balayant du regard la rive, puis les maisons à proximité.

— Bon sang, on est en plein jour. Est-ce qu'il y a quelqu'un dehors, Paige ? Quelqu'un a vu ça ?

— Il n'y a personne. Martha a dit que la maison la plus proche était vide, et l'autre maison est trop loin pour que les occupants puissent voir quoi que ce soit, sauf s'ils ont des jumelles rivées sur nous – et pourquoi feraient-ils ça ?

— J'aurais aimé l'interroger encore un peu, mais il ne m'a pas laissé le choix.

D'un coup de pied, Asher expédia dans l'eau le couteau qui était tombé de la main de Peter.

— Preston a dit que le contenu de la seringue ferait effet pendant au moins vingt-quatre heures, n'est-ce pas ? demanda Paige.

— Oui. Ça veut dire qu'on va devoir partir d'ici après le rendez-vous avec Linc.

Elle désigna le corps inerte de Peter.

— Je suppose qu'on ferait mieux de le ramener dans le hangar. Je ne comprends toujours pas ce qui s'est passé. Il ne respirait pas quand on l'a amené là-bas la première fois. Il n'avait pas de pouls.

— Perceptible, corrigea Asher en attrapant l'homme sous les bras. Les savants fous de Hidden Hills se sont montrés très doués pour concocter des drogues aux effets bizarres. On peut très bien imaginer que ces… agents en portent une sur eux qui soit capable de simuler la mort.

— Il a vraiment de la chance, remarqua Paige.

Elle recula jusqu'à la porte du hangar que Peter avait laissée ouverte.

— Et si on avait jeté son corps dans la baie ? Il serait mort pour de bon.

— Je suppose que c'était un risque qu'il était prêt à courir. Il pensait sûrement qu'on le laisserait à l'intérieur de la maison et qu'on prendrait la fuite.

— On aurait peut-être dû, répondit-elle.

Elle lui tint la porte pour qu'il puisse passer. Il traîna Peter à l'intérieur, puis le lâcha sur la bâche.

— Pas la peine de l'enrouler comme tout à l'heure. Ça m'étonne qu'il n'ait pas suffoqué là-dedans.

— Tu as toujours l'autre seringue, n'est-ce pas ?

— Je la réserve pour Linc.

Après avoir fermé le cadenas, ils retournèrent dans la maison.

L'antidote qui avait couru dans ses veines semblait s'être dissous, songea Asher. Après l'excitation de voir un homme ressusciter, son rythme cardiaque était revenu à la normale et son érection s'était malheureusement dissipée.

Il jeta un rapide coup d'œil vers Paige. Elle se tordait les doigts avec nervosité et regardait par la vitre de la porte de derrière toutes les dix secondes. Cette érection n'aurait servi à rien, de toute façon. Paige était beaucoup trop anxieuse pour en profiter.

S'approchant d'elle par-derrière, Asher lui toucha le dos. Elle sursauta.

— Il ne va pas revenir, Paige. J'ai confiance en Preston et en ses produits.

— À présent, tu vas contacter Linc, n'est-ce pas ?

— Le soleil se couche tôt. Plus vite on l'attirera ici, mieux ce sera. Ensuite, on pourra tailler la route. Ils ne savent toujours pas où on est, mais en constatant que deux de leurs sbires ont disparu en surveillant la maison de la mère de Martha ils ne tarderont pas à rappliquer.

— Disparu ? demanda Paige, avant de s'humecter les lèvres. Qu'est-ce qu'on va faire d'eux, Asher ? Si tu les tues…

Il lui passa la main dans le dos pour la rassurer.

— Je ne vais pas les tuer, Paige – sauf s'ils essaient de nous tuer d'abord. Qui sait comment les responsables de ce groupe pourraient exploiter la mort de deux hommes ? Au lieu d'être accusé de désertion, je pourrais être accusé de meurtre. Je ne veux pas courir ce risque.

Les épaules de Paige se voûtèrent.

— D'accord. Ça m'aide à me sentir un peu mieux. Ce n'est pas qu'ils méritent notre pitié, mais je ne veux pas être responsable de la mort de quelqu'un.

— Bien sûr que non.

D'une main, il écarta les cheveux de sa nuque, puis posa les lèvres sur le renflement en haut de sa colonne.

— Tabitha..., murmura-t-elle.

— Ce qui lui est arrivé n'est pas notre faute. Elle a choisi de me suivre alors qu'elle savait que d'autres personnes étaient à mes trousses. Elle jouait un jeu dangereux.

Il lâcha ses cheveux épais, qui retombèrent dans son dos.

— Je vais envoyer un SMS à Linc.

— Comment est-ce qu'on va s'y prendre ?

— Le bateau de Peter est toujours dans la baie. Je vais demander à Linc de venir dans le hangar. Après tout, pourquoi penserait-il que Peter a pu entrer dans la maison, à moins d'avoir forcé la porte ? Et je ne crois pas que ça ait fait partie de leur plan.

— D'accord. Alors on organise la rencontre dans le hangar.

Appuyée contre la porte, Paige croisa les bras.

— Et ensuite ?

— On lui tend un guet-apens. Je vérifie qu'il n'a pas caché de pilules dans ses manches, afin d'avoir une chance de l'interroger. Et là, on obtient des réponses. On découvrira peut-être qui est le maillon suivant de la chaîne, une personne opérant à un échelon supérieur, occupant un poste d'autorité, susceptible de savoir quelque chose.

Elle s'approcha de lui et posa les mains sur son torse.

— Quand on aura assez d'informations, il faudra qu'on les communique à quelqu'un. Ton nom doit être blanchi.

— C'est le nom du commandant Denver qui doit être blanchi.

Il lui embrassa l'intérieur du poignet, puis ils retournèrent dans la cuisine. Il tapa le code du portable de Peter et rédigea le SMS. Il n'y avait pas de nouveau message de Linc.

Asher lut son texte à voix haute :

— « Aucun signe de vie à la maison. Rendez-vous dans le hangar à bateaux à 17 heures. »

Ils contemplèrent le portable pendant plusieurs minutes. Asher finit par hausser les épaules et le rangea dans sa poche.

— Il va répondre.

— On devrait peut-être déjeuner, suggéra Paige, debout au milieu de la cuisine, les mains sur les hanches. Va savoir quand on va dîner si Linc arrive à 17 heures et qu'on doit s'occuper de lui.

— On devrait aussi réfléchir à la suite de notre périple. On doit reprendre la route après avoir vu Linc, même si notre destination dépend probablement de ce qu'il nous dira.

Sur la pointe des pieds, Paige fouilla dans un placard et en sortit une boîte de conserve. Elle la tourna vers lui.

— Soupe ?

— Ça me tente bien. J'ai vu de quoi faire des sandwichs ce matin quand je préparais le petit déjeuner. Je vais m'y mettre.

Un quart d'heure plus tard, ils s'assirent devant une assiette de sandwichs et deux bols de soupe à la tomate.

Paige attrapa l'un des portables qui se rechargeaient sur le plan de travail.

— Je n'ai toujours pas deviné le mot de passe de Tabitha. Et on ne sait pas non plus s'ils ont retrouvé son corps dans le chalet. J'irai vérifier sur Internet après le repas.

— À l'heure qu'il est, ils ont dû retrouver un cadavre… Qu'ils aient identifié Tabitha ou pas, c'est une autre histoire.

Asher souffla sur sa cuillerée de soupe, avant de l'avaler avec plaisir.

— Je suis persuadé que les médecins de Hidden Hills ont compris ce qu'il en était.

— Je me demande si elle leur a laissé un mot. Tu crois qu'elle avait l'intention de retourner travailler après t'avoir caché chez elle ? Je commence à me dire que c'est Tabitha qui t'a injecté la substance à effet retard, dans le but de te contrôler une fois dans son chalet.

— Ça ne m'étonnerait pas d'elle. Si elle voulait retourner à Hidden Hills, elle ne leur aurait pas laissé d'indice prouvant qu'elle avait été complice de mon évasion.

Il haussa les épaules et mordit dans son sandwich.

Pendant qu'il mâchait et qu'elle continuait à spéculer, le portable dans sa poche vibra. Il leva un doigt pour interrompre Paige.

— C'est celui de Peter.

Il sortit le téléphone, puis le lâcha sur le plan de travail comme s'il lui avait brûlé la main.

— Qu'est-ce qui ne va pas ? demanda-t-elle.

— Ce n'est pas un SMS, c'est Linc qui appelle.

Il donna une pichenette à l'appareil pour l'éloigner de lui.

— Mince, s'exclama Paige en se couvrant la bouche d'une main. Qu'est-ce qu'on va faire ?

— Je ne vais pas essayer de me faire passer pour Peter, si c'est ce que tu penses. On ignore à quel point ces deux-là se connaissent.

Il but une gorgée d'eau.

— Laissons-le sonner. Je répondrai par un SMS plus tard.

Quand il eut terminé le dernier sandwich, Paige alla déposer les assiettes dans l'évier. Elle ramena ensuite son ordinateur du salon.

— Je vais voir ce que je peux trouver sur l'autre chalet.

Asher se laissa glisser du tabouret et apporta le reste de la vaisselle à l'évier pour la laver.

Derrière lui, elle poussa un sifflement.

— J'ai quelque chose. Explosion… Chalet… Fuite de gaz. Ben voyons… Un corps a été retrouvé.

— Est-ce qu'ils ont identifié Tabitha ?

Tout en s'essuyant les mains avec un torchon, il vint se placer derrière Paige.

— Non, répondit-elle. D'après l'article, les propriétaires sont bien en vie et ignorent qui aurait pu se trouver chez eux. La police se demande s'il s'agissait d'un cambrioleur ou d'un vagabond. Quelle horreur… Ils ne savent même pas s'il s'agit d'un homme ou d'une femme, termina-t-elle en levant ses yeux embués vers lui.

— C'était un feu violent, et personne n'a de raison de soupçonner la présence de Tabitha dans ce chalet.

— C'était quoi, son nom de famille ? demanda Paige en agitant les doigts au-dessus du clavier.

— Crane. Tabitha Crane. Qu'est-ce que tu vas faire ?

— Lancer une recherche sur elle. Pour voir si quelqu'un a fait le lien entre elle et le chalet.

Tandis qu'elle pianotait sur les touches, Asher retourna à sa vaisselle.

— À ton avis, combien de temps dois-je attendre avant d'envoyer un SMS à Linc ?

— La voilà. Je l'ai trouvée sur un site de professionnels de santé. Tabitha Carly Crane, Tabby Crane. Elle paraît tellement normale, là-dessus.

— Tu t'attendais à ce qu'elle indique l'obsession amoureuse comme centre d'intérêt sur un site professionnel ?

— C'est peut-être toi qui l'as rendue folle d'amour, lança Paige en le regardant par-dessus l'écran. Toutes les filles étaient dingues de toi à cette fête… et tu as fini avec la plus instable de toutes.

— Je ne te voyais pas de cette façon, Paige. Tu souffrais. N'importe quel crétin pouvait s'en rendre compte.

Il serra les poings dans l'eau savonneuse. Pourquoi fallait-il qu'elle se déprécie constamment ?

Elle avait voulu le laisser dans l'ignorance pour ne pas avoir à revivre *sa* réaction lorsqu'il se rappellerait que sa fiancée avait été une alcoolique à qui il ne pouvait pas confier leur bébé. Elle lui avait caché la vérité parce qu'elle savait qu'elle devrait reprendre ses vieilles habitudes : se rabaisser avant qu'il ne puisse le faire.

— Beaucoup de gens avaient compris que j'allais mal, mais personne ne voulait s'y frotter. Sauf mes autres amis fêtards qui avaient leurs propres addictions. Alors on y faisait face à notre façon.

— Et maintenant, cette partie de ta vie est terminée, et on a une fille magnifique. Faisons le nécessaire pour rentrer tous les deux à la maison sains et saufs.

Elle se frotta un œil et repoussa l'ordinateur.

— Quelle excuse vas-tu donner à Linc pour ne pas avoir décroché ?

— Je suis au milieu de nulle part, à camper dans un hangar au bord de l'eau – la réception est mauvaise.

Il essuya et rangea les assiettes, puis sortit le téléphone de sa poche.

— Je pense qu'il est temps. Il est presque 14 h 30.

Après avoir enfourché son tabouret, il réfléchit, les yeux baissés sur l'écran.

— Qu'est-ce que tu dis de ça : « J'ai raté l'appel. Mauvaise réception près de la baie. Rendez-vous à 17 heures ? »

Elle hocha la tête.

— Vas-y.

Une fois le SMS envoyé, ils n'attendirent pas longtemps. Linc répondit presque aussitôt, comme s'il avait attendu le message de Peter.

— Que dit-il ? demanda Paige en lui tirant sur la manche et en s'appuyant contre lui pour voir.

RDV à 17 heures.

— Super.

Elle se tourna pour balayer la pièce du regard.

— On devrait faire nos bagages en cas de départ précipité.

Ils passèrent l'heure suivante à laver et à ranger leurs vêtements, à remplir le coffre de la voiture de denrées non périssables, à côté desquelles ils posèrent le sac d'argent. Ils nettoyèrent la cuisine, enlevèrent les draps du lit et se préparèrent pour le rendez-vous avec Linc.

Asher tendit le pistolet de Peter à Paige.

— Prends celui-ci. Je vais garder celui que Martha a laissé.

— Et la seringue ?

Il tapota la poche de son blouson.

— Ici, avec les clés de Peter. Je peux les remettre dans sa poche. Cette fois, je prends une lampe électrique.

— Et il y a de la corde, un couteau et du ruban adhésif dans le hangar.

— Tout ce dont on a besoin pour immobiliser Linc – et l'obliger à parler en cas de besoin.

En voyant le tic au coin de l'œil de Paige, il lui serra l'épaule.

— Ne t'inquiète pas pour ça. Je me charge du sale boulot. N'oublie pas, je suis un soldat, et en ce qui me concerne, on est en guerre.

Asher éteignit toutes les lumières, sauf celle du salon, qui avait un interrupteur temporisé. Il verrouilla la porte de service, puis ils se dirigèrent vers le hangar en se tenant par la main.

— On dirait que Preston avait vu juste, remarqua Paige en entrelaçant ses doigts aux siens. Tu n'as pas perdu connaissance aujourd'hui. Comment te sens-tu ?

— Le fait de voir Peter se réveiller d'entre les morts et de courir ici pour le maîtriser a brûlé le reste d'antidote. Je vais bien – pour l'instant. Mais je me sentais bien avant de m'effondrer sur mon siège dans le café.

— Ne dis pas ça. Si quelque chose t'arrivait pendant cette opération…

Il posa un doigt sur ses lèvres pour l'interrompre.

— Tu t'en sortirais très bien. J'ai toute confiance en toi pour me sortir de n'importe quel pétrin.

Elle avança les lèvres pour lui embrasser le bout du doigt.

— Allons-y.

Asher ouvrit le cadenas du hangar et jeta un coup d'œil au coin de la bâtisse.

— Je veux m'assurer que Peter ne nous a pas réservé une nouvelle résurrection.

Paige braqua le faisceau de sa lampe sur le malfrat, qui était toujours étendu sur la bâche.

— Garde la lumière sur lui, demanda Asher en s'accroupissant près de l'homme et en lui prenant le pouls. Il est toujours en vie… et toujours inconscient.

— Espérons qu'il le restera.

Paige dirigea la lampe vers le plafond.

— Allumée ou éteinte ?

— Linc ne va pas savoir où est le hangar, et il trouverait curieux que son copain l'attende ici dans le noir. Laisse-la allumée.

Il vérifia l'heure sur le portable de Peter.

— Plus que vingt minutes.

Après avoir pris position à côté de la porte, il indiqua à Paige de reculer dans le fond. Au cas où le type arrive armé, mieux valait qu'elle soit le plus loin possible de l'entrée.

Elle dégaina la première.

— Je suis prête. Si tu ne le terrasses pas du premier coup, je n'hésiterai pas à tirer.

— Je croyais que tu voulais éviter toute violence inutile.

— Si quelqu'un s'en prend à mon homme, ça me paraît très utile.

Elle écarta les jambes d'un air déterminé.

Cette nouvelle assurance plaisait beaucoup à Asher. Il la trouvait même très sexy.

Tandis qu'ils attendaient dans la pénombre, chacune de leurs inspirations semblait résonner bruyamment dans le silence.

Asher jeta un coup d'œil sur le téléphone, puis murmura :

— Dix minutes.

Ils n'eurent pas si longtemps à patienter. Le portable de Peter vibra et le message de Linc s'afficha. Asher le lut pour lui-même.

Suis arrivé.

Il leva le téléphone en direction de Paige et hocha la tête, avant d'écrire :

Hangar sur la berge.

Dans l'anticipation de la confrontation, tous ses muscles se tendirent. Du pied, il entrouvrit la porte vers l'extérieur.

Lorsque Linc quitta l'herbe pour s'engager sur les gravillons, Asher suivit le son de ses pas en direction de la rive.

Une voix masculine chuchota non loin de là :

— Peter ?

Asher poussa à nouveau la porte, dont les gonds rouillés grincèrent.

— Par ici, grommela-t-il.

Alors que Linc approchait du hangar, Asher agrippa le battant. Puis il prit une profonde inspiration et ouvrit la porte à la volée.

Elle percuta violemment le corps de Linc, lui arrachant un grognement.

Asher claqua à nouveau la porte contre le type, avant de pivoter et de lui enfoncer son épaule dans le ventre.

Linc vacilla comme une quille pendant un instant, puis s'écroula.

Dès qu'il fut à terre, Asher s'agenouilla à côté de lui. Il inspecta ses mains et ses poches, à la recherche d'une arme. Il tira un pistolet de sa ceinture, ainsi qu'un couteau d'un étui à la jambe. Il commençait à amasser une sacrée collection, songea-t-il en glissant les doigts dans les manches de Linc. Il chercha une pilule empoisonnée, mais apparemment cet adversaire-là était plus lâche que Peter.

Asher se leva et visa la tête de l'homme couché sur le ventre.

— Ne bougez pas. Au cas où vous ne puissiez pas le voir, je braque un pistolet sur vous, et au cas où vous ne l'ayez pas senti, je vous ai débarrassé de vos armes.

Linc grogna et se replia en position fœtale.

— Où est Peter ?

— Rampez dans le hangar, et vous verrez bien.

L'homme releva la tête.

— Eh ouais, poursuivit Asher. Il est mort. Commencez à ramper, sinon c'est aussi ce qui vous attend.

Il échangea un regard avec Paige, qui s'était aventurée dehors. Autant instiller un peu de peur chez leur prisonnier dès le départ.

Sur les coudes et les genoux, Linc entra dans le hangar. Il écarquilla les yeux lorsque Paige éclaira Peter.

Il roula sur le dos, et son regard s'élargit davantage.

— Vous êtes Asher Knight.

— En chair et en os.

— Vous avez coincé Peter ? Pris son téléphone ?

— Vous êtes un génie, répondit Asher en donnant un petit coup dans le pied de l'homme. Maintenant, vous allez me raconter tout ce que vous savez. Peter ne s'est pas montré très coopératif.

— Peter ne sait... ne savait rien.

— Dommage pour Peter. J'espère que vous en savez plus long.

— Attendez, attendez, s'exclama Linc en agitant les mains devant son visage. Qui est cette femme ? Est-ce que c'est Tabitha Crane ?

Asher plissa les yeux.

— Que savez-vous à propos de Tabitha ?

— Rien, rien.

Veillant à garder son visage dans l'ombre, Paige recula dans un coin. Si Linc la prenait pour l'infirmière, elle n'allait pas le détromper.

— Si vous pensez que Tabitha est ici avec moi, alors vous devez savoir quelque chose sur elle, déclara Asher. Que disent-ils à Hidden Hills ?

— Qu'elle vous a aidé à vous échapper. C'est comme ça qu'ils vous ont retrouvés au chalet. Comme ils ne faisaient pas confiance à Tabitha, ils ont placé un traceur GPS dans sa voiture, et elle les a menés droit à vous. Mais on sait maintenant qu'il n'y avait qu'un cadavre dans ce chalet. Ils espéraient que c'était le vôtre.

Paige prit une brusque inspiration, tandis que Linc poursuivait :

— Mais vous avez aussi votre fiancée avec vous, n'est-ce pas ? Granger et Lewis l'ont vue dans ce petit bled paumé... Avant qu'elle ne leur file entre les doigts et qu'ils démolissent la camionnette, ironisa-t-il. Alors... Elle, c'est laquelle de vos conquêtes ?

Asher serra les dents.

— Vous avez l'air d'humeur bavarde. C'est bien. Continuez à parler. Qui essaie de piéger Denver ? Qui a ordonné que mon esprit soit manipulé afin que j'implique le commandant ?

— C'est des questions délicates.

— J'espère que vous avez plus de réponses que Peter n'en avait.

Linc lança un regard oblique vers son complice.

— Ça vient de très haut. C'est tout ce que je sais. Votre amnésie était seulement une pièce du puzzle – la seule pièce que je connaisse.

— Allez, Linc. Vous pouvez faire mieux que ça.

Pour être plus convaincant, Asher ramassa une pince et l'étudia.

— Vous savez, même si nous Delta Force n'utilisons pas la torture pendant nos opérations, ça ne veut pas dire qu'on ne connaît pas les méthodes.

Linc se redressa précipitamment en position assise.

— Pas la peine, mon vieux. Peter et moi, on fait partie d'un réseau de gens qui ont des services à vendre. C'est tout. Ce n'est pas mon combat.

— Il ne pensait pas la même chose, intervint Paige.

— Il est jeune, répliqua Linc en haussant les épaules. Moi, je m'en fiche, du moment que mes employeurs ne pensent pas que je les ai balancés. Ça, ce n'est pas toléré. On a même l'ordre d'avoir une pilule sur nous, qui simule la mort, si on est capturés ou compromis. Même pas en rêve !

— Vos employeurs. Qui sont-ils ?

— J'aimerais bien pouvoir vous aider, vraiment, mais je reçois mes ordres par SMS. Pas de nom, pas de visage.

Il leva une main.

— Ce que je sais, c'est que le complot concernant Denver est orchestré en haut lieu.

— Où ça ? Dans l'armée ? Le gouvernement ?

— Les deux. Je crois, en tout cas.

— Il me faut un nom, Linc.

— Je ne peux pas vous donner de nom, mais je peux vous refiler un tuyau. Vous pourriez braquer ce pistolet ailleurs que sur mon visage ?

— Le pistolet est très bien là où il est.

Même si l'homme coopérait, Asher ne lui faisait pas confiance.

— Je vous écoute.

— Le complot contre vous est détaillé dans un fichier informatique à Hidden Hills. Si vous mettiez la main dessus, vous pourriez vous disculper et arrêter de vous cacher.

Asher exhala bruyamment. Ce n'était pas la révélation fracassante qu'il attendait.

— Mais bien sûr… Je vais revenir à la clinique et réclamer mon dossier médical.

— Vous pourriez vous adresser à quelqu'un d'autre.

— À l'armée ? demanda Asher d'un ton railleur.

— À l'infirmière.

— Tabitha Crane ?

— Je pensais que c'était peut-être elle, là-bas au fond, mais je me rends compte que si c'était elle et qu'elle voulait vraiment vous aider, elle vous aurait déjà donné ce fichier.

— Comment savez-vous que Tabitha l'a en sa possession ? demanda Paige.

— Ils le savent tous maintenant. On a reçu l'ordre de la suivre, elle aussi, et c'est pour cette raison. Elle est devenue l'ennemi public numéro deux.

— J'ai une question à vous poser, Linc, dit-elle en émergeant de l'ombre. Qu'étiez-vous censé faire d'Asher après l'avoir retrouvé ?

L'homme baissa les yeux sur le canon du pistolet, avant de reporter son attention sur le visage de Paige.

— Le tuer.

La paroi en bois en face d'Asher se fendit en éclats, laissant entrer un courant d'air froid.

Il se jeta devant Paige et l'attrapa par la main pour l'attirer au sol.

— Baisse-toi ! Ils mitraillent le hangar.

15

Une fois à terre, Asher couvrit le corps de Paige du sien tandis que les balles pleuvaient au-dessus d'eux.

Elle se tortilla sous lui.

— Asher, je ne peux pas respirer.

Il roula sur le côté et tendit le doigt vers Linc, qui s'était recroquevillé dans un coin.

— Vous les avez amenés ici ? Vous étiez au courant ?

— Non, non. Je le jure.

— Laisse-le, Asher.

— Ses chefs ne vont pas être aussi généreux que moi.

Asher se glissa jusqu'à la porte et l'ouvrit d'un coup de pied.

— Notre seule chance, c'est le bateau de Peter. Les coups de feu proviennent de la maison. Suis-moi.

En le voyant ramper dehors, Paige serra les dents. Toutes les cellules de son corps protestaient, mais elle s'obligea à ravaler sa peur.

Quand elle le rejoignit sur le ponton, il la surprit en la poussant brutalement. Elle bascula dans le petit hors-bord, au moment même où un autre mur du hangar explosait.

Asher sauta à côté d'elle, puis se laissa tomber sur le plancher du bateau. Il enfonça la clé dans le contact et poussa la manette des gaz à fond. Le moteur vrombit, faisant tourbillonner l'eau glaciale de la baie.

Lorsque l'embarcation bondit en avant, Paige se cogna la tête contre le côté.

— Tiens bon, Paige, lança Asher. Je ne sais pas où je vais et je ne vois rien. Je ne veux pas mettre les feux tant qu'on n'aura pas mis un peu de distance entre eux et nous.

Effleurant à peine l'eau, le hors-bord s'éloigna de la berge et des balles. Paige se palpa le crâne, là où une bosse était déjà en train de se former.

Au bout de quelques minutes, le bateau sembla se stabiliser, et elle s'aperçut qu'Asher s'était relevé et pilotait l'engin.

Sans baisser la main, elle se releva péniblement. Elle se sentait un peu nauséeuse, et cela n'avait rien à voir avec le mal de mer.

Asher la regarda.

— Ça va ? Bon Dieu... Tu as été touchée ?

— Non. Je me suis cogné la tête contre le côté du bateau pendant qu'on s'échappait.

Elle plissa les yeux en direction des lumières visibles au loin.

— On s'est échappés, n'est-ce pas ? On a réussi ?

— Oui.

— Tu... Tu n'as pas été blessé ?

— Non.

— Je suis contente que tu aies gardé les clés de Peter au lieu de les remettre dans sa poche.

Elle se couvrit les yeux, avant de poursuivre :

— Mais tous nos plans - la voiture, nos vêtements, l'argent - sont partis en fumée. On est de retour à la case départ.

— On est en vie, répliqua Asher en tendant la main vers elle. Et tu es avec moi.

Elle referma les doigts sur les siens.

— Tu te souviens de moi, tu te souviens de nos fiançailles, tu te souviens de toutes les horreurs du passé, et tu es toujours ici.

— Où voudrais-tu que je sois ? demanda-t-il en lui embrassant le bout des doigts. Je ne sais pas... La case départ, ça me convient très bien.

En entendant ces mots, Paige sentit une bulle de chaleur l'envelopper. Elle n'avait qu'une envie, celle de flotter à l'intérieur, mais ils n'en étaient pas encore à ce stade-là.

— À ton avis, Linc savait-il qu'il fonçait dans un piège ? Il n'en avait pas l'air.

— On lui avait peut-être ordonné de jouer le jeu. Il semblait très accommodant, mais pour moi c'était seulement un signe de lâcheté.

Asher tira sur la manette des gaz, et l'avant du bateau s'abaissa.

— Ou peut-être que ses employeurs surveillaient les téléphones et ont remarqué une activité inhabituelle. Linc a eu l'air aussi surpris que moi quand les balles ont commencé à pleuvoir.

— Il pensait peut-être que la cavalerie censée venir à sa rescousse attendrait qu'il soit à l'abri avant de canarder à tout va.

— La loyauté n'est pas vraiment répandue chez les voyous, affirma Asher. Encore un autre enseignement transmis par mon père.

— Tu crois que Linc disait la vérité à propos de ton dossier et du fait que Tabitha l'ait volé ?

— Cette partie semble vraisemblable, non ? Linc a dû penser qu'il pouvait être sincère, puisque pour lui j'allais mourir dix minutes plus tard.

— Alors il faut qu'on mette la main sur ce dossier, conclut Paige. Tu pourras l'apporter à l'armée. Il y a peut-être quelques traîtres, mais je refuse de croire que l'intégralité de l'armée et de la Delta Force veuille s'en prendre au commandant Denver – sauf s'il est vraiment coupable.

— Il ne l'est pas.

— En tout cas, en montrant ce que les médecins de Hidden Hills ont essayé de te faire, tu vas prouver ta bonne foi. Ils ne pourraient quand même plus prétendre que tu étais fou, ou que tu as trahi ou déserté, n'est-ce pas ?

— Malheureusement, entrer en douce dans la clinique risque d'être plus compliqué que d'en sortir, remarqua Asher.

— Il faudrait trouver la copie du dossier que Tabitha avait en sa possession.

— On pourrait retourner dans le chalet de sa famille et fouiller là-bas. Si elle l'avait, je pense qu'elle avait l'intention de s'en servir pour me faire chanter et me plier à ses quatre volontés.

Paige se blottit dans son manteau.

— Je ne me rappelle pas avoir vu d'ordinateur là-bas. Elle devait avoir un portable dans sa voiture.

— En parlant de portable, tu as encore son smartphone ?

— Oui. Je n'ai toujours pas réussi à y avoir accès.

Elle essaya de claquer des doigts, mais ils étaient trop froids, et elle renonça.

— Elle avait peut-être ses mails dans son smartphone. Qui sait, on pourrait obtenir des informations grâce à ça.

— Ça ne mange pas de pain, admit Asher, avant de pointer du doigt quelques lumières le long de la rive. On va devoir quitter la baie à un moment donné.

— Où va-t-on aller ? Et que va-t-on faire sans argent ?

La difficulté de leur situation la frappa en plein ventre, et elle croisa les bras autour de sa taille.

— Je ne dirais pas qu'on est *sans* argent, révéla-t-il en touchant les poches de son blouson. Je n'avais pas envie d'aller sans cesse chercher du liquide dans le coffre de la voiture, alors pendant qu'on préparait notre départ j'ai rempli mes poches de billets. On va s'en sortir.

Paige se jeta à son cou.

— Tu as raison. On est à l'abri pour l'instant et on est ensemble. Tout ce qu'il nous manque pour être au complet, c'est Ivy.

— On va y arriver, Paige… et on sera plus forts que jamais.

Quelques heures plus tard, après avoir abandonné le bateau de Peter, fait du stop avec un camionneur et commandé une pizza, Paige s'affala sur le lit d'un motel miteux en banlieue de Washington.

— Je crois que je suis trop fatiguée pour manger. Les balles, les bateaux et les poids lourds, ça a de quoi couper l'appétit.

Elle se redressa sur ses coudes et regarda Asher ouvrir la boîte.

— L'autre bonne nouvelle, c'est que tu as l'air à l'abri d'une rechute.

Asher se tapa le torse du poing, une part de pizza au pepperoni dans l'autre main.

— Je me sens en pleine forme.

— J'ai envoyé un autre SMS à Martha à propos de la pagaille chez sa mère, mais elle n'a pas répondu. J'espère qu'elle va bien.

— Elle n'avait pas prévu d'aller dans cette maison. Je suis sûr que ça va.

Il s'essuya les mains sur une serviette en papier, puis brandit une canette de soda.

— Même si tu ne manges rien, bois au moins quelque chose.

— Je vais en prendre un morceau.

Elle se leva et sortit une part de pizza de la boîte.

— Tu crois que ces types armés sont allés dans le garage et ont trouvé notre voiture avec toutes nos affaires ? Mon ordinateur portable est rangé avec le reste.

— Ça m'étonnerait qu'ils se soient attardés dans le coin. Ils ont dû investir le hangar, pensant qu'ils nous avaient tués ou piégés, et ont trouvé Linc et Peter à la place.

— Je me demande s'ils ont tué Linc… ou Peter, d'ailleurs.

— Garde ta compassion pour ceux qui le méritent, conseilla Asher. Tu penses que l'un ou l'autre auraient hésité à nous tuer s'il en avait eu l'occasion ?

— Ah là là… Je n'aime pas ce monde-là.

Paige se tamponna les lèvres avec une serviette, puis but une gorgée de soda.

— Je sais bien, répondit-il en jetant sa croûte sur une assiette en carton. Je suis désolé que tu sois mêlée à tout ça. Tu devrais être à Las Vegas, en sécurité, avec Ivy.

— Mais alors qui serait ton acolyte ?

Elle se désigna du pouce.

— C'est moi.

Asher se pencha pour l'embrasser sur la bouche.

— Tu es mon acolyte, mais tu es beaucoup plus que ça, et je veux terminer ce qu'on a commencé plus tôt.

Elle lâcha sa pizza et tendit les bras au-dessus de sa tête.

— Je ne sais pas... Quand on était sur le point de faire l'amour cet après-midi, tu étais dopé avec l'antidote magique de Preston. Je risque d'être déçue, maintenant.

— Ce type, tout à l'heure ? De la force brute, mais aucune profondeur, affirma-t-il avec un clin d'œil. À ton avis, que vaut la baignoire ?

Paige balaya du regard la petite chambre meublée simplement.

— Ce n'est pas le Ritz, mais c'est propre. Un bain, ça me dit bien.

— Laisse-moi faire.

Il repoussa la boîte de pizza et bondit de sa chaise.

— Je m'occupe de tout.

— Je jette la pizza ou je la garde ? Il n'y a pas de frigo ici.

— Depuis quand les restes de pizza ont besoin d'être mis au frais ?

Asher enleva ses boots et ses chaussettes, puis disparut dans la salle de bains.

Après avoir jeté les assiettes et les serviettes sales à la poubelle, Paige referma la boîte de la pizza. Elle se pencha ensuite vers la fenêtre et écarta les rideaux.

Les lumières de la réception brillaient vivement en comparaison avec les feux des voitures roulant sur la route au second plan. Cette fois, personne n'avait pu les suivre ou les pister. Asher avait jeté les portables de Linc et Peter dans la baie. Son téléphone à elle était hors tension. Seul l'appareil prépayé était actif. Elle avait éteint celui de Tabitha, mais ce motel – perdu au milieu de nombreux autres établissements sur une route très fréquentée – était peut-être l'endroit idéal pour le rallumer et recommencer à tester des mots de passe.

D'après ce qu'elle savait, les portables ne pouvaient être localisés que grossièrement, en déterminant l'antenne-relais la plus proche, qui pouvait être située à des kilomètres.

L'eau cessa de couler dans la salle de bains et Asher cria :

— Je suis prêt. Qu'est-ce que tu fais ? Tu finis la pizza ?

— J'arrive.

Paige referma les rideaux, puis reposa le portable prépayé sur la table de nuit, à côté de celui de Tabitha.

Tout en fredonnant de la musique de strip-tease, elle ôta son pull et traversa la chambre. Une fois sur le seuil, elle fit tourner le vêtement par la manche.

— Tu es sûr d'être prêt, beau gosse ? demanda-t-elle d'une voix lascive.

Asher plongea son corps nu dans l'eau, au milieu des volutes de vapeur.

— Il est plus que temps.

Elle lâcha son pull par terre, ôta son T-shirt et son soutien-gorge, puis baissa son jean et sa culotte.

— Éteins la lumière, demanda-t-il. Je n'ai pas de bougies, mais au moins la lumière tamisée de l'autre pièce permet d'avoir une ambiance un peu plus romantique ici.

Sur la pointe des pieds, elle s'approcha de la baignoire.

— Où as-tu trouvé toute cette mousse ?

— J'ai versé la moitié de ce truc dedans, répondit-il en lui montrant une petite bouteille de gel douche.

Paige trempa un orteil dans l'eau entre les genoux levés d'Asher. La baignoire n'était pas assez longue pour qu'il puisse tendre les jambes, mais de toute façon ils n'allaient sûrement pas rester dedans très longtemps.

Elle s'assit et allongea les jambes autant que possible, puis elle s'appuya contre le torse d'Asher, peau contre peau, enfin.

— Je pourrais m'endormir dans la seconde, lança-t-elle en tournant la tête vers lui.

— Tu n'as pas intérêt.

Il cueillit de la mousse dans ses paumes et la disposa sur ses seins, comme un bikini de sirène.

— Joli, souffla-t-elle.

Il lui effleura le ventre, avant de lui écarter doucement les cuisses.

Paige laissa rouler sa tête sur le côté. Du bout de la langue, elle goûta la peau chaude et savonneuse du bras d'Asher.

Tandis qu'il pressait les doigts entre ses jambes, elle se balança au rythme des sensations qu'il créait en elle. Autour d'eux, des petites vagues se formèrent dans la baignoire. S'il continuait à la toucher de cette façon, ils allaient créer un tsunami.

Elle se cambra et agrippa les genoux d'Asher, si fort qu'elle enfonça les ongles dans sa peau. La chaleur de leurs corps semblait sur le point de faire bouillir l'eau.

Emportée par un puissant orgasme, elle s'arc-bouta contre lui. Ses hanches décollèrent et ondulèrent au rythme du plaisir qui l'envahissait.

Asher glissa deux doigts en elle, provoquant une nouvelle contraction. Elle frémit une dernière fois, avant de retomber contre son ventre.

L'eau clapota contre le rebord de la baignoire et déborda sur le sol.

Il lui mordilla l'oreille, puis murmura :

— Tu as créé un tsunami.

Portée par l'eau, Paige se tourna face à lui et il referma les bras autour d'elle en riant.

— Si je passe une minute de plus dans cette baignoire, je vais rester coincé.

— Moi d'abord.

Elle se mit à califourchon sur lui, puis se leva, faisant ruisseler de l'eau sur sa tête et son torse. Levant les yeux, Asher remarqua :

— C'est la meilleure vue que j'aie eue de la journée.

— J'espère que tu ne vas pas te contenter d'admirer le paysage.

Elle enjamba le bord de la baignoire et attrapa les deux serviettes.

— Tu as besoin d'aide pour sortir ?

Il enleva le bouchon avec son orteil, pivota sur le côté et émergea de l'eau.

Elle lui tendit l'une des serviettes dépliées.

— Rendez-vous dans la chambre.

Elle retourna dans l'autre pièce, se sécha, puis ouvrit les couvertures. Ils allaient peut-être enfin réussir à faire l'amour cette fois.

Elle entendit les pas d'Asher derrière elle. Avant qu'elle n'ait le temps de se retourner, il l'enlaça par-derrière et se pressa contre son dos.

— Ça fait trop longtemps, murmura-t-il. Je suis presque content que Peter nous ait interrompus la dernière fois. Je me sens davantage moi-même. Je ne suis plus sous l'emprise d'une drogue et je ne suis pas sur le qui-vive, à attendre qu'un SMS ou un sale type vienne nous déranger.

Tout en parsemant de baisers les mèches mouillées qui collaient à sa nuque, il lui caressa les seins. Comme elle frissonnait, il la serra un peu plus contre lui.

— Tu as froid ?

— Un peu.

Elle se dégagea de son étreinte et se jeta sur le lit.

— Viens me réchauffer.

Une fois étendu près d'elle, Asher embrassa la bosse sur le côté de sa tête.

— Blessure de guerre, murmura-t-il, avant de tracer le contour de sa joue. Je n'en reviens pas d'avoir pu oublier ce visage.

— L'esprit est capable de bien des choses. Et si tu touchais le reste de mon corps pour être sûr de ne plus jamais rien oublier ?

Avec ses doigts et sa langue, il partit en exploration. La peau de Paige se couvrit de chair de poule tandis que ses extrémités nerveuses s'embrasaient. Pendant qu'il se familiarisait de nouveau avec elle, elle joua avec ses cheveux d'une main, tout en stimulant son érection de l'autre.

Lorsqu'il eut la tête au niveau de ses orteils et les pieds posés sur l'oreiller, il était au comble de l'excitation, et le cœur de Paige tambourinait dans sa poitrine.

Elle se tourna sur le côté pour que l'érection d'Asher la touche entre les jambes.

— Tu as démontré que tu n'avais plus une trace de drogue dans les veines. J'ai besoin de t'avoir en moi. J'ai attendu assez longtemps que tu te souviennes de moi, que tu te rappelles que tu m'aimes, que tu me pardonnes à nouveau, et maintenant, tu es exactement où je veux que tu sois.

Il lui chatouilla la plante des pieds, puis sa tête rejoignit la sienne sur l'oreiller.

— Idem.

Tout en l'embrassant, il se positionna au-dessus d'elle. Lorsqu'il la pénétra, elle noua les jambes autour de ses hanches, comme si elle ne voulait plus jamais le laisser partir.

Au cours de leurs ébats, ils retrouvèrent l'intimité acquise au fil de leurs années ensemble, mais avec une qualité supplémentaire que Paige n'aurait pu nommer. Y avait-il plus de profondeur ? Plus de satisfaction ? Plus de confiance ? Pour la première fois peut-être avec Asher, elle n'avait pas l'impression d'avoir quelque chose à prouver.

Quand ils eurent enfin étanché leur soif mutuelle, Paige se blottit contre lui. Leurs corps s'emboîtaient parfaitement.

Asher lui caressa le dos, de la nuque jusqu'au creux des reins. Elle s'étira et recroquevilla les orteils contre ses tibias.

— Hum, tous mes soucis se sont envolés. Ça va être dur de retourner à la réalité.

— Tu as une mine de chatte gourmande. On dirait un chaton qui a léché toute la crème.

Elle pouffa de rire.

— C'est censé être une espèce de sous-entendu coquin ? Oh ! beurk... Ça me fait repenser à Tabitha et à son obsession des chats. Entre ça et son obsession pour toi, je ne sais pas ce qui l'emportait.

— Désolé d'avoir mis les chats sur le tapis.

Paige eut alors un déclic.

— Tabitha. Chats, s'exclama-t-elle en se redressant.

— J'ai dit que j'étais désolé.

Asher lui passa la main sur le bras, mais elle se rua au-dessus de lui pour atteindre la table de nuit.

— J'ai trouvé. Je sais quel est son mot de passe.

Elle attrapa le téléphone de Tabitha et l'alluma. L'invite à entrer un mot de passe la nargua à nouveau, mais cette fois elle avait une réplique toute prête.

Elle tapa l'idée qui lui était venue à l'esprit et glapit de joie lorsqu'elle accéda à l'écran d'accueil.

— Tu as réussi, la félicita Asher en lui tapant dans la main. C'était quoi, petit génie ?

Elle leva les yeux au ciel.

— « Tabbycat », bien sûr.

D'un doigt tremblant, elle cliqua sur l'icône des mails.

— Quel est le mot de passe pour le wifi ici ?

Asher récupéra une carte sous la lampe de chevet.

— « Invité ».

— Vive la simplicité.

Après s'être connectée, Paige retint son souffle pendant le chargement des mails de Tabitha.

Asher se pencha par-dessus son épaule, son souffle chaud faisant voler ses cheveux.

— Regarde d'abord ses SMS, pour vérifier que personne n'a commencé à la chercher.

Paige se mit à parcourir les mails, pour s'assurer qu'aucun dossier secret ne lui sautait aux yeux. Tabitha en avait plus de quatre cents dans son téléphone. Asher avait raison : il lui faudrait un certain temps pour en venir à bout. Elle passa donc aux SMS.

— Il n'y en a pas beaucoup. Elle en a reçu un d'un certain Dr Evans qui lui demande où elle est.

— C'est un médecin de Hidden Hills. Il n'est manifestement au courant de rien.

— Mais est-ce que l'un d'entre eux l'est ? Quand Linc m'a vue dans le hangar, il a pensé que j'étais peut-être Tabitha.

— Linc ne savait pas grand-chose, répliqua Asher. Ils n'ont peut-être pas pris la peine de lui dire, et peut-être qu'ils n'ont pas voulu avertir les médecins de Hidden Hills non plus.

Il se leva et retourna dans la salle de bains, d'où il demanda :

— Je te rapporte des vêtements ? J'ai du mal à me concentrer sur les messages de Tabitha quand tu es assise toute nue au bord du lit.

Avec un sourire, Paige répondit :

— Je veux bien mon T-shirt et mes sous-vêtements.

— C'est presque aussi sexy que ta nudité.

Il revint dans la chambre et lui lança ses dessous.

— Tu as trouvé autre chose ?

— Je n'ai pas l'impression qu'elle ait beaucoup d'amis. Même ses parents ne lui ont pas envoyé de SMS au cours des derniers jours.

— Pourquoi le feraient-ils ? Elle est censée être au travail. Ils ignorent qu'elle était à leur chalet. Ils n'ont peut-être même pas vu les actualités à propos de l'autre chalet.

— Ses SMS ne m'ont rien appris. Ce n'est pas comme si ce réseau nébuleux lui écrivait pour lui demander de retourner à la clinique… ou pour exiger qu'elle te ramène, s'ils pensaient qu'elle t'avait embarqué avec elle.

— Et les mails ? demanda Asher en s'approchant du bureau.

Alors qu'il ouvrait la boîte de la pizza, Paige releva les yeux du portable.

— Qu'est-ce que tu fais ?

— Le sexe, ça m'ouvre l'appétit. Je t'ai dit que cette pizza ne serait pas perdue. Tu en veux ?

— Non, merci. Je suis un peu occupée, là.

— Est-ce qu'elle a beaucoup de mails ?

— Plus de quatre cents.

— Fais une recherche détaillée. Trie les messages contenant des pièces jointes. Ça devrait réduire le nombre. Ou ceux en rapport avec Hidden Hills, même si elle a dû en recevoir pas mal de son employeur.

— Je vais viser les pièces jointes. Si elle s'est envoyé ton dossier, ça serait sûrement en pièce jointe plutôt qu'en lien.

Après avoir validé le texte de sa recherche, elle déclara :

— C'est nettement mieux.

Elle replia les jambes sous elle, rapprocha le portable de son visage et commença à faire défiler les mails.

— Il y en a plusieurs avec des documents liés au travail. C'est peut-être comme ça qu'elle a pu détourner ton dossier à l'insu de la clinique.

— Pendant un temps, mais ils ont fini par s'en apercevoir.

— Seulement quand ils se sont rendu compte que son obsession pour toi l'avait poussée à t'aider à t'évader, ou en tout cas à te suivre.

Asher la rejoignit sur le lit et entassa quelques oreillers pour s'adosser à la tête de lit.

— Cette évasion, c'était grâce à toi, superwoman. Et c'est aussi grâce à toi qu'on a accès au téléphone de Tabitha.

— J'aurais dû deviner son mot de passe plus tôt.

— Arrête, dit-il en posant un doigt sur ses lèvres. Ne sous-estime pas ta réussite. Je suis sûr que je ne l'aurais jamais trouvé. Ça sort d'où, « tabbycat », de toute façon ?

— C'est vrai que, toi, tu préfères les chiens. Un « tabby-cat », c'est un chat tigré. Sur le site, j'ai vu que son surnom était Tabby. Le lien m'a paru évident.

— Si tu le dis.

— En parlant de chiens, Ivy est vraiment motivée pour en avoir un.

— Elle n'en a plus peur ?

— On a vu quelques chiots et elle…

Paige s'interrompit.

— Je crois que ça y est.

— Tu as trouvé le mail ? Le dossier ?

— On dirait qu'elle a essayé de dissimuler la pièce jointe en mettant des notes de médication dans le corps du message, mais ce dossier est ressorti quand j'ai cherché ton nom.

— Avant d'ouvrir la pièce jointe, transfère-la sur ton adresse, la mienne et celle de ta mère. Dommage que je n'aie pas l'adresse mail personnelle de Cam en tête.

— Et à un responsable officiel de la Delta Force ?

— Commençons par voir le contenu du dossier. Et s'il ne faisait que confirmer mes accusations contre le commandant Denver ? L'envoyer à la Delta Force pourrait empirer la situation pour lui.

— D'accord.

Paige suivit les consignes d'Asher. Pour éviter que sa mère ne prenne le mail pour un spam et ne l'efface, elle ajouta quelques lignes indiquant qu'elle était l'expéditeur et lui demandant de sauvegarder le message.

— Moment de vérité.

Elle cliqua sur la pièce jointe et attendit la fin du téléchargement, les yeux rivés sur le cercle qui tournait.

— Je regrette vraiment de ne pas avoir mon ordinateur.

Quand le dossier finit par s'ouvrir, Paige agrandit le texte. Elle s'appuya contre Asher pour mieux partager l'écran avec lui.

— C'est parti…

Ils lurent en silence, Asher hochant la tête à chaque fois qu'elle indiquait vouloir passer à la suite.

Il tourna la tête et l'embrassa sur la tempe avant même d'avoir fini la lecture.

— Tu as réussi. C'est ça. La preuve que ces souvenirs ont été implantés dans mon cerveau.

— Mais pas d'explication sur la raison ou l'origine de ces ordres.

— Pas encore, répondit-il en tapotant le portable. On n'a pas tout lu.

Paige se frotta les yeux.

— Je ne suis pas sûre de pouvoir continuer. Ça a été la folie, aujourd'hui. On avait prévu de faire parler Linc, puis de partir dans une voiture contenant de la nourriture, du cash… et mon ordinateur.

— Au lieu de quoi, on est ici, et ma fiancée géniale nous a trouvé les infos dont on avait besoin pour me remettre dans les bonnes grâces de l'armée et nous permettre de rentrer chez nous auprès de notre fille.

Sans lâcher le téléphone, elle se blottit contre Asher.

— J'ai hâte d'y être.

Il éteignit la lampe et serra Paige contre lui.

— Essayons de dormir un peu. Demain, on réfléchira à qui remettre ce dossier. Dès qu'il sera entre les mains des autorités compétentes, je suis sûr que les gars de Hidden Hills recevront un contrordre et qu'on ne sera plus en danger. Ce sont eux qui se retrouveront sur la sellette.

— Je dormirai quand j'aurai fini ce dossier. Il n'en reste pas long.

Asher bâilla.

— Et d'après moi, tu ne vas pas y trouver quoi que ce soit d'important. Le reste ressemble à un soi-disant programme de traitement.

Paige cligna des yeux puis se reconcentra sur l'écran, qui brillait dans l'obscurité. Les paupières de plus en plus lourdes, elle parcourut les autres paragraphes. Rien de ce qu'elle lut ne put l'empêcher de s'endormir.

Ils avaient réussi. Elle et Asher, ensemble.

Alors que la lumière filtrait à travers les rideaux, Paige sentit sa main la picoter. En pliant les doigts, elle s'aperçut que le portable de Tabitha vibrait.

L'infirmière avait peut-être enfin reçu un SMS important. Paige regarda l'horloge en plissant les yeux, puis secoua Asher par l'épaule.

— Il est déjà 8 heures.

Elle alluma la lumière et se redressa pour s'adosser à la tête de lit. Après avoir entré le mot de passe du téléphone, elle ouvrit le SMS envoyé par le Dr Evans.

Elle lut le message une première fois, la tête penchée sur le côté. Elle le relut, tandis que les derniers vestiges de sommeil commençaient à se dissiper. Puis tout s'éclaircit d'un coup, avec une clarté bouleversante.

Elle lâcha l'appareil par terre et se plia en deux en haletant, les poumons soudain vides d'air.

— Paige ? demanda Asher en la prenant par le haut du bras. Paige, ça va ?

Elle se tourna vers lui, tentant d'articuler les mots qui allaient l'anéantir. Elle l'avait encore laissé tomber.

— Paige ? Que se passe-t-il ?

— Ils ont enlevé Ivy.

16

Asher fixa le visage pâle de Paige, qui était toujours bouche bée après avoir énoncé ces mots sans queue ni tête.

— De quoi parles-tu ? Ivy est avec ta mère à Las Vegas.

— N-non, elle n'y est pas. Elle est avec eux. Les gens qui sont toujours à nos trousses ont enlevé notre fille.

Une partie du cerveau d'Asher se déconnecta. Une autre commença à se lancer dans des dénégations.

Il émit un grognement dubitatif.

— Comment pourrais-tu le savoir ? Ta mère n'est pas en contact avec toi. Personne ne l'est.

Elle baissa la tête.

— Ils ont contacté Tabitha, ou plutôt ils m'ont contactée via le portable de Tabitha. Ivy a disparu.

Envahi par la panique, Asher jaillit du lit pour se jeter sur le sol du côté de Paige. Il s'empara du portable qui avait été la source de tant de satisfaction quelques heures auparavant.

Il ouvrit le message et le lut :

On a votre fille. Si vous tentez quoi que ce soit, vous ne la reverrez jamais.

Paige laissa échapper un sanglot tandis qu'une rage incandescente s'emparait d'Asher. Quand il s'assit au bord du matelas, elle s'effondra contre son torse.

— On ne sait même pas si c'est vrai, Paige. Il est possible qu'ils mentent.

— Il n'y a qu'une seule façon de le savoir.

Elle saisit l'autre téléphone sur la table de nuit, celui qu'ils avaient gardé éteint de peur d'être localisés.

Après avoir appuyé sur l'écran, elle se raidit, puis lâcha d'une voix étranglée les mots qu'il ne voulait pas entendre :

— Oh non… J'ai reçu une vingtaine de SMS de la part de ma mère. Ivy a disparu.

Asher la rattrapa lorsqu'elle commença à basculer vers l'avant.

— Ça va aller, Paige. Je vais tout faire pour que ça s'arrange. Je vais leur donner ce qu'ils veulent pour qu'Ivy reste saine et sauve. Que dit ta mère ?

Il prit le portable des doigts crispés de Paige et parcourut les SMS de Cheryl, dont l'affolement allait croissant.

— Ils ont ordonné à ta mère de garder le silence, et on dirait qu'elle a obéi jusqu'ici. Appelle-la.

Paige fixa d'abord le téléphone, puis elle le lui arracha et passa l'appel.

Asher tendit la main pour mettre le haut-parleur tandis que le portable sonnait.

Cheryl décrocha avant la fin de la première sonnerie.

— Mon Dieu, Paige ! Où étais-tu passée ? Quelqu'un a kidnappé Ivy, et je crois que c'est lié à ce qui se passe avec toi et Asher.

Paige prit une longue inspiration et redressa les épaules.

— C'est le cas, maman. Que veulent-ils que tu fasses ?

— Moi ?

La voix de sa mère se fêla, et il lui fallut quelques secondes avant de reprendre :

— Rien, rien du tout. Pas de police, pas de FBI, pas de Terrence. Je n'ai même pas prévenu Terrence, qui est en randonnée quelque part. Ils vous veulent, toi et Asher. Ils veulent passer une sorte de marché avec lui.

Asher passa la main dans le dos crispé de Paige.

— Ne vous inquiétez pas, Cheryl. Je vais la retrouver. Je vais leur donner ce qu'ils veulent.

— Que veulent-ils, Asher ?

— Moi. C'est moi qu'ils veulent.

— Ils ne t'auront pas, rétorqua Paige.

Elle repoussa ses cheveux emmêlés en arrière et serra les mâchoires.

— Paige, fit sa mère en reniflant. Laisse Asher s'en occuper. Il s'agit d'Ivy. Bien sûr qu'il va faire le nécessaire pour la sauver.

— Ils n'auront pas Asher et ils ne garderont pas Ivy. Ils ne savent pas dans quoi ils ont mis les pieds. Ils viennent de commettre une grosse erreur.

Asher massa le cou de Paige. Il savait qu'elle se transformerait en lionne si on touchait à leur fille, mais il ne voyait pas d'échappatoire. Il allait devoir faire une croix sur son dossier de Hidden Hills et les laisser se servir de lui pour faire tomber le commandant Denver. Du moment qu'ils renvoyaient Ivy auprès de sa mère...

D'une voix fêlée, Cheryl reprit :

— Paige, j'ai fait tout ce qu'ils m'ont demandé, y compris ne rien dire à Terrence. Maintenant, c'est ton tour. Asher et toi devez obéir à leurs ordres pour protéger Ivy.

— Ne t'inquiète pas, maman. On va la sauver. Quand Terrence doit-il rentrer ?

— Dans quelques jours. S'il était ici, je serais incapable de lui cacher ce qui se passe.

— Bien. Continue à faire ce que tu fais. Je te préviendrai quand on aura récupéré Ivy.

Après avoir raccroché, Paige se tourna vers Asher et le dévisagea, les yeux écarquillés, la bouche entrouverte, le souffle court.

Il prit ses mains entre les siennes.

— Qu'est-ce que tu as en tête, Paige ? Je n'ai pas l'intention de tenter quoi que ce soit tant qu'Ivy n'est pas rentrée à la maison. Ensuite, je te jure que je les ferai tous payer.

— On peut la retrouver, Asher. On peut récupérer Ivy sans que tu aies besoin de te livrer.

— Je ne vois pas comment c'est possible, Paige. On ne sait rien sur ces gens. On n'a aucune idée de ce qu'ils ont fait d'Ivy.

— Pas encore.

Elle libéra ses mains et l'attrapa par les épaules.

— Dès que j'aurai accès à un ordinateur, on saura exactement où ils gardent Ivy – parce que je lui ai fait implanter une puce électronique.

Il s'écarta brusquement.

— Tu as fait quoi ?

— Je lui ai fait injecter un implant sous-cutané quand elle était bébé – la première fois que tu m'as laissée seule avec elle.

— Pourquoi as-tu fait ça ? Est-ce que c'est légal, d'ailleurs ?

— L'ex d'Elena, le médecin, l'a fait à ma demande. Quant au pourquoi…

Ses épaules se voûtèrent.

— Tu sais pourquoi. J'avais peur de la perdre à nouveau. Je ne voulais pas vous en parler, ni à toi ni à ma mère. C'était censé être temporaire.

L'énormité de cet aveu submergea Asher, et il prit le visage de Paige entre ses mains pour l'embrasser sur la bouche.

— Ton côté parano débouche enfin sur quelque chose de positif. Tu devais te douter que ce jour arriverait.

Paige cligna des yeux.

— C'est… C'est génial, n'est-ce pas ? On va pouvoir localiser Ivy sans qu'ils le sachent. J'ai seulement besoin d'un ordinateur. J'ouvrirai une session sur le site, ce qui nous permettra de repérer l'emplacement d'Ivy.

— Si le service a un site web, ils doivent avoir une appli mobile. Tu as déjà essayé ?

— Je n'ai jamais utilisé ce service, Asher. J'espère que ça marche.

Il ramassa le portable qu'elle avait lâché par terre.

— Fais une recherche. Tu te souviens du nom du service ?

— Bien sûr. KidFinder.

Alors qu'elle venait de récupérer l'appareil, elle se figea.

— Le téléphone de Tabitha… Quelqu'un appelle.

— Je m'en occupe, déclara-t-il en décrochant. Ouais ?

— Le lieutenant Knight en personne. Je présume que vos souvenirs se sont remis en place ?

— Assez pour savoir que j'ai été utilisé pour piéger le commandant Denver. Pourquoi ?

— Tss-tss, Knight. Est-ce qu'on n'a pas des problèmes plus importants à régler ? À l'heure qu'il est, vous avez dû vérifier et vous savez qu'on détient votre fille.

— Vérifié, oui, mais comment savoir si elle va bien ?

— Je vais demander à ses... baby-sitters de faire un appel vidéo sur ce téléphone, et ensuite, vous ferez ce qu'on vous dit.

— Vous voulez que je reprenne ma fausse histoire sur ce qui s'est passé pendant ce rendez-vous entre Denver et son contact.

La voix au bout du fil se durcit.

— On veut que vous retourniez à Hidden Hills, sous notre contrôle.

À côté d'Asher, Paige se raidit.

— Qui êtes-vous ? demanda-t-il. Pour qui travaillez-vous ? Qu'avez-vous contre Denver ?

— Tout vous sera peut-être révélé quand vous nous rejoindrez.

— Avant que j'aille où que ce soit, on veut récupérer notre fille.

— Compris. On va procéder à un échange.

— Où ?

— Las Vegas. La petite se trouve non loin de là. On n'allait pas essayer de la faire monter à bord d'un avion. On vous donnera une adresse pour l'échange... une fois que vous serez dans les parages. Vous et Paige allez venir ensemble. On renverra votre jolie fiancée avec votre fille, puis on vous ramènera à Hidden Hills.

— Qu'est-ce qui m'empêche de m'échapper à nouveau et de me retourner contre vous une fois qu'on aura récupéré notre fille ?

Paige lui donna un coup de poing dans la cuisse, et il posa le doigt sur ses lèvres.

— Cette occasion ne se présentera plus jamais, Knight, répondit l'inconnu.

La main que Paige avait posée sur sa jambe s'était dépliée, et elle lui enfonçait désormais les ongles dans la peau.

Asher comprit. Une fois qu'il ne serait plus utile à la cause, il se suiciderait ou subirait un autre accident fâcheux.

— Et quelle garantie pouvez-vous me donner que vous n'allez pas continuer à viser ma fille et ma fiancée ?

— Pourquoi voudrait-on leur faire du mal ? Dès qu'on aura obtenu ce qu'on veut de vous, votre famille n'entendra plus jamais parler de nous. On préfère éviter ce genre d'exposition… sauf quand c'est absolument nécessaire.

Le marché semblait plutôt correct, songea Asher, à l'exception de la partie où il devait mourir.

— Comment irons-nous à Las Vegas ? Je n'ai pas de pièce d'identité, pas de portefeuille, rien.

— On va vous rendre tout ça, et le moment venu, on vous donnera le jour, l'heure et le lieu du rendez-vous.

— Je ne compte pas vous approcher tant que ma fille ne sera pas en sécurité.

— Dites-nous comment vous faire parvenir vos affaires, et on vous les livrera.

— Déposez-les à la réception de l'Ambassador Hotel à Washington, près de Dulles. Je m'arrangerai pour les récupérer.

— J'ai l'impression qu'on est enfin tous sur la même longueur d'onde, Knight. On déposera vos affaires à l'hôtel avant 17 heures. Soyez à Las Vegas avant 22 heures demain soir, et on vous enverra un SMS indiquant le lieu de l'échange.

— On sera là. S'il arrive quoi que ce soit à notre fille entre-temps, je n'hésiterai pas à foutre vos plans en l'air.

Son interlocuteur ricana.

— J'en doute, Knight. Vous êtes au courant que l'infirmière Tabitha Crane n'est plus là pour vous aider.

— Je ne peux pas dire qu'elle m'a beaucoup aidé.

— Alors elle ne vous manquera pas non plus.

L'homme raccrocha avant qu'Asher ne puisse répondre. Ce n'était pas plus mal si personne ne se doutait qu'il avait son dossier de Hidden Hills. Si le sauvetage d'Ivy ne se passait pas comme ils l'avaient prévu, Paige n'avait pas besoin que le spectre de ce dossier plane au-dessus d'elle.

Presque aussitôt, le téléphone sonna à nouveau.

Paige tira sur sa manche.

— C'est peut-être Ivy.

C'était bien elle. Dès qu'Asher accepta l'appel, la jolie petite bouille de sa fille envahit l'écran. Une grosse boule se forma dans sa gorge et ses yeux s'embuèrent.

— Coucou, Ivy.

— Papa !

— Maman aussi est là.

Paige appuya la tête contre celle d'Asher.

— Ça va, mon lapin ? Est-ce que tu t'amuses bien ?

Le visage d'Ivy disparut, remplacé par un mur nu, et une voix étouffée lança :

— Ça suffit. Elle est vivante, elle est en bonne santé, et elle vous attendra demain.

Une fois l'appel terminé, Asher jeta le téléphone de Tabitha sur le lit. Ses yeux le brûlaient.

— Ils ont l'intention de me tuer. Tu le sais, ça, n'est-ce pas ? Ils vont se servir de moi pour appuyer leur histoire, et après, c'est fini pour moi.

— Depuis quand es-tu aussi pessimiste ?

Paige leva son portable et l'agita de gauche à droite.

— Non seulement j'ai trouvé l'appli, mais en plus je me suis connectée sans problème et j'ai localisé Ivy. Elle est au Circus Circus. Ils viennent de commettre une grosse erreur.

Asher leva le poing et Paige vint le frapper du sien.

— Las Vegas, bébé. C'est *notre* ville.

17

Lorsqu'ils sortirent de l'aéroport international McCarran, Paige prit Asher par la main. À cette altitude, l'air du désert était un peu vif, mais elle retrouva la sécheresse familière avec plaisir. Elle allait au moins pouvoir se débarrasser de son manteau d'hiver.

Ils n'allaient pas s'installer chez sa mère, ils n'allaient même pas s'approcher de la maison. Dès qu'ils avaient débarqué du vol de nuit en provenance de Washington, ils avaient vérifié l'application KidFinder : Ivy était toujours au Circus Circus Hotel & Casino.

Une fois à l'arrière de leur taxi, Paige s'accrocha au bras d'Asher.

— Tu es sûr que Frankie Greco peut nous aider ?

— Frankie le Grec et mon père se connaissent depuis longtemps. Même si le Grec a pris sa retraite et quitté la pègre, il a gardé ses relations de Las Vegas. Tous les propriétaires d'hôtels sont rangés maintenant, mais il n'y en a pas un qui ne soit pas redevable à Frankie, et Frankie doit beaucoup à mon père.

Asher lui embrassa le dos de la main.

— Tu es sûre que tes belles de nuit pourront nous aider ?

— J'ai vu plus de prostituées que tous les politiciens de Washington, et j'ai signé leurs documents même quand elles avaient raté quelques séances. Elles nous aideront en cas de besoin.

— On est à Las Vegas et on a des gangsters et des prostituées de notre côté. Comment pourrait-on échouer ?

— J'espère qu'ils n'ont pas fait de mal au gamin qu'on a envoyé à l'Ambassador pour récupérer tes affaires, murmura Paige.

— Pourquoi auraient-ils fait ça ? Et puis je ne pense pas qu'ils aient pu le suivre, vu la manière dont il a traversé la station de métro sur son skateboard. Leur objectif, c'est que je sois à Las Vegas pour que l'échange ait lieu et qu'ils puissent me réexpédier à Hidden Hills. Ils n'attendent pas de surprises de notre part.

— Et pourtant, on leur en réserve quelques-unes.

Le taxi les déposa à l'hôtel-casino près du Circus Circus. La mère de Paige s'était occupée de leur réservation et avait prépayé avec la carte de crédit de Terrence.

Il était 1 heure du matin lorsqu'ils prirent enfin possession de leur chambre. Asher était déjà entré en contact avec le vieux gangster Frankie Greco, qui avait accepté de les retrouver pour le petit déjeuner.

Paige pinça son pull entre le pouce et l'index.

— Je ne sais pas pour toi, mais demain je me lève tôt et je vais faire les magasins. J'en ai assez de ce pull et de ce jean sale.

— Je t'accompagnerai. On a besoin d'une bonne nuit de sommeil. C'est une sacrée journée qui nous attend demain.

Le lendemain matin, Paige alluma brièvement son portable, le temps de vérifier l'application. Le GPS d'Ivy était assez précis pour indiquer dans laquelle des trois tours de l'hôtel se situait la chambre où elle était retenue.

— Ils sont toujours au Circus Circus.

— J'espère qu'ils n'ont pas l'intention de déplacer Ivy plusieurs heures avant le rendez-vous. Si ça se trouve, ils ont décidé de faire l'échange quelque part dans le désert et partiront plus tôt.

— Alors ne tardons pas à mettre notre plan en action. Je ne comprends toujours pas comment Frankie va s'y prendre pour faire sortir tous les clients du Circus Circus.

— Si quelqu'un peut obtenir des résultats dans cette ville, c'est bien Frankie.

Une heure plus tard, vêtue d'un jean aux poches décorées de clous argentés et d'un haut surchargé de sequins, Paige se glissa sur la banquette à côté d'Asher dans l'un des nombreux restaurants de leur hôtel.

Ils n'eurent que quelques minutes à attendre. Frankie entra et commença à marcher vers leur table. Son trajet s'accompagna d'un certain remue-ménage : sourires, tapes dans le dos et signes de main d'un bout à l'autre de la salle.

Paige leva les yeux au ciel.

— C'est vraiment M. Vegas, hein ?

— Et il est de notre côté.

Asher la poussa hors du box et se leva pour accueillir l'homme trapu aux cheveux clairsemés, qui ressemblait plus à un grand-père qu'à un mafioso craint de tous. Il lui donna l'accolade, puis lança :

— Merci d'avoir accepté de nous voir, Frankie.

Frankie le Grec s'affala sur le siège en face d'eux en soufflant bruyamment.

— Quand un enfant est kidnappé, tous les coups sont permis.

Ils n'eurent pas besoin de lui expliquer pourquoi ces gens avaient enlevé Ivy, qui ils étaient ou pourquoi la police n'avait pas été contactée. Un homme comme Frankie le Grec opérait en marge de la légalité.

Dès qu'il fut assis, la serveuse apparut comme par magie, prête à prendre leur commande.

— Vous et vos amis pouvez prendre ce que vous voulez, Frankie. Le patron dit que c'est offert par la maison.

— Glenn va peut-être le regretter, ma belle. J'ai une faim de loup et un appétit d'ogre.

Il fit un clin d'œil à la femme, qui lui envoya un baiser.

Paige jeta un coup d'œil en coin à Asher. L'ancien mafioso avait la belle vie dans cette ville.

Une fois la serveuse partie, Frankie se pencha au-dessus de la table et les observa de ses yeux globuleux.

— Donc ils la gardent au Circus Circus ? J'ai mes contacts là-bas. Vous savez dans quelle chambre ?

Asher secoua la tête.

— On sait dans quelle tour, mais on n'a ni l'étage ni la chambre.

— Ce n'est pas un problème, je peux changer ça, répliqua Frankie, avant de pointer le doigt sur Paige. Vous avez une photo de votre petit ange ?

Elle s'empressa de sortir son téléphone et trouva un cliché récent d'Ivy.

— Envoyez-moi ça, ma belle. Vous savez à quoi ressemblent ses gardiens ?

Paige passa son portable à Asher pour qu'il puisse transférer la photo à Frankie.

— On n'en a pas la moindre idée.

Le gangster enchaîna avec d'autres questions, comme l'heure à laquelle le groupe aurait pu arriver et s'ils savaient ce que portait Ivy. À moins que les kidnappeurs n'aient apporté d'autres vêtements, Ivy serait sûrement habillée comme pendant l'appel vidéo de la veille.

Quand Frankie eut épuisé ses questions, il avala quelques gorgées de café.

— Voilà ce que je vais faire : je vais demander à quelques personnes d'étudier les images de vidéosurveillance de l'hôtel pour repérer votre petite fille. On va trouver le numéro exact de sa chambre.

— On doit la faire sortir avant 21 heures.

Paige croisa les mains sur la table devant elle, et sa bague de fiançailles lui rentra dans la chair.

— Ne vous inquiétez pas, ma belle, la rassura Frankie. Je vais mettre une armée sur le coup. On va la retrouver.

Asher passa le bras autour des épaules de Paige.

— Et après, Frankie ? La chambre est prise d'assaut ? On ne veut pas mettre Ivy en danger.

L'homme écarta les mains d'un air de reproche.

— Pour qui tu me prends ? Un amateur ?

Il leur expliqua le plan, organisa la livraison d'une arme dans leur chambre, puis commanda une autre assiette de galettes de pommes de terre.

— Plus il y aura de distractions dans ce couloir, mieux ce sera.

— J'ai… des amies que je peux contacter, déclara Paige en posant sa serviette froissée à côté de l'assiette à laquelle elle avait à peine touché. Merci pour le petit déjeuner, Frankie. Merci pour tout.

— Faites-vous discrets jusqu'au début de l'opération, conseilla-t-il en poussant une liasse de billets vers Asher. Emmène donc ta petite femme au spa, Asher.

— Je ne peux pas accepter, Frankie.

Le gangster gonfla les joues.

— Fais-le pour un vieil homme. Tu sais que je suis redevable à ton père.

Asher prit les billets sur la table et les fourra dans sa poche.

— Si on retrouve Ivy saine et sauve, toutes vos dettes seront épongées.

Frankie agita la main, puis disposa sa serviette sous son menton avant d'entamer ses pommes de terre et ses poivrons.

Une fois dans leur chambre, Paige s'assit au bord du lit et serra ses mains entre ses genoux.

— Tu penses que ça va marcher ?

— Il le faut.

Asher passa le pouce sur la liasse de billets.

— Qu'est-ce que tu en dis ? Un spa, ça te tente ?

— Tu plaisantes, répliqua-t-elle en se laissant tomber sur le matelas. J'ai envie de vomir.

Il lança l'argent vers elle.

— Pas le temps. Il faut que tu préviennes tes copines et que tu leur annonces le plan de bataille.

Elle serra l'argent contre sa poitrine.

— Es-tu en train de suggérer que je vais devoir les payer pour qu'elles m'aident ?

— Eh bien, ce sont des prostituées, après tout.

— Des prostituées au cœur d'or, et la plupart ont des enfants.

— Alors peut-être que moi je vais faire un tour au spa.

Plus tard dans l'après-midi, l'appel arriva. Asher s'essuya les mains sur son jean, puis s'empara du téléphone de Tabitha et mit le haut-parleur pour Paige.

— Ouais ? Vous avez mis le temps.

La voix familière et détestée susurra au bout du fil :

— Vous êtes à Las Vegas ?

— Oui. Où voulez-vous qu'on se retrouve ?

— On va venir vous chercher.

Paige enfonça les doigts dans sa jambe en secouant la tête.

— Je croyais qu'on devait vous rejoindre quelque part, remarqua Asher.

— Vous vous trompiez, lieutenant. On va vous donner une adresse, où on viendra vous chercher en voiture.

— Je ne monterai dans aucun véhicule tant que Paige n'aura pas notre fille.

— Votre fille sera avec nous dans la voiture. Elle est ravie à l'idée de rouler en limousine. On va vous récupérer tous les deux, vous et Paige. Vous pourrez vérifier que la petite est en sécurité, puis on les déposera, elle et sa mère… et vous serez à nous. Ce serait préférable pour vous qu'aucune information concernant notre opération ou les activités à Hidden Hills ne refasse surface.

— On ne sait rien.

— Très bien. Voilà ce que vous allez faire.

Quand il leur donna l'heure et le lieu du rendez-vous, Asher poussa un long soupir silencieux. Cela leur laissait largement le temps de mettre leur propre plan en œuvre.

— On sera là.

— N'oubliez pas : pas d'armes, pas de police, pas de traceurs, pas de filature. Toutes ces choses seraient très, très mauvaises pour votre famille, lieutenant.

— J'ai compris.

Asher éteignit le téléphone et le serra entre ses mains. Puis il embrassa Paige avec fougue.

— Il n'a pas parlé de vieux gangsters ni de prostituées, pas vrai ?

Quatre heures après cet appel et trois heures avant l'heure du rendez-vous, Asher glissa dans sa poche l'arme que Frankie lui avait fait parvenir.

— Tu es prête ?

Paige redressa les épaules comme si elle se préparait pour une bataille, ce qui n'était pas loin de la vérité.

— Je suis prête. Et s'ils nous voient ? S'ils nous reconnaissent ?

— Comment ? Même s'ils ont des guetteurs, ce qui semble peu probable, étant donné qu'ils n'ont aucune raison de soupçonner qu'on sait qu'ils sont dans un hôtel à Las Vegas, encore moins cet hôtel, on est plutôt bien déguisés.

Asher caressa la barbe qui lui couvrait la moitié du visage, puis tira sur la visière de sa casquette.

Après avoir lissé sur ses cuisses sa robe courte et brillante, Paige ébouriffa sa perruque brune à la garçonne.

— Même moi, je ne te reconnaîtrais pas dans cet accoutrement.

— Et Krystal a mis tellement de maquillage sur ton visage qu'elle en a pratiquement changé la forme.

— Ça s'appelle le *contouring*. Elle essaie de quitter le trottoir pour devenir maquilleuse professionnelle.

— Elle pourrait te mettre dans son portfolio.

Il posa la main au creux de ses reins pour la guider hors de la pièce.

— Et maintenant, allons sauver notre fille.

Ils atteignirent le Circus Circus Hotel & Casino au moment où un numéro de cirque commençait. Attirés par le spectacle, les curieux étaient venus en nombre, et l'endroit était bondé.

Asher murmura à l'oreille de Paige :

— Tout ce chaos joue en notre faveur.

Dans l'ascenseur qui le rapprochait de sa fille, il sentit son cœur battre de plus en plus fort.

Au neuvième étage, ils sortirent de la cabine et se dirigèrent vers la cage d'escalier. Ils montèrent deux volées de marches, puis marquèrent une pause. La main sur la poignée de la porte coupe-feu, il demanda :

— Tu es prête ?

— Oh que oui.

Ils se faufilèrent dans le couloir du onzième étage et longèrent le mur jusqu'à l'espace distributeurs. Presque immédiatement, un flot d'employés de l'hôtel, aux ordres de Frankie le Grec, se déversèrent autour d'eux et commencèrent à frapper aux portes.

— Évacuation. Ceci est une évacuation. Que tout le monde sorte des chambres et emprunte l'escalier.

Les uns après les autres, les clients ouvrirent leurs portes en ronchonnant ou en criant. Toute l'attention d'Asher était rivée sur une porte en particulier.

En voyant un employé tambouriner sur le battant, il retint son souffle.

— Évacuation, cria l'homme. Tout le monde dehors.

Les clients commencèrent à défiler dans le couloir, se bousculant pour atteindre l'escalier. Frankie avait choisi le moment idéal – pile poil entre les activités diurnes, le dîner et la session de jeu. La plupart des gens étaient de retour dans leurs chambres afin de se préparer pour leurs projets nocturnes.

La brigade de prostituées de Paige encombrait davantage le couloir. Elles faisaient exprès de bousculer les personnes autour d'elles et de créer plus de distractions.

Asher donna un petit coup de coude à Paige lorsque la porte de la cellule d'Ivy s'ouvrit. Une femme passa la tête dans le couloir, puis interpella quelqu'un par-dessus son épaule. Un homme la rejoignit sur le seuil, puis le battant se referma.

Le cœur d'Asher tressauta dans sa poitrine.

Paige s'exclama à mi-voix :

— Ils ne vont pas rester à l'intérieur, quand même ? Ils vont devoir sortir comme tout le monde.

— Sinon, on enverra un des gars de Frankie les chercher.

La porte se rouvrit, et Paige lui serra l'épaule quand le couple apparut dans l'encadrement. L'homme tenait Ivy dans ses bras.

Dès qu'ils s'engagèrent dans le couloir, les amies de Paige commencèrent à marcher vers eux, en bavardant et en s'accrochant à d'autres clients.

Tandis que le type qui portait Ivy descendait le couloir, Asher remarqua qu'il gardait sa main droite dans sa poche – probablement serrée autour de la crosse d'une arme.

Le couple dépassa Asher et Paige sans leur prêter attention. Alors qu'ils s'éloignaient, Ivy releva la tête par-dessus l'épaule de l'homme et croisa le regard d'Asher.

Tous les muscles crispés, il détourna les yeux, mais le danger passa. Sa fille ne l'avait jamais vu avec une barbe.

Plusieurs personnes attendaient leur tour pour franchir la porte coupe-feu. Deux des équipières de Krystal fondirent sur l'homme qui tenait Ivy.

— Oooh, c'est ta petite famille ?

L'une des femmes se positionna devant le kidnappeur, tandis que l'autre se pressait contre sa complice.

L'homme recula brusquement.

— Bon Dieu, t'es qui, toi ? Dégage de mon chemin, sale pute.

La prostituée qui lui avait parlé agita un doigt devant son visage.

— Dis donc, ce n'est pas une façon de parler devant sa fille. Et ce n'est pas non plus une façon de parler devant la femme avec qui tu as fait des câlins hier soir.

— Je ne sais pas de quoi tu parles. Dégage ! ordonna le ravisseur, les doigts au-dessus de sa poche.

L'autre femme prit la main d'Ivy.

— Coucou, ma puce. Ton papa est un vilain monsieur, pas vrai ?

— Non mais ça va pas ! s'exclama-t-il.

Lorsqu'il poussa la prostituée contre le mur, sa prise sur Ivy se relâcha. Sa complice s'approcha pour lui enlever l'enfant des bras.

Paige se raidit et grommela :

— Occupe-toi de lui. Je vais récupérer notre fille.

Asher essaya de la retenir, mais sans succès. Il reporta son attention sur l'homme. Dès qu'Ivy eut quitté ses bras pour ceux de la femme, Asher se rua sur lui et le frappa dans les reins.

Le type tituba vers l'avant en gémissant, puis baissa la main vers son arme.

Asher avait déjà sorti la sienne. Il donna un coup de crosse sur le crâne de l'homme, qui s'effondra, la tête en sang.

En entendant la bagarre qui se jouait à côté de lui, Asher pivota, juste à temps pour voir Paige enfoncer son poing dans le visage de la femme.

— C'est *ma* fille, pétasse.

Épilogue

Asher posa un doigt sur ses lèvres lorsque Ivy grimpa sur ses genoux en fredonnant.

Paige vint à son secours et souleva leur fille.

— Chut… Papa est au téléphone.

Elle porta Ivy dans la cuisine, où sa mère et Terrence buvaient leur café.

— Je ne comprends pas pourquoi tu ne m'as pas appelé dès qu'Ivy…, commença Terrence.

Il jeta un coup d'œil sur la petite fille, dont les boucles blondes tressautaient au rythme de la comptine qu'elle chantait.

— Tu sais.

— Ils m'ont interdit de le faire, Terrence, répliqua la mère de Paige en versant du lait dans sa tasse. Tu te serais précipité, arme au poing. Je savais qu'Asher… et Paige pouvaient gérer ça.

Asher les rejoignit et rangea son portable dans sa poche.

— On a géré le principal, mais l'armée refuse toujours de disculper le commandant Denver. Ils disent qu'il y a encore trop de preuves le reliant à ce groupe terroriste pour le blanchir.

Paige lui passa les bras autour de la taille.

— Mais toi, tu es blanchi, n'est-ce pas ? C'était pour ça, le coup de fil ?

— Allons parler de ça à côté, répondit-il en ébouriffant les cheveux d'Ivy.

La mère de Paige se leva.

— Ivy, tu as envie d'aller au parc de l'autre côté de la rue avec Terrence et moi ?

La petite fille s'agrippa à la jambe d'Asher.

— Est-ce que papa s'en va ?

Il la souleva contre lui.

— Je serai là jusqu'aux fêtes. Tu voudras qu'on aille voir les illuminations de Noël, ce soir ?

— Papa, on pourra boire du chocolat après ?

Elle lui tapota les joues, comme pour s'assurer qu'il n'avait plus la barbe qui lui avait fait peur le soir de son sauvetage.

— Bien sûr. Ça ne serait pas les illuminations de Noël si on ne buvait pas de chocolat chaud après.

— Avec des petites guimauves dedans ?

— Hum..., fit Asher en levant les yeux vers le plafond. Je pense qu'on devrait pouvoir en trouver.

Paige se pencha par-dessus l'épaule d'Asher et embrassa Ivy sur le nez.

— Moi, je veux aussi de la crème chantilly.

— Des guimauves *et* de la crème chantilly, approuva-t-il en déposant Ivy sur le sol. Maintenant, va avec mamie et Terrence. Maman et moi, on vous rejoint dans une minute.

Quand le trio sortit de la maison, Paige sentit un frisson remonter le long de son dos. Parviendrait-elle un jour à ne plus angoisser en laissant Ivy s'éloigner d'elle ? Pour l'instant, leur fille avait toujours son implant, mais Asher et elle avaient décidé de le faire enlever.

Ils n'avaient plus rien à craindre de la part des comploteurs de Hidden Hills. Asher avait remis son dossier de la clinique à un officier supérieur de la Delta Force. Des militaires s'étaient rendus là-bas et avaient fermé l'établissement.

Asher se laissa tomber sur une chaise à la table de la salle à manger.

— Ils m'ont mis hors de cause, Paige. Ils croient à mon histoire parce que tout est indiqué dans mon dossier de Hidden Hills. Malheureusement, les médecins qui ont procédé à mon lavage de cerveau ont refusé d'impliquer qui que ce soit d'autre. Ils ont décidé de porter le chapeau et affirment avoir mené des expériences illégales.

— Et les ravisseurs refusent de parler.

— Je ne vois pas comment cette femme serait en état de parler après ce splendide coup de poing dans la mâchoire, remarqua Asher en lui faisant un clin d'œil. C'était génial.

Paige sourit.

— Oui, c'était plutôt jouissif. Mais ils n'ont rien dit sur ceux qui leur avaient ordonné de kidnapper Ivy, ni sur la raison de cet enlèvement.

— Ils ont prétendu que ça faisait partie des expériences de Hidden Hills.

— Est-ce que l'armée a vraiment gobé ça ?

— Je ne pense pas, mais personne ne parle. Personne ne craque.

Asher abattit son poing sur la table, avant de poursuivre :

— Qu'est-ce qu'il leur faut de plus ? Cam et Martha ont prouvé que les mails à l'origine de l'enquête sur Denver étaient bidon. On vient de démontrer qu'il y a des incohérences dans le récit de ce qui s'est passé en Afghanistan. Qu'est-ce qu'ils veulent, encore ?

— Il se passe quelque chose avec Denver, n'est-ce pas ? Pourquoi est-ce qu'il ne rentre pas ? Pourquoi ne pas se livrer et tenter de prouver son innocence ?

— Tel que je connais le commandant, il le fera quand il l'aura décidé, et seulement quand il saura qui essaie de le piéger.

— Il ne reviendra peut-être jamais, lança Paige en s'asseyant sur les genoux d'Asher. Mais toi, tu es à l'abri ? Et nous ?

— Personne n'a de raison de s'en prendre à nous. Je leur ai échappé, et le dossier que Tabitha a volé implique tout le monde à Hidden Hills. Ce soi-disant centre de rétablissement est désormais fermé et ne rouvrira qu'avec un nouveau personnel.

— Est-ce que quelqu'un va être inculpé de meurtre pour la mort de Tabitha ?

— On va bien voir qui sera le bouc émissaire. Pour l'instant, tout le monde s'accuse mutuellement et refuse d'assumer l'entière responsabilité de ce qui s'est passé.

— C'est parce que personne à Hidden Hills n'est entièrement responsable, remarqua Paige. Ils obéissaient aux ordres de quelqu'un d'autre, et je n'ai pas l'impression qu'on réussira à découvrir un jour qui est derrière ce complot.

— Oh si, on va le découvrir.

Asher l'embrassa sur la tempe.

— Dis-moi, qu'est-ce qu'on attendait pour se marier ? Je n'ai jamais retrouvé ce souvenir-là.

— Je voulais seulement m'assurer...

Paige s'interrompit et posa la joue sur ses cheveux.

— Que je t'avais pardonné ? demanda-t-il. Que je te faisais confiance ? Que je voulais que tu sois la mère de tous mes autres enfants ?

— Tes autres enfants ?

Il passa le bras autour de sa taille.

— On a tous les deux détesté être enfant unique, non ? Je ne veux pas qu'Ivy subisse ça. Alors elle va avoir quelques frères et sœurs.

— Quelques ?

— Ivy a la meilleure maman du monde. C'est tout à fait normal qu'elle la partage avec des frères et des sœurs.

Les yeux remplis de larmes, elle posa la main sur la joue d'Asher.

— Et tout ce que j'avais à faire pour le prouver, c'était de te sauver d'une prison psychiatrique et d'arracher Ivy à ses ravisseurs.

— Paige, tu n'as jamais eu à me prouver quoi que ce soit. Ton amour a toujours été suffisant... et il le sera toujours. Un mariage de Noël, ça te tente ?

— Tu es sérieux ?

— Pourquoi pas ? On est à Las Vegas !

— Tant que ce n'est pas un sosie d'Elvis qui célèbre la cérémonie...

— Tu n’as vraiment aucun humour. Allons prévenir Ivy. Et on n’a pas besoin d’une puce électronique pour la trouver.

Asher tapa du poing sur son cœur.

— Vous êtes toutes les deux ici avec moi, toujours.

RACHEL LEE

Une mystérieuse révélation

Traduction française de
DOMINIQUE TRUFFANDIER

BLACK ROSE

HARLEQUIN

Titre original :
CONARD COUNTY: HARD PROOF

Ce roman a déjà été publié en 2021.

1

Steve Hawks jeta un regard impatient à sa montre. L'heure tournait, et Conard City n'était toujours pas en vue. Il allait être en retard à son rendez-vous, et il détestait être en retard.

Sans cette fichue crevaison, il aurait été à l'heure. Heureusement que la roue de secours de sa voiture de location était équipée d'un pneu large. S'il avait dû rouler avec un pneu de l'épaisseur d'une galette, il aurait perdu encore plus de temps.

Il envisagea de faire un nouvel essai sur son téléphone portable, mais se ravisa en contemplant la large étendue déserte ponctuée par des montagnes lointaines. Il doutait qu'il y ait du réseau.

Tant pis. Pour une fois, le monde devrait l'attendre.

Il était en route pour Conard City afin de préparer son émission de télé : « Ghostly Ties ». Son équipe de tournage le rejoindrait dans une quinzaine de jours, ce qui lui laissait le temps de rencontrer ses clients, de se familiariser avec la région et de se renseigner sur l'histoire locale.

Même s'il la présentait depuis maintenant trois ans, il rechignait parfois à dire que son émission traitait de phénomènes paranormaux. Il recherchait toujours une explication rationnelle aux phénomènes observés par ses clients et se livrait à une enquête minutieuse, comme du temps où il était inspecteur de police.*Arrête*, s'intima-t-il. Ce travail était loin d'être une corvée. Pour tout dire, il lui plaisait. En plus, il lui avait permis d'envoyer ses parents passer leur retraite au Costa Rica.

Il continua à rouler sur cette nationale vieillissante qui traversait d'interminables étendues d'herbe et d'arbres brunis par l'automne. Il longea quelques ranchs – si c'était bien ainsi que cela s'appelait – et vit plusieurs troupeaux de vaches. À moins qu'il s'agisse de bœufs ?

Il rit tout seul. Il avait beaucoup à apprendre, ici.

Il espérait seulement ne pas être la risée des habitants avant d'avoir pu poser les questions qu'il voulait poser. Mais, après tout, cela n'avait pas grande importance. Il avait remarqué depuis longtemps qu'on nouait plus facilement des relations quand on était capable d'autodérision.

Soudain, les montagnes semblèrent se rapprocher d'un seul coup. Elles étaient énormes. Bientôt, il distingua des formes rectangulaires, nichées entre les collines. Il arrivait à Conard City.

Un gros semi-remorque surgit au sommet d'une côte et le croisa dans un rugissement de moteur, faisant légèrement osciller sa voiture. Il y avait donc de la vie, ici.

Il avait visité beaucoup d'endroits, mais n'avait jamais traversé d'aussi vastes étendues sans croiser âme qui vive.

L'agent Candela Serrano, que tout le monde appelait Candy, attendait l'arrivée de Steve Hawks dans le bureau du shérif. Sans surprise, c'était elle qui avait été désignée pour l'escorter. Elle n'était arrivée que six mois plus tôt en remplacement de Cat Henderson, qui semblait avoir été très appréciée de ses collègues, et ne pouvait s'attendre à se voir confier une tâche importante avant d'avoir fait ses preuves.

Elle allait donc servir d'intermédiaire à un chasseur de fantômes – et peut-être lui éviter d'avoir des ennuis.

Cela ne la dérangeait pas vraiment. Elle tenait ces histoires de chasse aux fantômes pour des arnaques mais la mission pouvait être amusante, d'autant que le mois d'octobre était bien entamé et que l'ambiance de Halloween commençait à gagner la ville. Du moins était-ce ce dont elle avait cherché à se convaincre afin que la mission lui semble moins pénible.

Même si elle n'aimait pas les émissions sur le paranormal, elle aimait les atmosphères étranges qui semblaient receler de sombres promesses. C'était comme lire un bon thriller.

Les rues de la ville succombaient déjà à la magie de Halloween. Des citrouilles encore intactes ornaient les porches des maisons. Elle avait hâte de les voir sculptées. Quelques squelettes étaient déjà accrochés dans les arbres, et elle avait croisé plus d'un fantôme fait d'un vieux drap. Et, à chaque fois, elle souriait avec ravissement.

C'était un environnement bien plus agréable que ce qu'elle avait connu au sein de l'armée. Il lui arrivait bien trop souvent d'être engloutie par un souvenir effrayant, dont elle ne s'extirpait qu'à grand-peine. Par contre, une bonne histoire de fantômes ne lui faisait pas peur – parce qu'elle savait tout sur les *vrais* fantômes.

Velma, la régulatrice, était assise à l'autre bout de la pièce. Son casque disparaissait presque sous ses cheveux gris. La rumeur courait que la régulation allait être déplacée dans une autre salle, à l'arrière du bâtiment, mais Candy espérait qu'elle se trompait et que Velma et ses collègues resteraient là où ils étaient. Leur compagnie était agréable et leurs bavardages, aussi instructifs que la radio de la police. Peut-être même plus, parce qu'il leur arrivait de communiquer avec des agents qui préféraient utiliser leur portable que la radio.

Soudain, la voix rauque de Velma s'éleva du nuage de fumée qui l'entourait en permanence, bien qu'elle soit assise juste sous le panneau d'interdiction de fumer.

— C'est sans doute ton homme, Candy.

Candy se tourna vers la porte et vit un homme vêtu d'une tenue parfaitement appropriée pour la saison, mais flambant neuve. Oh oui, c'était bien lui.

Elle remarqua aussi qu'il était d'un physique agréable. Son visage devait être télégénique, malgré la cicatrice qui barrait son menton et son nez légèrement de travers. De petites imperfections qui laissaient deviner un passé presque normal.

— Salut, dit-il. Désolé d'être en retard. J'ai eu un petit problème avec la voiture. Je cherche l'agent Serrano.

Candy se leva aussitôt.

— Steve Hawks ?

— Il paraît, répondit-il avec un sourire engageant. Si vous êtes fâchée, je ne vous en voudrai pas. Je déteste être en retard mais, bon sang ! Ces montagnes ne voulaient pas se rapprocher.

Elle serra la main qu'il lui tendait en laissant échapper un petit rire. Elle voyait très bien ce qu'il voulait dire.

— Je parie que vous avez longtemps eu l'impression qu'elles s'éloignaient, au contraire. Asseyez-vous, monsieur Hawks.

Il s'installa sur une chaise, à côté de son bureau, et dit carrément :

— Je doute que vous vous soyez portée volontaire pour cette tâche.

Comme aucune réponse ne semblait judicieuse, elle se tut.

— J'aime être en rapport avec la police locale, reprit-il. Je veux des faits, pas de la fiction, et beaucoup de gens tiennent pour vraies des histoires qui ne le sont pas.

« Des faits, pas de la fiction » : voilà une devise qui lui plaisait.

— Personnellement, je préfère les faits, moi aussi, dit-elle.

Elle avait voulu s'exprimer d'une voix neutre, mais sa réponse sonna comme une provocation. Tant pis.

La porte s'ouvrit, livrant passage à l'agent Connie Parish, qui se dirigea vers la salle de repos.

— Cat s'asseyait toujours à ce bureau, lui dit-elle en passant.

Que sous-entendait-elle ? Candy ramena son attention sur l'énigme nommée Steve.

— Connaissez-vous la famille Castelle ? demanda-t-il. Je suis ici pour les interviewer.

— Je les connais de nom, oui. Mais je n'ai jamais vraiment parlé avec eux.

Était-ce sur eux que portait son émission ? Elle avait du mal à le croire. Elle les voyait souvent dans le jardin quand elle passait devant la maison – deux parents, une fillette et un jeune chien. Une famille normale, heureuse.

Maintenant, sa curiosité était éveillée.

— Est-ce qu'un fantôme leur cause des ennuis ?

— C'est ce que je suis venu voir. J'espère découvrir la vérité.

Il regarda sa montre et se leva.

— Il faut que j'aille prendre une chambre au motel. Si nous dînions quelque part ? Vous pourrez me cuisiner devant un bon steak.

Elle décida d'accepter. Le repas passerait sans doute en notes de frais.

— Il y a deux endroits en ville où on mange bien, dit-elle. Le relais routier, et chez Maude.

— C'est tout ?

— Il y a un restaurant mexicain, mais il n'est pas encore ouvert. Nous avons aussi un fast-food. Leurs burgers sont bons, mais ils ne valent pas ceux de Maude. Quant à la pizzeria...

Elle n'en dit pas plus. Elle ne la recommandait pas vraiment.

— J'oubliais le Mahoney Bar, reprit-elle. Leurs sandwichs et leur poulet grillé sont excellents.

Steve acquiesça, semblant se résoudre au choix limité.

— En ce cas, retrouvons-nous chez Maude à 6 heures. Je demanderai mon chemin au motel.

Elle tendit le doigt vers la fenêtre.

— C'est à quelques dizaines de mètres de là. L'enseigne indique « The City Diner », mais tout le monde dit « chez Maude ».

— On dirait que vous avez passé toute votre vie ici.

— Et peut-être même deux !

Il éclata de rire en se dirigeant vers la porte. Velma interrompit sa discussion avec un agent qui effectuait des contrôles routiers le temps de remarquer :

— Il a l'air d'un type bien.

Un type bien ? Peut-être. Mais cet homme était aussi une vedette de la télé. Candy espérait qu'il n'était pas doté d'un ego boursouflé.

Malgré son retard, Steve pensait être parti du bon pied avec l'agent Serrano. Elle lui avait semblé légèrement réticente, mais il pouvait le comprendre. La plupart des gens n'avaient sans doute aucune envie de jouer les nounous auprès d'un animateur de télé éalité.

Mais il tenait vraiment à être en bons termes avec la police. Une interview dans laquelle un policier fournissait des informations apportait toujours du crédit à ses enquêtes. Si Serrano ne voulait pas être interviewée, l'un de ses collègues accepterait peut-être.

Cependant, il espérait qu'elle accepterait. C'était une jolie Latino-Américaine, qui serait sans doute très télégénique.

Doutant que l'habit de soirée soit une tenue adéquate pour un dîner dans cette ville, il passa un jean et une chemise blanche, dont il remonta les manches pour qu'elle ne paraisse pas trop habillée. Ensuite, comme il avait un peu de temps, il défit ses bagages. Il n'avait emporté que quelques habits. Son équipe de tournage lui en apporterait d'autres.

Quand il eut fini, il s'assit dans le fauteuil et examina la chambre. Les lampes et le linge de lit devaient venir de chez le grossiste. Ils étaient trop passe-partout pour égayer la pièce. Pourquoi ce motel ne s'offrait-il pas une petite cure de rajeunissement, assortie d'un nouveau nom ? Le La-Z-Rest semblait tout droit sorti des années 1950. Il ne lui manquait qu'une enseigne de néon grésillante.

Mais cela lui était égal. Il avait dormi dans des endroits bien plus miteux pour ne pas grever le budget de l'émission. Si un hôtel était trop cher, ils en trouvaient un meilleur marché, dans la ville d'à côté. Au moins, cette chambre ne les mènerait pas à la faillite.

Il soupira avec impatience. Après cette longue journée en voiture, il en avait marre d'être assis. Il prit son porte-documents en cuir et consulta la liste des personnes qu'il devait appeler. Les Castelle, qui s'inquiétaient au point d'avoir fait appel à lui, figuraient en tête de la liste.

Sa mission était de rassurer une petite fille de sept ans, parce que ses parents ne savaient plus quoi faire. Ils lui avaient dit avoir tout essayé.

Il devait aussi vérifier que cette famille n'avait pas d'ennemis, et que ce n'était pas l'un des deux parents qui terrorisait la fillette en vue de servir ses intérêts. Il avait été flic pendant trop longtemps pour ne pas envisager de telles possibilités.

Il espérait que les Castelle ne tenaient pas à ce qu'il leur fournisse une explication paranormale, parce qu'il ne le ferait qu'en présence de preuves irréfutables. Et, jusqu'ici, jamais il n'avait eu à prononcer ces mots : « Je ne sais pas ce qu'il se passe. »

Le paranormal... Bon sang, ce pays avait basculé dans les croyances les plus farfelues.

Après avoir laissé un message aux Castelle pour leur annoncer qu'il les rappellerait le lendemain matin, Steve partit à pied pour le restaurant afin de se dégourdir les jambes. Maintenant, il voulait apaiser les doutes que l'agent Serrano nourrissait à son sujet. Il pouvait se passer de sa confiance, mais pas de sa coopération.

Il commençait à faire frais, ce qui n'était pas pour lui déplaire. Le climat de la Californie du Sud, même s'il était agréable, commençait à le lasser. Il n'aurait pas aimé devoir pelleter de la neige pendant des mois, mais il ressentait toujours un petit électrochoc quand quelque chose venait à lui rappeler que, dans d'autres contrées, l'année était faite de saisons bien différentes les unes des autres.

Il repéra l'agent Serrano dès qu'il approcha du restaurant. Assise à une table, près de la fenêtre, elle souriait à un homme qui, debout auprès d'elle, parlait en agitant les bras. *Tant mieux*, pensa-t-il.

Il poussa la porte du restaurant. La salle était bondée et résonnait du cliquetis des couverts et du bruissement des conversations. Son estomac gronda en réponse aux effluves alléchants qui emplissaient la salle, lui rappelant que son retard l'avait contraint à se passer de déjeuner.

Quand il atteignit la table de l'agent Serrano, l'homme était reparti. Elle le gratifia d'un sourire poli en tendant le doigt vers la chaise qui lui faisait face.

Pour ne pas qu'elle se sente à l'étroit, il s'assit en prenant garde de ne pas se pencher vers elle. Ensuite, il saisit le menu plastifié qu'elle lui tendait et fut un peu surpris de constater qu'il n'était ni gras ni poisseux. Une femme assez corpulente, à l'expression revêche, apparut et posa sans douceur deux tasses sur la table avant de les remplir de café. Elle repartit aussitôt en marmonnant :

— Je reviens.

Steve ne put s'empêcher de poser un regard interrogateur sur Serrano, dont le sourire poli s'élargit quelque peu.

— Maude, la propriétaire. Disons qu'elle fait partie du folklore local.

— Est-ce qu'elle déteste à ce point cet endroit ?

— Je ne pense pas. Cela fait presque cinquante ans qu'elle le tient.

Voilà qui était étrange. Il posa les yeux sur le menu, qui offrait un choix étonnamment large pour un aussi petit restaurant. Il remarqua qu'il y avait beaucoup de grillades.

— Que me recommandez-vous ? demanda-t-il.

— À peu près tout. Voire tout, répondit-elle en haussant les épaules. Je ne suis ici que depuis six mois, mais je n'ai pas fait un seul mauvais repas chez Maude. Tous les plats sont délicieux, et tous font le désespoir de vos artères.

Parfait. Il mangeait sainement, en général, mais il s'autorisait parfois un écart pour un gros steak saignant, une côte de porc, ou des frites. Il avait un faible pour les frites.

Quand ils eurent passé leur commande, il observa l'agent Serrano par-dessus la table. Elle ne semblait pas souhaiter lui faire la conversation, ce qui ne le dérangeait pas. Mais il remarqua la façon dont elle surveillait la salle sans relâche. Elle semblait constamment en alerte.

Quand leurs assiettes arrivèrent – un burger pour elle, un sandwich au steak pour lui –, elle soupira.

— Désolée, monsieur Hawks. Je ne vous ignore pas, mais je ne sais pas quoi dire. Si nous parlions travail ?

— Appelez-moi Steve.

Elle esquissa un demi-sourire.

— En ce cas, appelez-moi Candy. Que sommes-nous censés faire ?

— Mon équipe de tournage me rejoindra d'ici deux semaines. D'ici là, je dois entendre l'histoire des Castelle et gagner la confiance de leur fille.

— C'est-à-dire ?

— Elle n'a que sept ans, Candy. Elle aura peur de s'adresser à un étranger. Mais je veux qu'elle me dise elle-même ce qui la perturbe. Le point de vue des parents ne m'intéresse pas.

Elle acquiesça, mordit dans son burger et tamponna le jus qui lui avait coulé sur le menton.

— Ensuite, reprit-il, je dois rassembler autant de renseignements que possible sur l'histoire de cette ville, et surtout sur les faits divers et les rumeurs qui pourraient avoir un lien avec cette affaire. Il me faut une vue d'ensemble.

Elle hocha la tête et attrapa une serviette propre pour s'essuyer de nouveau la bouche.

— Et que ferez-vous de cette vue d'ensemble ?

— J'espère qu'elle me permettra de trouver une explication banale au problème. Je veux pouvoir rassurer cette famille, leur dire qu'il ne se passe rien de grave et qu'ils n'ont aucune inquiétude à avoir.

Elle cligna des yeux.

— Vous ne voulez pas trouver de fantôme ?

— J'aimerais mieux pas. Je préfère toujours pouvoir fournir une meilleure explication.

— C'est dingue.

Pour la première fois, il vit son visage se détendre, comme si elle se libérait d'une tension intérieure. *Un obstacle de moins*, pensa-t-il.

— Mais comment pouvez-vous faire une émission sur le paranormal sans trouver de fantôme ?

La question était logique. Il répondit, d'un ton ferme :

— Mon but n'a jamais été de trouver des fantômes, mais de rassurer des familles terrifiées qui pensent avoir fait le tour des explications rationnelles. Et, si je ne peux pas leur prouver que les fantômes n'existent pas, je veux au moins pouvoir leur promettre qu'elles n'ont rien à craindre.

— Pourquoi ne pas leur dire, tout simplement ?

— Parce qu'elles ont déjà essayé elles-mêmes de s'en convaincre, en vain. Au moins, en me voyant enquêter, elles ont la preuve qu'elles ne courent aucun danger.

— Mais comment pouvez-vous faire une émission sur le paranormal si c'est votre seul but ? insista-t-elle.

Elle avait besoin de plus d'explications. Il s'essuya la bouche et se pencha légèrement vers elle.

— Parce que ce n'est pas une émission sur les fantômes, mais sur les gens qui croient à leur existence. Je prends leurs peurs au sérieux.

En définitive, cet homme n'était peut-être pas un charlatan. Son approche du sujet était différente de ce que Candy avait cru. Mais bien sûr, s'il la menait en bateau, elle ne s'en rendrait pas compte tout de suite. Elle devait donc continuer à faire fonctionner son radar. Quant à lui faire confiance... Elle n'accordait pas sa confiance facilement.

Mais, s'il ne mentait pas, il n'était pas seulement là pour jeter une famille en détresse en pâture aux téléspectateurs.

— Mais pourquoi faire une émission de télé ?

Elle espérait ne pas le vexer. Sinon, les semaines à venir seraient pénibles.

— C'est simple, répondit-il en attrapant une frite. Quand j'étais flic, j'ai remarqué que de plus en plus de gens appelaient pour signaler des manifestations paranormales. Je ne pouvais rien faire pour eux, à part leur dire que personne ne s'était introduit chez eux et qu'ils devaient peut-être appeler un plombier. Mais cela ne les rassurait pas. Certains rappelaient, toujours pour la même raison.

Elle secoua légèrement la tête.

— Ça devait être énervant.

— Pour certains de mes collègues, oui. Mais moi, ça me troublait. Nous étions censés aider nos concitoyens et nous ne faisions rien pour ces gens.

Mais, dans certains cas, il n'y avait rien qu'un policier puisse faire.

— J'ai fini par retourner voir ces personnes en dehors de mes heures de service pour essayer de les aider, reprit-il en prenant une autre frite. Une chose en entraînant une autre, une société de production m'a contacté et m'a proposé une série d'émissions. J'ai refusé, mais ils m'ont fait comprendre que je pourrais mieux aider les gens si j'avais assez d'argent et que je consacrais tout mon temps à ce projet. Alors j'ai accepté, à la seule condition qu'ils n'exigent pas que je trouve des explications paranormales.

— Et ils ont été d'accord ? répliqua-t-elle, sincèrement étonnée.

— Ils ont pensé que c'était une approche originale. Trois saisons plus tard, je dois me rendre à l'évidence : ils avaient raison.

— On dirait, oui.

Elle avait retrouvé tout son appétit. Quand elle regarda son burger, il lui sembla plus appétissant que quand Maude avait posé l'assiette sur la table d'un geste brusque. Elle le prit, prête à le finir.

Ils mangèrent en silence pendant un moment avant qu'elle lance :

— Avez-vous déjà trouvé un fantôme ?

— Rien dont je sois sûr au point de miser de l'argent dessus. Mais cela ne me dérangerait pas d'en rencontrer un, à condition de trouver des preuves solides de sa présence. Bien sûr, ma façon de voir la vie en serait complètement chamboulée.

Elle rit. La remarque lui plaisait.

— La mienne aussi, avoua-t-elle.

Étant donné que cette mission allait durer près d'un mois, elle ne demandait qu'à lui trouver des côtés positifs. L'aventure pouvait être amusante, d'autant que Steve Hawks semblait posséder un solide sens de l'humour, ce qui permettait d'aborder presque tous les sujets beaucoup plus facilement.

Son petit doigt lui disait aussi que le succès de son émission ne reposait pas uniquement sur ce qu'il découvrait, ni les histoires qu'il contait. Non : il avait le genre de charisme qui fascinait les spectateurs, les tenait en haleine. Quant à sa façon de présenter les histoires, elle devait trancher avec les narratifs typiques des émissions sur le paranormal qu'elle avait entrevues – un fatras de suppositions qui ne reposait sur rien de concret.

— Est-ce que vous aimez les émissions sur le paranormal ? s'enquit-il.

— J'en ai regardé quelques-unes, par curiosité. Mais cela fait longtemps.

— Vous ne ratez pas grand-chose, reconnut-il avant de lui décocher le sourire le plus charmeur qui soit.

Bon sang, elle comprenait pourquoi son émission avait du succès. Ses fans devaient lui envoyer des lettres torrides. Il fallait à tout prix qu'elle évite de se laisser prendre au piège de son charme.

Elle repoussa son assiette et saisit sa tasse de café. Elle faisait partie des privilégiés que la caféine n'empêchait pas de dormir. Parfois, à 1 heure du matin, elle le déplorait.

— Et vous ? poursuivit Steve. Vous disiez que vous n'étiez ici que depuis six mois ?

Elle acquiesça.

— J'ai quitté l'armée il y a plus d'un an.

— L'armée, vraiment ?

Il était surpris. Il aurait cru qu'elle était dans la police depuis longtemps, comme lui.

— Et qu'avez-vous fait, dans l'armée ?

Il vit son visage se durcir, ses yeux se perdre au loin. Quand elle répondit, après un long silence, sa voix était tendue.

— Trop de choses.

Il n'insista pas. Elle ne tenait pas à raviver ces souvenirs, et il ne voulait pas l'y contraindre.

Mais il la regardait différemment. Comment aurait-il pu la comprendre ? Seuls ceux qui avaient le même passé qu'elle pouvaient y parvenir. Rien à voir avec son passé dans la police.

Il n'était pas insensible, au contraire. Quand il était flic, son empathie lui avait souvent compliqué la tâche. Même s'ils n'aimaient pas aborder ce sujet, la plupart des policiers ressentaient des émotions violentes au contact des victimes et de leurs familles. Ils prenaient même certaines affaires tellement à cœur qu'elles devenaient carrément personnelles.

Il était bien placé pour savoir que les souvenirs pouvaient vous harceler sans relâche, ou s'enterrer jusqu'au moment où ils surgiraient brusquement, dans un cauchemar, ou parce qu'ils étaient ravivés par une autre situation.

Il chercha un terrain plus sûr.

— Est-ce que vous aimez travailler ici ?

Son petit sourire était de retour, comme si elle avait repoussé une pensée sombre.

— Jusqu'ici, tout va bien. Les gens sont super, le travail plutôt routinier. J'ai encore beaucoup à apprendre, mais mes collègues sont très gentils, malgré mon inexpérience. D'autant que ma prédécesseure n'était pas n'importe qui.

Il arqua un sourcil et se retint de prendre une autre frite. Mais pourquoi ne pas en prendre une ? Il se servit.

— Vraiment ?

— Oui. Elle a passé deux ans dans le département avant de suivre son mari sur sa nouvelle affectation. Il est dans l'armée.

— Ce n'est pas une attitude très émancipée.

Il avait trouvé le ton juste, parce qu'elle rit.

— En apparence, peut-être pas, répondit-elle. Mais elle a décroché un nouveau poste dans la police, et je comprends qu'elle veuille être près de son époux. Cela ne fait pas longtemps qu'ils sont mariés.

— D'après ce que j'ai vu, ça fait une différence.

Elle posa sur lui un regard perplexe.

— Vous n'avez pas encore essayé ?

— Moi ? Pas encore, non. Et ça ne va pas être facile de me faire tomber à la renverse. Je suis aussi lourd qu'une tonne de briques.

— Peut-être qu'il suffira d'une plume ?

La boutade lui plut.

— Je ne me laisserai pas faire aussi facilement, contra-t-il.

Un petit rire lui échappa. Elle commençait à se sentir à l'aise.

— Pourquoi avez-vous besoin de moi ? lança-t-elle.

— Pour aplanir les difficultés que nous pourrions rencontrer quand nous commencerons à filmer. Il faut que quelqu'un me prévienne si jamais nous dépassons les bornes.

Candy acquiesça.

— Autre chose ?

— Vous pourrez aussi me présenter aux habitants de cette ville pour qu'ils ne me voient pas comme un étranger aux motivations douteuses. Me suggérer des personnes à qui parler.

— Logique.

Maude surgit à leur table et leur resservit du café, avec sa douceur coutumière.

— Incroyable, murmura Steve quand elle fut repartie.

— D'après ce que je sais, elle a toujours été comme ça... et sa fille, Mavis, a hérité de ses manières. Mais on mange bien, et les gens doivent être habitués, maintenant.

Peut-être, mais il n'était que de passage et doutait de se faire un jour à ces intermèdes qui venaient inopinément ponctuer un repas.

Cependant, comme il aimait observer les gens – il était une sorte de collectionneur de personnalités –, il ajouta Maude à son dossier mental.

— Pourquoi vous faut-il un agent de police ? demanda

Candy en enserrant sa tasse des deux mains. Je ne suis pas la plus qualifiée pour cette tâche.

— Apparemment, si. Ce sont les édiles de la ville et du comté qui nous ont donné votre nom.

Un autre sourire traversa son visage.

— Les trouillards.

— Ce sont des politiciens, répondit-il en souriant lui aussi.

Après que Steve se fut laissé tenter par une part de la meilleure tarte aux pêches qu'il ait jamais mangée, Candy et lui se séparèrent en convenant de se retrouver au bureau du shérif le lendemain matin à 9 heures.

Il reprit le chemin du motel, mais se ravisa. Il voulait goûter l'atmosphère locale. Il fourra les mains dans les poches de son blouson et déambula dans les rues, plus pour découvrir la ville que pour admirer des fantômes en carton et des citrouilles qui attendaient encore d'être sculptées.

Il y avait des quartiers assez anciens, là d'où il venait, mais pas des villes entières comme celle-ci. Il se représenta tout un réseau de racines, ancrées aussi profondément que celles du plus grand des arbres, qui reliaient tous ses habitants.

Super. Ça lui plaisait.

Ben Wittes remarqua l'étranger au moment où il passait devant le bureau du shérif. Son intérêt fut aussitôt éveillé.

Peut-être que cet homme était le présentateur de l'émission sur les fantômes qui, à en croire la rumeur, devait venir en ville.

En tant que médium, Ben se pensait en mesure d'aider ce type. Après tout, il avait la faculté de communiquer avec les esprits. Il le faisait tout le temps.*Parle-lui*, chuchota l'un des esprits. Peut-être son guide.

Oui, il allait lui parler, dès que l'occasion se présenterait. Il pouvait fournir des informations qu'il était le seul à connaître.

Un sourire aux lèvres, Ben poursuivit sa promenade. Il se sentait très bien. Enfin, il tenait l'occasion de dévoiler ses dons au monde entier. Il allait faire sensation.

2

On n'aurait pu rêver plus belle journée d'automne. Même si Candy aimait le soleil, les nuages bas aux teintes sombres et à l'aspect légèrement menaçant qui filaient dans le ciel s'accordaient à merveille avec la saison. En riant tout bas, elle enfila son uniforme. Elle était prête pour une nouvelle journée de travail dans cette ville, où elle se plaisait un peu plus chaque jour.

La veille, après le dîner avec Steve Hawks, elle avait rejoint son groupe de lecture à la bibliothèque. Elles étaient quelques-unes à se réunir une fois par semaine pour discuter des livres qu'elles avaient lus. Mais elles finissaient toujours par parler de leur famille et de leur travail en mangeant les gâteaux que l'une d'entre elles avait apportés et en remplissant la pièce de leurs rires.

Elle était heureuse de s'être déjà fait quelques amis, alors qu'elle cherchait encore sa place dans son nouveau travail et sa nouvelle ville. Ses collègues étaient tous très gentils, mais ce n'était pas pareil : avec eux, elle avait toujours l'impression d'être sous un microscope. Cependant elle pouvait les comprendre : c'était sa première affectation dans la police.

Elle était encore étonnée d'avoir été engagée. Après sa démobilisation, elle avait tourné en rond pendant de longs mois en se demandant ce qu'elle allait faire de sa vie. Avec une expérience du combat pour unique aptitude, elle n'intéressait pas les employeurs, à l'exception des sociétés de sécurité privées.

Elle avait décliné leurs offres. Elle aurait eu l'impression d'être une mercenaire.

C'était par les petites annonces qu'elle avait appris l'existence de ce poste. Elle avait postulé et, six semaines plus tard, elle avait été engagée après un simple entretien.

Quand elle avait fait part de son étonnement au shérif, Gage Dalton, il avait éclaté de rire.

— C'est un genre de tradition, chez nous. Nous savons déjà que vous êtes courageuse et que vous savez travailler en équipe. Nous nous chargerons de votre formation.

Peut-être qu'elle avait trouvé sa place.

Elle partit à pied pour le bureau afin de profiter de la morsure de l'air matinal. Dans cette lumière, l'orange vif des citrouilles semblait comme délavé. Cette journée était tellement lugubre qu'elle en devenait magnifique.

Elle ferma les yeux pendant un instant et huma l'air pur en écoutant le bruissement des feuilles mortes balayées par le vent. L'atmosphère était parfaite pour une chasse aux fantômes. Elle sourit et se demanda ce que les prochains jours lui réservaient. Pour la première fois depuis des années, l'anticipation n'était pas accompagnée de peur. Sa soupape intérieure avait commencé à se relâcher.

Elle souriait encore quand elle arriva au bureau. Guy Redwing, qui occupait le poste de garde, l'accueillit chaleureusement.

— Comment ça va, Candy ?

— Très bien, répondit-elle.

Elle salua Velma de la main en passant devant elle. La cafetière posée à côté de son bureau contenait généralement un breuvage aussi décapant que de l'acide de batterie, mais il y avait aussi une bouilloire d'eau chaude et des sachets de thé. Heureusement.

Elle se prépara un gobelet d'English breakfast tea et retourna vers Guy.

— Qu'est-ce qui se passe ? s'enquit-elle. Le bureau est bien calme, ce matin.

Il secoua la tête.

— Il y a eu beaucoup d'actes de vandalisme, cette nuit.

— Vraiment ? Je n'en ai vu aucun, depuis mon arrivée.

— Tu n'es pas là depuis assez longtemps, répondit-il avec un rire bref. Halloween rend les gamins un peu fous. D'ailleurs, il n'y a rien de bien méchant. Des œufs lancés sur des voitures, des monstres tagués sur les murs des écoles… Si nous attrapons les coupables, nous leur collerons un lave-pont dans les mains. Cela leur fera de l'exercice.

La sanction lui semblait plus intelligente qu'une amende ou une condamnation avec sursis.

— Et deux maisons ont été enveloppées de papier toilette, reprit Guy. Au moins. Nous n'avons sans doute pas encore reçu tous les signalements.

— Ça doit être l'enfer à nettoyer, dit-elle en s'asseyant.

Guy partit d'un rire sardonique.

— Ce qui est bien, avec les gamins de cet âge, c'est qu'ils ne peuvent pas s'empêcher de se vanter sur les réseaux sociaux. Je parie que nous retrouverons vite les coupables.

Elle ne put se retenir de rire malgré l'appréhension qui commençait à la tarauder. Steve Hawks allait arriver sous peu et, bien que leur dîner de la veille ait été agréable, elle avait encore en lui une confiance limitée. Ses motivations semblaient saines, mais il s'apprêtait quand même à exposer les peurs d'une famille à la télévision. Et à gagner de l'argent avec.Eh bien, elle allait s'acquitter de sa tâche avec autant d'enthousiasme que possible. Faire son devoir, que cela lui plaise ou non, en bon petit soldat.

L'homme en question passa la porte au même moment, accompagné d'une bouffée d'air froid. Ce matin, il avait fermé son blouson en cuir. Elle ne put s'empêcher de se demander jusqu'où les températures devraient descendre pour qu'il mette un manteau qui lui couvrirait les fesses.

— Salut, dit-il en souriant. Prête à vous mettre en route ?

— Pour où ?

Elle se leva et jeta son gobelet vide dans une poubelle.

— Pour aller voir les Castelle. J'ai rendez-vous avec eux à

10 heures. Mais, dites-moi, est-ce qu'il y a un endroit près d'ici où je pourrais trouver un café à emporter buvable ?

Elle fut étonnée.

— Vous n'avez pas encore pris votre petit déjeuner ?

— Il n'y avait pas assez de café pour moi. Chez Maude ?

— Exactement.

— Est-ce que vous venez avec moi, ou est-ce que je vous retrouve ici ?

Elle décida de l'accompagner, pour ne pas repousser le moment de débuter une journée qui risquait de devenir problématique. Quand elle sortit, le vent la frappa en plein visage.

— Eh bien ! s'exclama-t-elle. Ce n'était pas comme ça, tout à l'heure.

— Vous parlez du froid, ou du vent ?

Elle le regarda de travers.

— D'après vous ?

— Ah. Vous voulez un café, vous aussi ?

Quand ils eurent chacun leur gobelet à la main, elle lança :

— Préférez-vous monter avec moi, ou que je vous suive dans ma voiture de patrouille ? Qu'est-ce qui inquiétera le moins les Castelle ?

— Pourquoi s'inquiéteraient-ils ? rétorqua-t-il. Ils savent qui je suis.

Était-ce un premier aperçu de son ego surdimensionné ? Elle secoua la tête.

— Le visage connu dans le monde entier ?

Steve sembla perdre de son humeur joviale.

— Ce sont eux qui m'ont contacté. Nous avons passé des heures au téléphone. Je ne suis pas vraiment un étranger pour eux.

Il n'avait pas tort. Les Castelle devaient avoir l'impression de mieux le connaître que n'importe quel policier de la ville – elle, par exemple, qui n'avait jamais fait plus que les saluer de la main et échanger quelques mots avec eux.

— Je vous suis, répondit-elle sèchement.

Il ne fallait pas qu'elle tire de conclusions hâtives de cet échange, ni d'ailleurs qu'elle agace Steve sans raison. Ce n'était pas ce qu'on lui avait demandé de faire.

Elle monta dans son SUV de fonction et démarra. Elle n'avait pas vraiment besoin de le suivre, parce qu'elle savait où habitaient les Castelle. Quant à lui, il n'avait qu'à se conformer aux indications de son GPS, si par chance il fonctionnait.

Les Castelle vivaient en dehors de la ville, sur un grand terrain qui comprenait une vieille grange et une maison de plain-pied assez ancienne, coiffée d'un toit à la pente abrupte et percé de fenêtres. Sous ce toit, il y avait sans doute des combles aménageables. Elle aurait aimé les visiter. Sans savoir pourquoi, elle avait toujours trouvé beaucoup de charme aux greniers aménagés.

Steve arriva à bon port sans problème et s'engagea dans la longue allée asphaltée. Pour sa part, Candy se gara sur le bas-côté, près de la boîte aux lettres. S'il avait besoin d'elle, il saurait où la trouver. Elle garda les yeux fixés sur lui en sirotant son café.

Quand il eut disparu à l'intérieur de la maison, elle s'apprêta à vivre une matinée particulièrement ennuyeuse.

Steve salua chaleureusement Annabelle Castelle, qu'il connaissait pour l'avoir vue sur la vidéo qu'elle avait fournie. Des cheveux bruns, des yeux bleus, et un visage à la beauté classique, marqué par le stress. Elle portait une chemise de flanelle bleue et un pantalon noir.

— Où sont les autres ? demanda-t-elle. Je m'attendais à une invasion.

— Je ne vous l'avais pas dit ? Mon équipe me rejoindra plus tard. Sans elle, nous serons plus tranquilles pour parler.

Elle acquiesça et le guida vers un salon.

— Asseyez-vous. Je vais chercher Todd.

Elle se retourna et le gratifia d'un sourire fatigué.

— C'est toujours la partie historique de votre émission que je préfère.

— Merci, répondit-il. Vous semblez fatiguée. Est-ce que vous préférez que je revienne plus tard ?

— Non. Mais la nuit a été difficile, comme souvent depuis quelque temps.

Quand Todd Castelle les rejoignit, il semblait hagard, lui aussi. C'était un homme de taille moyenne, aux cheveux châtains et aux yeux gris.

— Pourquoi y a-t-il un flic garé devant la maison ? s'enquit-il. Est-ce qu'il y a un problème ?

Steve se hâta de le rassurer.

— C'est ma nounou. Ils appellent ça une liaison. Mais je ne sais pas si elle est censée m'aider ou rassurer les personnes que je rencontre.

— Elle n'a pas à rester dehors, dit Annabelle.

— Je vais aller la chercher, renchérit Todd.

— Pendant ce temps, je vais faire du café, reprit sa femme. Il commence à faire frais. Tu es sûr que le chauffage marche ?

— Ma chérie, il est réglé sur 20 °C.

— Peut-être, mais j'ai quand même froid.

Elle posa un regard ironique sur Steve.

— Nous nous disputons à ce sujet à longueur d'année. J'ai soit trop froid, soit trop chaud, et la température lui convient toujours. Sans doute une question d'hormones.

Steve se contenta d'un petit rire poli. Les hormones ? Le terrain était trop dangereux pour qu'il s'y aventure.

Par ailleurs, il aurait préféré que Candy n'assiste pas à cette rencontre. En présence d'une tierce personne, ses clients pourraient passer certaines informations sous silence.

Tant pis. Il organiserait un autre entretien, sans elle cette fois. Non qu'il ne l'apprécie pas, mais peu de gens faisaient preuve d'une franchise totale en présence d'un policier. Il était bien placé pour le savoir.

Todd revint, accompagné de Candy qui tenait son gobelet de café à la main. Quand ils furent tous assis dans le salon, Steve laissa passer une minute avant de dire :

— Pouvez-vous m'exposer la situation une fois de plus ? Je veux être sûr que nous n'avons rien oublié.

Annabelle sembla surprise.

— Je pensais que nous le ferions pendant l'émission.

— Vous le ferez, oui, mais votre témoignage devra être succinct. Et n'oubliez pas que, même si vous décidez de ne pas faire l'émission, je vais mener une enquête approfondie. Il me faut donc tous les détails.

Todd et Annabelle échangèrent un regard.

— Est-ce que vous confirmez que vous enquêterez quoi que nous décidions ? demanda Todd.

— Oui. C'est l'une des conditions que j'ai posées avant d'accepter ce travail.

Todd sembla satisfait de cette réponse.

— La bande-annonce vous présente comme un ancien inspecteur de la brigade des homicides, reprit-il.

— C'est vrai. Pendant douze ans. Avant, j'étais dans la police de la route. C'était nettement moins intéressant.

— La bande-annonce dit aussi que c'est parce que vous étiez policier que vous présentez cette émission, enchaîna Annabelle.

— Pas exactement. J'étais troublé par le nombre croissant de personnes qui appelaient pour signaler une activité paranormale. Comme je ne pouvais pas faire grand-chose, à part inspecter les lieux, j'ai commencé à retourner chez elles en dehors de mes heures de service pour voir ce que je pouvais faire de plus.

Annabelle inclina la tête.

— Vous preniez votre métier vraiment à cœur.

— C'est comme ça que j'ai fini par présenter cette émission. Et c'est pour cela que je mènerai cette enquête jusqu'au bout, même si vous changez d'avis.

— C'est remarquable, intervint Candy.

Il n'y avait pas une once de sarcasme dans son commentaire. Peut-être qu'elle commençait à se convaincre qu'il n'était pas un charlatan.En revanche, il ne savait pas ce qu'allaient faire les Castelle. Bien sûr, ils l'avaient appelé pour passer dans son émission, mais, maintenant qu'ils étaient à deux doigts d'apparaître sur une chaîne nationale, n'allaient-ils pas faire machine arrière ?

Aussi l'intervention de Todd le surprit-elle.

— Nous sommes auteurs de bandes dessinées, dit-il. Je me charge des dessins et Annabelle des textes. Si nous passons pour des dingos, aucun de nos amis ne sera étonné.

— C'est vrai, renchérit Annabelle. Nous vivons déjà en marge, dans un monde peuplé de super-héros. Bon sang, cette histoire pourrait être l'un de mes scénarios !

Cette remarque lui mit la puce à l'oreille. Et s'ils avaient monté cette histoire de toutes pièces pour se faire de la publicité ? Mais il ne laissa rien paraître de ses pensées. Il avait appris à contrôler son expression et à dissimuler ses émotions, sauf quand il pouvait être utile de les montrer.

— En somme, reprit Todd, je ne vois aucune raison pour que nous nous désistions. Pas pour le moment, du moins.

Steve retourna à sa question d'origine.

— Est-ce que vous pouvez me raconter toute l'histoire ? L'agent Serrano peut attendre dehors, si vous préférez.

— Pourquoi ? demanda carrément Todd. Nous avons l'intention de la raconter à la télé. Autant nous habituer tout de suite à avoir un public.

Annabelle soupira.

— Par où voulez-vous que je commence ? Par les raisons qui nous ont amenés à nous installer ici ?

Steve hocha la tête.

— Pour une question de place, et d'argent. Nous voulions un jardin pour Viv et son chien, mais notre budget ne nous permettait pas de nous installer en ville. Notre métier ne rapporte pas beaucoup d'argent. Nous avons aussi pensé qu'il y aurait peut-être moins de délinquance dans une petite ville.

Steve répliqua :

— Et maintenant, Viv est terrorisée.

— Ça nous tue, répondit Todd. Nous sommes venus ici pour qu'elle vive plus librement, mais elle est prisonnière de sa peur.

Ils poursuivirent leur histoire. Steve en avait déjà entendu la plus grande partie au téléphone, mais certains détails pouvaient avoir été passés sous silence.

Deux mois après l'emménagement, Viv avait commencé à parler de l'homme invisible qui était dans sa chambre. Elle avait dit qu'elle ne l'aimait pas et qu'elle voulait qu'il s'en aille. Ils avaient pensé qu'elle avait été perturbée par le changement qui était intervenu dans leurs vies. Après tout, précisa Annabelle, un déménagement était source de stress, même pour les adultes. Ils avaient donc passé une nuit avec elle, dans sa chambre, afin de ne pas l'encourager à raconter d'histoires à dormir debout.

Ils n'avaient rien vu ni entendu, et Viv était redevenue elle-même.

Mais la fillette avait bientôt recommencé à se plaindre que l'homme n'arrêtait pas de lui parler.

Todd et Annabelle avaient donc dormi dans sa chambre, à tour de rôle, toujours sans rien entendre. Les choses étaient revenues à la normale jusqu'à la nuit où Viv s'était mise à hurler, sans qu'ils parviennent à la calmer. Depuis cette nuit-là, sa terreur avait grandi au point qu'elle refusait de rester dans sa chambre, même dans la journée. Il lui était arrivé d'aller y chercher quelque chose et de ressortir en prétendant que l'homme lui avait encore parlé.

Elle ne comprenait pas un mot de ce qu'il disait, mais elle n'aimait pas le son de sa voix. Ce qu'elle détestait le plus, c'était qu'il soit invisible.

Les Castelle avaient fini par craindre que leur fille ait un sérieux problème et l'avaient emmenée voir un psychologue.

Steve fut impressionné. Son expérience lui avait appris que beaucoup de parents refusaient de croire que leurs enfants puissent avoir des problèmes d'ordre psychologique. Parce qu'ils avaient peur d'avoir honte, peur d'avoir l'impression qu'ils avaient échoué dans leur rôle de parents, ils prenaient rarement les mesures qui s'imposaient. Mais les Castelle avaient agi.

Au bout de six semaines, le psychologue leur avait fourni une explication.

— Il a dit que Viv était une enfant parfaitement normale, reprit Annabelle. Qu'elle traversait une phase qui avait peut-être été aggravée par le déménagement, mais qui n'était que temporaire.

Steve sentit une bouffée de sympathie.

— Et l'explication ne vous a pas rassurés ?

— Non, répondit Todd sans ambages. En gros, il nous a dit qu'elle jouait la comédie. Il n'a pas été d'un grand secours.

Steve posa son café sur la table basse et se pencha en avant, les avant-bras appuyés sur les genoux.

— Je vois. Mais ce n'est pas la fin de l'histoire.

— Bien sûr que non, répliqua Todd. J'avais déjà inspecté la cave pour voir si un bruit quelconque pouvait monter jusque dans sa chambre. Un tuyau qui claque, quelque chose qui bourdonne... Je n'ai rien trouvé. Je suis même allé inspecter le grenier où il n'y a que quelques ampoules.

Annabelle enchaîna.

— Je pense que ce psychologue s'est complètement planté. Viv ne joue pas la comédie. Sinon, elle la jouerait dans d'autres pièces, ou même à l'école. Ce n'est pas le cas.

— Effectivement, l'explication semble être fausse, concéda Steve.

— Elle l'est, déclara fermement Annabelle. Et de plus, le problème n'a pas disparu.

Steve attendit. Comme elle gardait le silence, il demanda :

— Comment le savez-vous ?

— Viv a entendu l'homme chanter en passant devant sa chambre, un soir.

— Chanter !

Steve était un peu surpris. Il avait déjà entendu les gens parler de pleurs, de cris, de voix, de coups, de bruits d'objets qu'on déplaçait, mais jamais de chansons.

— Ouais, lâcha Todd sur un ton presque ironique. Bizarre. Encore plus que tout le reste.

Il soupira et se passa une main sur le visage.

— Ensuite, Annabelle... Mais c'est à elle de vous en parler.

— J'ai entendu la voix, moi aussi, dit doucement sa femme. Un jour où j'étais allée dans la chambre de Viv pour y prendre quelques habits. On aurait réellement dit une voix d'homme, mais qui venait de très loin.

Elle secoua la tête.

— J'ai eu l'impression qu'un filet d'eau glacée me dévalait le dos. J'ai couru chercher Todd mais, quand nous sommes revenus, le bruit avait cessé. Ensuite, j'ai remarqué une chose à laquelle je n'avais pas vraiment prêté attention jusque-là.

— Quelle chose ?

— Le chien de Viv était planté devant le mur de la chambre, le poil hérissé, et il grognait. S'il l'avait déjà fait, je ne m'en étais jamais rendu compte. Par la suite, j'ai constaté qu'il le faisait de plus en plus souvent.

Steve savait que les chiens, grâce à leurs sens exacerbés, pouvaient détecter beaucoup plus de choses que les humains. Surtout quand il y avait danger.

— Nous avons donc commencé à observer Buddy, reprit Todd. La plupart du temps, il ne semblait pas troublé : il sautillait dans la maison, il jouait avec Viv... Mais de temps à autre il réagissait à quelque chose dans sa chambre.

Steve attendait la suite de l'histoire avec impatience. Il la connaissait déjà mais voulait l'entendre à nouveau – en observant leurs visages, cette fois. Leur expression pouvait lui en apprendre plus que des heures de conversations au téléphone.

— C'est de pire en pire, Steve, dit Annabelle. Viv ne veut même plus passer devant la porte de sa chambre. Elle nous supplie de faire partir cet homme. Est-ce que vous savez ce que ressentent des parents quand leur enfant les supplie, mais qu'ils ne peuvent rien faire pour l'aider ?

Steve n'avait pas d'enfant, mais il n'avait aucun mal à imaginer ce que ressentaient les Castelle.

— Est-ce que vous dormez toujours avec elle ?

— Elle passe toutes les nuits dans notre lit. Il lui arrive de ne pas fermer l'œil, tellement elle est terrifiée à l'idée que l'homme puisse sortir de sa chambre et la trouver.

Effectivement, c'était de pire en pire. Pour eux comme pour leur fille.

— Alors, reprit Todd, j'ai décidé d'agir.

Annabelle intervint.

— Peut-être que nous sommes fous. Je ne sais pas.

Steve aurait tout donné pour pouvoir les rassurer. Il souffrait de les voir souffrir ainsi.

— Vous savez, je deviendrais fou, moi aussi.

Annabelle lui adressa un pâle sourire.

— Il nous est arrivé de regarder des émissions sur le paranormal. Nous trouvions ça amusant … avant cette expérience, du moins. En tout cas, les champs électromagnétiques…

Ils pouvaient affecter le cerveau et provoquer des expériences bizarres. Steve était familier avec le sujet.

— J'ai acheté un appareil de mesure de champ électromagnétique juste avant que nous vous appelions, indiqua Todd. Puisque la voix ne se manifeste que dans la chambre de Viv, nous avons pensé qu'elle était peut-être sensible aux ondes, ainsi que le chien. En tout cas, si un champ électromagnétique affecte le cerveau de Viv, il est hors de question que nous restions ici. J'ai vérifié l'installation électrique, mais sans inspecter les câbles encastrés dans les murs. Nous devions savoir.

— Vous avez bien fait, dit Steve, et je ne dis pas ça uniquement parce que je recherche aussi ce genre de causes, mais parce que je vois que vous êtes prêts à tout pour élucider ce mystère, pour le bien de Viv.

— La seule chose que nous n'avons pas encore envisagée, dit Annabelle, c'est un exorcisme. Et nous ne l'envisagerons que si vous nous le conseillez. Mais, pour tout dire, nous ne croyons pas qu'il s'agisse d'une manifestation paranormale.

Steve se redressa.

— Vous savez que mon objectif premier est de tordre le cou aux histoires de fantômes. Je cherche toujours une explication rationnelle.

— C'est pour cela que nous vous avons appelé, affirma Todd. Si vous n'en trouvez pas, nous chercherons un meilleur psychologue. Maintenant, Viv est persuadée qu'il y a un fantôme dans sa chambre.

Steve fronça les sourcils. Il doutait qu'une enfant de son âge ait pu inventer une telle histoire de toutes pièces.

— Avez-vous trouvé des champs électromagnétiques ?

— Oui, répondit Todd, mais rien d'anormal. Et il n'y a en pas plus dans la chambre de Viv que dans les autres pièces.

Steve décida qu'il avait glané à peu près tout ce qu'il pouvait de ce premier entretien. En observant les Castelle, il avait eu l'assurance qu'ils s'inquiétaient sincèrement pour leur fille. Ils n'avaient pas prétendu voir de formes sombres ou de nuées noires, ni même d'être eux-mêmes témoins de ces manifestations. Et ils avaient mené leur propre enquête.

— Vous avez fait ce qu'il fallait, leur dit-il. Bravo.

Tous deux semblèrent légèrement soulagés.

— J'aurai sans doute d'autres questions à vous poser, reprit-il, mais je veux d'abord rencontrer Viv. Et le chien.

Il sourit.

— Si vous n'y voyez aucun inconvénient, j'aimerais qu'elle me dise elle-même ce qu'elle vit et ce qu'elle ressent. Mais d'abord je vais devoir gagner sa confiance. Est-ce que vous êtes d'accord ?

— Bien sûr que oui ! s'exclama Annabelle. Nous ne vous avons appelé que pour avoir de l'aide. Nous nous sommes demandé si vous pouviez lui parler sans encourager ses peurs, et nous pensons que oui.

C'était une belle preuve de confiance. Énorme, même.

— Quand est-ce que je pourrai la rencontrer ?

— Combien de temps vous faudra-t-il ?

— Autant qu'elle voudra bien m'en accorder. C'est elle qui fixera les limites. Et où est le chien ?

Todd se fendit d'un petit sourire.

— Derrière la maison, en train de courir.

— Est-ce que je peux le voir ? Est-ce qu'il est gentil ?

À ces mots, Todd éclata de rire.

— Buddy est tellement gentil que si un cambrioleur entrait

dans la maison, il lui sauterait dessus, le renverserait et lui lécherait la figure jusqu'à ce que le cambrioleur crie grâce.

Steve sourit.

— De quelle race est-il ?

— Mi-American Staffordshire, mi-limier.

— Un gros chien, donc. Le mélange est intéressant.

Il posa les yeux sur sa montre et se rendit compte que l'entretien avait duré trois heures.

— Je vais vous laisser. Vous avez sans doute besoin de vous reposer. Demain, vous pourrez me raconter ce qui s'est passé ces dernières nuits, me présenter à Buddy et organiser une rencontre avec Viv. D'accord ?

Dix minutes plus tard, Candy et lui ressortaient de la maison.

3

Quand ils furent dehors, Candy demanda à Steve s'il avait encore besoin d'elle. Dans le cas contraire, elle retournerait au bureau et trouverait quelque chose d'utile à faire.

Elle s'était sentie comme la cinquième roue du carrosse, dans cette maison. Elle n'avait rien pu faire sinon observer. D'ailleurs, elle était étonnée que les Castelle l'aient invitée à entrer. Ils auraient sans doute préféré ne pas avoir de public.

— Vous n'avez pas à rester avec moi vingt-quatre heures sur vingt-quatre, répondit Steve.

Elle haussa les épaules. Il avait peut-être raison, mais on lui avait donné pour consigne de l'accompagner partout.

— C'est la mission qu'on m'a assignée.

Il grimaça.

— Si j'avais voulu une assistante à plein temps, j'en aurais amené une. Vous devez bien avoir mieux à faire.

— Je comprends que cela vous agace, dit-elle, légèrement amusée. Mais si les édiles se sont tournés vers le shérif, c'est sans doute parce qu'ils ne voulaient pas qu'un électron libre sème la zizanie en ville. À leurs yeux, je suis l'escadron de protection qui les garantira contre toute mauvaise publicité. Vous comprenez, ils souhaitent attirer les touristes, pas les faire fuir. Aussi vous serions-nous reconnaissants de donner une bonne image de notre ville.

La tirade lui arracha un sourire.

— Je comprends, oui. La plupart des villes dans lesquelles

j'enquête sont bien plus grandes et moins isolées que Conard City. Leurs édiles ne nourrissent pas ce genre d'inquiétudes.

Une bourrasque glaciale leur fouetta les joues.

— Je ne sais pas ce qu'il en est de vous, Candy, reprit-il, mais je suis un pur produit de la Californie du Sud. Il faut vraiment que j'aille me mettre au chaud. Je vais aller déjeuner. Si vous voulez vous joindre à moi, n'hésitez pas. Sinon, j'en profiterai pour essayer de parler aux autochtones.

— Si c'est ce que vous voulez…

— Il faut que j'aille chez Maude, précisa-t-il. Vous voyez ? J'apprends vite.

Elle lui sourit et sentit que sa tension commençait à se dissiper. Elle était encore loin de faire confiance à cet homme, mais il serait sans doute moins désagréable de le côtoyer qu'elle l'avait craint.

— Je vous retrouve là-bas, dit-elle.

Bien malgré elle, elle devait reconnaître qu'il l'avait impressionnée. Il avait montré beaucoup d'empathie pour les Castelle, sans jamais chercher à les convaincre de quoi que ce soit – pas même de passer dans son émission.

Mais beaucoup de zones d'ombre demeuraient. Il était toujours un chasseur de fantômes. Même s'il affirmait ne pas croire au paranormal, c'était ainsi qu'il gagnait sa vie.

À l'image des Castelle, les personnes qui faisaient appel à lui se trouvaient dans une détresse telle qu'ils étaient prêts à tout envisager pour en sortir, même les théories les plus farfelues. Ce qui les rendait excessivement vulnérables.

Elle se gara devant le bureau du shérif en soupirant. Au lieu de descendre de voiture, elle réfléchit pendant quelques minutes en pianotant sur le volant.

Les émissions sur le paranormal – celle de Steve comme les autres - relevaient d'un concept qui lui déplaisait. Elle était consciente qu'il s'agissait d'un préjugé. Après tout, les gens avaient le droit d'avoir leurs croyances. Mais rien ne la forçait à les approuver, ou à renier les siennes.

Pourtant, dans le cas des Castelle, il ne s'agissait pas

de croyances. Steve n'avait jamais cherché à nourrir leurs inquiétudes. Il leur avait seulement demandé de raconter *leur* histoire, à leur façon.

Cependant, leur détresse faisait d'eux des proies faciles. Ils s'inquiétaient tellement pour leur fille qu'ils se seraient peut-être laissé berner par le premier type qui aurait prétendu ressentir la présence d'un esprit malin dans leur maison.

Ce qui ne leur aurait été d'aucune aide, très probablement.

Renonçant à mettre de l'ordre dans ses idées, elle descendit de voiture pour rejoindre Steve chez Maude. Elle n'aimait pas cette mission, elle n'aimait pas le rôle mal défini qu'on lui avait attribué, mais elle ne pouvait pas y échapper.

Et, surtout, elle voulait s'assurer que personne ne tirait profit des peurs des Castelle.

Et si sa vraie mission était là ? Peut-être que les édiles ne craignaient pas que « Ghostly Ties » nuise à la ville ou au comté, mais qu'ils voulaient seulement protéger la famille Castelle d'une expérience déplaisante.

Elle n'en aurait pas été étonnée. En six mois, elle avait déjà découvert que cette petite ville qui bruissait de rumeurs protégeait tous ses habitants. Même les plus récents.

Quand elle passa la porte de chez Maude, la salle n'était plus occupée que par de petits groupes de personnes qui étaient venues prendre un café. Le coup de feu du déjeuner était passé.

Steve était assis à la table qu'ils occupaient la veille, face à la porte, un grand gobelet de café devant lui. Elle s'arrêta net, gagnée par une angoisse sourde. Elle inspira profondément avant de s'approcher de lui.

— Salut, dit-il. Asseyez-vous.

Elle hésita un instant. Elle se haïssait presque.

— Est-ce que cela vous dérangerait si nous échangions nos places ? demanda-t-elle enfin. Je ne peux pas... Je n'aime pas tourner le dos à la porte.

Il haussa rapidement les sourcils mais se leva aussitôt.

— Bien sûr.

Elle se méprisa pour cette marque de faiblesse. Ce n'était pas la pire des séquelles que lui avait laissées la guerre, mais elle avait le don de la rattraper quand elle s'y attendait le moins.

Elle s'installa sur la chaise qu'avait occupée Steve et descendit la fermeture Éclair de son blouson. Mavis, la fille de Maude, s'approcha de leur table, l'air aussi revêche qu'à l'accoutumée.

— Vous voulez un café ? Un grand comme celui-là ?

Un gobelet garderait son café chaud plus longtemps.

— S'il vous plaît, Mavis. Merci.

La jeune femme s'éloigna d'un pas traînant, sans un mot de plus.

— Il faut que je mange, dit Steve. Pas vous ?

Il poussa un menu vers elle et ajouta :

— Et je ne me contenterai pas d'un déjeuner léger.

Ils ne dirent pas grand-chose jusqu'à ce que leurs assiettes soient arrivées sur la table. Candy avait pensé prendre une salade, mais avait fini par se décider pour un sandwich au poulet grillé. Steve, pour sa part, avait commandé deux sandwichs bacon salade tomate et deux portions de frites maison, qui furent servies dans une seule assiette.

— Dieu soit loué, dit Steve. Je raffole des frites. Maintenant qu'elles sont là, je ne les laisserai pas perdre.

Candy éclata de rire, et l'angoisse qui la taraudait depuis l'instant où elle avait passé la porte se dissipa d'un coup.

— Sauvez-moi de moi-même, ajouta-t-il. Servez-vous.

Il avait vraiment beaucoup de charme, et son sens de l'autodérision lui plaisait. Mais… il demeurait quand même un inconnu, pour l'essentiel.

— Que pensez-vous des Castelle ? s'enquit-il en se tamponnant le menton avec une serviette.

— Ils ont l'air de personnes très agréables, répondit-elle.

Elle refusait de porter un jugement sur eux.

— Je suis du même avis, convint-il.

Il avala sa bouchée et poursuivit :

— J'essaye de manger mes sandwichs, au lieu de me jeter sur les frites.

Ce qui ne l'empêcha pas de s'en fourrer une dans la bouche avant d'ajouter :

— Heureusement que nous ne sommes pas au nouvel an. Ce n'est pas le jour des bonnes résolutions.

La remarque lui arracha un nouveau rire.

— Vous devriez faire un spectacle de stand-up.

— Seulement si je peux monter sur scène avec une assiette de frites à la main.

Il s'interrompit avant de reprendre.

— Sérieusement, quelle impression vous ont-ils faite ? Je ne vous demande pas de juger leur personnalité.

Elle hésita un instant avant de délivrer une réponse aussi neutre que possible.

— Ils ont l'air sincèrement bouleversés.

— C'est ce que j'ai ressenti, moi aussi. Leur inquiétude n'était pas feinte.

La remarque éveilla son intérêt.

— Est-ce que c'est parfois le cas ?

— Bien sûr. Sur dix mille personnes qui regardent l'émission, il y en a mille qui veulent y passer. Généralement, ce sont des gens qui ont un besoin désespéré d'attention. J'ai été flic pendant assez longtemps pour savoir que certaines personnes sont tellement avides d'attention qu'elles vont jusqu'à confesser des crimes qu'elles n'ont pas commis.

— Je n'ai pas encore rencontré ce genre de situation, dit-elle. Mais cela ne fait pas longtemps que je suis dans la police.

Il mangea pendant quelques instants avant de reprendre, pensivement :

— C'est vraiment triste de rencontrer ce genre de personnes. Elles se sentent invisibles, inutiles, abandonnées de tous... Je n'arrive pas à imaginer ce qu'elles ressentent. Ensuite, il y a celles qui veulent être sous le feu des projecteurs, tout simplement. Mais les Castelle n'appartiennent à aucune de ces deux catégories.

Candy prit quelques bouchées de burger avant de piocher dans l'assiette de frites.

— Je ne peux pas résister, moi non plus. Si je ne finis pas mon sandwich, tant pis. Je l'emporterai.

— Servez-vous, répondit-il en souriant. S'il vous plaît.

— Mais comment pouvez-vous être certain que les Castelle ne recherchent pas l'attention ?

— Mon instinct. Quand j'étais inspecteur, je devais m'y fier. La plupart du temps, il tombait juste.

Et son instinct le poussait à se demander quelle était la vraie dynamique de cette famille. Il était également possible que les Castelle aient voulu fuir quelque chose. Ce soir, il appellerait une femme – ancien flic, elle aussi - qui faisait parfois des recherches pour son compte.

— Pour ma part, dit-elle, j'ai pensé qu'ils s'inquiétaient sincèrement pour leur fille. S'ils font semblant, ils méritent un Oscar.

— Il y a un détail qui a retenu mon attention, déclara-t-il en prenant une autre frite. La plupart du temps, la famille entière est touchée, comme si ses membres étaient victimes d'un accès d'hystérie collective. Mais, quand une ou deux personnes me disent ne pas avoir été touchées, j'ai tendance à prendre l'affaire plus au sérieux.

Il haussa une épaule.

— Ce n'est pas un indicateur fiable, bien sûr. Certaines personnes sont plus sensibles que d'autres, voilà tout. Mais le cas des Castelle sort de l'ordinaire. Les deux parents sont très attentifs à ce que vit leur fille, mais seule Annabelle a eu une expérience. Et elle n'en a eu qu'une.

— Je vois ce que vous voulez dire.

— En plus, j'ai tendance à croire ce que disent les enfants, même s'ils peuvent mentir avec une facilité déconcertante.

Elle inclina la tête.

— Et comment est-ce possible ?

— Parce qu'ils sont rarement de bons menteurs.

— C'est vrai, dit-elle en souriant. Je me souviens que mon frère et moi nous faisions presque toujours prendre.

— Exactement. En général, avec les enfants, il ne faut pas longtemps pour démêler le vrai du faux.

Guy Redwing avait dit le matin même que les vandales se vanteraient bientôt de leurs exploits sur les réseaux sociaux. Même plus âgés, les enfants se piégeaient parfois tout seuls.

Comme elle ne pouvait pas avaler une bouchée de plus, elle demanda à Mavis une boîte pour emporter le reste de son sandwich chez elle. Steve fit de même, mais elle remarqua, amusée, qu'il ne cessait pas pour autant de piocher dans les frites.

— Que comptez-vous faire maintenant ?

— Je vais appeler les Castelle pour organiser une rencontre avec leur fille et son chien. Je dois aussi commencer à faire des recherches. Qui pourrait me donner des informations intéressantes, surtout sur la maison ?

— Je vous conseille de vous adresser à la bibliothécaire, Emmaline Dalton, que tout le monde appelle Mademoiselle Emma. Sa famille a toujours vécu ici.

— Très bien, je vais aller la voir. Est-ce qu'il faut que vous me surveilliez ?

Elle éclata de rire.

— Je ne sais pas trop ce qu'on attend de moi, mais je suppose que oui.

Il cligna de l'œil.

— Je pourrais avoir bien pire que vous dans les jambes. Et vous pourrez m'aider à découvrir les légendes locales.

— Mademoiselle Emma en saura bien plus que moi.

— C'est précisément ce que j'attends de vous, Candy : que vous me dirigiez vers les bonnes sources, et peut-être que vous fassiez des recherches sur certains faits divers. Mais je dois d'abord savoir dans quelle direction chercher.

Steve était loin d'être agacé par la détermination de Candy à le suivre partout où il irait. Que ses supérieurs l'aient compris ou non quand ils lui avaient confié cette mission, elle distillait une aura d'autorité. Si elle était présente, il y avait plus de chance que les gens lui fassent confiance.

La seule conversation que sa présence aurait pu entraver était celle qu'il avait eue avec les Castelle. Pour toutes les autres, elle représentait un sceau d'approbation. De plus, peut-être qu'elle pourrait l'aider. Si elle y consentait, bien sûr.

Mais il ressentait aussi une bonne part de sympathie pour elle. Son passé militaire l'avait sans doute habituée à recevoir des ordres plus précis. La mission qui lui avait été confiée était vague, et elle avançait à l'aveuglette, pour ainsi dire.

Il avait aussi noté qu'elle n'aimait pas tourner le dos à une porte. Sans doute une séquelle de son passage dans l'armée, qui l'informait que cette femme devait avoir vu beaucoup de choses. Peut-être même qu'elle souffrait d'un syndrome de stress post-traumatique.

Cependant, il n'avait pas besoin d'établir de relations personnelles avec elle pour faire son travail. En bon flic, aucun indice ne lui échappait quand il s'agissait de savoir si le terrain sur lequel il allait s'aventurer était sûr ou non. Ses années au poste d'inspecteur l'avaient doté d'un esprit critique qui ne se reposait jamais. Sous son apparence chaleureuse se cachait toute une vie de suspicion.

De taille moyenne, la bibliothèque était l'une de celles bâties grâce aux fonds d'Andrew Carnegie, au tournant du siècle précédent. Sa structure de briques rouges et le linteau de ciment où étaient gravés le nom de Carnegie et l'année de construction avaient bravement résisté aux assauts du temps.

D'après la légende, Carnegie était devenu philanthrope suite aux mauvais traitements réservés par ses associés aux ouvriers grévistes. Certains arguaient que Carnegie n'avait rien pu en savoir, vu qu'il séjournait en Angleterre à l'époque des incidents. Quoi qu'il en soit, plus de deux mille bibliothèques avaient été construites grâce à lui. En termes d'héritage, on pouvait trouver pire.

Quand il descendit de voiture, le vent glacial le happa. Il leva les yeux vers le ciel où des nuages noirs glissaient, semblables à des augures. Il sourit. Il n'était pourtant pas du genre à s'adonner à des pensées fantaisistes... Sauf de temps en temps, peut-être.

Candy se gara et le rejoignit au pied de l'escalier.

— Il faut que je sorte mon blouson chaud, dit-il. Pouvez-vous me présenter à Mademoiselle Emma ?

Elle lui décocha un sourire narquois.

— Êtes-vous sûr de vouloir me confier votre réputation ?

— C'est mignon. Allons-y.

Il faisait meilleur dans la bibliothèque, mais pas vraiment chaud - que ce soit pour que les livres se conservent mieux, pour faire des économies d'énergie, ou parce que les gens d'ici étaient habitués à des températures assez basses et ne voulaient pas étouffer.

Candy le conduisit jusqu'au comptoir circulaire qui occupait le centre de la salle, la marque de fabrique de toute une époque. Dans un coin, une femme lisait une histoire à un groupe d'enfants qui devaient être trop jeunes pour l'école maternelle. Des voix provenaient d'une pièce adjacente - celles d'enfants plus âgés qui semblaient discuter de jeux.

La femme assise derrière le comptoir était un modèle de grâce, malgré son âge. La structure osseuse de son visage lui permettrait de rester belle pendant encore des décennies. Elle avait les yeux verts, et ses cheveux roux striés de gris étaient rassemblés en chignon. Dans sa jeunesse, cette femme devait avoir été très séduisante.

— Bonjour, Candy, dit-elle.

Sur le comptoir, un vieil ordinateur côtoyait un système de fiches cartonnées. Un petit accès de nostalgie le traversa : il était assez vieux pour avoir cherché un livre dans l'un de ces fichiers, quand il était à l'école primaire.

— Mademoiselle Emma, dit Candy, j'aimerais vous présenter Steve Hawks. Il est en ville pour préparer une émission sur le paranormal.

— J'ai entendu parler de ça, oui.

Mademoiselle Emma se leva, tendit la main par-dessus le comptoir et ajouta :

— Nous avons certaines de vos anciennes émissions sur DVD.

— Je suis flatté.

Non, il ne l'était pas. S'il avait suffi d'aussi peu pour flatter son ego, il se serait dégoûté lui-même.

— D'après ce qu'on m'a dit, vous êtes une autorité en ce qui concerne l'histoire de cette ville.

— J'en ai vécu la majeure partie, répondit Mademoiselle Emma en riant. Ma famille a contribué à fonder Conard City, et mon père y a été juge. Autant dire que je macère dans l'histoire de cette ville. Passons dans mon bureau. Nora ?

Une femme sortit de l'autre pièce.

— Est-ce que tu peux me remplacer ? lui demanda Emma.

— Bien sûr. Mes fils apprécieront sans doute plus mon absence que ma présence.

Emma les conduisit dans son bureau, une vaste pièce emplie de livres, certains alignés sur des étagères, d'autres empilés dans un coin. Sa grande table de travail disparaissait presque sous un ordinateur et des papiers épars.

— Ne faites pas attention, dit-elle. Nous essayons d'entrer tous les livres dans le système informatique.

— Ça doit être un sacré boulot, remarqua Steve.

— Oui, et il aurait dû être fait depuis longtemps. Asseyez-vous, tous les deux.

Candy s'assit légèrement en retrait. Elle ne comptait pas vraiment écouter cette conversation. L'histoire de la ville l'intéressait, certes, mais pas au point de vouloir en connaître tous les détails.

Elle réprima un soupir. Elle ne savait ni comment aider Steve, ni ce que ses chefs attendaient d'elle, et elle craignait de s'ennuyer à mourir. En tout cas, elle n'avait vraiment pas l'impression de faire grand-chose. Elle aurait tout aussi bien pu retourner au bureau et trouver de quoi s'occuper. S'il avait besoin d'elle, Steve pouvait toujours l'appeler. Pourquoi diable cette mission n'avait-elle pas été confiée à quelqu'un d'autre, un chargé de relations publiques, par exemple ?

Son impatience allait croissant. L'entretien avec les Castelle l'avait intéressée parce que les mésaventures de cette famille étaient fascinantes. Mais en quoi cette conversation sur l'histoire de la ville pouvait-elle aider Steve dans sa chasse aux fantômes ?

Cependant, elle dressa l'oreille quand Steve demanda :

— Que savez-vous au sujet de la maison qu'ont achetée les Castelle ?

Mademoiselle Emma fronça les sourcils.

— Vous parlez de cette ferme, à l'est de la ville ? Pas grand-chose. Mais quand j'étais petite, on racontait beaucoup d'anecdotes à son sujet. Une maison vide est le terreau idéal pour toutes sortes de légendes.

Steve se pencha légèrement en avant.

— Est-ce qu'elle est restée vide pendant longtemps ?

— Oui, répondit Emma. Mais je ne me suis jamais vraiment penchée sur son histoire. Si vous voulez plus de détails, je vous conseillerai de consulter les archives municipales.

— C'est ce que je ferai. Merci beaucoup.

Il se levait quand Emma dit :

— Vous savez qui pourrait vous renseigner ? L'ancien shérif, Nate Tate. Est-ce que vous le connaissez, Candy ?

— J'ai beaucoup entendu parler de lui, mais sans jamais le rencontrer.

Le sourire d'Emma s'élargit.

— Voilà l'occasion de le faire. Nate est une figure locale. Je suis sûre que Gage peut arranger un rendez-vous.

— Gage ? lança Steve.

— Mon mari, qui est également le shérif actuel.

— Eh bien, dit Steve quand ils ressortirent de la bibliothèque. Mademoiselle Emma est donc la femme du shérif ?

Candy éclata de rire.

— Et Nora Madison, qui est venue la remplacer à l'accueil, est l'épouse du chef de la police.

— Je vois. Mieux vaut ne pas voler de livre ici.

— Ce serait peut-être plus prudent, en effet.

Il s'arrêta sur le trottoir.

— Vous savez, si j'étais historien, je pourrais passer des mois à interroger Mademoiselle Emma. C'est une mine d'informations. Malheureusement, je n'ai pas le temps. En ce qui concerne l'ancien shérif...

Elle le devança.

— Je le contacterai. Et s'il est d'accord, j'organiserai une rencontre.

— Merci.

— Quand devez-vous revoir les Castelle ? Je ne veux pas fixer de rendez-vous si vous n'êtes pas libre.

— Moi non plus, répondit-il. Je vais les appeler ce soir pour convenir d'une heure et je vous tiendrai au courant.

Oui, le soir était tombé sans bruit pendant qu'ils étaient dans la bibliothèque, et la nuit approchait. Elle leva les yeux et contempla pendant quelques instants les nuages qui filaient dans le ciel du crépuscule.

Quand la voiture de Steve s'éloigna, elle poussa un soupir de soulagement. La journée avait été longue. Elle n'avait jamais été seule, elle avait dû porter une attention permanente à des sujets qui ne l'intéressaient pas vraiment. Un vrai travail de garde du corps... ou presque.

Elle referma son blouson et reprit la route du bureau pour accomplir sa nouvelle tâche : contacter l'ancien shérif.

Pour Steve, la journée avait été productive. Il avait rencontré ses clients, qui lui avaient fait bonne impression, et on l'avait orienté vers ce Tate, qui pouvait être exactement ce qu'il lui fallait pour son émission.

Il avait également glané des renseignements précieux auprès d'Emma elle-même : certaines rumeurs prétendaient que cette maison était hantée. Maintenant, il devait découvrir pendant combien de temps elle était restée inhabitée et si elle avait été rénovée, par les Castelle ou par quelqu'un d'autre.

Même s'il n'était pas d'accord avec beaucoup des explications qui avaient cours dans son domaine, il devait s'en accommoder. Une croyance répandue soutenait qu'on pouvait déranger les esprits en rénovant une maison.

Pour sa part, il n'en croyait rien. Déjà, il avait du mal à admettre que certaines personnes puissent rester dans le coin après leur mort. En admettant qu'elles le fassent, pourquoi se seraient-elles fâchées parce qu'on remodelait une maison ?

Il avait aussi du mal à prendre au sérieux les chasseurs de fantômes qui parlaient pour le compte des morts. À moins qu'il existe une forme de communication avec les prétendus esprits, comment pouvait-on savoir ce qu'ils pensaient ?

Il était sceptique de nature, mais admettait volontiers que le sujet lui inspirait une vive curiosité. Il aurait aimé savoir. Vraiment savoir, pour que la question soit réglée dans son esprit. Jusqu'ici, sa curiosité n'avait pas été assouvie.

Il ne lui restait donc qu'une possibilité : tout faire pour rassurer les gens qui avaient peur. Quand il aurait commencé à établir une relation avec Viv, il passerait la maison et le terrain au peigne fin, en quête d'une explication rationnelle.

Il allait aussi s'intéresser au passé de la famille. Il prit son téléphone pour appeler Dana, son assistante.

Mais il était sûr d'une chose : si cette enfant entendait réellement la voix d'un homme dans sa chambre, il enquêterait jusqu'à trouver une explication.

4

Le lendemain matin, Steve se réveilla revigoré et prêt à se mettre au travail. Il avait dîné chez Maude la veille et constaté que la ville était déjà informée des raisons de sa présence. Certaines personnes l'avaient reconnu et s'étaient attardées le temps d'échanger quelques mots avec lui.

Il n'avait récolté aucune information utile mais, pour le moment, il préférait que la ville ignore sur quelle maison il enquêtait. Parce que cela aurait pu le gêner dans son travail, et parce que les Castelle n'avaient sans doute aucune envie de voir leur nom jeté en pâture avant que l'énigme soit résolue.

Il les comprenait. Ils ne voulaient pas qu'on se demande si leur fille souffrait d'une maladie mentale ou s'ils étaient de mauvais parents. Et ils n'auraient sans doute pas apprécié que des curieux viennent camper devant chez eux – ou que des adolescents en quête d'émotions fortes rôdent autour de leur maison.

Il fallait aussi éviter que Viv soit en butte aux moqueries de ses camarades de classe, ce qui lui aurait fait vivre un double cauchemar.

Il décida d'aller prendre son petit déjeuner au restaurant routier, de l'autre côté de la rue. L'endroit n'accueillait que des gens de passage qui n'auraient sans doute pas envie de lui parler, ce qui lui permettrait de réfléchir tout à loisir.

Ben Wittes avait appris que le type qu'il avait vu était bien le chasseur de fantômes, et la nouvelle l'avait comblé. Il allait pouvoir se faire l'interprète des esprits qui erraient autour de lui. Il avait même appelé les producteurs de l'émission pour leur proposer son aide.

Les esprits réclamaient toute son attention depuis des semaines maintenant, comme s'ils avaient su que cet homme arrivait. Eux, les êtres sans voix qui ne pouvaient pas s'exprimer eux-mêmes, voulaient que Ben porte leur message.

Parce que Ben était leur seul intermédiaire, un vacarme permanent emplissait sa tête. S'il pouvait les convaincre de parler moins fort, il ne pouvait pas les réduire au silence. Ces esprits étaient désespérés, et il lui arrivait de se sentir coupable de ne pas mieux les écouter.

L'une des voix était devenue plus forte que les autres, depuis quelque temps. Il ne savait pas à qui elle appartenait, mais il écoutait ce qu'elle avait à dire pour essayer de le découvrir.

Cependant, Ben avait des préoccupations bien plus importantes. Certains matins, quand il se réveillait, il avait de la terre sur ses vêtements et sous les ongles. Pourquoi était-il habillé ? Que faisait-il durant la nuit ? Il n'en avait aucune idée, ce qui le terrifiait. Et si l'un des esprits le possédait ?

Il n'y avait aucune limite à ce qu'ils pouvaient faire. Plus aucune.

Le paradis et l'enfer ne suffisaient plus à les retenir.

5

Steve laissa un message à Candy dans la matinée pour la prévenir qu'il se rendait chez les Castelle, mais il ne voyait pas pourquoi elle aurait voulu l'accompagner. Elle était un intermédiaire, pas un garde du corps, et il n'y avait pas lieu de le surveiller en permanence. Il ne représentait pas une menace pour la communauté.

Il fit d'abord la connaissance de Buddy. La veille, il avait fait quelques recherches sur Internet pour savoir à quoi il devait s'attendre avec ce « gros » chien. S'ils ne s'entendaient pas, il devrait rencontrer Vivian sans son animal. Mais il aurait préféré que Buddy soit à ses côtés. Accompagnée par un ami, elle serait plus détendue.

Le chien avait toutes les caractéristiques de l'American Staffordshire, mais c'était au limier qu'il devait sa grande taille et sa personnalité affectueuse. Il ne leur fallut pas longtemps pour devenir très bons amis. Les Castelle avaient dit vrai : ce chien vous aurait étouffé à force de câlins.

Buddy avait aussi l'odorat du limier. Quand il était focalisé sur une odeur, il oubliait tout le reste. Ce qui amena Steve à réfléchir à la façon dont il fixait le mur.

Assis dans l'herbe, il caressa le gros chien couché à côté de lui jusqu'à en avoir des crampes dans le bras tout en réfléchissant au comportement de Buddy.

Oui, il devait flairer une odeur. Buddy n'aurait pas fixé le mur ainsi s'il avait entendu quelque chose. Peut-être que cette odeur était dans le mur lui-même, ou remontait de la cave. La piste méritait d'être explorée, même si elle n'expliquait en rien les voix qu'entendait Vivian.

Il s'allongea sur le sol froid et contempla le ciel pendant que Buddy le reniflait. D'accord, peut-être que ce n'était pas une odeur qui attirait l'attention du chien. Il avait entendu parler de chiens qui réagissaient aux manifestations paranormales. Encore une piste à explorer, avec l'aide de Buddy, peut-être.

Il se releva et rentra dans la maison pour faire la connaissance de Vivian. Guidé par l'odeur du chocolat, il se dirigea vers la cuisine. Vivian, qui était assise en compagnie de sa mère, posa sur lui un regard soupçonneux.

Aucune agence de casting n'aurait pu trouver d'enfant plus photogénique. De longs cheveux blonds ondulés, des yeux d'un bleu limpide. Un joli visage d'enfant, malgré sa bouche maculée de chocolat.

— Viv, dit Annabelle, voici M. Hawks. Il va essayer de trouver d'où vient la voix que tu entends tout le temps.

La fillette ne se départit pas de son air soupçonneux. Il comprit que c'était là un sujet qu'elle ne voulait pas aborder.

— Tu sais, Vivian, tu peux m'appeler Steve, annonça-t-il en s'asseyant. Si je t'appelle par ton prénom, tu dois m'appeler par le mien.

La fillette se fendit d'un petit sourire et s'essuya la bouche avec la serviette que lui tendait Annabelle.

Buddy, qui avait suivi Steve dans la cuisine, s'assit auprès de la fillette. Par contraste, il semblait encore plus gros.

— Buddy est un chien génial, déclara-t-il. Je l'aime beaucoup. Mais il est vraiment très grand. Est-ce qu'il t'obéit ?

Viv hocha la tête, posa sa tasse et se pencha pour nouer ses bras autour du cou de Buddy, qui se mit à sourire de toutes ses dents. Parfait. Steve avait sa réponse.

— Est-ce qu'il était petit quand tu l'as eu ?

Vivian ouvrit la bouche pour la première fois.

— C'est encore un bébé.

Annabelle intervint.
— Je crois que Steve demande s'il était petit, pas s'il était jeune.
Voilà pourquoi il devait gagner la confiance de Vivian afin de pouvoir lui parler seul à seul. Il ne voulait pas qu'Annabelle s'immisce dans la conversation quand elle jugerait nécessaire de clarifier un point, même si elle était mue par les meilleures intentions du monde.
Vivian relâcha le cou de Buddy et écarta les bras.
— Il était grand comme ça, dit-elle.
— Ce n'est pas grand du tout.
— Il était plus petit que moi et il dormait dans mon lit.
— Et maintenant ? S'il dort toujours dans ton lit, où est-ce que tu dors, toi ?
La fillette gloussa de rire.
— Je me fais toute petite.
— Je veux bien te croire. Toute, toute petite.
Il ne s'était pas attendu à ça. Si le chien dormait dans sa chambre, pourquoi avait-elle aussi peur ? Parce que Buddy n'était pas protecteur, ou parce qu'elle pensait qu'il n'entendait pas plus les bruits que ses parents ? Mais ce chien était tellement amical qu'il était possible qu'il les entende, mais ne leur prête pas la moindre attention.
Steve repartit une heure plus tard en promettant de revenir le lendemain. Il avait joué aux cartes avec Viv, qui était en passe de devenir une championne de la bataille. Jamais il n'avait été aussi mauvais. Quant à la fillette, elle avait eu une chance de tous les diables. Mais le plus important était qu'elle semblait accepter sa présence.
Maintenant, il devait se pencher sur l'histoire de la maison. Des légendes y étaient-elles associées ? Avait-elle été le théâtre d'un fait divers ?
Il décida de se rendre aux archives municipales, qui devaient avoir conservé une trace des propriétaires successifs de la maison. La société d'assurances titre de propriété devait les

avoir consultées, parce que les Castelle n'auraient jamais obtenu de prêt en l'absence d'un titre de propriété incontestable.

Mais son téléphone l'informa que la société d'assurances la plus proche se situait à cent cinquante kilomètres de là... D'ailleurs, s'agissait-il de la bonne ? Les Castelle eux-mêmes ne le savaient sans doute pas. Les organismes de prêt avaient pour habitude de négocier directement avec les sociétés d'assurances – en facturant le service au client, bien sûr.

Il ne lui restait plus qu'à attendre que Candy le contacte pour lui annoncer la date de leur rencontre avec l'ancien shérif. Il avait hâte de parler avec cet homme, autant que de revoir Vivian. Cette gamine était rusée comme une renarde. Il pressentait que le regard qu'elle posait sur ce mystère l'éclairerait bien plus que celui de ses parents.

Candy passa l'essentiel de la journée à essayer de débusquer l'ancien shérif. Il ne répondait pas au téléphone et, quand elle se rendit chez les Tate, la maison était vide.

Tant pis. Steve devrait patienter. Elle n'avait aucune intention d'aller frapper à la porte des voisins pour leur demander où étaient les Tate. Posée par un agent de police, cette simple question aurait déclenché une vague de panique.

Elle reprit donc la route du bureau, persuadée qu'elle y trouverait quelque chose d'utile à faire, même si le service semblait rarement débordé. Ceux qui cherchaient une vie palpitante pouvaient passer leur chemin. Ce n'était pas à Conard City qu'ils la trouveraient.

Elle allait pousser la porte du bureau quand elle vit Steve gravir les marches du palais de justice. Le bâtiment était planté sur un vaste terrain, au fond d'un petit parc nommé – fort à propos – « Square du Palais de Justice », autour duquel s'alignaient quelques magasins. Un autre bâtiment, derrière le bureau du shérif, abritait un standard téléphonique destiné aux personnes qui étaient victimes de violences ou en proie à des idées suicidaires.

Où qu'ils soient, les gens avaient toujours besoin de se confier à une personne objective qui leur prodiguerait de l'aide ou des conseils.

Au lieu de rentrer, elle décida de suivre Steve. Comme elle le soupçonnait, il se dirigea droit vers le service des archives.

— Eh bien, monsieur Hawks, nous avons presque cinquante ans de documents sur microfilms et microfiches. Si ceux qui vous intéressent sont plus anciens, nous pouvons les rechercher dans les archives papier.

— J'espère que vous n'aurez pas à le faire, répliqua-t-il.

L'archiviste éclata de rire.

— Moi aussi. Nous n'avons pas beaucoup de personnel, tant pour des raisons budgétaires que parce qu'il n'y a pas grand-chose à faire. Les transactions immobilières sont rares, par ici.

Ce fut son tour de rire.

— Heureusement. Votre ville semble tellement paisible... Un boom immobilier la bouleverserait.

— C'est pourtant tout ce que nous attendons, répondit la femme à mi-voix.

Elle promit de faire de son mieux pour trouver les documents qu'il recherchait, et il la remercia avant de se retourner. Il repéra aussitôt Candy.

— On me file le train ?

Elle secoua la tête.

— Je n'ai pas pu résister à l'envie de voir votre réaction. Ici comme au bureau du shérif, nous gardons une version papier de tous les documents que nous numérisons, en cas de problème informatique.

— Je vois, dit-il en riant. J'espère que je n'aurai pas à demander à quelqu'un de plonger dans les archives.

— Je crois que le personnel vous en serait reconnaissant.

Il posa les yeux sur l'horloge murale et s'exclama :

— Zut ! Je savais bien que je commençais à avoir faim. Je n'ai pas déjeuné, et c'est presque l'heure du dîner. Vous dites qu'on mange bien chez Mahoney ?

— Très bien, même s'il n'y a pas beaucoup de choix. Et

peut-être que certains clients voudront bien vous parler de la maison des Castelle.

Il sembla légèrement étonné.

— Mais pas ceux de Maude ?

— Ils se méfient peut-être encore. Vous êtes l'étranger.

— Pourquoi serait-ce différent chez Mahoney ?

— Parce que c'est aussi un bar. Certaines personnes pourraient consentir à vous parler en échange de quelques bières.

Il rit de nouveau.

— Est-ce que vous m'accompagnez ?

Elle hésita avant d'acquiescer.

— D'accord. Mon uniforme sera peut-être plus persuasif que quelques bières. À moins qu'il ait l'effet inverse.

Il voyait très bien ce qu'elle voulait dire. Quand il était en uniforme, il lui suffisait d'entrer dans certains endroits pour que le silence s'y fasse aussitôt.

Ils partirent à pied, en admirant les vitrines décorées.

— Est-ce à dire que les clients de chez Mahoney n'aiment pas voir débarquer des uniformes ?

— Pas exactement. Mais je suis encore nouvelle, ici. Je suis accueillie moins chaleureusement quand j'y vais seule que quand j'y passe avec des collègues après le service.

Pour la première fois, il se demanda à quel point son statut de nouvelle arrivante affectait sa vie quotidienne.

— Est-ce qu'il faut longtemps pour être pleinement adopté ?

— Toute une vie, sans doute. Quatre-vingt-dix pour cent des habitants de cette ville ont grandi ensemble. Ce n'est pas tellement fréquent.

— De nos jours, non, reconnut-il. Les gens sont devenus beaucoup plus mobiles géographiquement.

— J'étais une gamine de l'armée, dit-elle. Nous déménagions sans cesse, mais nous finissions toujours par tomber sur des gens avec qui nous nous étions liés lors d'une précédente affectation. Par contre, ce n'était pas une vie facile pour un enfant.

Elle s'arrêta devant la porte de Mahoney.

— Du temps de mon père, les changements d'affectation étaient plus fréquents qu'aujourd'hui. Chaque déménagement était une déchirure, parce que je devais quitter mes amis. Quand je les retrouvais, ils avaient changé, et moi aussi. Il nous fallait reconstruire notre amitié.

— Je n'avais jamais pensé à ça, répondit-il en ouvrant la porte.

— Vous n'aviez aucune raison d'y penser.

Chez Mahoney, la soirée commençait à peine. S'il ne restait que peu de tabourets libres au comptoir, seules quelques tables étaient occupées. De la musique country passait en fond sonore. L'atmosphère de ce bar, qui évoquait l'époque de l'Ouest sauvage, lui plut aussitôt.

Ils choisirent une table contre un mur, et Candy s'assit face à la porte. Une serveuse avenante, aux antipodes de Maude, vint prendre leurs commandes. Tous deux choisirent le poulet frit, accompagné d'une bière pour Steve et d'une eau gazeuse au citron vert pour Candy.

— Vous êtes encore en service ? s'enquit-il.

— Oui.

Il se laissa aller dans sa chaise. Se considérait-elle en service parce qu'elle l'accompagnait ? Il ne voulait surtout pas qu'elle se sente obligée de l'escorter partout où il allait, mais il ne savait pas comment lui poser la question. Et après tout, peut-être qu'elle ne buvait pas d'alcool, tout simplement.

Il remarqua de nouveau qu'elle était vraiment attirante, avec son beau visage encadré de cheveux noirs coupés court et ses yeux d'un brun chaud – ces yeux qu'il avait vus s'emplir d'un vide glacial.

Leurs boissons arrivèrent rapidement, puis leur repas. Il inspecta discrètement les autres tables et y vit beaucoup d'assiettes de poulet. C'était de bon augure. De plus, il n'y avait pas de frites pour le tenter. Il sourit.

— Quelque chose d'amusant ? fit-elle.

— Je suis soulagé qu'il n'y ait pas de frites, rien de plus.

Enfin, elle rit.

— Moi aussi. À cause de vous, je fais des entorses à mon régime.

— Et moi donc ! Oh ! et puis... Je ne vais pas mourir parce que je me suis fait plaisir pendant deux semaines.

— Vous connaissez la vieille blague, celle qui dit : « Si j'avais su que j'allais vivre aussi longtemps, j'aurais mieux pris soin de ma santé » ?

— Ha ! Non, je ne la connaissais pas. Elle me plaît.

Enfin, la glace commençait à se briser entre eux. Candy s'était défaite d'une partie de sa méfiance.

Mais il avait l'habitude qu'on se méfie de lui, maintenant. À l'époque où il était un policier qui essayait d'aider des familles terrifiées, il recevait un accueil plus chaleureux que depuis qu'il présentait cette émission. Il comprenait qu'on puisse s'interroger sur ses motivations, mais il était las d'être sans cesse en butte à la méfiance. Peut-être que les gens cesseraient un jour de le prendre pour un charlatan. D'ailleurs, à mesure que son émission gagnait en notoriété, c'était de moins en moins le cas.

Tout ce qu'il voulait, c'était qu'on ne doute pas de son honnêteté. Oh ! et puis après tout, c'était lui qui avait choisi d'emprunter cette voie. À lui d'en supporter les conséquences, même si ce n'était pas toujours facile.

Il rompit le silence qui s'était installé en lançant :

— Avez-vous pu joindre l'ancien shérif ?*C'est malin, mon vieux. Tu pourrais la laisser profiter de son dîner, au lieu de parler boulot.* Mais il fallait toujours qu'il pose des questions.

— Pas encore, répondit-elle en levant les yeux de son assiette. Il n'est pas en ville, et je ne vais pas aller frapper chez les voisins pour leur demander quand il reviendra.

— Vous avez peur qu'ils s'inquiètent ?

— Bien sûr que oui. Vous est-il souvent arrivé de montrer votre plaque sans créer de remous ?

— Non, reconnut-il. De mon côté, j'ai rencontré Vivian Castelle.

Elle hocha la tête et s'essuya les doigts sur une serviette.

— Et comment s'est passée la rencontre ?

— Très bien. Cette gamine est une petite futée. Après quelques parties de bataille, elle a commencé à me parler.

— De bataille ?

— Un jeu de cartes auquel tout le monde peut jouer, même les enfants. Elle m'a battu à plates coutures. La chance du débutant.

Cela lui valut un grand sourire de Candy.

— Vraiment ?

— Oui, que ce soit elle qui donne les cartes ou moi. Mais il faudra sans doute que je passe encore un peu de temps avec elle avant qu'elle se sente prête à parler de ses expériences. Je veux qu'elle me raconte son histoire elle-même, sans que ses parents la reprennent ou mettent leur grain de sel.

— C'est logique.

Candy était donc disposée à parler, mais uniquement de l'affaire. Elle n'avait pas dit un mot avant qu'il aborde ce sujet. Peut-être qu'elle était d'une nature silencieuse, à moins qu'elle soit troublée par le souvenir d'une mauvaise expérience. En tout cas, il voulait trouver un moyen de contourner ce silence. De découvrir qui elle était.

Ce n'était peut-être que la réaction logique d'un homme face à une femme attirante… et peut-être que c'était autre chose. Et zut. Il avait entendu des femmes se plaindre que les hommes ne parlaient que d'eux-mêmes. Il ne voulait pas être ce genre d'homme. Et pourtant, il ne parlait que de son travail.

Alors, il s'attaqua indirectement au problème.

— Est-ce que vous me soupçonnez toujours de profiter de la détresse des gens ?

Elle laissa sa seconde cuisse de poulet de côté pour répondre :

— Peut-être moins, depuis votre entretien avec les Castelle.

— Pourquoi ?

— Parce que vous n'avez jamais cherché à les influencer ni à leur souffler leurs réponses. Vous ne vous intéressiez qu'à ce qu'ils pensaient et ressentaient.

Elle l'avait donc remarqué. Parfait. En bon inspecteur, il faisait toujours de son mieux pour ne pas influencer ses clients. Il fallait toujours laisser un témoin ou un suspect raconter son histoire. Lui poser des questions, mais sans suggérer de réponse, sous peine de n'obtenir que des mensonges.

Candy finit son poulet et s'essuya les doigts et la bouche, mais sans grand résultat.

— J'aimerais que les restaurants proposent des petits bols d'eau chaude pour se rincer les doigts, avec un trait de jus de citron, dit-il. Pas vous ?

— Ce serait une bonne idée, oui. J'irai me laver les mains tout à l'heure. Mais d'abord, parlez-moi des affaires sur lesquelles vous avez travaillé.

Décidément, avec cette femme, aucune diversion n'était possible. Il finit son assiette avant de répondre.

— Je vous en ai déjà parlé. Ces personnes avaient peur parce qu'elles entendaient des bruits étranges ou croyaient voir des silhouettes chez elles.

Elle acquiesça, roula sa serviette en boule et la laissa tomber dans son assiette. La serveuse l'enleva aussitôt en même temps qu'elle lui apportait un autre verre d'eau gazeuse.

— C'est plutôt vague.

— Laissez-moi réfléchir une minute, que je voie si l'une des affaires se distingue des autres... Est-ce qu'on sert de la Corona, ici ?

— C'est possible.

Il leva un doigt, et la serveuse approcha aussitôt. Il se demanda si elle serait toujours aussi guillerette à l'heure de la fermeture, quand les clients commenceraient à chahuter.

— Avez-vous de la Corona ?

— Bien sûr. Elle est très populaire chez nos clients les plus jeunes.

— Merci. Est-ce que vous voulez autre chose, Candy ?

— Une tasse de chocolat chaud, Mary. S'il vous plaît.

Quand la serveuse s'éloigna, il lui jeta un regard ironique.

— J'aurais dû commander une Corona plus tôt. Mais leur pression est bonne.

— Je suis incapable de trouver une différence entre deux bières, dit-elle. Peut-être parce que j'en bois rarement.

— Sans doute, oui. Pour en revenir aux affaires sur lesquelles j'ai travaillé alors que j'étais encore dans la police...

Candy attendit patiemment que Mary soit revenue, puis repartie. Elle voulait entendre cette histoire et elle voulait savoir ce qui avait poussé Steve à enquêter en dehors de ses heures de service. Elle commençait à penser qu'il s'inquiétait sincèrement du bien-être de son prochain, mais il lui fallait plus de preuves.

— Je peux vous parler de cette petite dame frêle, qui devait avoir quatre-vingt-dix ans et vivait seule dans une grande maison. Elle faisait elle-même la cuisine et le ménage. C'était admirable, mais que se serait-il passé si elle avait eu un accident ? Elle n'avait même pas de médaillon de téléassistance.

— Il paraît que ce n'est pas donné, répliqua-t-elle.

— C'était peut-être pour ça. Les caisses de retraite ne versent pas grand-chose et elle était propriétaire, avec tous les frais que cela entraîne.

— Ce devait être une femme très indépendante.

— Oui, et elle refusait de quitter cette maison et les soixante ans de souvenirs qu'elle renfermait. Elle m'a parlé de son mari, m'a montré les photos de ses enfants, petits-enfants et arrière-petits-enfants, mais je ne pouvais que me demander où étaient tous ces gens. S'ils ne pouvaient pas la convaincre de quitter cette maison, l'un d'entre eux aurait sûrement pu venir y vivre avec elle.

Candy secoua la tête sans mot dire.

— Je sais bien, reprit-il. Il faut parfois déménager pour aller chercher le travail là où il se trouve. Mais prenez mon cas : mes parents passent leur retraite au Costa Rica. Je ne peux pas aller les voir très souvent, mais je peux engager quelqu'un pour les aider et veiller sur eux.

— Je vois ce que vous voulez dire.

Jusqu'ici, elle aimait sa façon de penser. Il s'était inquiété pour une vieille dame qu'il connaissait à peine et cherchait à aider ses parents du mieux qu'il pouvait.

— Et donc..., dit-elle.

— Et donc, j'étais passé m'assurer que tout allait bien. J'étais en uniforme, à l'époque, et ma présence devait la rassurer autant que celle de mon équipier, qui inspectait l'extérieur. C'était une maison isolée, entourée de broussailles et de bois. Autant dire qu'il avait du pain sur la planche.

— J'imagine. Mais, si je peux vous poser une question...

— Oui ?

— Est-ce que toutes les personnes qui vous appelaient vivaient dans des endroits aussi isolés ?

— Non, dit-il en secouant légèrement la tête. D'autres vivaient dans des quartiers animés, et les voisins de certains d'entre eux avaient vécu des expériences inexplicables dans leurs propres logements.

Une sensation de malaise courut dans le dos de Candy. Voulait-elle vraiment entendre cette histoire ? Tout le monde avait ses superstitions, tout le monde touchait du bois. Était-elle sur le point d'affronter les siennes ?

— Revenons-en à ma vieille dame, reprit Steve. Je m'inquiétais vraiment pour elle. Elle était seule et terrifiée, et je craignais que cette peur finisse par la tuer.

— Je n'y avais pas pensé, mais vous avez raison.

Candy fronça les sourcils. Elle se représentait parfaitement la situation.

— Si vous l'aviez vue, vous auriez été aussi inquiète que moi. Pour en revenir à mon histoire, elle voyait une silhouette sombre apparaître brusquement, dans l'encadrement d'une porte ou à côté de son lit. Quand la silhouette disparaissait, elle se disait qu'elle avait tout imaginé... Mais, à la longue, elle a fini par craindre de perdre la tête. Ensuite, elle a commencé à entendre des coups et des bruits de pas, à l'étage. Toutes les nuits. Au bout d'une semaine, elle nous a appelés, convaincue que quelqu'un s'était introduit chez elle.

— Une semaine ? répéta Candy, abasourdie.

— Oui. Elle avait peur pour sa santé mentale, peur qu'on vienne la chercher et qu'on l'hospitalise de force.

— Entre deux maux..., murmura-t-elle.

Elle comprenait très bien pourquoi Steve avait tellement tenu à l'aider.

— Vous n'avez appelé personne ?

— Comment l'aurais-je pu ? Elle m'avait clairement fait comprendre que si elle quittait cette maison, elle en mourrait. Je ne voulais pas être responsable de sa mort.

Candy posa son menton dans la paume de sa main. Elle avait complètement oublié sa tasse de chocolat.

— Eh bien !

— Oui. J'ai fouillé toute la maison de haut en bas, jusqu'au grenier. Toutes les fenêtres étaient verrouillées et il n'y avait aucune trace d'effraction. Mon équipier n'a rien trouvé non plus à l'extérieur.

— Ça n'a pas servi à grand-chose, n'est-ce pas ?

Steve soupira.

— Non. Alors, je lui ai fait promettre d'appeler la police si elle voyait ou entendait quelque chose, et que je m'assurerais que quelqu'un vienne immédiatement.

Son regard se fit distant.

— Quand je suis parti, je me sentais nul, complètement inutile. Je me suis énervé après mon équipier qui pensait qu'elle avait monté l'histoire de toutes pièces parce qu'elle se sentait seule. Il l'a même traitée de cinglée. Mais moi, je la prenais au sérieux.

Il but un peu de bière avant de reposer les yeux sur elle.

— J'étais tout simplement incapable de laisser tomber cette affaire, entre autres parce que nous recevions beaucoup de témoignages du même genre. Toutes ces histoires de maisons hantées me troublaient. Et c'est là que tout a vraiment commencé.

Elle se souvint de son chocolat et porta la tasse à ses lèvres. Le breuvage était riche et crémeux. C'était bien chez Mahoney qu'on trouvait le meilleur chocolat de la ville.

— Est-ce que la vieille dame a rappelé ?

— Deux jours plus tard. Une patrouille s'est rendue chez elle aussi vite que possible, mais sans rien trouver, une fois encore. Quand j'ai entendu certains de mes collègues dire que cette femme avait plus besoin d'une ambulance que de la police, j'ai décidé de retourner chez elle.

— C'est ce que j'aurais fait moi aussi, remarqua Candy. Bravo.

Il la remercia d'un petit sourire.

— Je suis allé la voir en dehors de mes heures de service, et nous nous sommes lancés dans une enquête minutieuse.

Zut, pensa Candy. Il devenait de plus en plus difficile de se méfier de cet homme. Déjà, il était bien trop beau. Pas à la façon d'un prince de conte de fées, mais très séduisant. Mon Dieu… Si ses hormones s'en mêlaient…

Elle pensa à la scène qu'il avait dépeinte aussi nettement, à la pauvre vieille dame qui refusait de quitter la maison qu'elle aimait tant, bien qu'elle y vive dans la terreur.

— Avez-vous pu l'aider ?

— Je ne crois pas. J'ai passé plusieurs nuits par semaine chez elle, pendant deux ou trois mois, mais je n'ai jamais rien vu ni entendu. Et elle non plus.

— Vous avez donc dû renoncer.

— En quelque sorte, oui, dit-il en secouant tristement la tête. Mais je crois que j'ai réussi à la rassurer, en installant des caméras et des enregistreurs un peu partout dans la maison.

Il soupira et posa sa bouteille de bière.

— Elle est morte quelques mois plus tard. Cette histoire demeurera à jamais un mystère.

— Et ça ne vous plaît pas, conclut-elle.

— Bon sang, non ! Si je ne peux pas fournir d'explication rationnelle aux gens, je veux au moins leur apporter un réconfort. Mais parfois, quoi que je fasse, je doute de leur être d'un quelconque secours… Vous savez ce que m'a dit un psychologue ?

— Non, quoi ?

Elle était sincèrement curieuse de le savoir.

— Que de plus en plus de gens, parmi ceux qui souffrent d'anxiété ou de dépression, sont persuadés que leurs troubles sont dus à des phénomènes paranormaux. Les psychologues pensent qu'ils sont plutôt dus à toutes les émissions du type « chasse aux fantômes » et disent passer beaucoup de temps à essayer de déprogrammer leurs patients.

Elle sentit ses yeux s'écarquiller.

— Mon Dieu. Et qu'avez-vous ressenti ?

— De la gêne. D'un autre côté, je cherche toujours une explication rationnelle à ce que vivent les gens et, quand je n'en trouve aucune, je m'efforce au moins de les rassurer. Nous recevons tellement d'appels à l'aide que je ne peux pas les abandonner.

Pour la première fois, Candy ressentit une certaine compassion pour lui.

— Avez-vous déjà conseillé à l'un de vos clients de consulter un psychologue ?

— Et comment ! Mais j'évite de le faire devant les caméras. Certaines choses n'ont pas à être rendues publiques… Et maintenant, si vous avez terminé, je propose que nous partions.

Ben Wittes entra chez Mahoney juste au moment où le chasseur de fantômes et cette policière en sortaient. Intéressant.

L'un de ces fichus esprits se mit à crier dans son esprit. *Vas-y !*

Mais bien sûr. Comme s'il pouvait aborder cet homme et exiger de prendre part à son enquête. *La ferme !* hurla-t-il intérieurement. Il voulait savourer son sandwich et sa bière sans être harcelé par des esprits.

La voix qui s'était manifestée se calma et disparut dans le marmonnement incessant qui emplissait sa tête, un marmonnement d'autant plus agaçant qu'il n'en comprenait pas un traître mot.

Il décida de ne pas y prêter attention et s'assit au comptoir. Personne ne le salua, mais il ne s'en formalisa pas. Dans cette ville, il avait toujours été ignoré de tous, sauf des gamins qui le tourmentaient quand il était enfant.

Cet esprit avait raison : il fallait qu'il passe dans cette émission de chasse aux fantômes. Les gens cesseraient de le mépriser. Pendant un moment, il serait même quelqu'un d'important dans la région.

Cette pensée était tellement satisfaisante qu'il sourit à son sandwich. Si les producteurs ne le rappelaient pas très vite... Eh bien, il trouverait un autre moyen d'arriver à ses fins.

6

Candy rentra chez elle avec beaucoup de sujets de réflexion en tête. Fuyant les bourrasques de neige, elle poussa la porte de la maison douillette qu'elle louait – « douillette » étant, pour un agent immobilier, synonyme de « minuscule » – pour se réfugier dans son intérieur décoré de couleurs vives. Ses origines lui faisaient préférer le rouge, le jaune, le vert et le bleu électrique aux couleurs sourdes.

Pour la première fois depuis qu'elle avait emménagé, elle alluma la cheminée. Peu de sources de chaleur étaient aussi polluantes mais, juste pour cette fois, ce n'était pas bien grave.

Tout en contemplant la danse des flammes et en sirotant une tasse de cidre chaud parfumé à la cannelle, elle repensa à ce que Steve lui avait dit ce soir, et surtout à la remarque que lui avait faite ce psychologue.

Sur le moment, elle avait été étonnée. Mais, avec le recul, elle comprenait. Il y avait de plus en plus d'émissions sur le paranormal sur les chaînes du câble, à tel point qu'elle devait parfois zapper pendant un bon moment avant de trouver autre chose à regarder.

Les gens semblaient également se passionner pour les théories du complot. Mais cette passion ne devait rien avoir de nouveau. Elle était simplement devenue plus visible.

Pour sa part, elle ne croyait ni aux fantômes ni aux extraterrestres. La vie réservait déjà assez de dangers bien réels. D'un autre côté, il devait être agréable de rencontrer des personnes qui partageaient vos croyances et de laisser libre cours à votre imagination, jusqu'à atteindre les conclusions les plus folles.

Mais certaines personnes étaient sincèrement effrayées à l'idée que les fantômes puissent exister, et leur peur pouvait aller jusqu'à les rendre malades, émotionnellement ou même physiquement.

Zut. Elle n'avait aucun moyen de se faire une idée. Elle allait simplement devoir observer Steve, en espérant qu'il trouverait une explication qui rassurerait les Castelle.

Elle se leva en soupirant et se servit une autre tasse de cidre chaud avant de s'installer confortablement pour profiter du feu qui crépitait dans la cheminée.

Pendant longtemps, elle n'avait connu d'autre foyer que celui que formaient les membres de son unité. Ils étaient plus que des amis : ils étaient une famille. Mais, parmi eux, elle ne s'était jamais autant sentie enveloppée d'amour qu'au sein de sa vraie famille, une grande tribu turbulente composée de tantes et d'oncles, de cousins et de cousines – pour ne parler que de ses plus proches parents.

Elle avait tout quitté pour entrer dans l'armée. Qu'elle ait traversé une crise d'identité ou ressenti le besoin de suivre les traces de son défunt père, elle avait voyagé en des lieux qui lui avaient ôté toute envie de rentrer chez elle. Elle avait été profondément changée par cette expérience et n'avait pas voulu que sa famille connaisse celle qu'elle était devenue.

Pire encore, son jeune frère s'était engagé, suivant son exemple, et avait été tué au combat. Depuis, elle était taraudée par la culpabilité, et rien ni personne n'aurait pu la convaincre que sa famille ne la tenait pas pour responsable. Même s'ils avaient juré que ce n'était pas le cas, elle ne les aurait pas crus.

Elle se fit violence pour s'écarter du gouffre qui béait en elle avant qu'il l'engloutisse. Depuis quelques jours, elle s'égarait bien trop souvent dans les recoins les plus hideux de sa mémoire.

Elle soupira de nouveau et commença à écouter certaines de ses chansons préférées dans son esprit. C'était un talent qu'elle avait choisi de développer pendant de longues nuits chargées de tension. Comme si elle avait eu un lecteur de CD dans la poche, sauf qu'aucun casque ne l'empêchait d'entendre ce qui se passait autour d'elle.

Elle fut gagnée par l'envie de fermer les yeux et de se laisser envelopper par la chaleur, mais elle n'en fit rien. En contemplant les flammes qui dansaient dans l'âtre, elle pensa au lendemain. L'affaire pouvait devenir intéressante.

Quand Steve eut regagné sa chambre de motel, il appela sa productrice qui l'informa qu'on lui avait trouvé un médium. Juste ici, à Conard City. *Super*, songea-t-il. Il s'était déjà querellé avec la production sur ce sujet, qui lui répondait invariablement que son public adorait les médiums.

Mais rien ne le forçait à les aimer lui aussi. Il ne voyait pas l'intérêt d'inclure dans une émission un type qui se baladait en débitant des phrases du genre : « Dans cette pièce, je sens la présence d'une entité malfaisante. Là-bas, j'entrevois une forme noire. C'est terrifiant. Je crois qu'elle veut faire du mal à cette famille. » Ses clients les prononçaient eux-mêmes.

Que le médium qu'on voulait lui imposer soit originaire de la ville posait un problème supplémentaire. Parce qu'il connaissait l'histoire locale, il pourrait raconter des anecdotes qui sembleraient véridiques… Jusqu'à ce que Steve enquête et se rende compte qu'il n'en était rien.

Mais cela ne voulait pas dire qu'il tenait tous les médiums pour des charlatans. Il en avait rencontré quelques-uns qui lui avaient donné la chair de poule. Certains, qui semblaient n'avoir aucun lien avec l'affaire sur laquelle il enquêtait, lui avaient fourni des informations qu'il connaissait déjà, certes, mais qu'il n'avait découvertes qu'après s'être renseigné auprès des historiens locaux.

Ce qui lui rappela qu'il devait retourner voir Mademoiselle Emma. Ses questions pouvaient avoir ravivé des souvenirs, et peut-être même qu'elle avait fait des recherches de son côté.

Cette femme l'avait vraiment impressionné. Il avait senti

en elle beaucoup de sagesse et d'intelligence, et la soupçonnait de bien mieux connaître l'histoire de la ville qu'elle ne le prétendait. Ce n'était pas en y vivant depuis toujours qu'elle avait pu accumuler autant de connaissances. L'histoire devait être pour elle une véritable vocation.

Tout naturellement, ses pensées retournèrent à Candy Serrano. Elle devait s'ennuyer à mourir. Après tout, cette femme avait été dans l'armée ; elle avait sans doute pris part à des combats. Jouer les baby-sitters devait l'horripiler.

Un type, à la station-service, lui avait appris que sa prédécesseure avait été chargée de surveiller un para qui s'était lancé aux trousses de l'assassin de son frère. Candy se retrouvait investie du même genre de mission, mais beaucoup moins intéressante. Il ne s'était jamais considéré comme quelqu'un d'intéressant et ne s'était pas encore habitué à ce qu'on le reconnaisse parfois dans la rue.

Pourquoi Candy avait-elle eu envie d'entrer dans la police ? Après la vie trépidante qu'elle avait connue, que faisait-elle *ici* ? La ville était agréable, mais trop tranquille.

Comme il aurait aimé l'amener à parler d'elle-même… Mais, sur ce point, elle était muette comme une carpe.

Soudain, il eut une idée. Peut-être qu'elle pouvait lui fournir des renseignements sur ce fameux médium.

Il composa son numéro, en espérant qu'il n'allait pas gâcher sa soirée comme il gâchait ses journées. Mais, jusqu'ici, il n'avait pas découvert grand-chose. Même le plus infime progrès serait le bienvenu.

Candy s'était assoupie dans son fauteuil, mais se réveilla dès que son téléphone sonna. Le feu avait perdu en intensité, la pièce s'était refroidie, et la lueur dansante des flammes avait été remplacée par un éclat rouge diffus. C'était joli, mais elle n'aurait pas dit non à un peu d'action. Peut-être que ce coup de téléphone allait lui en apporter.

C'était Steve, qui voulait discuter d'un type dont elle avait vaguement entendu parler et qui se prétendait médium. Comptait-il réellement utiliser ses services ? Il baissa d'un cran dans son estime.

— Venez chez moi, répondit-elle. J'ai fait un feu de cheminée et je ne veux pas le laisser sans surveillance.

— J'arrive tout de suite.

Elle se leva, s'étira pour dénouer ses muscles et alla réchauffer le cidre. Elle n'avait pas de bière. Tant pis pour lui.

Ben Wittes se réveilla en pleine nuit. Ses vêtements étaient maculés de terre et ses mains, poisseuses de résine.

*Mais qu'est-*ce que...

Il fouilla dans sa mémoire et y trouva quelques vagues souvenirs. Oui, il était allé en forêt. Mais à quelle heure ? Il ne se le rappelait pas. Et qu'était-il allé y faire ?*Il faut que tu y arrives.*

De nouveau cette voix, plus forte que les autres. Il aurait aimé pouvoir la réduire au silence en se bouchant les oreilles, mais ce n'était pas ainsi qu'on faisait taire les esprits.

Il se rendit dans la salle de bains d'un pas las et se déshabilla. Une douche ne suffirait pas à le débarrasser de la résine, mais elle laverait la terre qui maculait ses mains, et même ses jambes, comme s'il avait rampé.

Il remarqua que des aiguilles de pin s'accumulaient sur la bonde. Bon sang. Il aurait aimé savoir ce qui se passait.*Arrête cette policière.*

Laquelle ? Celle qui escortait ce chasseur de fantômes ? Mais l'arrêter de faire quoi ? Et pourquoi ?

Depuis qu'il avait commencé à perdre tout contrôle sur ses nuits, la peur le taraudait. Pourquoi avait-il de tels trous de mémoire ? Était-il possédé ? Il envisagea fugacement d'aller à l'église pour demander à être exorcisé.*Ne sois pas idiot. Le pasteur ne te croira jamais. Il pensera que tu es fou.*

Il se frotta longuement les mains, mais il allait devoir prendre des mesures plus radicales pour nettoyer la résine.

Sans s'essuyer, de peur d'abîmer la serviette, il se rendit dans le garage. *Tu n'es pas possédé.*

Pas encore, peut-être. Mais... Si c'était sur le point d'arriver ? Sa peur s'intensifia. Jamais il n'avait pensé à ça. *Possédé.*

Il était presque minuit quand Steve sonna. Candy réprima un bâillement et alla lui ouvrir la porte. Il entra, accompagné d'une bouffée d'air froid qui la fit frissonner.

— Est-ce que vous voulez un verre de cidre chaud à la cannelle ? demanda-t-elle en refermant la porte derrière lui.

— Vous ne pouvez pas savoir combien cette idée me plaît.

Si, elle le savait. C'était bien pour ça qu'elle en avait bu elle-même.

— Je vais le chercher. Installez-vous dans le salon. Il y fait encore bon.

— Avec plaisir.

Elle retourna dans la cuisine, qui était aussi exiguë que les autres pièces de la maison. Il lui arrivait de regretter de ne pas avoir plus de place, surtout quand elle était d'humeur à cuisiner, mais au moins, avec ses murs jaune d'or et les boîtes bleues qui s'alignaient sur les étagères, la pièce était claire et gaie.

Le cidre était encore tiède dans la casserole en cuivre. Elle alluma le gaz pour le réchauffer, mais ne prit pas la peine de chercher quelque chose à manger. Après tout, elle n'avait pas invité Steve à venir lui rendre visite, et il n'était pas un ami qui serait passé la voir à l'improviste. Ce n'était pas ainsi que sa mère l'avait élevée mais, depuis qu'elle avait quitté la maison, elle ne s'embarrassait pas de bonnes manières.

Quand elle revint dans le salon avec leurs tasses, elle vit que Steve avait choisi de s'asseoir sur le canapé – peut-être parce que les objets posés sur la table basse, à côté du fauteuil relax, indiquaient clairement que c'était « sa place ».

Vaguement amusée, elle lui tendit sa tasse et s'installa face à lui.

— Alors, de quoi vouliez-vous me parler ?

— Ce cidre est vraiment bon... Vous n'avez pas de télé ?

Quelle question bizarre.

— Elle est dans ma chambre. Je ne la regarde qu'avant de m'endormir.

— Voilà qui est flatteur.

Elle ne put s'empêcher de sourire. Cette visite pouvait être agréable, après tout.

— Hé, votre émission n'est pas la seule que je boycotte.

Il partit d'un petit rire.

— Ce serait me donner trop d'importance. Mais venons-en à la raison de cette visite tardive et horriblement inconvenante. Mes producteurs m'ont déniché un médium. J'aurais préféré m'en passer.

Elle se pencha légèrement vers lui. Une fois encore, elle révisait l'opinion qu'elle avait de lui. Juste un peu.

— Pourquoi ? J'aurais cru que c'était normal, dans ce genre d'émissions.

Il grimaça.

— Il paraît que le public adore les médiums, mais pas moi. Mon émission va pourtant à l'encontre des standards. Elle ne suit pas les scénarios habituels. J'aime à croire que nous ne drainons pas le même public que les autres émissions sur le paranormal. Et voilà le sale tour qu'ils me jouent...

— Pourtant, c'est vous la vedette, objecta-t-elle. Votre avis doit avoir un certain poids.

— Il en a moins que vous ne puissiez le penser. En m'engageant, la chaîne a misé gros. L'émission marche bien, mais rien ne dit que cela va durer. Je pourrais aussi arrêter de la présenter, mais ce n'est pas en retournant dans la police que je gagnerais assez d'argent pour que mes parents puissent rester au Costa Rica.

Elle n'avait pas pensé à ça. Pour la première fois, elle se rendit compte qu'il se trouvait dans une position épineuse, lui aussi.

— Mais que ferez-vous s'ils vous poussent sur une voie que vous refusez d'emprunter ?

— C'est une question que je me pose en permanence. Pour

moi, rien n'est plus important que le bonheur de mes parents. Ils ont toujours rêvé de finir leurs jours au Costa Rica et pensaient pouvoir y arriver avec leur retraite. Mais les revenus exigés pour s'installer là-bas ont augmenté au fil des années, et ils ont dû renoncer à leur rêve. Quand j'ai pu leur permettre de le réaliser, j'en ai été incroyablement heureux. Je ne veux pas que ce rêve prenne fin à cause de moi.

Elle était sincèrement désolée pour lui. Oui, sa position était vraiment inconfortable. Pour garantir le bonheur de ses parents, il devait poursuivre son émission… quoi que la production lui impose.

— Parlons un peu de ce fameux médium. Que savez-vous à son sujet ?

— J'en ai entendu quelques rumeurs, mais guère plus. Personne ne semble s'intéresser à lui.

— Cette ville n'est pas superstitieuse, n'est-ce pas ?

— Je ne dirais pas ça. Tout le monde touche du bois, même moi. Pourquoi tenter le sort ?

Steve soupira.

— Vous ne pouvez donc rien m'apprendre. Je vous ai fait perdre votre temps et empêchée d'aller vous coucher.

— Pas vraiment.

Candy sirota un peu de cidre. Il avait déjà refroidi.

— Ce n'est peut-être pas une question de superstition, reprit-elle. Il est possible que ce médium les mette mal à l'aise. L'idée que l'on puisse communiquer avec les morts doit troubler beaucoup de monde.

— À une époque, le spiritisme était à la mode, déclara-t-il avant de vider sa tasse d'un trait. Bon sang ! C'était délicieux. Merci.

— De rien. Pour en revenir au spiritisme, personne ne fait tourner les tables, par ici. Sinon, j'en aurais entendu parler. Non, il semble qu'il n'y ait que cet homme, et qu'il n'ait pas de disciples.

— Tant mieux pour moi.

— Pourquoi ?

Il eut un sourire en coin.

— Parce que je n'ai aucune envie de me taper ses fidèles.

Elle lui rendit son sourire. Elle ignorait vraiment tout de ce sujet. Mais, après tout, elle ne s'y était jamais intéressée.

— Est-ce que vous voulez que j'essaye de me renseigner sur lui ?

— S'il n'a pas de casier judiciaire, je ne vois pas ce que vous pourrez trouver.

— Je peux poser quelques questions à mes collègues ou aux femmes de mon groupe de lecture. Nous nous réunissons mardi prochain, à la bibliothèque.

— Voilà qui me serait d'une grande aide. Je préférerais ne pas devoir collaborer avec cet homme sans rien savoir de lui.

Elle commençait à se sentir légèrement essoufflée, comme si Steve, quand il était entré, avait été accompagné d'une sorte d'appât en plus de la bouffée d'air froid – un appât qui attirait son esprit vers des pensées qu'elle ne voulait pas avoir.

— Je ferais mieux de vous laisser aller vous coucher, dit-il en se levant. Où est-ce que je peux laver cette tasse ?

— Laissez. Je le ferai.

Il fallait qu'il s'en aille avant qu'elle s'engage sur une voie qui ne la mènerait qu'à des ennuis. Elle devait garder toute son objectivité – et, de toute façon, il aurait quitté la ville dans quelques semaines.

Elle ne le raccompagna pas. Ce ne fut que quand elle put de nouveau respirer qu'elle alla verrouiller la porte.

Il attendait donc qu'elle lui fournisse des renseignements, ou même de simples rumeurs, sur un médium. Ce n'était pas le genre de travail qu'elle aurait cru accomplir un jour. Mais, après tout, prêter attention aux rumeurs faisait sans doute partie de ses attributions. La rumeur pouvait propager un détail important pour la résolution d'une enquête.

Mais un médium ?

Sans blague !

7

Quand Candy arriva au bureau, le lendemain matin, elle fut une nouvelle fois accueillie par un silence inhabituel.

— Qu'est-ce qui se passe ? demanda-t-elle à Sarah Ironheart, qui tenait l'accueil. C'est trop calme.

— On nous a signalé que deux adolescents avaient disparu. D'après leurs parents, ils ne sont pas rentrés depuis hier après-midi et ne répondent pas au téléphone. Le réseau est tellement mauvais par ici que cela n'a rien d'étonnant, mais nous ne voulons prendre aucun risque.

— J'aurais fait la même chose, convint Candy. Est-ce que tu veux que j'aille te chercher un café ? Moi, il m'en faut un. Mes yeux ne sont pas encore réveillés.

Sarah sourit, presque espièglement.

— Je veux bien, merci. Puisque Velma n'est pas là, elle ne se vexera pas.

Candy éclata de rire.

— Où est-elle ?

— Même Velma doit prendre un jour de congé de temps en temps, que cela nous plaise ou non.

— Je te prends un crème ?

— Excellente idée !

Candy descendit la rue dans l'air froid en admirant les monstres en carton de Halloween qui jetaient un regard torve aux passants depuis les vitrines des magasins.

Rechercher un couple d'adolescents disparu depuis moins

de vingt-quatre heures ne lui semblait pas particulièrement urgent. On conseillait aux parents de toujours savoir où étaient leurs enfants, mais les ados connaissaient toutes sortes de moyens leur permettant d'échapper à la surveillance de ces derniers. Elle en savait quelque chose.

Elle salua Maude chaleureusement, mais sans pouvoir dire si cela lui fit plaisir. Deux minutes plus tard, elle retournait vers le bureau avec deux grands gobelets de café crème.

Un autre agent était arrivé en son absence : Micah Parish qui, à en croire certains, avait dépassé l'âge de la retraite. C'était un Amérindien au physique puissant et aux longs cheveux d'un noir d'encre striés d'argent.

Il avait toujours été gentil avec elle, mais elle était intimidée par sa stature. Compte tenu des endroits où elle était allée, c'était idiot.

— Très bien, Sarah, dit-il d'une voix grave. Où sont passés ces téléphones satellites ?

— Et zut, grommela Sarah en se levant. Est-ce que les adultes apprennent un jour à remettre les choses à leur place ?

Ils disparurent au fond de la pièce et, quelques instants plus tard, Sarah s'exclama :

— Eh bien !

— Merci, répondit Micah. Je n'aurais jamais eu l'idée de les chercher là.

— Oh ! tu aurais fini par les retrouver. Avec tous tes gamins, tu as eu un bon entraînement.

— C'est du passé, répliqua-t-il. Plus de chasse au trésor.

— Sauf ici.

— C'est ce que je vois.

Quand ils revinrent, Micah portait un sac en toile qui devait contenir les téléphones en question. Sarah se laissa tomber sur sa chaise, prit son café et lui lança :

— À plus !

— Samedi soir, c'est bien ça ?

— Et comment !

Candy savait que cela ne la regardait pas, mais sa curiosité prit le dessus.

— Samedi ? répéta-t-elle.

— Une réunion de famille. Tu ne sais sans doute pas que je suis la femme du frère de Micah.

Cet homme avait donc un frère ? Elle se demanda s'il était aussi grand qu'une montagne, lui aussi.

— Voyons…, reprit Sarah. Mon mari, Gideon, est le frère de Micah. Connie Parish, qui travaille ici, est mariée avec le fils aîné de Micah, Ethan. Il y a tout un assortiment de Parish, dans cette ville. Et le plus incroyable, c'est qu'il n'y en avait pas un seul avant que Micah s'y installe.

— Mais tu ne t'appelles pas Parish, remarqua Candy, fascinée par cette ébauche d'arbre généalogique.

— Effectivement. Gideon a choisi lui-même « Ironheart » comme nom de famille.

— Est-ce que je peux demander pourquoi ?

Sarah haussa les épaules.

— Ce n'est pas un secret. Les parents de Gideon et Micah se sont séparés quand ils étaient petits. Micah est allé vivre avec son père, et Gideon avec sa mère. Il ne cache pas qu'il s'est senti abandonné par son père. Ensuite, il est allé vivre avec sa grand-mère maternelle et s'est intéressé aux origines indigènes de sa mère. Et voilà : Ironheart.

Ironheart ? Cœur d'acier ? Le nom semblait bien choisi pour un homme qui avait tant souffert de l'indifférence de son père. On eut presque dit un vœu.

— C'est fascinant, Sarah. Merci de m'avoir raconté cette histoire.

— Pourquoi est-ce que je ne l'aurais pas fait ? Tout le monde la connaît. Et, de toute façon, cette ville est tellement petite que tout finit toujours par se savoir.

Candy hésita un instant avant de dire :

— Écoute… Ce chasseur de fantômes que je suis partout…

— Steve Hawks ? Oui. Qu'est-ce qu'il y a ?

— Il voudrait rencontrer Nathan Tate. Gage m'a donné son numéro, mais je n'arrive pas à le joindre.

— C'est normal, répondit Sarah. Marge et lui sont partis chez leur fille, à Los Angeles. Il a sans doute éteint son portable, comme d'habitude.

— Je ne savais pas que les Tate s'offraient ce genre de petite escapade, répliqua-t-elle.

Sarah éclata de rire.

— Tu sauras un jour tout ce qu'il y a à savoir. Ce n'est qu'une question de temps. Quant à Nate, il devrait rentrer dans quelques jours. Autre chose ?

— Il semblerait qu'il y ait un médium en ville.

Sarah fronça légèrement les sourcils.

— Ben Wittes… J'ai entendu parler de lui. Il prétend communiquer avec les esprits. Je ne sais pas si c'est vrai ou non, mais nous sommes nombreux à ne pas y croire.

— Ça ne m'étonne pas. Les producteurs de Steve veulent lui imposer ce type. Il est loin d'en être ravi.

Sarah sourit et déclara :

— Je me serais pourtant attendue à ce qu'il soit d'accord.

— Beaucoup de choses sont inattendues, chez lui. Pour commencer, il ne croit pas au paranormal.

— C'est assez surprenant.

— C'est ce que je pense aussi. Je devrais peut-être visionner quelques-unes de ses anciennes émissions.

Mais elle n'en avait pas vraiment envie, parce qu'elle voulait que son esprit soit libre de tout préjugé, et parce qu'elle était certaine que trop d'éléments étaient coupés au montage pour donner une vision globale des affaires sur lesquelles il avait enquêté.

Elle soupira, finit son café et alla jeter son gobelet.

— Je ne peux rien faire d'autre, sinon attendre le retour de Tate. Il pourrait avoir une idée, ou en inspirer une à Steve.

— Nate adore les énigmes, confia Sarah. Et Hawks a de l'expérience. Ne te donne pas trop de mal pour lui, Candy. C'est son problème, pas le tien.

Excellent conseil, pensa Candy en sortant du bureau. On lui avait seulement demandé de servir de guide à Steve et, même si personne ne l'avait clairement exprimé, de l'empêcher de mettre Conard City sens dessus dessous. Elle était chargée de protéger la ville, ni plus, ni moins. En tout cas, il était hors de question qu'elle regarde ses émissions, à moins d'y être contrainte.

Apparemment, songea-t-elle ironiquement, même si elle n'avait encore jamais atteint ses limites, elles existaient bel et bien.

Steve sortit du restaurant routier, le ventre plein de crêpes, de sirop d'érable et de bacon. Encore un péché. Il allait devoir se mettre au régime en rentrant chez lui. Mais il se sentait bien.

Maintenant, il fallait qu'il trouve Candy avant de se rendre chez les Castelle pour son deuxième entretien avec Vivian. Même si la fillette et lui restaient en tête à tête, la présence de Candy rassurerait les parents. Ils étaient très protecteurs, ce qui était normal. Il espérait seulement que cette attitude n'était pas une façade visant à cacher un passé douteux.

Il composa le numéro de Candy, qui décrocha aussitôt.

— Salut, dit-il. Voulez-vous m'accompagner chez les Castelle ? Si vous êtes là, ils seront moins inquiets de me savoir seul avec leur fille.

— Sans doute, répondit-elle. Je vous retrouve là-bas.

Son enthousiasme était trop marqué pour être sincère. Mais, à sa place, il n'aurait sans doute pas été très heureux, lui non plus.

Tant pis. Il avait de bonnes raisons de faire appel à elle : seul, il ne tirerait jamais rien de cette ville et de ses habitants. Il savait de quels renseignements il avait besoin et, pour le moment, personne ne lui avait vraiment dit auprès de qui il les trouverait. Ce n'était pas en avançant à l'aveuglette qu'il aiderait cette petite fille.

Steve attendait donc de Candy qu'elle le rende plus crédible. Cela la gênait un peu, parce qu'elle ne le connaissait pas très bien. Deux ou trois personnes avaient reconnu « le chasseur de fantômes » devant elle, mais cela ne signifiait rien, sinon qu'il était bien celui qu'il disait être.

Elle arriva chez les Castelle après lui et alla frapper à la porte. Annabelle l'invita aussitôt à entrer.

— Je suis heureuse de vous revoir, dit la jeune femme en souriant. Nous sommes dans la cuisine. Venez donc boire quelque chose de chaud. J'ai du café, du chocolat et du thé.

— Je ne dirais pas non à une boisson chaude.

Elle était sincère. Il allait lui falloir un certain temps avant de s'habituer suffisamment au climat pour ne pas avoir envie d'une boisson chaude quand il faisait froid.

À peine avait-elle salué tout le monde, y compris une adorable fillette d'environ sept ans, que sa radio grésilla.

— Je reviens, dit-elle aux Castelle. Il faut que je réponde.

Une fois dehors, elle saisit le code qui lui permettait de communiquer avec le bureau. Ce fut Sarah qui répondit.

— Qu'est-ce qui se passe ? demanda-t-elle.

— Nous avons besoin de tout le monde. Nous avons retrouvé les gamins, et ce n'est pas joli.

Elle retourna à l'intérieur en courant et annonça, laconiquement :

— Je dois filer. J'espère vous revoir tout à l'heure.

Elle ressortit, toujours en courant. Son ventre était noué et son cœur tambourinait dans sa poitrine. Des souvenirs d'Afghanistan commençaient à affluer dans son esprit, ressuscitant certaines images qui y étaient restées gravées comme au fer rouge. S'il s'agissait d'un crime violent, elle ne pourrait pas le supporter.

Quand elle arriva au bureau, Gage Dalton était en train de répartir les tâches entre les agents. Sarah lui fit signe d'approcher.

— C'est vraiment moche ? s'enquit Candy.

Le visage de Sarah était comme figé.

— Ils sont morts et, d'après ce que je sais, ce n'est pas beau à voir. Nous avons besoin de toi ici pour coordonner les déplacements. Notre régulatrice va être débordée.

Elle acquiesça, soulagée qu'on ne lui enjoigne pas d'aller sur les lieux. Transférer les communications ne raviverait aucun souvenir atroce.

Mais bien sûr... Elle n'avait même pas besoin de faire appel à son imagination pour se représenter les scènes les plus horribles. Les images étaient déjà implantées en elle.

Son estomac était toujours noué, au point de lui faire mal, et son cœur refusait de se calmer. Elle se mit à trembler.

C'était mauvais. Elle en savait déjà trop.

Mon Dieu... Ces pauvres enfants, leurs pauvres familles...

Steve commença par demander aux Castelle s'il s'était passé quoi que ce soit la nuit précédente.

— Rien du tout, affirma Todd. Mais Viv ne se sent pas mieux pour autant.

La fillette, qui serrait Buddy dans ses bras, releva la tête. Steve lui sourit.

— Je ne suis pas étonné. Est-ce que ça va, Viv ?

— Pas dans ma chambre, déclara la fillette d'un ton ferme. Mais avec papa et maman, je me sens en sécurité.

Cette réponse sans détour lui fit deviner qu'il n'aurait aucun mal à parler avec elle. Il regarda les parents et demanda :

— Voyez-vous un inconvénient à ce que j'aille dans une autre pièce avec Vivian, si elle est d'accord ?

— Pourquoi ? répliqua Annabelle, sur la défensive.

— Parce que, même si je comprends très bien que vous puissiez avoir envie d'éclaircir certains points, je veux qu'elle me raconte son histoire à sa façon.

Todd pressa l'épaule d'Annabelle.

— Il a raison, ma chérie. À sa façon, et à son rythme, sans se retenir de dire quelque chose par peur de notre réaction. Nous serons juste à côté.

Annabelle acquiesça avec réticence, et Steve se tourna vers Vivian.

— Viv ? Est-ce que tu veux bien que nous allions dans une autre pièce pour bavarder ? Naturellement, Buddy peut nous accompagner.

— Oui, répondit Viv. On peut jouer aux cartes ?

— Bien sûr. J'ai apporté un jeu.

— Super ! s'exclama la fillette.

Steve se tourna de nouveau vers les Castelle.

— Je sais que la maison n'est pas grande, mais où pouvons-nous avoir un peu d'intimité ?

— Dans notre bureau, indiqua Todd. Il est assez encombré, mais il y a deux bons fauteuils et une table sur laquelle vous pourrez jouer aux cartes.

— Oh ! s'écria Vivian avec ravissement. Le bureau !

Elle se tourna vers Steve et expliqua :

— Je n'ai pas le droit d'y aller.

— Sauf aujourd'hui, rétorqua son père. Mais seulement aujourd'hui. C'est bien compris ?

Vivian gloussa de rire et descendit d'un bond de sa chaise.

— Viens, Buddy. Montrons le bureau à M. Steve.

Steve resta bouche bée en découvrant la pièce. Jamais il n'avait vu d'écrans d'ordinateur aussi grands. Viv désigna fièrement une tablette graphique du doigt et annonça :

— Des fois, papa me fait un dessin sur la tablette et on le voit sur la télé.

— C'est génial !

De grands posters représentant des super-héros étaient punaisés aux murs. Les bureaux disparaissaient sous les claviers, les souris, les feuilles de papier, les pots remplis de crayons de toutes les couleurs… Ce travail semblait englober toutes sortes de domaines.

Vivian, en parfaite hôtesse, disposa les deux fauteuils de bureau de part et d'autre d'une petite table. Buddy se coucha à ses pieds en laissant échapper un soupir.

— Dis-moi, pourquoi est-ce que tu ne viens jamais ici ? demanda Steve.

Mais la réponse coulait de source.

— Papa et maman m'ont dit que les ordis travaillent toujours, même quand ils ne sont pas là. Si je touchais à quelque chose, je pourrais tout faire rater.

— Je comprends, dit-il en commençant à distribuer les cartes.

La fillette ramassa les siennes et déclara :

— J'adore ce jeu.

— Bien sûr ! Tu gagnes toujours.

Elle rit de nouveau avant de dire :

— Maman dit que vous voulez que je vous parle de ma chambre.

Elle allait droit au but, alors qu'il s'était attendu à devoir l'amadouer pour qu'elle accepte d'aborder le sujet. Après tout, elle avait tellement peur dans sa chambre qu'elle refusait même d'y entrer pour aller chercher un jouet.

— C'est vrai, répondit-il. De quoi est-ce que tu as le plus envie de me parler ?

— De l'homme.

Elle gardait les yeux rivés à sa pile de cartes, mais n'en retourna pas une seule. Elle ne pensait plus du tout à jouer. La peur avait pris le dessus.

Il aurait aimé pouvoir la rassurer, mais comment l'aurait-il pu sans lui mentir, alors qu'il ne savait pas ce qui se passait ?

— L'homme ? répéta-t-il doucement. Tu le connais ?

Elle secoua énergiquement la tête.

— Il est méchant. Méchant !

— C'est embêtant. Si tu me disais à quoi il ressemble ? Je pourrais le chercher.

— Non. Non !

Il devait trouver un moyen de contourner ses défenses. Que pouvait-il lui dire sans l'influencer ? Il fallait pourtant qu'il sache exactement ce qu'elle avait vécu.

Elle ajouta soudain, d'une voix plus calme, et même un peu chantonnante :

— Je ne peux pas parler de lui. Il pourrait me faire du mal.

Il sentit ses cheveux se dresser dans sa nuque. Un intrus s'était-il glissé dans la maison ? Mon Dieu, il espérait que non.

— Viv...

Elle leva la tête et le regarda droit dans les yeux.

— On peut pas le voir.

— Tu veux dire que moi, je ne peux pas le voir ?

— Personne ne peut le voir. Même pas moi.

— Ça complique les choses. Qu'est-ce que tu en penses ?

— Je déteste ça ! s'exclama Vivian en balayant sa pile de cartes d'un geste de la main. Si Buddy le voyait, il me sauverait.

Steve posa les yeux sur le chien et se demanda s'il était aussi protecteur que Vivian semblait le croire.

— Pourtant, tu te sens plus en sécurité quand Buddy est là.

— Avant, mais plus maintenant.

— Pourquoi ?

— Avant, il dormait toujours avec moi. Mais il ne veut plus entrer dans ma chambre.

— Est-ce que tu sais pourquoi ?

— Il doit entendre l'homme qui me parle, lui aussi. Et il déteste ça !

Buddy se leva et vint s'asseoir tout près de la fillette. Il avait des instincts protecteurs, après tout. À moins qu'il sente seulement que Vivian était bouleversée.

— Si tu voyais cet homme, est-ce que tu aurais moins peur ?*Attention, Steve. Tu l'influences.*

— Oui, répondit Viv, d'un ton plus calme.

Elle noua ses bras autour du cou de Buddy, qui s'appuya contre elle.

— Buddy a grogné contre le mur. Maman a dit qu'il avait peut-être senti une bestiole.

— Est-ce qu'il a souvent fait ça ?

Viv enfouit son visage dans le cou de Buddy et leva trois doigts.

— Trois fois, hein ?

Plus que ce qu'avaient dit les Castelle. Mais peut-être que seule Vivian l'avait vu faire. Mon Dieu... Il se frotta le visage des deux mains. L'affaire promettait d'être compliquée, à moins qu'il trouve d'où venait ce bruit. D'une radio, d'un tuyau, dont le son se propageait à l'intérieur du mur...

Il ferait mieux de se mettre au travail tout de suite, sans attendre l'arrivée de son équipe. Mais d'abord il avait une dernière question à poser à Vivian.

— Est-ce que tu sais ce que dit cet homme ?

Viv releva la tête.

— Non. J'ai essayé de comprendre et je lui ai dit de se taire.

— Tu as parlé fort ?

Elle relâcha Buddy.

— J'ai crié.

— Est-ce que le bruit s'est arrêté ?

— Une fois.

La fillette était d'une pâleur de linge. Il décida de remettre les autres questions à plus tard.

— Allons rejoindre papa et maman, tu veux bien ?

Viv bondit de son siège et s'élança vers la cuisine.

Steve ne savait pas lesquelles de ces informations lui seraient utiles, mais il était sûr d'une chose, et même de deux : cette fillette ne mentait pas et elle était terrifiée.

De son côté, Candy n'avait pas grand-chose à faire. La régulatrice, une femme d'âge mûr nommée Nessa, accomplissait l'essentiel du travail avec l'aisance que seule peut conférer une longue expérience. Candy n'eut guère qu'à répondre au standard et transmettre les appels aux agents et aux policiers municipaux qui étaient en patrouille.

Mais ensuite les images vidéo commencèrent à arriver, en direct de la scène de crime. Elles étaient en noir et blanc, mais Candy les coloria mentalement et sentit son estomac se soulever. Elle aurait tout donné pour ne pas les regarder, mais Gage lui avait demandé par radio de garder un œil sur la vidéo pour s'assurer qu'ils ne laissaient passer aucun détail.

Elle était donc collée devant l'image des corps de deux

adolescents, un garçon et une fille, qui semblaient avoir été partiellement dévorés par des animaux sauvages. Elle priait pour que les animaux les aient trouvés après leur mort.

La scène était d'une cruauté indicible. Que pouvaient avoir fait ces jeunes pour mériter une telle chose ? Rien. Personne ne méritait ça. Personne.

Elle se força à demeurer assise face au grand écran et à scruter les images pour s'assurer que la caméra filmait bien toute la zone.

— Ce truc est tout nouveau, déclara Nessa. Et il ne me plaît pas. Mais il paraît que c'est la meilleure façon de nous assurer qu'aucun indice ne nous échappe avant que la scène de crime soit nettoyée.

La caméra zooma ensuite sur les blessures infligées aux deux adolescents. Ce n'était pas la première fois que Candy voyait ce genre d'image, mais elle eut quand même la nausée. Elle alluma sa radio et dit :

— Jusqu'ici, je ne vois que des lacérations. Aucune blessure par balle ni arme blanche.

— Merci, répondit la voix rocailleuse de Gage. C'est ce que je pensais.

— Mais je ne suis pas médecin légiste, précisa-t-elle.

— Moi non plus, donc nous allons quand même chercher une arme. Tu vas recevoir des gros plans des endroits que nous fouillons. Mais d'abord je vais t'envoyer une vue à 360 degrés. Si tu vois quelque chose, préviens-moi.

— Eh bien, les choses ont bien changé, marmonna-t-elle.

Cela lui rappelait ses opérations militaires.

— Tu peux remercier les membres de la commission, remarqua Nessa. Gage avait demandé qu'on lui accorde une pièce supplémentaire pour y déplacer la régulation, mais ces messieurs de la commission se sont laissé séduire par un joujou technologique dernier cri. Et à quoi est-ce qu'il nous sert ?

— À sauvegarder des informations ? suggéra Candy sans quitter l'écran des yeux.

— Ce genre de technologie peut éventuellement servir à l'armée, mais Gage ne lui a pas encore trouvé d'utilité.

— Apparemment, si.

— Nous aurions eu exactement le même résultat avec nos caméras de casque et celles des gars de la police scientifique. Ils doivent déjà être là, d'ailleurs.

Et c'était tant mieux, parce qu'elle en savait bien peu sur le sujet. Elle se retint de soupirer de concert avec Nessa.

Soudain, la voix de Gage résonna dans ses écouteurs.

— Candy ? Est-ce que tu as reçu l'image panoramique ?

— Je crois que oui.

— Très bien. Nous allons laisser la police scientifique placer ses repères et continuer à fouiller un peu plus loin. Mais je pense que nous avons pas mal piétiné le sol.

C'était le moins qu'on puisse dire. De son côté, elle allait rentrer chez elle, où elle vomirait sans doute tripes et boyaux. Cela arrivait souvent, en zone de combat. Rares étaient les soldats qui s'étaient endurcis au point de ne plus avoir aucune réaction.

Leur seul rempart était ce regard vide qu'ils avaient devant un spectacle trop atroce pour que leur esprit puisse le supporter. Elle l'avait souvent vu chez ses compagnons. Elle-même l'avait eu. Et peut-être qu'elle l'avait encore, de temps à autre – en ce moment, par exemple.

Et on attendait d'elle qu'elle oublie ces images pour continuer à seconder Steve Hawks ? Mais bien sûr.

Quand Steve quitta les Castelle, il avait la ferme intention de rassembler plus de renseignements sur leur maison avant de commencer son enquête. Il s'apprêtait à remonter dans sa voiture quand un pick-up s'arrêta au bout de l'allée. Un ami des Castelle, peut-être. En tout cas, le véhicule lui barrait la route.

Comme un homme descendait du pick-up, il décida d'aller à sa rencontre et de lui demander de déplacer son véhicule. Il s'engagea dans l'allée, les mains fourrées dans les poches.

L'homme, dépenaillé mais plus chaudement vêtu que lui, vint à sa rencontre d'un pas hésitant.

Qui était cet homme ? Connaissait-il seulement les Castelle ? Steve pensa à la fillette qui vivait dans cette maison, et ses instincts protecteurs s'éveillèrent aussitôt.

— Est-ce que je peux vous aider, étranger ? lança-t-il.

L'homme s'arrêta à deux mètres de lui.

— Vous êtes bien Steve Hawks ? De l'émission sur les fantômes ?

Il aurait préféré mentir, mais peut-être que cet homme avait des renseignements utiles à lui fournir.

— C'est moi, oui.

Les yeux de l'homme se perdirent dans le vide.

— Je suis Ben Wittes. Il va y en avoir d'autres.

L'attention de Steve s'aiguisa.

— D'autres quoi ?

— Des meurtres. Comme quand Samuel Bride vivait ici.

Steve se sentit gagné par un froid glacial.

— Que voulez-vous dire ?

— Mes esprits me l'ont dit. Des gens vont mourir.

Wittes reposa les yeux sur lui et ajouta :

— Ça va recommencer. Vous ne pourrez pas dire que je ne vous ai pas prévenu.

Steve avait beau ne pas croire aux médiums, il était médusé. Comme cloué sur place, il regarda l'homme remonter dans son pick-up et démarrer.

Il fallait qu'il voie Candy. S'il s'agissait d'une menace ?

À moins que ce Wittes ne sache quelque chose sur les Castelle. Ils offraient toutes les apparences de la famille parfaite, mais la perfection n'était pas de ce monde.

8

Candy dut prendre sur elle, mais elle parvint à rentrer chez elle sans vomir. Sans même retirer son uniforme, elle se prépara du thé et s'assit devant sa tasse. Si le thé n'apaisait pas son estomac, peut-être qu'il l'amènerait à se vider de son contenu.

Assise à la table de la cuisine, elle se prit la tête dans les mains et refoula ses larmes comme elle avait appris à le faire. Il lui était parfois arrivé de voir de grands costauds pleurer sans retenue, mais elle s'était toujours efforcée de se maîtriser. La vue des larmes pouvait déstabiliser même les plus aguerris.

Mais ici, elle était seule et elle n'avait rien à prouver à personne. Elle avait déjà montré qu'elle était assez forte pour aller au combat, ce qui avait changé sa vie de façon irrémédiable.

Bien sûr, elle ne pouvait pas effacer tous ses souvenirs. Mais elle les repoussait chaque jour un peu plus loin dans le coffre-fort de sa mémoire. Jusqu'à aujourd'hui. Elle avait vu des scènes encore plus atroces que celle-ci, mais ces jeunes...

Qu'avaient-ils fait ? Rien qui puisse justifier le sort qu'ils avaient connu. Elle ne s'était pas attendue à ressentir un tel choc en visionnant la vidéo. C'était comme si elle avait reçu un coup de couteau en plein ventre. Peut-être ferait-elle mieux de démissionner et de trouver un autre travail... Sauf qu'elle avait déjà essayé, sans résultat.

Les larmes commencèrent enfin à rouler sur ses joues, accompagnées par des souvenirs de ses années passées dans l'armée. Les sons, les odeurs, les cris... Oh ! mon Dieu, les cris.

Ces personnes qu'elle avait connues, brûlées, déchiquetées, mortes... Jamais elle n'oublierait leurs visages.

Soudain, elle entendit qu'on frappait à la porte.

Elle essuya ses larmes de la manche de sa chemise en espérant qu'il ne s'agissait pas d'une autre urgence. Elle n'était plus en service et ne voulait pas être dérangée, sauf pour une urgence absolue – une fusillade, par exemple.

Et dire qu'elle avait pensé que les petites villes ne connaissaient pas la violence. Quelle idée stupide. Où qu'on aille, les gens étaient partout les mêmes.

Elle ouvrit la porte à contrecœur et vit Steve Hawks sur le seuil.

— Ce n'est pas le bon moment, lui dit-elle carrément.

— J'ai entendu parler de quelque chose...

Sans trop savoir pourquoi, elle s'effaça pour le laisser entrer. Qu'avait-il entendu ? Et de qui ? La nouvelle des meurtres ne pouvait pas encore s'être répandue en ville, parce que le shérif n'avait laissé filtrer aucune information.

— Vous avez mauvaise mine, constata-t-il.

— La journée a été rude.

— Si j'avais su, j'aurais apporté une bouteille. Vous êtes blanche comme un linge et vos yeux sont rouges et gonflés. Filez dans la cuisine et dites-moi ce que vous pouvez avaler.

Il la surprit en tendant la main pour toucher sa joue.

— Vous êtes glacée. Est-ce que vous avez une couverture ?

Elle ne répondit pas. Elle se fichait pas mal d'être frigorifiée.

Il avisa le plaid posé sur le dossier du canapé et demanda :

— Ici, ou dans la cuisine ?

Sans mot dire, elle se dirigea vers la cuisine.

Dès qu'elle fut assise, il mit le plaid sur ses épaules. Elle se sentit gagnée par une vague impression de chaleur.

— Qu'est-ce que je peux vous préparer ? Une préférence ?

Ses lèvres étaient comme gelées.

— Très bien, reprit-il. Je vais chercher... Bon sang, on voit que vous étiez dans l'armée. Il faudra que vous organisiez ma vie, un de ces jours.

La remarque aurait sans doute pu être amusante, en d'autres

circonstances. Mais à ce moment précis elle semblait vaine. Vide de tout sens.

Elle entendait des cliquetis, des bruits de portes de placards. Malgré l'état de stupeur qui la paralysait, elle gardait une conscience aiguë de tout ce qui l'entourait.

— Voilà, annonça-t-il.

Une tasse se matérialisa devant elle, pleine d'un liquide fumant. Elle la fixa d'un regard vide.

— Buvez, ordonna-t-il. C'est du lait chaud.

Du lait chaud ? Sa mère lui en faisait.

— Je n'aime pas ça.

— Pas grave. Ça vous réchauffera et vous aidera peut-être à vous détendre un peu.

Docilement, parce qu'elle avait l'habitude d'obéir aux ordres, elle attrapa la tasse dans des mains tremblantes, qui semblaient ne pas lui appartenir. Mais la tasse lui échappa et se renversa. Elle contempla le lait qui coulait sur la table et lui tombait sur les genoux sans réagir. Quelle importance ?

Steve épongea le liquide. Elle le regarda faire, l'esprit dénué de toute pensée.

— D'accord. Nous n'arriverons à rien avant d'avoir réchauffé vos doigts.

Il s'assit auprès d'elle et commença à frotter ses mains dans les siennes, qui étaient grandes et chaudes.

— Revenez à moi, Candy, dit-il doucement. Vous êtes revenue de bien pire.

Vraiment ? Ce n'était pas l'impression qu'elle avait. Elle se sentait comme prise au piège d'un lac d'asphalte, qui l'engloutissait lentement.

Pourtant, elle se sentit sortir peu à peu de son cauchemar. Par sa douceur, qui lui offrait une pointe de sécurité émotionnelle, cet homme l'attirait vers lui, l'éloignant du précipice. Personne ne l'avait jamais traitée aussi gentiment alors qu'elle était sur le point de basculer.

Et le seul contact de ses mains la troublait comme elle l'avait rarement été. Lentement, elle dégagea ses mains des siennes et resserra le plaid autour de son corps.

Graduellement, sa vision s'élargit. Elle vit Steve, elle vit sa cuisine et le torchon dont il s'était servi. Il fallait qu'elle le lave sans attendre, pensa-t-elle de façon complètement incongrue. Le lait allait tourner à l'aigre.

— Candy ?

Elle posa lentement les yeux sur lui.

— Je suis ici.

— Vous avez passé un sale moment. Prenez votre temps. Que voulez-vous boire ?

Elle se rendit compte que son estomac s'était calmé.

— Du cidre chaud à la cannelle, s'il vous plaît.

— Je vous sers tout de suite. Je crois que je vais en prendre un, moi aussi. Il fait tellement froid que je ne comprends pas comment des enfants peuvent avoir envie d'aller frapper aux portes pour récolter des bonbons.

— La ville organise une soirée de Halloween au lycée.

— Bonne idée.

Il y eut d'autres bruits de casserole, puis le glouglou du cidre qu'il versait de la bonbonne de quatre litres. Des effluves de cidre chaud et de cannelle flottèrent jusqu'à elle. Cette fois, quand il posa la tasse devant elle, elle parvint à s'en saisir d'une main plus ferme.

— Ce qui s'est passé après que vous avez dû partir de chez les Castelle était atroce, n'est-ce pas ?

Elle hocha la tête d'un geste brusque.

— Je… Je n'ai pas eu à aller sur place, mais Gage m'a demandé de visionner la vidéo qui était transmise au bureau.

— Que s'est-il passé ?

Elle baissa les yeux.

— Un crime. Un crime atroce.

Elle ne pouvait pas en dire plus. Pas encore.

— Mon Dieu !

Le cidre avait suffisamment refroidi pour qu'elle puisse boire sans se brûler. Elle porta la tasse à ses lèvres, heureuse de voir que ses mains étaient fermes et qu'elle sentait de nouveau ses doigts. Le breuvage était chaud, et bon. Délicieux, même.

Steve semblait se retenir de dire quelque chose mais, pour le moment, elle ne voulait pas s'en occuper. Elle devait d'abord redresser les blocs qui s'étaient écroulés dans sa tête et les remettre en ordre. S'ils pouvaient en avoir un.

— Je suis désolé que vous ayez dû voir ça, dit-il enfin.

— J'ai vu pire, répondit-elle, et elle ne mentait pas. Seulement, ces morts sont tellement inutiles. Ils n'étaient pas des combattants. Ils étaient complètement inoffensifs.

Il acquiesça et posa brièvement la main sur la sienne.

— Prenez votre temps. Rien ne presse.

Mais une autre pensée commençait à percer le brouillard qui baignait encore son esprit.

— Pourquoi êtes-vous venu ? Vous avez forcément une bonne raison.

— Rien qui ne puisse attendre.

Pourtant, elle voyait qu'il était troublé. Pour un ancien inspecteur qui avait sans doute appris à arborer un visage impénétrable, il pouvait être assez transparent.

— De quoi s'agit-il ?

— De rien, ou pas grand-chose. Rien d'urgent, en tout cas.

Pour le moment, elle allait devoir se contenter de cette réponse. Jamais elle ne lui avait vu une expression aussi butée. Il devait être difficile de le convaincre de faire quelque chose avant qu'il l'ait décidé lui-même.

Était-ce une qualité, quand on était inspecteur ? Encore une réflexion incongrue.

Elle se rendit compte qu'elle ne cherchait qu'à rediriger ses pensées, par tous les moyens possibles, vers une issue de secours ou même un simple moment de répit. N'importe quelle réflexion pouvait faire l'affaire, du moment qu'elle l'aidait à achever sa transition du passé au présent – même si le présent ne semblait pas particulièrement agréable.

Elle continua à boire son cidre en se demandant si elle n'avait pas besoin de sucre. Oui, refaire le plein de sucre pourrait contribuer à amortir le choc qu'elle venait de ressentir, un choc causé par le mélange de ses souvenirs et des événements de la journée.

— Il y a une boîte de roulés à la cannelle, sur le comptoir. Il m'en faut un. S'il vous plaît.

Pour une fois, elle n'était pas gênée de solliciter de l'aide.

— Bien sûr. Est-ce que je peux me joindre à vous ? J'ai complètement oublié de dîner.

— Servez-vous.

Il posa les gâteaux et deux assiettes à dessert sur la table.

— J'espère comprendre un jour pourquoi on peut manger un roulé à la cannelle au petit déjeuner, mais pas au dîner... à l'inverse d'un gâteau à la crème, par exemple. Est-ce que vous pouvez m'expliquer ?

La question brisa la glace qui l'enveloppait encore et lui arracha un petit rire.

— Je n'avais jamais pensé à ça.

— Franchement... un gâteau est un gâteau. Pourquoi limiter de façon aussi rigide sa consommation à un repas plutôt qu'à un autre ? J'adore la tarte aux pommes et le *cobbler* aux pêches. Mais pas question d'en avoir au petit déjeuner. Par contre, je peux manger des crêpes nappées de sirop d'érable.

— Qu'on ne vous servira jamais au dîner, déclara-t-elle.

— En théorie, non. Mais les restaurants qui en servent à toute heure de la journée ont l'air de gagner pas mal d'argent.

— Ce qui est révélateur.

Elle se sentait de nouveau fermement ancrée dans le présent. Bien sur, cela n'effaçait pas l'assassinat de ces deux ados – rien ne l'effacerait jamais. Son esprit était telle la caméra qui avait filmé les images qu'elle avait regardées pendant des heures. Pourquoi oubliait-on des choses qu'on voulait retenir, et pas des moments qu'on aurait voulu pouvoir effacer pour toujours ?

Soudain, tandis qu'elle mangeait son gâteau, elle se souvint d'un détail.

— En arrivant, vous avez dit que vous aviez entendu parler de quelque chose. De quoi s'agit-il ?

— Le type qui prétend être médium est venu chez les Castelle. Je pense qu'il me cherchait. En tout cas, il m'a fait une vague prédiction. Il m'a raconté que ses esprits lui avaient dit que les meurtres allaient recommencer, comme à l'époque où un certain Bride vivait dans cette maison.

— Mon Dieu, Steve ! s'écria-t-elle en laissant tomber le reste de son gâteau dans son assiette. Vous êtes inspecteur ! Comment avez-vous pu penser que ce n'était pas urgent ?

— Parce que je ne savais pas qu'il y avait eu des meurtres ! J'ai pris ses paroles comme une prédiction sans aucune valeur.

Mais Candy ne l'écoutait déjà plus. Elle décrocha son téléphone fixe et composa le numéro personnel du shérif.

— Gage ? Ben Wittes a dit à Steve Hawks aujourd'hui que des gens allaient être assassinés.

Gage Dalton arriva vingt minutes plus tard. Sa chemise était aussi froissée que s'il l'avait prise dans le bac à linge sale où il venait de la jeter.

Steve observa discrètement l'homme – il était difficile de ne pas le faire. L'un des côtés de son visage était couvert de cicatrices de brûlures. Il se renseignerait plus tard sur son passé. Si Candy l'avait accusé d'avoir oublié les bases du métier d'inspecteur, il lui en restait assez pour vouloir connaître l'histoire des personnes qu'il rencontrait.

— Bien, dit Gage de sa voix rocailleuse. Répétez-moi ce qu'a dit Ben Wittes.

— Pas grand-chose, répondit Steve. Je l'ai rencontré devant la maison sur laquelle j'enquête. Il m'a dit que ses esprits l'avaient prévenu que les meurtres allaient recommencer, tout comme à l'époque où un certain Bride y habitait.

Gage fronça les sourcils.

— Il me semble avoir déjà entendu ce nom il y a des années… dans le cadre d'un fait divers sans importance, je crois. Mais, comme cela ne concernait pas le département, je n'y ai pas vraiment fait attention.

— C'est normal, répliqua Steve. Mais Candy m'a traité d'imbécile parce que je n'ai pas signalé l'incident tout de suite. D'autant que je suis un ancien inspecteur, vous comprenez.

Gage se fendit d'un petit sourire.

— Vous ne saviez pas ce que nous avions découvert, et cette information était un peu tirée par les cheveux.

Il se leva et conclut :

— Je vais convoquer Wittes pour l'interroger. Est-ce que tu voudras assister à l'interrogatoire, Candy ?

— Pas ce soir.

Gage acquiesça.

— Ça ne m'étonne pas. La journée doit avoir été difficile, pour toi. Je ne t'aurais pas demandé de regarder cette vidéo si je n'avais pas pensé qu'il fallait que quelqu'un le fasse.

— Si tu ne me demandes jamais rien, autant me virer.

— Tu t'en sors très bien, assura Gage en lui tapotant l'épaule. Et tu verras : tu vas de plus en plus aimer ce travail. Il est rare que nous ayons de telles affaires. Pour en revenir à Wittes, je vais le convoquer demain matin. J'aimerais que tu sois présente pour étudier ses réactions.

— Très bien, dit-elle. Je peux le faire.

— Mais rien ne presse. Même si ce type sait vraiment quelque chose, il ne s'attend sans doute pas à ce que nous nous intéressions à lui uniquement parce qu'il a dit à Steve qu'il communiquait avec des esprits.

Gage repartit, mais Steve resta là où il était. Il refusait de laisser Candy seule alors qu'elle était encore si fragile émotionnellement.

Elle resta silencieuse pendant un long moment, les yeux rivés à la table. Il pouvait à peine imaginer la violence des souvenirs que cette journée avait ravivés chez elle, même s'il avait lui-même vécu quelques expériences éprouvantes au sein de la police.

Il finit par se lever, en décidant qu'il fallait qu'elle mange autre chose qu'un roulé à la cannelle. Elle n'avait sans doute rien pu avaler depuis qu'on l'avait appelée pour visionner cette vidéo.

Dans l'ensemble, cette vidéo était une excellente chose. Il savait par expérience que les caméras corporelles et celles des hommes de la police scientifique ne couvraient jamais une scène de crime dans son intégralité. Chacun semblait avoir sa propre idée de ce qui était important.

Il fouilla dans le réfrigérateur et les placards de Candy jusqu'à trouver une boîte de bouillon de poule. Si elle parvenait à l'avaler, il lui proposerait un sandwich. Il avait vu un pot de beurre de cacahuète sur une étagère et quelques tranches de viande froide dans le bas de son réfrigérateur.

Il réchauffa la soupe au micro-ondes et posa le bol devant elle.

— Régalez-vous.

Elle hésita un instant avant de prendre la cuillère.

— Vous n'avez pas à me dorloter comme ça.

— Je sais bien. Mais j'ai envie de le faire. Alors, arrêtez de protester et nourrissez-vous encore un peu.

— Et vous ?

— Plus tard. Quand vous aurez avalé cette soupe.

Il s'assit et attendit. Enfin, elle se décida. Après quelques cuillerées, elle attrapa une serviette et s'essuya le menton. Il éclata de rire.

— Qu'est-ce qu'il y a de tellement drôle ?

Elle le regardait dans les yeux ; c'était bon signe.

— Je vois que vous avez autant de mal que moi à déguster votre soupe proprement. Je jurerais que ma lèvre inférieure est percée.

Elle laissa échapper un petit rire et retourna à sa soupe. Son estomac devait la supporter parce qu'elle mangeait plus vite, maintenant. Steve se sentit beaucoup mieux.

— C'est idiot, dit-elle quand elle eut fini.

— Quoi ?

— J'ai vu pire que ces victimes. Bien pire. Je n'aurais pas dû réagir aussi violemment.

— Je n'en suis pas si sûr. Parfois, il suffit d'un rien. Une image, un son, une odeur…

Elle releva la tête.

— Ça vous arrive à vous aussi ?

— Et comment. Je n'ai sans doute jamais rien vu d'aussi moche que vous, mais certaines affaires me hantent encore.

Elle sembla réfléchir à sa réponse. Il se leva.

— Qu'est-ce que je peux vous proposer d'autre ? demanda-t-il. Le bouillon de poule est excellent en cas d'infection virale, mais pas en cas de choc. Un sandwich ?

— Il y a du jambon, du salami et du fromage Jarlsberg dans le réfrigérateur. Servez-vous.

Steve ouvrit derechef le réfrigérateur et remarqua une bouteille dans la contre-porte.

— Je vois que vous aimez la moutarde forte. Une femme selon mon cœur.

— C'est la seule moutarde qui soit digne de ce nom, convint-elle d'une voix apathique.

Elle coulait de nouveau. Steve confectionna rapidement des sandwichs au pain de seigle et au jambon, et se hâta de revenir auprès d'elle avant que la dépression l'engloutisse encore.

— Voilà, dit-il en posant deux assiettes sur la table. Servez-vous.

— Merci.

Sa voix était trop faible, son élocution trop lente. Devait-il aborder le sujet tout de suite, ou attendre qu'elle ait fini de manger ? Il décida d'attendre.

Elle prit un sandwich et croqua dedans, sans hésiter cette fois. Même si son esprit cherchait à divaguer, ses besoins physiques prenaient le dessus.

Quand ils eurent fini leurs sandwichs, il dit :

— Il faut que nous parlions.

Son regard était perdu dans le vide.

— Hé, essayez de revenir, juste pour une minute. Vous ne voulez pas retourner là-bas.

— Non, répondit-elle. Mais parfois, c'est dur.

— Je sais. Est-ce qu'on vous aide à gérer votre stress post-traumatique ?

Elle releva vivement la tête.

— Pourquoi est-ce qu'on m'aiderait ? Tout le monde a des mauvais souvenirs.

— Mais pas mauvais au point de s'emparer de vous comme ça, jusqu'à ce que vous soyez complètement absente. Parlez-moi, Candy. Il faut que nous vous tirions de là.

Elle soupira, ramassa sa serviette et entreprit de la plier sur elle-même, encore et encore.

— Candy ? Regardez-moi. Parlez-moi, s'il vous plaît.

— Désolée. Je ne peux pas vraiment vous faire la conversation, en ce moment.

— Je ne vous demande pas de me faire la conversation, mais de me dire ce qui vous passe par la tête.

Il commençait à s'inquiéter sérieusement pour elle. Peut-être qu'il était temps de l'emmener aux urgences.

Après une minute, elle soupira.

— Je devrais pouvoir garder le contrôle.

Comme elle n'en disait pas plus, il lança :

— Le contrôle de quoi ?

— De ces souvenirs. Je devrais pouvoir les repousser, mais je n'y arrive pas. Quand ils remontent à la surface, je ne peux plus rien faire.

Il acquiesça, compréhensif.

— Ça m'arrive aussi, de temps en temps. Et vous avez eu un déclencheur énorme, aujourd'hui. Si j'avais vu ces images, elles auraient sans doute ravivé des souvenirs atroces pour moi aussi.

Elle soupira de nouveau et releva la tête. Sa serviette était réduite en un carré de trois centimètres de côté.

— Pardon.

— Vous n'avez pas à vous excuser. Vous avez affronté une épreuve terrible. Même si je n'aime pas le reconnaître, j'ai subi des traumatismes, moi aussi. Mais ils ne sont rien en comparaison des vôtres. Vous avez vu l'enfer de beaucoup plus près que moi.

Elle détourna les yeux pendant un instant.

— Ne minimisez pas votre expérience, Steve.

— Et pourquoi pas ? Vous passez votre temps à minimiser la vôtre. Parce que vous devez être forte. Je me trompe ?

Elle semblait tellement abattue qu'il eut peur qu'elle se replie complètement sur elle-même. Et que pourrait-il faire si cela arrivait, sinon la mettre dans sa voiture et la conduire aux urgences ?

— Vous avez raison, répondit-elle enfin. Je dois être forte. J'ai dû l'être pendant tellement longtemps que je déteste devoir admettre mes faiblesses.

— Cette bonne vieille armée… Les flics sont un peu comme ça, eux aussi. Et, parfois, ça les rend idiots.

Une étincelle de vie illumina son regard. Enfin, elle était de retour. Le soulagement manqua le terrasser.

— Pensez-vous qu'il me faudrait un traitement ?

— Ça vous aiderait peut-être, mais ce n'est pas à moi d'en décider. Ce que je vais faire, par contre, c'est passer la nuit ici. Je vais vous rendre dingue, jusqu'à ce que vous ayez surmonté ça. Vous voulez jouer aux cartes ?

Elle secoua la tête, mais un petit sourire naquit sur ses lèvres.

— Je n'aurais jamais cru que vous deviendriez mon ami. Est-ce que vous êtes aussi attentionné avec vos clients ?

— Je suis moi-même, rien de plus.

Elle se mordilla la lèvre inférieure avant de répliquer :

— Je vous crois.

Et c'était tant mieux, parce qu'il n'avait dit que la vérité.

— Je crois que je peux aller me coucher maintenant, reprit-elle.

— Bien. Dites-moi où trouver des couvertures et un oreiller, parce que j'ai l'intention de passer la nuit sur votre canapé.

Au moins, elle lui répondit sans protester.

— Ça ne va pas être très confortable. Vous êtes un peu trop grand pour mon canapé.

— Je serai très bien, affirma-t-il en lui souriant. Allez vous coucher. Vous allez au bureau demain matin, n'est-ce pas ?

— Oui.

Et elle se leva et disparut dans une autre pièce.

Tout n'était pas encore parfait, mais il y avait du mieux. Et, si elle s'agitait pendant la nuit, il l'entendrait. Il avait toujours eu le sommeil léger.

9

Le lendemain matin, Candy se sentait beaucoup mieux. En plus, elle avait reçu un texto de l'ancien shérif.

— Nate Tate rentre aujourd'hui, annonça-t-elle à Steve. Il peut nous recevoir ce soir.

— C'est super !

Steve semblait plein d'entrain, comme s'il était heureux de voir qu'elle avait retrouvé la maîtrise de ses émotions.

Elle était gênée qu'il l'ait vue craquer la veille, mais pleine de gratitude pour lui, parce qu'il avait tenu bon. Elle allait peut-être assister aux réunions du groupe de vétérans, qui se tenaient le samedi matin. Si ce groupe existait, c'était sans doute parce qu'il leur apportait quelque chose.

Elle sortit de la maison et fut accueillie par un soleil radieux... et un air glacial. Steve ne se trompait pas : si ce temps se maintenait, la plupart des parents traîneraient leurs enfants à la fête organisée au lycée. Même une journée aussi mémorable que Halloween ne valait pas la peine de récolter des engelures.

Elle partit à pied pour le bureau en admirant les décorations que les habitants continuaient à installer dans leurs jardins et à leurs fenêtres. Elle se sentait bien. Les événements de la veille avaient été relégués au fin fond de son cerveau, dans son coffre-fort mental.

Quant à Steve, il avait été merveilleux - patient, gentil, compréhensif. Il avait eu raison de lui conseiller de se faire aider. Il fallait qu'elle trouve un moyen d'atténuer la violence des souvenirs cauchemardesques qu'elle avait accumulés.

Jusqu'ici, elle n'avait pas mesuré l'ampleur de son problème. Naïvement, elle avait pensé que tous les vétérans avaient eu des expériences comparables aux siennes, et qu'ils faisaient avec. Elle s'était dit qu'elle n'était pas si mal lotie. Cependant, son effondrement dans la soirée lui avait démontré le contraire. Elle ne pouvait pas rester dans la police si elle réagissait aussi fortement à des situations similaires à celle de la veille. Et elle voulait y rester, parce qu'elle avait enfin l'impression d'avoir trouvé un but à sa vie – et qu'elle adorait cette ville.

Quand elle poussa la porte du bureau, elle se sentait d'humeur joyeuse et prête à interroger Ben Wittes. C'était une épreuve qu'elle pouvait surmonter, même s'il y avait des raisons de le soupçonner d'avoir perpétré ces crimes atroces.

Velma était de retour à son poste, à la régulation, et dispensait ses nuages de fumée comme si elle était au-dessus des lois. Même Gage ne disait rien, mais qu'aurait-il pu faire, de toute façon ? La renvoyer ? Candy n'était pas encore née que Velma travaillait déjà ici. Un renvoi aurait sans doute causé une véritable insurrection au sein de ce bureau.

Elle fut accueillie par les visages amicaux – et familiers, maintenant – de Sarah Ironheart, Guy Redwing et Beau Beauregard. Mais, avant qu'elle ait eu le temps de les saluer, Velma lança :

— Gage t'attend dans la salle d'interrogatoire.

Candy se sentit gagnée par une sourde angoisse. Peut-être qu'elle n'était pas encore prête, après tout. Mais, qu'elle le soit ou non, elle devait le faire.

La salle d'interrogatoire se trouvait tout au fond du bâtiment. Gage était assis devant une table en métal équipée de deux anneaux pour y fixer des menottes. En l'invitant à prendre place sur la chaise, à côté de lui, il annonça :

— Ben Wittes ne devrait pas tarder. Je ne te demande pas de l'interroger, seulement d'observer ses réactions.

— D'accord, répondit-elle en s'asseyant.

— Tu as pris un café, ce matin ?

— Seulement une tasse, à la maison.

Il lui décocha un sourire.

— Je vais envoyer quelqu'un nous en chercher un. Je préfère ne pas subir les foudres de Velma. Est-ce que tu sais qu'elle peut cracher des flammes, comme un dragon ?

Elle éclata de rire.

— J'ai déjà eu un aperçu, oui.

— Alors, comment veux-tu ton café ? Noir ?

— Crème. Celui de Maude est un régal.

— C'est vrai, convint Gage. Elle ne se contente jamais du second choix.

Il se leva, ouvrit la porte et lança :

— Hé, Guy ? Deux grands cafés, un noir et un crème.

— D'accord, patron, répondit la voix de Redwing.

— Et maintenant, reprit Gage en s'asseyant, si Velma n'est pas contente, c'est Guy qui prendra.

Amusée, Candy ajouta :

— J'ai l'impression que cette histoire de café est une sorte de tradition.

— C'est exactement ça. Quand elle vient au bureau, Velma prépare toujours un énorme pot de café extraordinairement infect. Tu as sans doute repéré tous les flacons d'anti-acides rangés à côté des tasses. Pour boire le café de Velma, il faut être désespéré.

— Elle n'a pas remarqué les flacons ?

— Si c'est le cas, elle doit penser qu'ils n'ont rien à voir avec son café. Elle ne cherche qu'à s'occuper de nous… et, avec le temps, tu verras que ce n'est pas la seule façon dont elle le fait. Velma est la maman du département. Qui serait assez insensible pour aller lui dire que son café est infect ?

Candy comprenait très bien. Si elle aimait autant cette ville, c'était aussi pour ce genre d'attitude.

Guy venait de leur apporter leurs cafés quand Ben Wittes arriva, accompagné d'un agent. Il paraissait un peu étonné, mais pas inquiet. Candy l'observa : un homme à l'apparence miteuse, qui semblait ne pas vouloir attirer l'attention.

Gage l'accueillit aimablement et l'invita à s'asseoir. L'homme obéit, regarda autour de lui et haussa les épaules.

— Jamais je n'aurais cru me retrouver ici un jour.

— Je comprends, déclara Gage. Vous n'avez pas à vous inquiéter. Nous voulons seulement vous poser quelques questions.

— D'accord. Qu'est-ce que je peux faire pour vous ?

D'un geste, Gage intima à l'agent de quitter la pièce et dit :

— Je sais que vous entendez beaucoup de choses et je me demandais si vous aviez entendu parler des deux adolescents qui ont été retrouvés morts dans la montagne. Assassinés.

L'homme pâlit d'un coup. Impossible qu'il joue la comédie : il était véritablement choqué. Quand il reprit la parole, une bonne minute plus tard, il tremblait.

— Non, répondit-il d'une voix mal assurée. Oh ! mon Dieu... non. J'ai essayé de prévenir cet homme, Hawks. Mes esprits avaient dit que cela allait arriver. Jamais je n'aurais cru... Oh ! mon Dieu.– Vos esprits vous l'ont dit ? répéta Gage.

— Oui. Ils parlent sans arrêt mais, ces derniers temps, l'un d'eux parle plus fort que les autres. Je pense qu'il s'agit de mon guide. Mais je ne croyais pas qu'il me préviendrait trop tard.

— En ce cas, pourquoi en avez-vous parlé à Hawks ?

Il y avait une tasse pleine d'eau, sur la table. Ben tendit la main vers elle en posant sur Gage un regard interrogateur. Comme le shérif hochait la tête, il la vida d'un trait.

— Je ne fais pas toujours confiance à mes voix, parce que personne ne me croit quand je répète ce qu'elles me disent. Mais Hawks est un chasseur de fantômes. J'ai pensé qu'il me croirait, lui.

Son visage s'empourpra légèrement.

— J'essaye de passer dans son émission.

— Je vois, fit Gage.

— Est-ce que c'est grave ?

— Bien sûr que non, affirma Candy d'une voix rassurante. C'est ce que veulent beaucoup de gens.

Maintenant, elle était convaincue que cet homme n'avait rien à voir avec les meurtres.

— Nous devrions peut-être vous écouter plus souvent, reprit Gage. Est-ce que cette voix vous a dit autre chose ?

— Seulement que ça recommençait. Comme à l'époque où Bride habitait cette maison. Il y a très, très longtemps.

— Est-ce qu'il y aura d'autres meurtres ?

— Je ne sais pas, confia Ben d'une voix vibrante de désespoir. Mon esprit ne me l'a pas dit. S'il le fait, est-ce que je dois vous prévenir ?

— S'il vous plaît, dit Gage. Je vous écouterai. Promis.

Quelques minutes plus tard, quand Ben eut quitté la pièce, Gage regarda Candy.

— Qu'est-ce que tu en penses ?

Elle n'hésita pas un seul instant.

— Est-ce que tu l'as vu pâlir quand tu lui as parlé des meurtres ? Je pense qu'il n'a rien fait.

— C'est ce que je pense aussi. Jamais je n'ai vu personne devenir aussi blanc, sauf les membres d'une famille à laquelle je viens annoncer une mauvaise nouvelle. Mais cette histoire d'esprits est intéressante.

Candy s'agita, mal à l'aise.

— Je ne crois pas à ce genre de choses.

— Moi non plus, mais je ferais peut-être mieux d'écouter ce que cet homme a à me dire.

— En tout cas, Steve avait raison, poursuivit-elle. Ce n'était qu'un incident sans importance. Comme Ben Wittes et lui ignoraient tout des meurtres au moment de leur rencontre, je pense que nous ne devons pas prendre ce qu'il dit pour argent comptant.

— Je suis d'accord, répondit Gage. Et maintenant, retourne à ta mission. Je sais que tu l'adores, mais il faut bien que quelqu'un fasse les basses besognes.

C'était une bonne façon de présenter les choses. Candy ressortit du bureau, son gobelet à la main. Elle n'avait presque pas touché à son café, mais le peu qu'elle avait bu lui avait donné un bon coup de fouet, et il était encore chaud.

Elle décida de rejoindre Steve à la bibliothèque, curieuse

de savoir si Mademoiselle Emma avait découvert quelque chose au sujet de la maison. De l'avis de Steve – et en dehors des mésaventures de Vivian –, la maison des Castelle semblait pour le moment désespérément banale.

Cependant, elle n'était pas encore prête à accorder du crédit aux élucubrations de Ben Wittes. Gage avait raison de vouloir l'écouter, mais, à la seule pensée que ce type entendait dans sa tête des voix qui pouvaient dire vrai, elle avait les jetons.

Elle jeta son gobelet dans la poubelle avant de rentrer dans la bibliothèque et se dirigea vers le bureau d'Emma, dont la porte était ouverte. D'un geste, Emma l'invita à entrer.

— Steve et moi étions en train de parler du seul Bride que j'ai pu trouver, annonça Emma tandis qu'elle s'asseyait. J'ai très peu de renseignements à son sujet. Il est mort d'une crise cardiaque, et personne n'est venu à son enterrement. Sa femme l'avait quitté vingt ans plus tôt. Une histoire triste, mais plutôt banale. Mais je peux continuer à chercher.

Steve et Candy ressortirent de la bibliothèque et s'attardèrent sur les marches, dans la brise glaciale de ce mois d'octobre.

— Je dois être chez les Castelle à 2 heures. Ça nous laisse le temps d'aller chez Maude.

Déjeuner ? Il était encore tôt, mais c'était une bonne idée. Et, puisqu'ils devaient rencontrer Nate Tate dans la soirée, elle ne savait pas quand elle pourrait dîner.

— Allons-y, dit-elle. Mais je paye ma part.

Il sourit.

— Un déjeuner chez Maude ne coûte pas assez cher pour passer pour une tentative de corruption.

— Et pourtant, c'est ainsi que le verraient beaucoup de gens, par ici. J'ai laissé ma voiture de patrouille au bureau. Allez-y, je vous rejoins.

— Je peux aussi vous emmener, répliqua-t-il.

Après tout... Pourquoi pas.

Quand ils entrèrent chez Maude, quelques clients s'attardaient encore devant leur tasse de café tandis que les habitués commençaient déjà à arriver pour le déjeuner. Les visages qui se tournèrent vers eux étaient un peu plus amicaux que les jours précédents. Steve avait surmonté le premier obstacle : maintenant, les gens savaient qui il était.

Candy décida que c'était son jour de chance en voyant que Maude s'était sentie d'humeur à préparer de la soupe de poireaux et de pommes de terre et à faire griller du poulet. C'est ce qu'elle commanda, et Steve suivit son exemple.

— Est-ce que Mademoiselle Emma vous a aidé ? s'enquit-elle.

— Oui, mais les archives datant de cette époque sont rares... Mon Dieu, cette soupe est délicieuse.

Candy ne releva pas sa dernière remarque. Elle préférait rester sur un terrain strictement professionnel.

— Il doit bien y avoir quelque chose dans les archives du tribunal. Cette propriété a forcément été vendue à la mort de Bride. Il avait sans doute fait un testament, à moins que le notaire ne se soit occupé de tout.

— J'ai aussi demandé des renseignements auprès de la société d'assurances de titre de propriété, dit Steve. Ils doivent avoir des archives, eux aussi. Les organismes de prêt sont plutôt exigeants.

Elle acquiesça en savourant sa soupe, qui était tellement crémeuse et épaisse qu'elle allait sans doute emporter la plus grande partie de son poulet avec elle.

— Qu'allez-vous faire chez les Castelle ? lança-t-elle.

— Inspecter la cave pour voir s'il y a des bruits qui pourraient se propager dans les murs jusqu'à la chambre de Vivian. Demain, je m'occuperai du grenier. Si vous pouviez m'aider, ce serait super.

— Qu'est-ce que je peux faire ?

— Rester dans la chambre de Viv et écouter.

Elle secoua légèrement la tête.

— Les parents ne peuvent pas le faire ?

— Non. Ils ne sont pas objectifs.

C'était logique.

— Vous aurez peut-être résolu cette énigme avant que votre équipe arrive.

— J'espère y parvenir. Ce serait mieux pour la famille.

Donc, pour lui, le bien-être de cette famille primait sur le spectacle. Il monta d'un cran supplémentaire dans son estime.

— Que se passera-t-il si le tournage n'a pas lieu ?

Il haussa une épaule et attrapa son assiette de poulet.

— Nous passerons à une autre affaire. Nous tournons bien avant la date de diffusion, de sorte qu'il y a toujours une émission à programmer.

— Est-ce que vous enquêtez toujours seul avant le tournage ?

— La plupart du temps, oui. Si je trouve quelque chose, je peux rejouer la découverte devant les caméras. Mais le plus important, c'est toujours mon enquête. Point.

Il le lui avait déjà dit, mais cette fois elle le crut presque. L'agent de police sceptique qui change d'avis : pour lui, ce devait être un triomphe.

Steve avait vraiment hâte d'utiliser tout l'équipement qu'il avait apporté. D'abord, il allait effectuer quelques mesures dans la cave. Chez certaines personnes, un champ électromagnétique fort pouvait provoquer des hallucinations. Il avait aussi des enregistreurs, qui captaient parfois des voix venues d'on ne savait où, et des détecteurs de mouvement. Il trouvait toujours un moyen de se servir de ses appareils, tant pour rassurer ses clients que pour fidéliser ses spectateurs.

Mais sa plus grande fierté demeurait l'honnêteté totale avec laquelle il faisait son travail. Sauf quand ses producteurs lui imposaient la présence d'un médium.

Les Castelle les accueillirent chaleureusement. Viv était impatiente de faire une nouvelle partie de cartes. Il jeta un regard interrogateur aux parents et à Candy.

— Allez-y, répondirent Todd et Annabelle.

Quand Steve et Vivian furent partis, ils invitèrent Candy à venir boire quelque chose dans la cuisine.

— Juste de l'eau, merci, déclara-t-elle.

Elle ôta son blouson et le posa sur le dossier d'une chaise.

— Steve veut inspecter la cave et le grenier, lâcha Todd sur un ton légèrement agacé. Je l'ai déjà fait.

— Peut-être, répliqua Annabelle, mais c'est lui l'expert… comme tu me le rappelles sans cesse.

Elle se tourna vers Candy.

— Allez-vous l'aider ?

— Il paraît que je dois aller dans la chambre de Vivian et tendre l'oreille pour voir si j'entends les bruits qu'il fera dans la cave.

— C'est ce que j'ai fait, dit Annabelle. Mais je n'ai entendu le bruit qu'une seule fois et Vivian a refusé de venir écouter avec moi.

Candy réfléchit quelques instants avant de répondre.

— Viv entend des voix, c'est bien ça ? Peut-être que je les entendrai moi aussi. En plus, Steve a apporté toutes sortes d'appareils.

Les deux parents se détendirent un peu. Comme si les appareils étaient gage de sécurité.

— J'espère que Viv pourra lui en dire plus, reprit Todd. C'est le seul vrai témoin.

— Nous devons l'aider, ajouta Annabelle.

C'était la première fois qu'elle voyait la jeune femme au bord des larmes. Todd décréta, d'une voix ferme :

— Si Steve ne trouve rien, nous déménagerons.

— Mais nous avons mis tout notre argent dans cette maison. Et où irions-nous ?

— N'importe où. Je trouverai un moyen, je te le promets.

Candy comprit que ce n'était pas des paroles en l'air. Todd était un bon père. Il n'avait pas hésité à sacrifier tout ce pour quoi ils avaient travaillé afin que leur fille ait une vie plus agréable, et il était prêt à le refaire.

Un moment plus tard, Steve et Vivian les rejoignirent dans la cuisine. La fillette était radieuse.

— Elle m'a encore battu ! annonça Steve. Je vais devoir trouver un jeu un peu plus difficile. D'accord, Viv ?

— Oh oui, répondit la fillette en se perchant sur une chaise. Est-ce que je peux avoir un chocolat ?

— Chaud ? fit sa mère.

— Miam. C'est le meilleur.

— Vu la quantité de lait que tu avales, je n'en doute pas.

— Je n'aime pas le lait, rétorqua Viv en plissant le nez.

— C'est ce que je vois, répliqua sa mère, pince-sans-rire.

Candy se pencha vers la fillette.

— Je n'aime pas le lait moi non plus, lui confia-t-elle. Surtout le lait chaud. Alors, je bois beaucoup de chocolat.

— Moi aussi, dit Viv, radieuse. J'adore le chocolat. Et le fromage. Sauf le fromage à hamburgers.

Elle se tourna vers Steve.

— Est-ce que vous allez faire partir le méchant homme ?

— Je compte bien essayer.

— Tant mieux. Est-ce que je peux aller jouer dehors avec Buddy, maintenant ?

— Oui, mais couvre-toi, lui intima sa mère. Il ne faudrait pas qu'il arrive malheur à ce joli petit nez.

Viv regarda Candy et Steve.

— Est-ce que mon nez peut vraiment tomber ?

Steve éclata de rire.

— Seulement s'il fait très froid. Alors, écoute ta mère.

Viv sembla satisfaite par cette réponse. Mieux encore, Annabelle et Todd ne parurent pas contrariés que leur fille mette leur parole en doute et se tourne vers deux étrangers pour obtenir une confirmation.

Quand Viv et Buddy furent sortis, Steve lança :

— Vous êtes prête ?

— Je suis prête, répondit Candy.

Elle se demandait encore comment elle s'était retrouvée mêlée à cette expérience... Mais elle lui devait bien ça, après la gentillesse qu'il lui avait témoignée la veille.

Elle était aussi intéressée par la façon dont il s'attaquait au problème – seul, sans la mise en scène théâtrale à laquelle elle se serait attendue. Il semblait vraiment désireux de résoudre l'affaire aussi vite que possible, pour le bien de Viv.

Et zut. Elle n'avait jamais eu l'intention d'apprécier cet homme. Mais l'armée lui avait appris qu'aucun plan ne se déroulait jamais comme prévu. Trop de variables entraient en jeu.

Steve la posta près du mur contre lequel Buddy avait grogné – ce qui semblait être le meilleur endroit par lequel commencer – et lui tendit une radio.

— Dès que vous entendez quelque chose, dites-le-moi.

Il sortit de la chambre, et elle attendit patiemment, en se demandant si le moment était propice pour cette expérience. Après tout, c'était la nuit que Viv entendait les voix... Il faudrait qu'elle lui pose la question.

Non, jamais elle ne se serait attendue à jouer un tel rôle dans l'enquête.

Mais quand elle pensa à Viv... Cette fillette devait cesser de vivre dans la terreur.

Steve se fraya un chemin entre les cartons et les meubles qui encombraient la cave, où flottait l'habituelle odeur de moisi. Quand il atteignit le fond, il remarqua aussitôt que la cave ne semblait pas s'étendre jusque sous la chambre de Viv. Il faudrait qu'il interroge les Castelle à ce sujet.

Il posa d'abord ses détecteurs de champ électromagnétique. S'il y en avait, il voulait savoir où ils étaient les plus puissants. Ils ne provoquaient pas d'hallucinations chez tout le monde, mais Viv y était peut-être plus sensible que la moyenne. De plus, cette maison était vieille. L'installation électrique pouvait être défectueuse.

Ensuite, il installa des détecteurs de mouvement, avant d'inspecter la tuyauterie de la chaudière. Tout semblait en ordre. Alors, il prit un bout de bois et cogna sur un tuyau pendant quelques instants avant d'appeler Candy sur la radio.

— Quelque chose ?

— Des coups sur un tuyau, répondit-elle, pince-sans-rire.

— Je m'attendais un peu à ça, répliqua-t-il sans pouvoir retenir un sourire. Si cela ne vous dérange pas, j'en ai encore pour un petit moment.

— Notre seule raison d'être est de vous plaire.

Aïe. Toute cette histoire ne l'amusait vraiment pas, et il ne pouvait pas le lui reprocher. Un agent de police transformé en chasseur de fantômes ? Oui, elle devait adorer ça.

Il lut les valeurs affichées par ses appareils de mesure. Le champ électromagnétique était un peu plus puissant à côté de la boîte à fusibles, mais pas assez pour avoir un quelconque effet sur Viv.

Bon sang… Il fallait qu'il trouve un moyen d'aider cette fillette, une explication solide qui rassurerait ses parents. Todd et Annabelle avaient beau sembler sereins, il savait que Viv ne s'y trompait pas.

Les enfants étaient dotés d'une sensibilité innée au stress qui les entourait. Il était difficile de les berner. Il aurait préféré que les parents de Viv n'essayent pas de lui cacher à quel point ils étaient bouleversés.

Mais cela ne le regardait pas. Tout ce qui comptait, c'était que cette fillette avait besoin de son aide. Il craignait toujours qu'une menace extérieure pèse sur cette famille, une menace qui les aurait rattrapés bien qu'ils aient fui leur ancienne maison. À moins que leur couple ne soit en crise, et qu'ils n'utilisent cette enfant pour se blesser l'un l'autre, comme ils l'auraient fait avec une arme.

Cependant, il y avait une énorme différence entre son métier actuel et celui d'inspecteur. Quand il était dans la police, il intervenait trop souvent après qu'une tragédie avait brisé des vies. Aujourd'hui, il pouvait arriver avant qu'elle se produise et tenter de l'empêcher. Parfois, il y parvenait.

Son enregistreur tournait toujours. Après avoir capté les sons qu'il n'entendait pas ou auxquels il ne prêtait pas attention, il allait capter celui de sa voix. Beurk.

Il se racla la gorge et commença à parler. Bon sang, il détestait parler tout seul. Il se sentait toujours parfaitement idiot. Mais certaines personnes le faisaient tout le temps. Son arrière-grand-mère, par exemple. Un jour, il lui avait demandé pourquoi, et elle lui avait fourni une réponse qu'il se rappellerait toute sa vie :

« Petit, quand je me parle à moi-même, je garde mes secrets. »

Le point de vue était intéressant mais, pour le moment, il se sentait seulement ridicule.

Il monologua pendant une dizaine de minutes avant d'appeler Candy.

— Quelque chose ?

— Non, répondit-elle. Qu'est-ce que j'aurais dû entendre ?

— Rien. J'en ai encore pour quelques minutes.

— Bien reçu.

Il se racla la gorge. Il était loin d'être le meilleur chanteur du monde, mais il n'avait nul besoin d'être un Pavarotti pour interpréter l'un des rares hymnes dont il connaissait les paroles : *Amazing Grace.*

– « Grâce étonnante, au son si doux,
Qui sauva le misérable que j'étais.
J'étais perdu mais je suis retrouvé,
J'étais aveugle, maintenant je vois. »

À la fin de l'hymne, il écouta le silence de la cave pendant quelques instants avant de contacter Candy.

— Quelque chose ? demanda-t-il.

— Il m'a semblé entendre quelqu'un chanter, très doucement. Est-ce que c'est le cas ?

C'était un progrès.

— Estimez-vous heureuse de ne pas avoir eu à subir le volume normal. C'est sans doute la seule chanson que je peux chanter sans sonner comme un animal agonisant. Je monte.

Il arrêta l'enregistreur et rejoignit Candy dans la chambre.

— Donc, vous m'avez entendu chanter, mais pas parler. Je me sentais complètement ridicule, à parler tout seul. Est-ce qu'il vous arrive de le faire ?

Elle lui décocha un grand sourire.

— Rarement, et je me sens toujours idiote. Mais je ne vous ai pas entendu parler, seulement chanter, et le son était très faible.

— Bien. Ce soir, je poserai d'autres appareils.

— Lesquels ?

— Des caméras et des enregistreurs numériques. Dans la cave, et dans cette chambre.

— L'idée me semble bonne.

Au moins, elle ne se comportait pas comme si elle le croyait fou. Elle lui avait pourtant bien fait comprendre ce qu'elle pensait de toutes ces histoires.

Ils retournèrent ensuite dans la cuisine, et Steve annonça :

— Je reviendrai ce soir pour installer d'autres appareils, dans la cave et dans la chambre de Viv. Ne vous en occupez pas. Laissez-les seulement tourner.

Les Castelle n'élevèrent aucune objection. Ils semblaient soulagés que quelqu'un cherche à résoudre leur problème.

Une fois dehors, Candy regarda Steve.

— Vous ne leur avez pas dit que je vous avais entendu chanter.

— Je n'avais aucune raison de le faire. Ce n'est pas ce qui aurait résolu le problème de Viv. D'ailleurs, je suis certain qu'ils sont descendus à la cave quand Viv a entendu cette voix pour la première fois. S'ils y avaient trouvé quelqu'un, l'affaire serait close depuis longtemps.

Son estomac choisit ce moment pour émettre un grondement d'un volume embarrassant. Steve éclata de rire.

— Il faut que vous mangiez.

— On dirait, oui. Je vais acheter un sandwich au marché. Ils ne sont pas mauvais.

— Et moi qui pensais que j'allais devenir l'un des habitués de Maude…

Elle secoua la tête.

— Allez-y, si vous voulez. Si je ne suis pas là, peut-être que quelqu'un viendra vous parler.

Il marqua un silence avant de lancer :
— À quelle heure allons-nous chez Tate ?
— Il nous attend à 20 heures.
— D'accord. Où nous retrouvons-nous ?
— Chez moi, à 19 h 30.
— Très bien. Et merci.

Candy démarra et s'éloigna en se demandant s'il avait découvert quelque chose d'utile ou non. Apparemment pas, vu la quantité d'appareils qu'il envisageait d'installer.

Mais elle l'avait entendu chanter. C'était peut-être un début de piste.

Et le choix de la chanson était intéressant.

10

— Ben Wittes ne figure donc pas parmi les suspects ?

Telle fut la première question que posa Steve quand il arriva chez Candy.

— Non, mais quand nous aurons une liste de suspects, nous ne l'en rayerons pas pour autant…

Candy s'arrêta net. Parfois, il lui arrivait d'oublier le passé de Steve. Il connaissait la procédure, et bien mieux qu'elle. Mais il ne sembla pas se formaliser.

Une fois qu'ils furent en route, il dit :

— Parlez-moi de l'ancien shérif.

— Il s'appelle Nathan Tate, mais tout le monde l'appelle Nate. Il vient des quartiers défavorisés de la ville. À dix-huit ans, il était au Vietnam. Dans les Bérets verts.

— Impressionnant.

— Oui, convint-elle. Après la guerre, il a passé quelques années dans la police du comté avant d'être élu au poste de shérif. Il l'est resté jusqu'à sa retraite. C'est son expert en police scientifique qui lui a succédé. Gage Dalton.

Elle laissa échapper un petit rire, soudain amusée.

— Quoi ? demanda-t-il.

— Quand on voit Gage, on a du mal à croire que les gens d'ici l'appelaient autrefois « l'archange de l'enfer ».

— Vraiment ? Depuis que je l'ai rencontré, je suis curieux de connaître son histoire.

— Elle est fascinante. Il travaillait sous couverture pour la police des stups, et il a été démasqué. Sa voiture a été visée par un attentat à la bombe dans lequel sa femme et ses enfants ont été tués et lui, grièvement brûlé. On m'a dit qu'il avait hurlé si fort en apprenant leur mort qu'il s'était abîmé les cordes vocales.

— Mon Dieu ! souffla Steve.

— Oui. Cette tragédie est presque incompréhensible.

Sauf qu'elle en avait vu des variations, dans l'armée. La guerre était une situation génératrice d'atrocités avec lesquelles il était difficile de continuer à vivre.

Elle chassa ces pensées. Pas maintenant. Elle était tout aussi intéressée que Steve par ce que Nate Tate pourrait leur apprendre sur la maison des Castelle. Il était ici depuis tellement longtemps qu'il savait forcément quelque chose.

Mais Mademoiselle Emma aussi était là depuis toujours et elle n'avait rien pu leur dire. Le mystère qui entourait l'histoire de la maison des Castelle était surprenant.

— L'enregistreur a-t-il capté quelque chose ? demanda-t-elle en se garant devant la maison des Tate.

— Pas encore. Mais d'ici deux ou trois jours, j'entendrai peut-être des éternuements. Il y a pas mal de poussière, dans cette cave.

Elle rit. Il pouvait être drôle, parfois.

Ce fut l'ancien shérif en personne qui vint leur ouvrir la porte. Il ne faisait pas son âge : ses cheveux noirs étaient à peine saupoudrés de gris, et son visage était buriné par le vent et le soleil. Sa voix était grave, un peu rocailleuse et, malgré son âge, sa présence demeurait imposante.

— Allons dans le séjour, dit-il. Ne soyez pas surpris si nous passons devant des chambres et des bureaux. Cette maison est un vrai labyrinthe. Vous comprenez, nous avons eu six filles. Il fallait l'agrandir sans cesse. Maintenant que je suis seul, elle me semble bien grande. Malgré tous les souvenirs qu'elle renferme, je pense la vendre.

Six filles ? Ce n'avait pas dû être une sinécure.

La salle de séjour était grande et accueillante. Steve remarqua quelques fauteuils poires de couleurs vives, vestiges d'une autre époque.

— Asseyez-vous, dit Nate en s'installant dans un fauteuil à bascule en bois.

Quand ils eurent pris place, Candy sortit son petit carnet et un stylo.

— Il paraît que vous voulez faire appel à mes souvenirs ? dit Nate. J'avoue en avoir quelques-uns.

Steve se pencha en avant, les coudes posés sur les genoux.

— C'est exactement ça. Est-ce que vous voyez dans quelle maison a emménagé la famille Castelle ?

Nate se balançait doucement.

— Oui. Je connais bien cette maison. L'arrivée de cette famille est une bénédiction pour notre ville. Il nous faut plus de jeunes ici, des jeunes comme Candy.

Elle se sentit rosir, touchée par le compliment implicite.

— On dirait qu'une chape de silence s'est abattue sur cette maison, déclara Steve. Pas moyen de retracer son histoire. À qui a-t-elle appartenu ? Y a-t-il des anecdotes à son sujet ?

— Et comment ! répondit Nate. On parlait beaucoup de cette maison, à l'époque où j'allais au lycée. C'était un vieil homme qui y vivait. Son nom m'est sorti de l'esprit, mais il va me revenir.

La curiosité de Candy redoubla. Elle était étonnée de voir à quel point cette histoire la fascinait. En parlant de « chape de silence », Steve avait trouvé les mots justes. Ce mystère était d'autant plus surprenant dans une ville où, si l'on voulait savoir ce qu'on était en train de faire, il suffisait de le demander à un voisin.

— Commençons par le commencement, reprit Nate. Du temps de mon adolescence dissolue, un homme vivait dans cette maison. Un véritable ermite. On le voyait rarement en ville, et il chassait les gamins qui venaient s'amuser sur son terrain. À sa décharge, sa femme l'avait quitté et personne ne savait où elle était partie.

Nate secoua légèrement la tête.

— Quand je vois ce que certaines personnes peuvent tirer de ce genre de situation… Cet homme voulait seulement qu'on le laisse tranquille, mais des rumeurs ont commencé à se propager. On disait qu'il avait tué sa femme et que son fantôme hantait la propriété. Pendant un temps, la grande mode chez les jeunes a été d'aller chez lui la nuit pour chercher ce fameux fantôme. Le vieux les chassait, parfois en les menaçant d'un fusil.

Nate se pencha soudain en avant, le regard intense.

— Quand j'étais jeune, j'étais aussi idiot qu'un autre. Mais pas au point de gober ces fadaises, ni de penser qu'on avait le droit de persécuter un homme accablé de chagrin.

— Je suis d'accord avec vous, dit Steve.

D'intense, le regard de Nate se fit perçant.

— Et pourtant, c'est bien ce que vous faites, non ? Vous procurez des émotions fortes à des millions de personnes qui sont bien à l'abri chez elles et attendent qu'on leur fasse peur.*Eh bien*, pensa Candy. *Belle attaque frontale.* Et tout ce qu'elle avait entendu dire sur Tate était vrai : il connaissait tout le monde, et tous les secrets de ce comté.

Steve répondit d'un ton ferme.

— Je suis ici pour aider une fillette de sept ans qui n'ose plus entrer dans sa chambre parce qu'elle entend un homme lui parler. Un homme qu'elle ne voit pas. J'ajouterai que ses parents l'ont même emmenée voir un psychologue. Ma priorité est de l'aider. Si je résous cette affaire avant l'arrivée de mon équipe, nous ne tournerons pas. À moins que la famille ne décide de faire quand même l'émission. Point.

Tate étrécit les yeux, comme s'il réfléchissait à ces mots.

— J'ai aussi une réputation à préserver, reprit Steve. Je m'efforce toujours de trouver une explication rationnelle, pas un fantôme. Pour tout dire, je n'en ai pas encore rencontré un seul.

Nate sourit, pour la première fois depuis leur arrivée. Il se balança en silence pendant quelques instants avant de dire :

— Parfait. Parlons de cette maison. Pendant que j'étais à l'étranger, les rumeurs ont continué à enfler. Des gens affirmaient que le vieil homme avait tué quatre jeunes qui s'étaient introduits sur sa propriété. Mais, quand je suis rentré, les rumeurs avaient cessé de circuler, peut-être parce qu'elles étaient allées trop loin.

— C'est intéressant, remarqua Steve. Est-ce qu'il y a réellement eu des meurtres ?

— Je dirais que non. Sinon, le vieil homme ne serait pas mort de mort naturelle. Mais je n'ai jamais enquêté sur la question et, si les jeunes se racontaient encore ces histoires à la nuit tombée, autour d'un feu de camp, je n'étais pas là pour les entendre. J'avais passé huit ans à l'étranger. Quand je suis revenu, c'était déjà de l'histoire ancienne.

Steve regarda Candy.

— Est-ce que vous pourriez faire quelques recherches au sujet de ces prétendus meurtres ? J'aimerais aussi savoir si la femme s'est réellement enfuie.

Candy acquiesça. S'il y avait eu des meurtres, elle voulait savoir comment le comté pouvait les avoir oubliés aussi rapidement. Quant à la femme… si elle retrouvait sa trace, cela ne changerait pas grand-chose. Une information officielle ne suffirait pas à éteindre les rumeurs. Les gens aimaient trop les bonnes théories du complot : si quelqu'un avait prétendu des années plus tôt l'avoir retrouvée, certains auraient rétorqué qu'il ne cherchait qu'à cacher la vérité.

— Je me renseignerai.

— Bien, dit Nate en se renfonçant dans son rocking-chair. Si vous trouvez quelque chose, cela voudra dire que cette histoire n'est pas aussi ancienne qu'elle semble l'être. Au mieux, vous pourrez aider cette petite fille. Au pire, les rumeurs seront ravivées. Comme si les gens n'avaient pas déjà assez de sujets de conversation.

Il inclina légèrement la tête de côté et conclut :

— Mais par ici, je suppose qu'il n'y en a jamais assez.

Steve lui sourit.

— Je m'en suis déjà aperçu.

— Après la mort de Bride, reprit Nate, la maison a eu deux autres propriétaires, mais ils n'y ont jamais vécu. Au moins, ils y ont fait quelques travaux et l'ont empêchée de tomber en ruine. Mais personne ne s'y est installé avant cette famille.

— Voilà qui est vraiment intéressant, affirma Steve.

— C'est ce que j'ai toujours pensé. Une maison vide ne donne pas beaucoup de travail à la police, sauf en cas de vandalisme.

— Aucun jeune ne s'y est jamais introduit ? demanda Steve.

Nate partit d'un petit rire.

— Ils devaient avoir trop peur de tomber nez à nez avec un fantôme armé d'un fusil. Parce que le vieux Bride était trop pittoresque pour ne pas entrer dans la légende, lui aussi.

Il pianota sur l'accoudoir de son fauteuil pendant quelques instants avant de reprendre :

— On m'a dit que vous aviez été flic, Steve ?

— Oui, monsieur. Inspecteur, après six ans dans la rue.

— Bien joué. Autre chose ?

— Si j'ai des questions, est-ce que je peux vous appeler ?

— Et comment, s'exclama Nate en souriant. J'ai tout le temps de me plonger dans le passé. Candy sait comment me joindre, apparemment.

Elle éclata de rire.

— Je vous ai suffisamment importuné.

— Pas du tout. J'ai entendu dire que deux jeunes avaient été retrouvés morts, près de l'ancien camp des mineurs. Vous avez quelque chose ?

Candy secoua la tête.

— L'enquête n'en est encore qu'à ses débuts.

— C'est vrai. Parfois, ce boulot me manque. En général, je me tiens bien. Je me contente de casser les pieds de Gage. Il ne le prend pas trop mal.

— Il a intérêt, répliqua Candy avec un sourire. Après tout, ce n'est que le nouveau shérif.

Cette fois, ce fut Nate qui éclata de rire.

— Le pauvre homme... Mais je suis peut-être plus à plaindre que lui. Je ne suis plus que le vieux shérif.

Steve intervint :

— Vous avez dit que l'ermite s'appelait Bride. J'ai déjà entendu ce nom.

— J'ai dit son nom ? Je savais qu'il finirait par me revenir. Oui : Samuel Bride. Sa femme s'appelait Ivy.

Candy nota le renseignement, et Nate ajouta :

— Si je peux faire autre chose pour vous, n'hésitez pas.

Steve fit alors montre d'une audace que Candy jugea excessive.

— Il y a une chose, oui. Si nous faisons cette émission, accepteriez-vous d'être interviewé sur les rumeurs qui courent au sujet de cette maison ?

— Pourquoi pas ? répondit Nate. Il est temps que la mémoire de ce vieil homme soit laissée en paix. Et, Candy ?

— Oui, monsieur ?

— Si vous découvrez ce qu'est devenue sa femme, j'aimerais vraiment que vous me le disiez.

Elle accepta bien volontiers et ajouta :

— J'aimerais beaucoup résoudre cette énigme, moi aussi.

Une fois dehors, Candy s'arrêta pour contempler le ciel nocturne.

— Il y a tellement d'étoiles, ici. Comme en Afghanistan.

— Parce qu'il y a moins de pollution lumineuse, expliqua Steve.

Mais il l'observait attentivement, en espérant qu'il ne suffisait pas qu'elle contemple les étoiles pour que les souvenirs l'engloutissent de nouveau.

Elle n'aurait sans doute pas aimé savoir qu'il avait envie de la protéger. D'ailleurs, c'était ridicule. Elle n'avait pas besoin qu'on la protège et, de toute façon, il ne pouvait rien faire pour chasser ses souvenirs. Il ne pouvait que souhaiter qu'elle s'en fasse de nouveaux, agréables ceux-ci.

Mais il avait vu combien elle avait été secouée par le double meurtre.

Elle baissa enfin la tête, sourit et fit quelques pas vers la voiture.

— Cet entretien était passionnant.

— Je suis d'accord. On dirait que les rumeurs les plus effrayantes ont été fabriquées de toutes pièces.

— On dirait, oui, mais je ferai des recherches.

— En attendant, je ne sais toujours pas pourquoi une petite fille entend des voix dans sa chambre, ni si ces voix représentent une quelconque menace pour elle ou ses parents.

Candy s'arrêta, la main posée sur la poignée de sa portière.

— Vous parlez d'une menace physique ?

Le ventre de Steve se noua. Il n'aimait pas envisager cette possibilité mais, malheureusement…

— Quand je suis arrivé, je pensais pouvoir rassurer les Castelle en leur fournissant une explication relativement simple. Mais, si ces manifestations sont le fait d'une personne bien réelle, je suis forcé de me demander ce qu'elle cherche. Et je n'apprécie aucune des réponses que je trouve.

Candy sembla sonnée, mais il ne pouvait plus ignorer la sensation qui grandissait lentement en lui depuis la veille. Un médium, un fantôme et deux meurtres ? Il avait été flic pendant trop longtemps pour n'y voir qu'une coïncidence.

Elle le regarda par-dessus le toit de la voiture.

— Mais pourquoi ? Et qui ? Pour l'amour du ciel, Steve ! Ils viennent tout juste de s'installer.

Il lui fit signe de monter dans la voiture avant de l'imiter. Une fois les portières fermées, il se sentit plus à l'aise.

— C'est comme ça, dit-il. J'envisage toutes les pistes, même celles qui ne relèvent pas du paranormal. Beaucoup d'entre elles sont horribles. Je suis flic. J'en ai trop vu pour m'arrêter aux apparences.

Il vit ses mains se crisper sur le volant.

— Bon sang, souffla-t-elle.

— Oui, ce monde est terrible et mes pensées empruntent des chemins bien laids. Mais prenez le cas des Castelle : ils se sont installés au milieu de nulle part. Pourquoi ? Pour avoir un jardin ? Ou parce qu'ils fuient quelque chose ? Et si leur couple était pourri jusqu'à l'os ? Si l'un d'eux utilisait Viv, d'une façon ou d'une autre ?

Il tourna légèrement la tête et vit qu'elle le fixait.

— C'est juste...

Elle semblait incapable de trouver ses mots.

— Je sais. Mais vous n'êtes pas naïve, Candy. Vous savez combien les gens peuvent être cruels. Parce que cette fillette a besoin d'aide, j'envisage toutes les possibilités, même celles qui peuvent sembler les plus inconcevables. C'est une partie de mon travail dont je ne parle jamais à l'écran. Parfois, il n'y a ni fantôme, ni tuyau qui claque, ni installation électrique défectueuse. Parfois, il y a des gens méchants. Et c'est une possibilité que je n'écarte jamais.

Quand Candy se gara devant chez elle, il dit :

— Je dois aller installer mes appareils chez les Castelle. On se voit demain ? J'apporterai le café.

— Bien sûr.

Il regagna sa voiture, conscient qu'elle le suivait des yeux.

La tension qui l'habitait était montée d'un cran. Peut-être qu'il avait été flic pendant trop longtemps... et peut-être qu'il voyait juste. En ce cas, il fallait qu'il découvre ce qui se tramait, aussi vite que possible.

Ben Wittes aurait aimé pouvoir se fourrer du coton dans le cerveau pour faire taire les esprits. Ils étaient surexcités et braillaient comme toute une classe de maternelle.

Bon sang. Si cette voix dominante dans sa tête avait dit vrai, si d'autres meurtres se préparaient... La pensée le glaçait jusqu'à l'os.

Mais la voix s'était trompée sur un point. Les meurtres n'allaient pas se produire : ils s'étaient déjà produits. Il fallait qu'il se raccroche à cette idée.

Il ne voulait plus entendre ce genre de choses. Il voulait donner une voix aux esprits qui hantaient cette maison, oui, mais pas pour transmettre ce genre de messages.

Comme s'il avait le choix !*Possession*. Le mot traversa son esprit une fois de plus. Et si c'était Samuel Bride qui cherchait à dire quelque chose ? Mais, s'il s'agissait bien de lui, comment pouvait-il avoir un quelconque rapport avec les meurtres de la veille ?

Pourtant cette voix semblait lentement prendre le dessus. C'était d'ailleurs à cause d'elle qu'il s'était présenté de façon aussi désastreuse à ce Hawks.

Il ferma les yeux et dit une fervente prière pour son salut.

11

Steve installa ses appareils dans la cave et la chambre de Vivian avant de monter dans le grenier. Il était assez vaste pour y aménager deux pièces supplémentaires, mais les seuls fils qu'il vit étaient ceux qui alimentaient les deux ampoules.

Il était toujours possible qu'un son venu de ce grenier se propage dans le mur de la chambre de Vivian. S'il ne captait rien cette nuit, il poserait le reste de ses appareils le lendemain.

Après avoir réparé la caméra, qui ne fonctionnait pas correctement, il redescendit dans la chambre de Vivian pour y placer une caméra grand-angle et deux enregistreurs à déclenchement automatique. Il ne pouvait rien faire de plus, à moins de passer la nuit ici.

Il partit à la recherche des Castelle et les trouva dans la cuisine, assis devant un petit verre de brandy. Une façon agréable de terminer la journée. Pour sa part, Vivian devait déjà être au lit.

— Tout va comme vous voulez ? demanda Todd.

— Oui. Toutes les zones stratégiques sont couvertes. Mais j'avais une question à vous poser.

— Bien sûr, asseyez-vous. Un brandy ?

— Ne me tentez pas ! s'exclama-t-il en riant. Je dois reprendre le volant.

— C'est l'ancien flic qui parle, lança plaisamment Annabelle.

Mais Todd les ramena au sujet premier.

— Alors, cette question ?

— Oui... C'est à propos de la cave.

Ils se penchèrent vers lui sans masquer leur impatience.

— Je n'ai encore rien enregistré, mais ça ne veut rien dire. Je devrai peut-être installer d'autres appareils ou passer la nuit dans la chambre de Viv. Nous verrons. Mais j'ai l'impression que cette cave ne s'étend pas jusque sous sa chambre.

— C'est vrai, répondit Annabelle. Nous l'avons remarqué, nous aussi, mais l'agent immobilier avait une explication.

— Oui, enchaîna Todd. Il a dit que la chambre de Viv était un ajout à la construction d'origine.

— Un contrôleur technique nous a appris qu'elle avait été construite sur une dalle en béton bien solide, sans aucun vide sanitaire, compléta Annabelle.

Zut. Comment faire pour inspecter ce qui se passait sous cette chambre sans tout démolir ? Mais de toute façon qu'aurait-il trouvé, sinon quelques mulots et un ou deux rats ?

— Je vais vous laisser, dit-il en se levant.

Il fit quelques pas vers la porte avant de se retourner pour demander, sur un ton désinvolte :

— Est-ce que vous êtes restés en contact avec vos amis ?

— Bien sûr, déclara Todd. On ne coupe jamais les ponts avec ses vrais amis.

— Bien.

Il quitta la maison en souriant, et en se disant qu'on ne coupait jamais les ponts avec ses ennuis non plus. Il espérait que Dena, sa documentaliste, le contacterait très vite. Elle avait un don pour retracer le passé de ses clients en ne consultant que les archives accessibles au public.

Quand il passa devant chez Candy et vit la lumière qui brillait derrière ses fenêtres, il fut saisi d'une forte envie de s'arrêter. Il voulait en savoir plus sur elle. Par exemple... avait-elle de la famille ? Qu'avait-elle fait, à part l'armée ?

Cette fois, ce n'était pas la curiosité d'un flic, mais d'un homme. *Ennuis droit devant*, se prévint-il. Il ne voulait s'attacher ni à cette ville ni à une femme qui y vivait. Pour commencer, il passait beaucoup de temps à voyager. Quand il n'était pas par monts et par vaux, il vivait en Californie du Sud, où il se plaisait. Mais il doutait que Candy puisse avoir envie de s'y installer.

Bien qu'il soit presque minuit, il décida d'aller frapper à sa porte – et tant pis si elle l'envoyait balader. Il s'inquiétait pour elle. Il craignait que ses souvenirs la hantent toujours.

Le prétexte était bidon, mais il descendit quand même de voiture. Quand elle lui ouvrit, elle ne put masquer sa surprise.

— Steve !

— Coucou, dit-il avec un sourire affable. Je pensais aller chez Maude avant la fermeture pour prendre une part de tarte. Si vous êtes intéressée, je peux vous en rapporter une.

Un lent sourire s'épanouit sur son visage.

— Je veux bien. Une part de tarte aux pommes avec un café crème, si cela ne vous dérange pas.

— J'espère seulement qu'elle en aura encore.

Il s'en était bien sorti. Maintenant, il n'avait plus qu'à espérer que le dragon voudrait bien lui céder une partie de son trésor. Il n'en doutait pas, mais l'image l'amusait. Il se demandait comment une femme aussi revêche pouvait avoir eu un enfant.

Maude s'avéra être d'excellente humeur.

— Il me reste une part de tarte aux pommes et deux de *cobbler* aux pêches, dit-elle. Je vous les offre.

Il la gratifia d'un sourire ravi.

— C'est très généreux de votre part.

— Non, c'est seulement parce que je n'aime pas jeter la nourriture. J'en referai tout à l'heure, avant l'ouverture. Autre chose ?

— Deux grands crèmes, s'il n'est pas trop tard.

— Pour certaines personnes, il n'est jamais trop tard.

Effectivement. Quand il était dans la police, il carburait au café.

Ensuite, il fit le grand saut, en s'attendant à être repoussé sans ménagement.

— Vous devez avoir entendu parler de l'incident qui s'est produit dans la montagne.

Maude lui tendit le premier crème avant de répondre.

— Deux meurtres, d'après ce que j'ai entendu. Les gens ne sont pas tranquilles. Et ils se demandent aussi pourquoi ça s'est produit juste après votre arrivée en ville.

L'estomac de Steve se retourna.

— Ils me prennent pour un assassin ?

— Disons qu'ils se méfient des nouveaux visages. Ils veulent que le meurtrier soit un étranger, pas leur voisin.

— Eh bien, souffla-t-il, même si c'était compréhensible. Et Ben Wittes ?

Maude laissa échapper un petit rire.

— C'est un fou, affirma-t-elle en lui tendant le second café. La plupart des gens essayent de l'éviter. Il dit qu'il communique avec les esprits. Je n'en crois pas un mot. Je suis croyante, et je ne pense pas que Dieu perde des âmes et les laisse rôder sur terre et importuner les vivants.

Le point de vue était intéressant. Mais d'un autre côté, si l'esprit gardait son libre arbitre, même après la mort ? C'était un vrai casse-tête, auquel il réfléchissait parfois.

Cependant, cette énigme n'était rien en comparaison d'une autre : qu'avait-il fait pour être dans les bonnes grâces de Maude ? Il doutait de le savoir un jour.

Candy était assez heureuse que Steve soit passé. Ses propres fantômes secouaient les barreaux de leur cage et menaçaient de s'échapper. Mon Dieu, il fallait qu'elle les enterre pour de bon, mais elle doutait de jamais y parvenir.

Il revint avec deux boîtes en polystyrène et deux cafés.

— Aidez-moi avant que je fasse tout tomber, dit-il.

Elle prit les deux gobelets et demanda :

— Où nous installons-nous ? Dans la cuisine ?

— C'est préférable, à moins que vous ne vouliez mettre des miettes dans votre salon.

— Vous avez raison. Je n'aime pas vraiment passer l'aspirateur.

Il rit.

— À chaque fois que je rentre chez moi, j'engage une équipe

pour faire le ménage. Je ne suis pas du genre à faire la poussière ou passer la serpillière.

— Mais moi, si. Nous avons toujours aidé maman à tenir la maison. Ensuite, à l'armée, j'ai appris à nettoyer les traces de bottes sur le sol à la brosse à dents.

— Sérieux ?

Elle lui jeta un coup d'œil en posant les cafés sur la table.

— Il fallait bien qu'ils nous occupent quand nous n'avions rien d'autre à faire. Mais en fait, ce n'était sans doute qu'un moyen supplémentaire de nous apprendre à obéir aux ordres.

Elle le regarda.

— Voulez-vous une assiette et une fourchette ?

— S'il vous plaît. De temps en temps, j'essaye d'avoir l'air civilisé.

La réponse lui arracha un sourire en coin. Elle attrapa deux assiettes et des couverts, et s'assit face à lui. Il ouvrit les boîtes et l'invita à se servir.

— Tout ça ?

— Oui. Maude m'en a fait cadeau. Elle m'a confié qu'elle détestait jeter la nourriture.

Candy haussa les sourcils.

— Comment êtes-vous entré dans ses petits papiers ?

— Que je sois damné si je le sais.

Candy prit la part de tarte aux pommes, et lui, un gros morceau de *cobbler* aux pêches. Il en mangea une bouchée avant de déclarer :

— Maude m'a appris quelque chose d'intéressant.

— Vraiment ?

— Les habitants sont inquiets, et ils semblent me soupçonner. Après tout, je suis un étranger, et les meurtres se sont produits juste après mon arrivée.

— Oh ! zut... Je ne m'attendais pas à ça.

— Compte tenu des circonstances, c'est logique, reprit-il. Comme l'a affirmé Maude, personne ne veut penser que l'assassin pourrait être son voisin. Elle m'a aussi dit que Ben Wittes était fou et que les gens le fuyaient comme la peste.

— Je veux bien le croire, répliqua-t-elle en se remettant à manger. Mais si les gens vous soupçonnent, cela va vous compliquer la tâche.

— Je doute qu'elle puisse être encore plus compliquée qu'elle l'est déjà. Même les archives publiques ne peuvent me fournir aucune information utile. Mais vous allez enquêter sur la disparition d'Ivy Bride ?

— Tout à fait. Nate a piqué ma curiosité.

Ils mangèrent en silence pendant quelques minutes avant que Steve prenne le risque de troubler ce moment de camaraderie.

— Est-ce que vous avez de la famille ?

— À L.A. ? Plein. Une famille immense.

— Comment vont-ils ?

— Bien, apparemment.

Soudain, elle semblait tendue. Il aurait sans doute dû changer de sujet, mais il ne put s'empêcher de demander :

— Est-ce que vous les voyez souvent ?

Elle secoua la tête.

— Des querelles familiales ?

— Absolument pas.

Elle laissa tomber sa fourchette dans son assiette.

— Vous voulez la vérité ? La guerre a fait de moi une personne que je n'aime pas toujours. Je ne veux pas qu'ils voient celle que je suis devenue et commencent à m'interroger sur ce que j'ai fait. Et ensuite, il y a mon frère.

Il attendit, mais elle semblait ne pas vouloir poursuivre. Elle avait de nouveau ce regard absent. Oh ! mon Dieu, qu'avait-il provoqué avec sa curiosité insatiable ? On ne cuisinait pas un ami comme un témoin ou un criminel.

Quelques longs instants s'égrenèrent avant qu'elle reprenne.

— Mon frère s'est lui aussi engagé dans l'armée, sans doute à cause de moi. Et il a été tué en Afghanistan. Je ne serais pas étonnée que ma famille me tienne pour responsable, et ils auraient peut-être raison.

Son cœur se serra. Mon Dieu... Comment cette femme ne

s'effondrait-elle pas sous le poids du fardeau qu'elle portait sur ses épaules ?

Il avait envie de la prendre dans ses bras, mais le geste aurait sans doute été mal accueilli. Il n'osa même pas lui conseiller de leur téléphoner. C'était à elle, et à elle seule, de décider de le faire.

— Peut-être qu'il suivait les traces de votre père, fit-il remarquer. Tout comme vous.

— Pardon. Je ne devrais pas vous embêter avec ça.

— Ne vous excusez pas. Ce n'est rien.

Elle ramassa sa fourchette et se remit à manger.

— Merci pour la tarte et le café. C'est délicieux.

Elle lui signifiait que la discussion était close. Il pouvait le comprendre. Mais comment amener cette femme à s'ouvrir à lui sans se montrer insistant ? Elle ne lui faisait pas encore assez confiance.

— C'est Maude qu'il faut remercier, répondit-il d'un ton léger. J'en suis resté sans voix.

La réponse ne lui arracha qu'un petit sourire, comme si sourire lui était douloureux.

— J'ai entendu dire qu'il pouvait lui arriver de surprendre son monde, mais je n'en ai jamais été témoin.

— Peut-être qu'elle a un faible pour les beaux garçons.

Elle laissa échapper un rire bref.

— Vous avez donc un ego ?

— Bien sûr. Je le cache bien, c'est tout.

Son sourire s'élargit un peu. C'était peut-être tout ce qu'il devait espérer pour l'instant. Les meurtres l'avaient vraiment secouée, et il lui faudrait peut-être un moment pour s'en remettre. Si elle s'en remettait un jour.

Les personnes dotées d'un cœur et d'une conscience ressentaient souvent de la culpabilité, même sans la moindre raison. Mais comme elle devait souffrir de se croire responsable de la mort de son frère…

Un psychologue aurait peut-être choisi de lui rappeler que son frère était doté d'une volonté propre, qu'elle lui ôtait en pensant qu'il ne s'était engagé qu'à cause d'elle. Mais il n'était pas psychologue et refusait de s'aventurer sur ce terrain.

Elle laissa passer quelques minutes avant de demander :

— Est-ce que vous pensez réellement que l'un des parents pourrait être derrière toute cette histoire ?

— Il ne faut négliger aucune piste, répondit-il d'un ton léger.

Il s'était aperçu qu'en accordant trop d'attention à une idée préconçue, on pouvait manquer des détails importants.

— D'après ce que j'ai vu d'eux, ça me semble impossible.

— Je sais. Mais nous avons tous deux visages, selon le contexte dans lequel nous nous trouvons. J'ai arrêté un paquet de criminels que tout le monde voyait comme des personnes charmantes et parfaitement inoffensives. On ne peut pas toujours se fier aux apparences.

Elle acquiesça et reposa sa fourchette.

— Je comprends. Mais ça me semble quand même impossible.

— Et peut-être que ça l'est, répliqua-t-il. Mais l'important, c'est le bien-être de cette fillette.

Enfin, ses épaules se détendirent et un demi-sourire naquit sur son visage.

— Vous pourriez avoir raison. Cette famille semble trop banale.

— Exactement. On les dirait tout droit sortis d'un programme télé des années 1960. Bien sûr, il est toujours possible qu'ils soient exactement ce qu'ils semblent être.

Mais il ne négligerait aucune piste.

À peine avait-il fini de parler que son portable sonna. Par politesse, il demanda :

— Cela ne vous dérange pas que je prenne l'appel ?

— Bien sûr que non.

Il ne comprendrait jamais comment certaines personnes pouvaient interrompre une conversation pour répondre au téléphone sans même s'excuser. Comme si leur téléphone était plus important que tout le reste.

Il ne se donna pas la peine de quitter la table. Candy pouvait écouter la conversation, si elle le souhaitait. Il n'avait aucun secret – et nulle envie de s'éloigner de son café.

Le correspondant s'avéra être sa documentaliste.

— Dena ! lança-t-il gaiement. Est-ce que tu as déniché quelques ragots pour moi ?

— Et comment. Il va te falloir de quoi écrire.

— À ce point ? Attends une minute.

Il écarta le téléphone de son oreille et regarda Candy.

— Ma documentaliste. Avez-vous de quoi écrire ?

Elle alla chercher le bloc-notes et le stylo aimantés sur la porte de son réfrigérateur.

— Merci, dit-il. Je suis prêt, Dena.

Il écouta en notant quelques détails importants.

— Tu m'envoies tout ça par mail ? Un grand merci.

— Quand nous nous reverrons, tu pourras m'offrir un scotch.

Il éclata de rire.

— Tu l'auras.

Après avoir raccroché, il réfléchit pendant une minute avant de poser les yeux sur Candy.

— Vous savez, cette petite famille parfaite ?

— Oui ?

— Todd a été condamné pour détention de drogue. Ils ont essayé de le faire tomber pour trafic.

— Mon Dieu, souffla-t-elle. Vous aviez raison.

— Il n'est pas aussi parfait qu'il semble l'être. Que pensez-vous de tout ça ?

Elle hésita avant de dire enfin :

— Rien de bon. Mais c'est vous qui êtes le détective chevronné.

— Eh bien, je vois arriver des ennuis. Peut-être que Todd était vraiment dealer, mais que la quantité de drogue qu'il avait sur lui lors de son arrestation était trop minime pour en convaincre un juge ou un jury. Il me faut des détails. Mais qui sait avec qui il faisait affaire…

Elle hocha la tête.

— C'est vrai. Et s'ils avaient fui quelque chose… ou quelqu'un ?

— Quelqu'un qui pourrait maintenant terroriser leur petite fille, ajouta Steve. En tout cas, Todd n'est pas le parangon de morale qu'il semble être.

12

Steve reprit le chemin du motel. Il se félicitait d'avoir décidé de ne pas passer la nuit chez les Castelle pour surveiller ses appareils. Cela pouvait attendre le lendemain. Pour le moment, une furieuse bataille se livrait en lui. Il ne pouvait cesser de penser à Candy.

Bon sang, elle était vraiment séduisante. L'envie d'explorer toutes les collines et vallées de son corps commençait à l'obséder. Mais il ne voulait pas lui faire des avances, de peur de la mettre mal à l'aise. Il savait que la plupart des femmes détestaient que les hommes les voient comme de simples objets sexuels.

Mais il ne faisait pas que la désirer. Non : il aimait tout en elle. Elle était futée et faisait preuve d'une retenue qu'il trouvait remarquable. Elle ne l'avait toujours pas accusé d'être un escroc sans vergogne.

D'ailleurs, il pensait même qu'elle commençait à admettre qu'il était honnête.

Sans transition, ses pensées retournèrent aux Castelle. Todd avait donc été condamné dans une affaire de drogue. Il attendait le mail de Dena pour avoir tous les détails de l'affaire.

Parce qu'on ne jouait pas impunément avec des trafiquants de drogue. Parce que ce couple n'était peut-être pas aussi stable qu'il semblait l'être. Parce qu'un personnage sans scrupule aurait pu tourmenter Vivian dans le but d'atteindre son père.

Quant à ce type qui croyait entendre des voix, qu'il aille au diable. Il y avait des choses bien plus importantes.

Après avoir pris un autre café au restaurant routier, il retourna dans sa chambre et ouvrit son ordinateur portable, parce qu'il détestait lire les mails sur son téléphone. Sans être à proprement parler dépassé par les progrès technologiques, il rechignait à les adopter. Il regrettait souvent le temps où les gens s'asseyaient et discutaient, sans se laisser distraire par leur téléphone.

Il faillit éclater de rire. Il n'était quand même pas encore assez vieux pour être aigri à ce point !

Une fois encore, son esprit voulut retourner vers Candy, mais il l'en empêcha. Trop d'obstacles se dressaient entre eux, dont son refus catégorique de retourner en Californie. Il lui faudrait sans doute du temps pour dépasser ce blocage. Alors, qu'avait-il à lui offrir ?

Une aventure d'une nuit, voilà tout.

Empli de dégoût pour lui-même, il entreprit de lire le mail de Dena et sentit croître son inquiétude.

Todd avait effectivement été inculpé pour trafic de drogue, mais condamné pour consommation. Le juge devait avoir de la sympathie pour les hommes qui avaient un travail et une famille… ou qui étaient blancs et présentaient bien.

Parce que son expérience lui avait appris que le système judiciaire était ainsi : les mises en accusation étaient entre les mains des procureurs, et les condamnations, entre celles des juges et des jurés. Et aucun d'eux n'était totalement impartial.

Il soupira et poursuivit sa lecture. Todd avait été condamné à faire une cure de désintoxication, puis des travaux d'intérêt général pendant une année. Il s'était acquitté de sa peine.

Mais l'affaire pouvait avoir créé des tensions dans le couple. Peut-être que les Castelle avaient emménagé ici pour que Todd coupe plus facilement les ponts avec les personnes du milieu, ou pour l'éloigner de la tentation. L'idée ne semblait pas mauvaise.

Mais ils pouvaient aussi avoir déménagé parce que Todd devait de l'argent à certaines personnes. Et, de toutes les possibilités, c'était celle-ci qui l'inquiétait le plus. Dans ce monde vivaient des gens auxquels il ne fallait jamais rien devoir. Des gens qui n'auraient aucun scrupule à vous menacer en s'en prenant à votre enfant, ou même à vous tuer.

D'après Annabelle, ils avaient choisi cette maison parce qu'elle était grande et rentrait dans leur budget. Parce qu'ils ne gagnaient pas beaucoup d'argent, ou parce qu'ils essayaient de rembourser une dette ?

Zut. Cette affaire se compliquait. Il ne lui faudrait peut-être pas simplement rassurer cette famille, mais protéger cette petite fille d'un danger bien réel.

Le moment était venu de se remettre à penser en détective. Il pouvait le faire sans sacrifier sa recherche d'activité paranormale, parce qu'il devait la poursuivre.

Mais la chasse aux fantômes venait de se voir rattrapée par la réalité.

La productrice de Steve, Etta Miller, l'appela aux aurores le lendemain matin. Il choisit d'aller droit au but, comme toujours avec elle.

— Etta, notre affaire se complique, dit-il sans ambages. Le mari a un passé criminel. Je ne sais pas encore s'il y a un lien, mais nous n'aurons peut-être pas d'émission.

— Steve, Steve, Steve..., soupira-t-elle.

— Tu sais que je ne mens jamais aux téléspectateurs.

— Oui. Je sais.

— Quand j'ai accepté de faire cette émission, c'était à la condition que certaines choses ne seraient pas rendues publiques, lui rappela-t-il. Tu dois faire avec.

— Je comprends. Mais tu ferais quand même mieux de t'intéresser à ce médium. Si l'affaire est réglo, il peut nous être utile. Si tu le présentais à la famille ?*Zut et rezut*, pensa-t-il en raccrochant.

Mais une autre pensée s'insinua dans son esprit. Si les Castelle fuyaient effectivement quelqu'un, et qu'on les avait retrouvés, ils pensaient peut-être qu'un passage dans une émission diffusée à l'échelle nationale constituerait une sorte de garantie. S'ils étaient célèbres, personne n'oserait s'en prendre à eux.

Et dire qu'il avait cru ne plus jamais avoir à traiter ce genre d'affaires quand il avait quitté la police… Encore un rêve qui s'envolait.

Candy s'était endormie en repensant à ce que Steve avait appris sur les Castelle. S'il y avait un lien entre le passé de Todd et cette affaire, le comté allait être en émoi. Et c'était à elle d'empêcher que cela se produise ? Autant croire au Père Noël.

Mais, quand elle se réveilla, le lendemain matin, ce fut au sortir d'un rêve bien plus agréable… Dans ce rêve, Steve était resté la veille et ils avaient fait l'amour.Lorsqu'elle ouvrit les yeux, elle eut l'impression que son corps était brûlant, aussi doux et malléable que s'il était fait de miel chaud. Elle repoussa brusquement les couvertures et laissa l'air de sa chambre rafraîchir sa peau. C'était dingue. Complètement dingue.

Une relation avec Steve ne pourrait durer que quelques semaines. À peine plus qu'une aventure d'une nuit. Elle n'avait eu ce genre de relation qu'une fois dans sa vie et s'était promis de ne jamais renouveler l'expérience. Elle s'était sentie trop mal. Sale, comme si on s'était servi d'elle.

Elle prit une douche chaude et, quand elle sortit de la cabine, se mit à trembler dans l'air froid de la salle de bains. Parfait. Voilà qui devrait suffire à annihiler tout désir malvenu.

Quand elle eut le ventre plein de gruau chaud et de fromage, elle enfila son uniforme et prit la route du bureau. Maintenant, elle avait envie d'enquêter elle-même sur les Castelle, mais elle devait aussi retrouver la trace d'Ivy Bride. Elle espérait découvrir que la femme aurait déménagé pour s'installer à l'autre bout du pays.

Quant aux Castelle, il lui semblait parfaitement illogique qu'ils veuillent passer à la télé s'ils étaient en fuite. Mais Steve semblait penser le contraire, et elle brûlait d'entendre ses explications.

Elle l'avait vu sous un autre jour, la veille. Plus sombre, moins badin, tellement concentré sur sa tâche qu'elle n'aurait pas aimé être la cible de son enquête. Son côté détective, sans doute, qu'elle n'aurait pas détesté voir en action. Elle avait beaucoup à apprendre de lui.

Mais, pour le moment, sa mission était de faire des recherches. Elle décida de commencer par Ivy Bride. Nate avait raison : il était temps que la mémoire du vieux Samuel Bride repose en paix.

De son côté, Steve allait sans doute s'intéresser de près au passé des Castelle. Et s'il trouvait quelque chose, il lui en ferait probablement part, comme il l'avait fait la veille.

Quand on l'avait chargée de chaperonner un chasseur de fantômes, elle n'aurait pas cru que sa tâche puisse s'avérer aussi compliquée… Mais, d'un autre côté, elle devenait aussi bien plus passionnante.

Après avoir salué ses collègues, elle choisit un bureau tout au fond de la salle afin de ne pas se laisser distraire par les conversations.

Quand elle eut trouvé le nom de jeune femme d'Ivy Bride – Haskell –, elle décida d'interroger les bases de données pour savoir si elles renfermaient des avis de décès concernant des Ivy Bride, des Ivy Haskell et des Ivy Haskell Bride. La recherche allait sans doute prendre du temps : ces bases de données étaient énormes, surtout quand les archives les plus anciennes avaient été numérisées pour y être intégrées. Et la période qui l'intéressait couvrait une soixantaine d'années.

Pendant que l'ordinateur travaillait, elle décida d'aller chercher un café chez Maude. Si Velma la regarda de travers quand elle revint avec son gobelet, elle ne s'en aperçut pas. D'ailleurs, elle n'aurait pas été étonnée d'apprendre que Velma voyait clair dans leur petit manège. Cette femme faisait parfois preuve d'un humour assez caustique. À moins qu'elle soit particulièrement têtue ? En tout cas, elle était trop intelligente pour ne pas avoir remarqué l'assortiment d'anti-acides caché derrière les tasses.

À sa place, Candy aurait vidé le pot de café par terre et dit aux agents de se débrouiller. Mais elle n'avait pas le tempérament de Velma. Si cette femme avait conservé son poste pendant aussi longtemps, c'était sans doute parce qu'elle était assez posée pour garder la tête froide au milieu des meurtres, des communications et des agents.

Quand elle regagna son bureau, plusieurs résultats s'affichaient sur son écran. Qui aurait cru qu'Ivy Haskell était un nom aussi répandu ? Mais aucun de ces résultats ne convenait. Ces femmes étaient nées soit trop tôt, soit trop tard. Elle définit donc une fourchette de temps en vue de réduire le nombre de résultats et relança la recherche.

Mais Ivy Bride pouvait aussi avoir changé de nom – ou même s'être remariée. Ce n'était pas parce que Bride n'avait jamais fait allusion à un divorce qu'il n'y en avait pas eu.

Quand elle en aurait fini avec les actes de décès, elle allait donc s'intéresser aux divorces et aux mariages, puis aux changements de nom. Bon sang, si elle devait attendre que cet ordinateur ait passé en revue les bases de données de tout le pays, elle allait devenir folle. Autant aller se promener, faire des claquettes dans le parc ou s'asseoir chez Maude en écoutant distraitement les conversations des autres clients.

Mais elle resta là, avec son café, et mit à l'œuvre la patience dont elle avait appris à faire preuve quand elle montait la garde.

Bientôt, l'écran de l'ordinateur commença à afficher des données de recensement. L'une d'elles, datée de 1960, mentionnait une Ivy Haskell Bride, épouse de Samuel Bride, domiciliée dans le Wyoming. Mais, dans le recensement de 1970, il n'y avait plus aucune trace d'elle. Peut-être que les données ultérieures n'étaient pas ouvertes au public.

En tout cas, elle avait un nouvel indice : si Ivy avait changé de nom, c'était après 1960.

Elle lança une recherche dans la base de données de la caisse de retraite, mais sans résultat. Sans doute parce que Ivy n'en avait jamais bénéficié.

Une vraie femme invisible.

La frustration la gagna, mais elle n'avait pas encore fait le tour des possibilités, loin de là. Il lui restait bien d'autres bases de données à consulter, essentiellement judiciaires et militaires. Elle doutait de trouver une simple épouse de fermier des années 1960 dans l'une ou l'autre, mais elle ne devait négliger aucune possibilité.

Et, bien sûr, elle devrait également consulter les archives du shérif pour savoir à quelle date la disparition de la femme avait été signalée. Si elle l'avait été.

La taupinière se transformait rapidement en montagne.

Cependant, ces recherches faisaient partie de son travail. Le boulot d'un flic n'était pas toujours romantique, ou même intéressant. Mais elle s'était donné tant de mal pour décrocher ce poste qu'elle ne l'aurait échangé contre aucun autre.

Puisque Candy s'occupait d'Ivy Bride, Steve décida de glaner autant de renseignements que possible sur les Castelle avant de retourner chez eux. Il rappela donc Dena.

— Quoi, vieux ? soupira-t-elle en décrochant. Je t'ai fourni une tonne d'infos.

— Je sais. Mais tu pourrais en avoir d'autres.

— Comme si je pouvais trouver autre chose dans les archives publiques. J'ai des informateurs, mais je ne veux leur faire courir aucun risque. Je leur poserai quand même la question. Par contre, cela prendra sans doute du temps. En somme, tu vas devoir te débrouiller seul.

Il l'avait deviné, mais cela ne coûtait rien de demander – d'autant que les sources de Dena lui avaient déjà fourni des informations précieuses, par le passé.

Quand il eut raccroché, il décida de passer chez le shérif avant de se rendre chez les Castelle. Candy devait le haïr, à l'heure qu'il était.

Quand on était flic, on passait beaucoup moins de temps à se promener avec une plaque et un revolver qu'à glaner toutes sortes de renseignements sur les suspects et les témoins. On écoutait les rumeurs qui bruissaient dans la rue, on fouillait dans les archives jusqu'à en avoir les yeux qui tombaient de la tête. Heureusement, il avait eu toute une équipe derrière lui. Mais Candy était seule.

Il pouvait lui apporter un café, l'inviter à déjeuner, lui proposer de l'accompagner chez les Castelle. Peut-être qu'elle ne laisserait pas passer l'occasion de faire une pause. D'ailleurs, il était presque midi. Oui, elle avait besoin d'une pause.

Mais ce n'était pas tout : il voulait la revoir.

Il était mordu.

Il la trouva tout au fond du bureau, devant un écran d'ordinateur. Quand il l'appela, elle leva les yeux vers lui et déclara :

— Ce boulot craint vraiment, mais vous devez le savoir.

— Oui, répondit-il en posant un café devant elle. Voilà pourquoi je suis venu vous inviter à déjeuner avec moi et à m'accompagner chez les Castelle. Mais si vous préférez rester ici et poursuivre cette petite séance de torture, je repasserai tout à l'heure pour vous aider à ramasser vos yeux.

La boutade lui arracha un rire.

— Va pour le déjeuner, dit-elle.

Elle se leva, enfila son blouson et prit son gobelet de café.

— Emmenez-moi loin d'ici.

Son cœur bondit dans sa poitrine, d'une façon parfaitement déplacée.

— Avec le plus grand plaisir.

Bien qu'il soit midi, il n'y avait pas grand monde chez Maude. Steve se demanda si c'était à cause des meurtres. Peut-être que les gens étaient trop nerveux pour aller déjeuner en ville, ou quitter leurs enfants des yeux le temps d'un repas. D'ailleurs, les enfants allaient-ils à l'école ?

— Est-ce que les gens se terrent chez eux depuis les meurtres ? lança-t-il.

— Tout ce que je sais, c'est qu'ils sont sacrément nerveux.

— Si j'avais un enfant, je m'inquiéterais aussi, avoua-t-il.

Mavis approcha de leur table, et ils passèrent rapidement leur commande. S'ils avaient hésité ne serait-ce qu'une minute, il n'aurait pas été surpris que Mavis décide elle-même de ce qu'elle allait leur servir.

Il avait choisi un cheeseburger accompagné de frites et de salade – et tant pis si ses artères criaient grâce. Candy semblait avoir elle aussi renoncé à mater son appétit. Elle ne prit ni salade, comme la plupart des femmes, ni poulet grillé, mais un steak accompagné de pain de maïs et de brocolis.

— Vous mangez du pain de maïs ? s'exclama-t-il.

— De temps en temps. J'adore ça.

— C'est bon, convint-il. Je ne pense jamais à en prendre.

Elle s'attaqua gaiement à son assiette, et il l'imita. Ensuite, elle demanda :

— Des nouvelles intéressantes ?

— Ma documentaliste va sonder ses informateurs, mais elle ne veut pas attirer l'attention sur eux.

— Je dois reconnaître que Castelle me déçoit, confia-t-elle. En le voyant, on ne se douterait jamais qu'il a de tels antécédents.

— Peut-être que ses problèmes avec la drogue appartiennent réellement au passé. Certaines personnes parviennent à guérir. Mais j'aimerais quand même savoir quel impact cette condamnation a pu avoir sur leur couple.

— Peut-être qu'ils sont en train de recoller les morceaux, dit-elle. Mais cette petite fille… Pourquoi quelqu'un voudrait-il la torturer ainsi ?

— Pour faire comprendre à Todd qu'on l'a retrouvé, à moins qu'il n'ait tout manigancé lui-même en imaginant que cela l'aiderait à se rapprocher d'Annabelle. Je peux penser à tout un tas de raisons. Mais en attendant ma productrice me harcèle. Elle veut que je travaille avec ce fichu médium.

Elle ne put réprimer un sourire.

— Vous allez vous amuser.

— Oh ! oui. Comme un petit fou.

— Vous n'aimez pas les médiums ?

Il était pourtant certain d'avoir déjà abordé ce sujet avec elle.

— J'en ai rencontré deux qui m'ont semblé authentiques, même si je ne peux pas le prouver. Mais les autres… Certains se baladent en partageant de vagues impressions sans intérêt, et d'autres brassent beaucoup d'air pour avoir l'air de faire quelque chose. Je me demande à quelle catégorie appartient Ben Wittes.

Elle coupa une autre bouchée de steak.

— Mais vous ne pensez pas que tous les médiums sont des charlatans ?

— J'ai appris à ne rien rejeter sans preuve. Je suppose qu'il est possible que certains d'entre eux soient authentiques.

C'était comme pour les fantômes. Il attendait seulement de trouver des preuves irréfutables de leur existence.

Quand ils eurent fini de déjeuner, Candy passa au bureau du shérif pour constater le progrès de ses recherches et ils montèrent tous deux dans son véhicule de fonction. Pour une fois, l'arrangement lui convenait. Si quelque chose de louche se tramait, il tenait à ce qu'on sache qu'il travaillait en collaboration avec la police.

— Ces recherches vont prendre une éternité, lui dit-elle en s'engageant sur Main Street. Jamais je n'aurais pensé trouver autant d'Ivy Haskell. Je n'ai trouvé qu'une trace de celle qui nous intéresse : dans le recensement de 1960.

Il laissa échapper un petit sifflement, mais Candy haussa les épaules.

— Ça ne veut pas dire grand-chose. Il est possible que les noms aient cessé d'être accessibles au public après cette date. En tout cas, cela me permet d'affiner ma recherche. Je m'intéresse maintenant aux changements de nom, aux divorces, aux archives de la police… Tout le toutim. Et de votre côté ?

— Pas grand-chose, sinon des questions supplémentaires. Mais je peux vous dire si quelqu'un terrorise sciemment cette petite fille, il va avoir des ennuis avec la justice.

— L'arrestation de Todd doit avoir quasiment détruit leur couple, dit lentement Candy.

— Oui. Cette façade de petite famille idéale cache beaucoup de choses. Et je les découvrirai.

Il les découvrait toujours. Maintenant comme à l'époque où il était dans la police, les secrets des gens étaient son pain quotidien.

— Mais s'ils sont en danger, pourquoi voudraient-ils passer à la télé ?

— Pour être protégés, répondit-il simplement. Ils seront vus dans le pays tout entier. Si quelque chose leur arrive, cela ne passera pas inaperçu.

— Je n'avais pas pensé à ça.

— C'est normal. Mais sous mon apparence amène se cache un esprit qui a pour habitude d'envisager l'inenvisageable. De chercher au-delà de l'évidence.

— Il me reste vraiment beaucoup à apprendre.

Elle s'engagea dans l'allée des Castelle.

— Vous êtes en bonne voie, déclara-t-il.

— Et je suis sûre que cette expérience va être enrichissante.

— J'espère bien que non.

Todd et Annabelle invitèrent Steve et Candy à entrer, et leur apprirent que Viv jouait derrière la maison avec Buddy.

— Je veux d'abord jeter un œil sur mes instruments, dit Steve. Ensuite, je vous rejoins.

— Faites comme chez vous, répondit Todd.

Steve s'arrêta.

— Quelque chose à signaler, cette nuit ?

— Non. Nous l'avons passée tous les trois dans notre chambre, comme toujours, et nous n'en avons pas bougé pour ne pas fausser vos enregistrements.

Steve sourit.

— Bien. Je ne devrais donc pas entendre de bruits de pas.

Annabelle éclata de rire.

— Par contre, vous entendrez peut-être Buddy courir dans la maison. Il n'est pas très discret.

— Je pense que le bruit sera assez reconnaissable.

Il se dirigea vers l'escalier qui menait au grenier, et Candy s'assit avec les Castelle à la table de la cuisine. Pour ne pas qu'ils puissent deviner ses soupçons, elle orienta la conversation vers un sujet sans danger.

— Avez-vous jamais pensé à aménager le grenier ? demanda-t-elle. Vu de dehors, il a l'air immense.

— Il est grand, oui, affirma Todd. Assez pour y aménager un bureau plus spacieux et, peut-être, une chambre supplémentaire et un cabinet de toilette. Certaines personnes n'aiment pas monter et descendre l'escalier sans cesse.

Annabelle lui tira la langue.

— Tu ne parlerais pas de moi, par hasard ? Mais les travaux coûteraient cher. Est-ce que vous êtes déjà montée au grenier, Candy ?

— Pas encore, non.

— Quand vous y monterez, regardez le lambris qui a été posé sur les murs. Une véritable œuvre d'art.

Todd éclata de rire et ajouta :

— C'est vrai qu'il est joli. Ce serait une honte de le cacher.

— Arrête de chercher des prétextes, riposta Annabelle. Nous sommes venus ici pour avoir de la place.

Candy ne put s'empêcher de se demander si c'était la seule raison. Annabelle reprit :

— Quand nous vivions en ville, nous ne disposions que de deux pièces : une chambre à peine assez grande pour y mettre un lit, et un séjour qui servait à la fois de pièce de travail pour nous et de chambre pour Vivian. Quant à la cuisine, elle était minuscule.

— J'ai déjà vu ce genre de logements, dit-elle.

Surtout à l'étranger. Des familles entières s'entassaient dans une seule pièce et cuisinaient dehors, sous un auvent. L'appartement des Castelle leur aurait fait l'effet d'un véritable palais, mais elle comprenait que la petite famille s'y soit sentie à l'étroit.

Quand Steve redescendit du grenier pour se rendre à la cave, Annabelle déclara :

— Je ne sais pas si je préférerais qu'il trouve quelque chose, ou qu'il ne trouve rien.

— Allons, il y a pire, répliqua Todd.

— Non. Il n'y a rien de pire. Et si tu avais entendu ce bruit, tu serais de mon avis.

Todd passa un bras autour des épaules de sa femme et la serra contre lui.

— Crois-moi, insista-t-elle. Je préférerais avoir un fantôme que me demander si Viv et moi devenons folles.

— Tu n'es pas folle, répondit Todd. Je le sais.

Comment pouvait-il être aussi sûr de lui ? Bien sûr, il était peu probable que la mère et la fille développent en même temps les mêmes troubles mentaux. Mais peut-être qu'il avait sa petite idée sur l'origine des bruits, et qu'il savait qu'ils n'avaient rien d'imaginaire ni de surnaturel.

Bon sang, était-ce ainsi que Steve devait penser ? En ce cas, elle ne l'enviait pas du tout. Elle avait passé trop de temps à soupçonner tous ceux qu'elle croisait, autochtones comme membres des armées locales. Elle voulait laisser ce bagage derrière elle. Réapprendre à faire confiance.

Ensuite, Todd et Annabelle lui parlèrent de leur travail. Ils semblaient enthousiastes, mais Candy ne comprit pas grand-chose. Ils faisaient des dessins en 3D ? Comme dans les films ? Elle ne posa pas la question. Ils évoquèrent ensuite les conventions auxquelles ils prenaient part, moins pour faire connaître leur travail que pour rencontrer leurs fans, et Candy se demanda comment ils pouvaient être à l'aise au milieu d'une telle foule. Elle aurait pris la fuite.

Steve les rejoignit enfin et accepta une tasse de café. Todd et Annabelle l'interrogèrent du regard.

— Rien, annonça-t-il. Mais vous aviez raison au sujet de Buddy : quand il court, il fait pas mal de boucan.

— Au moins, dit Annabelle, nous savons toujours où il est. Donc, rien ?

— Pas encore. Mais j'aimerais passer une nuit dans la chambre de Vivian. Peut-être que j'entendrai quelque chose, ou que j'aurai une idée. Il faut aussi que je vous dise que ma productrice a déniché un médium et qu'elle meurt d'envie de le faire passer dans l'émission.

Annabelle se pencha vers lui. Ses yeux s'emplissaient de larmes.

— Faites tout ce qu'il faut. Je veux seulement savoir si ces bruits sont réels et ce qui les cause. Amenez un médium. Amenez l'armée. Amenez un autre inspecteur des bâtiments. Je ne veux pas que ma fille continue à vivre dans la terreur.

— Chérie, intervint Todd. Nous déménagerons.

— Pas avant d'avoir tout tenté, répliqua-t-elle fougueusement. Nous avons mis tout notre argent dans cette maison. Je me battrai pour que nous la gardions.

Candy admira sa force et sa détermination. Elle voulait faire face, alors qu'il aurait été tellement plus simple de fuir.

Todd se tourna vers Steve.

— Est-ce que vous allez passer la nuit ici ?

— Oui. Je passe toujours quelques nuits seul sur place. J'en passerai d'autres quand mon équipe sera là. Par contre, je vous suggérerai de prendre une chambre dans un bon motel. Si vous pensez que les fantômes sont bruyants, c'est que vous n'avez jamais entendu une équipe de tournage.

— J'imagine, dit Todd en souriant.

Steve poursuivit :

— Avez-vous fait des travaux dans la maison depuis votre emménagement ?

Annabelle secoua la tête mais s'arrêta net pour demander :

— De quels genres de travaux parlez-vous ? De peinture ? De pose de papier peint ? Ou de travaux plus importants ?

— Je pensais plutôt à des cloisons qui auraient été déplacées, ou à des murs que vous auriez percés pour vérifier l'installation électrique. Il paraît que les esprits n'aiment pas les rénovations.

— Oh.

Le couple échangea un regard.

— Eh bien, dit Todd, j'ai posé quelques rails d'éclairage dans notre bureau, et un électricien y a rajouté quelques prises.

Steve hocha la tête.

— Autre chose ?

— Nous avons fait refaire l'électricité dans la grange. Pour le moment, nous ne nous en servons pas, mais il nous fallait quand même de la lumière.

— Très bien, déclara Steve. Voilà qui devrait répondre aux questions du public. Comprenez bien que je ne peux écarter aucune hypothèse.

Annabelle releva un peu la tête.

— Vous ne pensez quand même pas que ce soit des rénovations qui puissent causer tout ça.

Steve haussa les épaules.

— Mon boulot est de ne prendre aucune théorie pour argent comptant. Si quelqu'un a jamais discuté avec un fantôme pour savoir ce qui l'agaçait, je n'étais pas là pour entendre sa réponse.

Todd laissa échapper un petit rire, et Annabelle parvint à sourire.

— C'est bien le but recherché, non ? reprit Steve. Si vous vous êtes déjà fait une idée sur ce qui se passe dans cette maison et que vous ne cherchez qu'à obtenir une confirmation, vous avez choisi le mauvais cheval.

— Nous avons fait appel à vous pour découvrir la vérité, dit Todd.

— J'espère. Et si je la découvre, vous la connaîtrez.

Deux minutes plus tard à peine, quelqu'un frappa à la porte d'entrée. La porte arrière s'ouvrit au même moment et Vivian entra en trombe, accompagnée de Buddy et d'une bouffée d'air froid.

— Je vais ouvrir, prévint Todd.

Annabelle embrassa sa fille et lui ôta son manteau.

— Maman ? Est-ce que je peux avoir du chocolat ? lança la fillette.

— Et comment !

Difficile de croire que cette petite famille heureuse avait connu des heures sombres.

Todd revint dans la cuisine, suivi de Ben Wittes, toujours aussi débraillé.

— Ben Wittes, annonça Todd. Je pense que nous l'attendions.

Steve se leva et lui serra la main.

— Heureux de vous revoir, dit Ben.

Annabelle se contenta de marmonner un vague bonjour. Même si elle affirmait être prête à tout pour aider Vivian, l'arrivée de cet homme lui déplaisait.

Quant à Viv, elle posa sur l'homme des yeux écarquillés avant de descendre de sa chaise et de se rapprocher de sa mère. Candy comprenait sa réaction : Ben Wittes n'avait rien d'engageant et, quand il souriait, c'était encore pire.

— Que voulez-vous que je fasse ? s'enquit Ben.

— Que vous parcouriez la maison avec moi en me donnant vos impressions, indiqua Steve.

Ben hocha la tête.

— Je suis prêt à commencer. Depuis que je me suis mis en route pour venir ici, les esprits s'agitent. Comme s'ils avaient beaucoup à me dire.

Candy dut prendre sur elle pour ne pas pouffer de rire.

— Cela ne vous ennuie pas ? demanda Steve aux Castelle.

— Allez-y, répondit Todd. Il ne faut écarter aucune possibilité.

Steve décida d'enregistrer ce que Wittes aurait à dire. Il n'accepterait la présence de cet homme dans son émission que s'il avait une bonne raison de le faire. Si l'homme n'avait rien d'autre à lui offrir qu'un fatras d'impressions sans intérêt, il l'enverrait balader. Et tant pis s'il devait se quereller avec Etta Miller, sa productrice, pour obtenir gain de cause.

Il conduisit d'abord Ben dans la chambre des Castelle. C'était une bonne façon de le tester, vu qu'aucun phénomène ne s'y était produit.

— Allez-y, dit-il.

Ben ferma les yeux et tituba légèrement. Rien de trop théâtral. C'était une bonne chose.

— L'homme est encore dans cette maison, murmura-t-il lentement. Il y rôde en permanence. Il refuse de s'en aller.

Steve attendit. Jusqu'ici, l'information était plutôt vague et ne méritait pas qu'il s'y intéresse.

— Il refuse de s'en aller, répéta Ben. Il y a d'autres esprits. Une femme. Elle est en colère.

Là encore, pas grand-chose d'intéressant. Steve continua à attendre. Soudain, Ben ouvrit les yeux.

— Là-bas, dit-il.

Il sortit de la pièce et se dirigea vers la chambre de Vivian.

— Là, déclara-t-il d'un ton ferme. Il aime cette pièce. De là, on pourrait entendre sa voix.

Enfin une remarque qui pouvait être intéressante, à moins que les Castelle n'aient parlé de cette histoire à quelqu'un. Il faudrait qu'il leur pose la question.

Wittes ferma de nouveau les yeux et sembla tendre l'oreille.

— Il y a un chien qui peut le sentir. La femme aussi est ici. Elle est toujours en colère, mais elle ne dit rien. Elle refuse de parler.

Ben se retourna et le regarda.

— C'est ici qu'elle a été tuée.

D'accord. Steve sentit un petit frisson lui parcourir la nuque, mais choisit de l'ignorer. Tant de rumeurs avaient parcouru la ville à une époque que cette déclaration n'avait rien de particulièrement révélateur.

— Il y a une petite fille que cette femme aime bien. Elle veut la protéger, mais ne sait pas comment faire.

Enfin, Steve rompit son silence.

— La protéger de quoi ?

— De l'homme qui crie. De l'homme méchant.

Ben se tut pendant quelques instants avant de préciser :

— Il crie parce que personne ne l'entend.

Ce n'était pas tout à fait vrai, pensa Steve. On entendait une voix mais, même si les paroles qu'elle prononçait avaient un sens, elles étaient inaudibles.

Ben se tourna vers Steve.

— Il dit qu'il ne l'a pas fait.

— Qu'il n'a pas fait quoi ?

— Qu'il n'a tué personne.

— C'est ce que disent la plupart des criminels.

Ben esquissa un sourire.

— Vous ne le croyez pas ? Pas grave. Lui, il le croit.

L'homme haussa légèrement les épaules et reprit :

— Il y a d'autres esprits ici, mais je ne crois pas qu'ils aient un lien avec cette maison. Ils viennent vers moi de partout.

Bien sûr.

— Comment faites-vous ça, Ben ?

— Ils viennent me parler parce que je peux les entendre. J'ai fini. Je suis fatigué. Est-ce que je peux revenir demain ?

— Je verrai.

Mais Steve pensait surtout qu'il était à court d'idées. Qu'avait-il fait de tellement fatigant ? Écouter le silence, ou faire semblant ?

Une fois Wittes reparti, il retourna à la cuisine. Il remarqua tout de suite que Vivian était pâle comme un linge et n'avait pas touché à son bol de chocolat.

— Qu'est-ce qu'il y a ? lança-t-il à ses parents.

— Je crois qu'elle n'aime pas ce type, expliqua Annabelle. Et je la comprends. Je pouvais le sentir de l'autre bout de la cuisine.

— Il était plutôt malodorant, convint Steve. Dites-moi, est-ce que vous avez parlé à quelqu'un de ce qui se passe ici ?

— Non, répondit Todd. Nous avons aussi demandé à Viv de ne pas en parler à ses camarades de classe.

Steve alla s'accroupir auprès de la fillette.

— Quelque chose ne va pas, ma puce ?

Elle sembla se détendre un peu et attrapa sa cuillère.

— Pas invisible, dit-elle.

Pas un mot de plus.

Steve prit congé des Castelle. Il reviendrait dans la soirée pour passer la nuit chez eux.

— Je vous prêterai mon sac de couchage, déclara Todd.

Ensuite, Candy et lui reprirent la direction du bureau du shérif. Ils étaient presque arrivés quand il brisa le silence qui régnait dans la voiture.

— Vivian s'est-elle comportée d'une façon étrange, pendant que je n'étais pas avec vous ?

— Elle avait l'air mal à l'aise, ce qui n'a rien d'étonnant en présence de cet homme. Mais c'est tout.

Il acquiesça, pensif. Ben n'avait rien de très engageant, mais il n'était pas menaçant non plus. Mais, pour un enfant…

— Avez-vous remarqué ce qu'elle a dit ? s'enquit Candy. « Pas invisible » ?

— J'avoue que ça me tracasse. Dieu sait ce qu'elle a voulu dire.

— Avez-vous appris quelque chose d'utile ?

— Pas vraiment. Il m'a ressorti les vieilles légendes locales. Nous verrons ce qu'il aura à dire demain. J'espère seulement enregistrer quelque chose cette nuit.

— Pourquoi ?

— Parce que je veux pouvoir convaincre ces deux parents que leur fille n'est pas folle.

— Je vous comprends. Et maintenant je vais retourner à mon ordinateur en espérant avoir des renseignements sur Ivy Bride. Est-ce que beaucoup de gens disparaissent ainsi ?

— C'est bien plus courant qu'on le pense.

— Parfois, j'aimerais pouvoir en faire autant.

La remarque était tellement désabusée, tellement révélatrice, qu'il oublia tout des Castelle. Comme il ne savait ni quoi dire, ni quoi faire, il se contenta de répondre :

— Je suis heureux que vous ne l'ayez pas fait.

— En ce moment, moi aussi. Wittes revient donc demain ?

— Apparemment. Mais je veux surtout examiner les fondations de la chambre de Vivian. Le fait qu'il n'y ait pas de cave sous cette pièce me turlupine.

Il voulait aussi appeler Etta et lui dire que Wittes n'était pas télégénique. Pas du tout.

Si elle voulait le rendre présentable, il faudrait qu'elle le lave elle-même.

Candy retourna à son ordinateur et fut ravie de voir que sa recherche avait donné deux correspondances : une Ivy H. Bride avait épousé un certain James Flannery, et une Ivy Bride avait changé de nom pour devenir Ivy Cain. Elle décida d'attendre encore un peu avant d'interrompre la recherche. S'il n'y avait aucun autre résultat, elle vérifierait ces deux noms.

Ensuite, elle accompagnerait Steve chez les Castelle. Elle voulait voir de ses propres yeux comment il procédait.

Elle nourrissait encore quelques doutes à son sujet, et l'intervention de ce médium avait ajouté à ses soupçons. Et si ce n'était pas la productrice de Steve qui l'avait contacté, mais Steve lui-même ?

Si on ajoutait toutes les questions qui se posaient sur le passé des Castelle, cette histoire devenait affreusement glauque.

13

Steve fut surpris – mais nullement ennuyé – de voir le SUV de fonction de Candy garé devant son motel.*Bien, bien, bien*, pensa-t-il. Est-ce qu'elle commençait à s'intéresser à lui, ou son instinct naissant lui soufflait-il que ce n'était pas un fantôme qui hantait cette maison ?

— Que vous a dit Wittes, au juste ? lança-t-elle.

— Il m'a parlé de deux esprits en colère : un homme, et une femme qui a été tuée.

Candy soupira.

— Ça me rappelle quelque chose.

— Oui. S'il n'a rien de plus à me dire demain, je le vire. Ma productrice n'aura pas besoin de le faire passer dans une station de lavage, de l'habiller et de lui payer le coiffeur.

— Elle le ferait ?

— Il le faudrait bien. Que penserait le public ? On dirait un SDF.

Il marqua une pause avant d'ajouter :

— Je suis injuste avec les sans-abri.

— C'est vrai, renchérit-elle. Beaucoup d'entre eux sont des vétérans. Et pour en arriver à ne plus trouver de travail, il faut tomber bien bas.

Elle avait raison, et Steve le savait. Il avait croisé beaucoup de sans-abri, dont un homme qui travaillait six jours sur sept comme plongeur dans un restaurant mais ne gagnait pas assez pour pouvoir se loger. Il était loin d'être un cas isolé, mais n'avait rien du sans-abri typique qu'imaginaient la plupart des gens.

— Allez-vous passer toute la nuit là-bas ? demanda-t-il.

— Et comment.

Il n'insista pas. Elle devait avoir ses raisons, mais certaines d'entre elles lui auraient sans doute déplu. Bon sang, elle recommençait sans doute à le soupçonner d'être un escroc. Et dire qu'il avait senti qu'elle commençait à lui faire confiance... Était-ce Wittes qui avait causé ce revirement ? D'ailleurs, il doutait de l'honnêteté de cet homme. Peut-être qu'il ne cherchait qu'à attirer l'attention sur lui.

Les Castelle les accueillirent chaleureusement et leur annoncèrent qu'ils se retiraient tous les trois dans leur chambre pour la nuit.

— Pas de télé, ordonna Steve.

— Compris, répondit Todd. Est-ce que nous pouvons quand même lire une histoire à Viv ?

— Bien sûr, répliqua Steve. De mon côté, je veux profiter des dernières lueurs du jour pour inspecter les fondations, autour de sa chambre. Nous irons peut-être aussi jeter un œil dans la grange.

— Faites attention, prévint Todd. Le plancher est vieux.

Quand Viv et ses parents se furent retirés, Candy demanda :

— Les fondations ?

— Oui. J'aimerais que vous passiez de l'autre côté de la chambre et que vous les éclairiez avec la lampe. S'il y a des ouvertures, je les verrai plus facilement.

— Vous cherchez des souris ? plaisanta-t-elle.

— Non, des pierres disjointes qui pourraient masquer une ouverture assez grande pour laisser passer un homme.

Il vit qu'elle approuvait son initiative. Bien. Seul un charlatan aurait négligé quelque chose d'aussi évident.

Quant à la grange, elle pouvait faire une bonne cachette. Les Castelle avaient eux-mêmes dit qu'ils y allaient rarement. En outre, ses fans seraient ravis de le voir inspecter une grange décrépite.

Une heure plus tard, ils étaient assis côte à côte sur le sol durci par le froid, adossés au mur de la chambre de Vivian.

— Il y a quelque chose qui cloche, dit Steve.

— Comment ça ? Aucune lumière ne filtre nulle part.

— Et c'est bien ce qui cloche.

Il se rendit compte qu'il était assis sur un caillou et se souleva légèrement pour l'écarter.

— Un caillou. Quand je campe, je trouve toujours le seul caillou des environs.

— Moi aussi, répondit-elle avec un petit rire.

— Pour en revenir à ce qui cloche avec ces fondations... Est-ce que vous remarquez un quelconque affaissement ?

Elle réfléchit pendant une minute.

— Non.

— Elles auraient dû s'affaisser, à moins d'être posées sur une dalle.

— Qu'est-ce que cela nous apprend ?

Il fixa la silhouette sombre de la grange.

— Peut-être rien. Je n'y ai vu aucune brèche, et il n'y a pas de porte dans la chambre de Viv. Et d'ailleurs, comment quelqu'un pourrait-il s'introduire dans sa chambre sans craindre d'y être surpris ? Il faut que j'y réfléchisse.

— Oui. J'y réfléchirai moi aussi.

— Et demain, nous examinerons la grange.

Seule la lumière du jour lui permettrait de mener l'inspection approfondie qu'il voulait.

Même dans l'obscurité, il sentit qu'elle le regardait.

— Quel lien pourrait-il y avoir entre la grange et cette histoire ?

— Je ne sais pas. C'est à moi de le découvrir. Vous viendrez avec moi ?

— Bien sûr. Je commence à m'amuser. Et maintenant ?

Elle se prenait au jeu. C'était une bonne nouvelle.

— Rentrons. Je vais passer la nuit dans la chambre de Viv.

Je suis persuadé que le bruit qu'elle entend se propage dans le mur. J'espère l'entendre moi aussi.

— Et moi ?

— J'aimerais que vous vous postiez dans le grenier. Je souhaite trouver une explication rationnelle dès cette nuit pour mettre un terme à la torture que subit cette petite fille.

— Allons-y. Le froid arrive.

— Oui.

Il faisait bien plus chaud dans la maison, où régnait un profond silence. Tout le monde devait être endormi. Bien.

— Il va faire froid, dans le grenier, dit-il.

— Une partie de la chaleur va y monter. Et de toute façon, je suis bien couverte.

— J'espère que vous trouverez de quoi vous installer confortablement.

Il l'accompagna dans le grenier pour s'assurer que tous ses instruments marchaient.

— Vous pouvez laisser les lumières allumées, ajouta-t-il. Quand il fait noir, l'esprit cherche à combler les vides en imaginant toutes sortes de choses.

— J'ai l'habitude, répondit-elle simplement.

Il n'en doutait pas.

Il alla vérifier les instruments qu'il avait installés dans la cave avant de s'enfermer dans la chambre de Vivian où il s'assit par terre, la tête appuyée contre le mur.

Il entendit la chaudière s'allumer, puis le souffle du vent contre les fenêtres. Mais rien qui ressemble à une voix.

La nuit promettait d'être longue, et inconfortable.

Il était environ 4 heures du matin quand il entendit une voix, trop faible pour qu'il puisse comprendre ce qu'elle disait. Il ne lui restait qu'à espérer que les enregistreurs la capteraient.

Le bruit avait cessé depuis quelques minutes quand Candy apparut.

— Steve ? chuchota-t-elle. Pardon d'avoir abandonné mon poste, mais j'ai entendu une voix.

Il se leva et fit quelques mouvements pour dénouer ses muscles.

— Moi aussi. Maintenant, nous savons qu'il y a bien quelque chose, qu'il s'agisse d'un esprit ou d'une personne bien réelle, et que le son passe à travers l'un de ces murs. Partons et laissons les enregistreurs faire leur travail.

— Et après ?

— J'essayerai de déterminer d'où vient ce bruit et ce qui peut le causer.

Candy était un peu secouée, parce qu'elle ne s'était pas attendue à entendre quelque chose. Depuis le début, elle avait voulu croire qu'ils s'étaient lancés dans une chasse au dahu.

Comment annoncer aux parents que les bruits qu'entendait Vivian existaient bel et bien, mais que leur origine demeurait un mystère ? Il ne suffirait pas de dire à Vivian qu'elle ne courait aucun danger pour la rassurer. Elle était trop petite.

— Il est trop tard pour tenter de dormir, dit-elle tandis qu'ils rentraient en ville.

— C'est ce que je pense aussi. Je vais sans doute aller faire le plein de caféine au restaurant routier.

— Est-ce que je peux me joindre à vous ?

— J'en serais ravi, répondit-il. Nous pourrons réfléchir ensemble à notre problème.

Elle aurait saisi n'importe quel prétexte pour passer encore un moment avec Steve. Décidément, tout dans cette histoire se compliquait sans cesse.

Des changements se produisaient en elle, et elle ne savait pas comment les arrêter. Elle renonça à lutter. Mais, quand il quitterait la ville, ce serait en laissant un trou béant en elle.

La plupart des tables du restaurant, que baignait une douce chaleur, étaient occupées par des chauffeurs de poids lourds attablés devant des petits déjeuners copieux. Steve avait bien l'intention de suivre leur exemple.

Il commanda deux tranches de jambon et quatre de pain grillé, ainsi que quatre œufs et une cocotte de pommes de terre au fromage. Candy semblait elle aussi affamée après cette nuit blanche. Tout en étalant de la confiture sur son pain grillé, elle demanda :

— Avez-vous des idées ? Il semble impossible qu'un être humain s'approche suffisamment de cette maison pour qu'on entende sa voix.

— Ça vous tracasse, pas vrai ?

Elle fronça les sourcils en contemplant ses œufs brouillés.

— Oui. Je ne crois pas au surnaturel. Pourtant...

— Ça y ressemblait, convint-il. Il pourrait aussi s'agir d'un haut-parleur à déclenchement automatique. Mais, s'il était dans la cave, je l'aurais trouvé.

— Et dans le mur ?

Il secoua la tête.

— Il faudrait que l'électricien soit dans le coup, et c'est peu probable. En plus, il n'y a pas de mur mitoyen entre le bureau et la chambre de Vivian.

— À leur place, remarqua-t-elle, c'est le bureau que j'aurais installé dans cette pièce, pas la chambre de Vivian.

— C'est une bonne idée. Peut-être que je la leur soumettrai si nous ne trouvons pas d'explication.

Soudain, il fronça les sourcils.

— Il y a une personne qui aurait pu poser un haut-parleur dans le mur, et ce n'est pas un électricien.

— Todd.

Il soupira en commençant à découper son jambon.

— J'ai vu beaucoup de choses, Candy, mais, même si j'ai déjà rencontré des situations similaires, je ne veux pas le croire.

— Je comprends, dit-elle. Nous aurions peut-être dû vérifier si nous entendions quelque chose dans le bureau.

— J'y pense. Mais pour le moment je crains surtout l'intervention d'une tierce personne. Cette famille pourrait être en danger.

— Que diriez-vous d'avoir une bonne discussion avec Todd au sujet de son passé ?

— Je compte le faire. Peut-être même avant d'inspecter la grange.

— Je pense qu'il est temps, déclara-t-elle.

Il prononça alors des mots qui l'ébranlèrent tout entière.

— Quand tout sera fini...

Elle le regarda attentivement, attendant qu'il poursuive.

— Zut, je n'arrive pas à croire que je vais être aussi grossier. Candy, j'ai envie de vous. Mais surtout, je veux apprendre à vous connaître. Vous connaître vraiment. Pour moi, vous êtes telle une boîte à énigmes dont je veux soulever le couvercle.

Elle en eut le souffle coupé. Que cherchait-il à lui dire ? Une aventure sexuelle était dangereuse, surtout pour les femmes qui s'attachaient facilement.

— Je ne suis pas une énigme, Steve.

C'était la seule objection qu'elle pouvait sincèrement soulever.

— Je me suis peut-être mal exprimé. Ce que je voulais vous dire, c'est que j'ai de plus en plus besoin de mieux vous connaître. Vous me fascinez.

Si elle avait déjà fasciné quelqu'un, elle n'en avait jamais rien su. En tout cas, personne n'avait jamais essayé d'aller au-delà des apparences et de mieux la connaître.

Les membres de son unité ne connaissaient que le soldat en elle. Jamais elle n'était vraiment devenue intime avec aucun d'entre eux. Peut-être pour ne pas s'exposer au chagrin qui pouvait surgir d'un moment à l'autre. Les relations des hommes demeuraient assez superficielles. Ils parlaient des lettres qu'ils recevaient, montraient des photos de leurs enfants, vantaient leurs prouesses sexuelles...

Certains d'entre eux semblaient liés par des amitiés plus profondes, mais, pour autant qu'elle sache, il y avait des interdits qu'aucun d'eux ne violait. Pour se protéger. Comme disait le dicton : « Ne te lie jamais avec un nouveau. » Les nouveaux n'avaient aucune expérience et pouvaient mourir rapidement.

Et maintenant elle était face à un homme qui souhaitait aller plus loin avec elle. Elle n'avait pas voulu prendre le risque d'avoir une aventure sexuelle avec lui, mais ce qu'il lui proposait était encore plus dangereux.

Elle se racla la gorge et objecta :

— Dans quinze jours, vous serez reparti.

— Je pensais rester un peu dans le coin, construire une amitié durable. Réfléchissez-y. Si vous ne voulez pas... eh bien, vous pourrez vous dire que je suis un rustre et faire comme si je n'avais rien dit.

« Faire comme si », il n'aurait pu mieux l'exprimer. Mon Dieu, qu'allait-elle faire ? Franchement, elle n'en savait rien. Mais, par ces quelques mots, il l'avait amenée à désirer un avenir qu'elle avait toujours cru hors de sa portée.

Mais, si elle acceptait sa proposition, elle serait nue, exposée, vulnérable, et elle n'était pas certaine de pouvoir encore l'être.

— Merci, dit-elle enfin.

Et elle en resta là. C'était plus sûr.

Steve se reprochait d'avoir insisté aussi lourdement mais, pour se faire entendre de Candy, il avait compris qu'il devait jouer cartes sur table afin qu'elle n'ait plus le moindre doute sur ce qu'il voulait d'elle.

Encore fallait-il qu'elle le croie.

Par les cloches de l'enfer ! C'était la première fois qu'il avait envie de vivre plus qu'une aventure avec une femme. Il ne savait pas où cela le mènerait, mais il aspirait à tenter sa chance.

Quand ils eurent fini de manger, Candy retourna au bureau et lui au motel. Il s'allongea sur son lit et se força à penser à l'affaire Castelle.

Il recherchait un début d'explication, mais il n'avait pas

encore assez d'éléments. Cependant, il doutait que cette voix soit due à une activité paranormale ou une énergie résiduelle.

Parfois, quand il ne trouvait aucune preuve, il lui suffisait d'affirmer à ses clients qu'ils ne couraient aucun danger pour les rassurer. Mais cette affaire était différente, tant à cause du passé de Todd que de la présence de Vivian.

Rien ne prouvait que son intégrité physique soit menacée, mais son équilibre psychologique était en danger.

Todd se disait prêt à déménager. Son abnégation était admirable, mais... peut-être qu'il savait qu'Annabelle refuserait de quitter cette maison.

Où se nichait la vérité ? Bon sang, il lui fallait un indice, l'esquisse d'une piste qui le guiderait dans la bonne direction. À moins qu'il y soit déjà, mais sans en avoir conscience.

Il y avait donc une chambre, posée sur une dalle et des fondations, et des bruits qui voyageaient dans les murs. La théorie du haut-parleur semblait peu probable, mais il ne l'écarterait pas avant d'être certain d'être sur la bonne voie.

Dena lui téléphona peu après 7 heures.

— Mes sources ne m'ont encore rien appris, dit-elle, mais je continue à me renseigner. Les trafiquants de drogue ont un tel chic pour agir en secret qu'ils pourraient donner des leçons au Pentagone.

Pour glaner des informations, il fallait infiltrer les réseaux. Une tâche difficile, et dangereuse. Nombre d'agents infiltrés basculaient du côté obscur après avoir vécu cette vie pendant trop longtemps.

Il passa sous la douche et organisa sa journée. D'abord, il allait avoir une discussion avec Todd. Ensuite, il inspecterait la grange. Il était obsédé par cette grange. S'il trouvait une preuve que quelqu'un s'y cachait...

Et après ? Comment l'intrus aurait-il pu effrayer Vivian ?

Une énigme supplémentaire à résoudre. Mais il était prêt à en résoudre autant qu'il le faudrait. Vivian avait besoin d'aide. Il était hors de question qu'il l'abandonne à son sort.

Il était 10 heures passées quand il appela Candy.

— Salut, dit-elle.

Elle semblait avoir aussi peu dormi que lui. Pourtant, ils allaient devoir trouver le temps de se reposer avant la nouvelle nuit d'enquête qui les attendait.

— Du nouveau ? demanda-t-il.

— J'ai déjà plus d'une douzaine d'Ivy Bride, et il semble y en avoir d'autres. Je vais laisser le programme chercher encore un peu avant d'enquêter sur chacune d'elles.

Il ne trouvait rien à redire à cette idée.

— Est-ce que vous voulez m'accompagner chez les Castelle ?

— Bien sûr...

Elle laissa sa phrase en suspens avant de lâcher un juron.

— Je dois y aller, Steve.

— Qu'est-ce qu'il y a ?

— La même chose que l'autre jour. Deux de plus.

Cette fois, ce fut lui qui jura. Deux de plus ? Wittes n'avait-il pas dit qu'il y en aurait d'autres ?

Mais ses vieux réflexes d'inspecteur prirent le dessus.

— Dites au shérif que je suis disponible si besoin.

— Promis, dit-elle avant de raccrocher.

Mon Dieu, pourvu qu'elle n'ait pas à se rendre sur les lieux... La vidéo l'avait déjà suffisamment bouleversée.

Il réfléchit pendant un moment. Deux autres meurtres... peut-être pour cadrer avec la vieille légende évoquée par Tate, qui prétendait qu'il y en avait eu quatre ?

Et Halloween n'était que dans une semaine. Il serait surpris que des parents laissent leurs enfants aller frapper aux portes. Quant à lui, il allait devoir composer avec une ville effrayée, et peut-être en colère, qui avait déjà braqué ses yeux sur l'étranger qu'il était.

Il jura de nouveau, en proie au dilemme : il ne pouvait pas être à la fois flic et présentateur de télévision. Cette petite fille avait toujours besoin d'aide. Mais il y avait aussi deux doubles meurtres...

Il se demanda, et ce n'était pas la première fois, comment

un être humain pouvait infliger un tel sort à son semblable. Quelle question stupide... S'il cherchait vraiment la réponse, Candy pourrait la lui donner.

Parce que cette femme l'avait vu, de ses propres yeux.

Candy essaya de rester en retrait. La vidéo l'avait tellement bouleversée qu'elle se demandait comment elle allait tenir le coup maintenant qu'elle était sur les lieux.

Elle avait vu ce genre de scènes quand elle était dans l'armée, mais avait repoussé les images aussi loin que possible. Elle craignait que cette journée réveille ses pires cauchemars.

Mais... elle était flic, maintenant. Tôt ou tard, elle devrait affronter ce type de situation. Elle se redressa et fit appel à tout son courage. Elle pouvait le faire.

Gage vint vers elle.

— Je suis un peu à court de personnel, ce matin. Il me manque quatre hommes. L'un d'eux est malade et les autres sont partis en vacances. Peut-être parce que je pensais que nous serions tranquilles pour un moment. Nous espérions qu'il s'agissait d'un règlement de comptes. Personne ne s'attendait à ce que cela se reproduise.

— Qui les a trouvés ? s'enquit-elle, d'une voix aussi calme que possible.

Il fallait qu'elle s'endurcisse. Mais, soudain, elle était gelée jusqu'aux os.

— Deux chasseurs. Ils doivent être en train de vomir derrière un arbre.

Ce qu'elle ferait peut-être, elle aussi.

— Candy...

— J'y vais.

Sa voix était aussi dure que l'acier. Elle était repassée en mode combat.

— Merci, dit-il. Mais si c'est trop dur, je trouverai une solution.

Pourquoi l'aurait-il fait ? Il lui avait donné sa chance alors que personne d'autre ne voulait d'elle. Elle ne le décevrait pas. L'affaire était trop importante.

— Ça va aller.

Elle l'espérait, du moins. Ensuite, elle ajouta :

— Steve Hawks a proposé son aide.

— J'en aurai peut-être besoin. Dis-lui qu'il est sur liste d'attente. Il faut mettre un terme à ces meurtres, et il n'y a qu'un moyen d'y parvenir.

Candy se rendit sur les lieux en suivant les indications de son GPS. Ses mains étaient fermes sur le volant. Les tremblements et les nausées avaient disparu. Pour le moment.

Pourquoi le comté de Conard aurait-il été épargné par la laideur de l'humain ? Elle voyait à présent que ses espoirs avaient été vains. Mais, maintenant qu'elle était au cœur de la tourmente, elle savait quoi faire. Quant aux souvenirs qui viendraient peut-être la hanter quand tout serait fini... elle les repousserait, comme toujours. Parce qu'il le fallait.

Elle dirigea ses pensées vers un lieu sûr : les Castelle. Elle espérait que Steve allait poursuivre son enquête, pour le bien de Vivian. Cette fillette était encore en vie. Elle devait passer avant tout le reste.

Mais son esprit ne la laissa pas en paix pendant très longtemps. Alors, elle se prépara à affronter les heures qui allaient venir.

Steve n'avait aucune envie de poursuivre son enquête. Pas pour le moment. La lutte acharnée qui se livrait en lui gagnait en force. *Vivian*, se rappela-t-il.

Les Castelle étaient déjà au courant des meurtres et paraissaient bouleversés.

Annabelle le saisit par le bras dès qu'il passa la porte.

— Vous ne pensez pas que... Vivian ?

— Je ne vois aucun lien entre ces affaires.

Mais il n'allait pas écarter cette possibilité.

— Todd ? J'aimerais vous parler. En privé.

Autant en finir avec ça, au moins.

— Bien sûr, répondit Todd. Sortons.

Il faisait affreusement froid, mais Steve accepta. Il voulait que personne n'entende leur conversation. Dès qu'ils furent dehors, il alla droit au but.

— Je veux que vous me disiez la vérité.

Pour la première fois, Todd sembla effrayé. Steve reprit :

— J'ai appris que vous aviez été condamné pour usage de drogue. Cocaïne. Vous avez fait une cure de désintoxication.

Todd acquiesça, d'un geste saccadé.

— Oui. Et je suis clean, maintenant.

— Vraiment ? Écoutez... Je ne suis plus flic mais, si vous voulez que j'aide votre fille, je dois connaître la vérité.

— Vraiment, affirma Todd en fuyant son regard. Mais ce qui a encore mieux marché que la cure, ça a été de voir Annabelle faire ses bagages et ceux de Viv. Si nous sommes venus vivre ici, c'est aussi pour essayer de reconstruire notre couple. Je ne savais pas si elle me pardonnerait un jour. D'ailleurs, je ne suis toujours pas sûr qu'elle l'ait fait.

— D'accord. J'ai une autre question.

Todd reposa les yeux sur lui.

— Quand vous avez quitté la ville, est-ce que vous deviez de l'argent à quelqu'un ? Même une petite somme ?

Parce que les trafiquants de drogue faisaient parfois un exemple, même quand on leur devait une somme dérisoire.

— Je ne crois pas. J'ai passé les deux dernières années à rembourser le type. Avec les intérêts, ça n'a pas été facile.

— Est-ce qu'il y a eu des menaces contre vous ou votre famille ?

Todd secoua la tête.

— Je les payais. Ils n'ont jamais mentionné ma famille.

Ce n'était pas suffisant pour lever tous les doutes de Steve. Il soupira. Peut-être que cette histoire n'était pas entièrement résolue, après tout. Tout aurait été plus simple si Todd avait payé comptant. Mais la cocaïne était chère, et le prix augmentait avec les besoins du consommateur.

— Très bien, dit-il. Je ne mentionnerai pas cette histoire.

Todd parut soulagé.

— Merci.*Ne me remerciez pas trop tôt*, pensa-t-il.

Il le suivit à l'intérieur. Il voulait aller consulter ses enregistrements, au cas où quelque chose lui aurait échappé.

Il se demanda si Candy parviendrait à se libérer pour inspecter la grange avec lui. Il avait besoin d'elle. Elle était devenue son bras droit. Quant à son équipe… heureusement qu'elle n'était pas encore arrivée. À ce stade, elle n'aurait fait qu'ajouter à la confusion.

D'ailleurs, peut-être que cette émission ne verrait jamais le jour.

Et il s'en moquait.

Candy s'approcha des corps d'un pas décidé. Elle était parfaitement concentrée, comme quand elle montait au combat. Jamais elle n'aurait cru devoir retrouver un jour cet état d'esprit.

La zone était délimitée par de la rubalise. Des hommes en combinaison passaient les environs au peigne fin, sans doute pour trouver une arme.

Mais, quand Candy regarda les corps du garçon et de la jeune fille, elle douta qu'une arme ait été utilisée. Elle ne savait que trop bien ce qui avait provoqué leurs blessures.

— On dirait la même chose, dit Gage.

Elle acquiesça.

— Ils ont été drogués.

— Comment peux-tu en être sûre ?

— J'ai vu les blessures qu'infligent un couteau ou un fusil, et même une bombe. À moins que tu ne trouves une blessure en les retournant, je dirais qu'ils ont été drogués avant d'être amenés ici.

Gage hocha la tête.

— Cette possibilité m'avait traversé l'esprit.

— Est-ce qu'ils étaient en couple ?

— Je crois, oui.

— Sans doute. Sinon, pourquoi les prendre tous les deux ? Y a-t-il eu un examen toxicologique sur les deux premiers ?

— Pas encore.

— Zut.

Elle contemplait les corps, vide de toute émotion.

— Qu'est-ce que tu vas faire ? demanda-t-elle.

— Poser des affiches partout en ville : « Emmenez vos enfants à la fête au lycée ou gardez-les à la maison. »

— Bonne idée. Mais à ce stade j'aurais tendance à penser que les très jeunes enfants sont en sécurité.

— Mais ce n'est qu'une hypothèse. Je vais demander aux ados qui préparent la fête de prévoir une pièce pour les petits.

Candy hocha la tête, sans cesser de scruter la scène de crime des yeux. Ensuite, les hommes de la police scientifique arrivèrent, avec leurs petits marqueurs jaunes numérotés, et quelqu'un signala qu'il avait trouvé des traces qui laissaient supposer que les ados avaient été traînés sur le sol.

Voilà qui cadrait avec son hypothèse.

— J'espère qu'ils vont examiner le contenu de leurs estomacs.

— Nous pouvons le faire ici, répondit Gage.

— Mais pas la recherche de toxiques ?

— Il y a des substances que l'hôpital de la ville ne peut pas encore déceler. Il n'y a pas assez de demandes.

Candy soupira. Ce n'était pas en attendant des informations qu'ils empêcheraient un nouveau double meurtre. Ils devaient démasquer l'assassin.

Tout comme Steve devait démasquer le malfaiteur qui terrorisait Vivian.

Steve passa des heures à examiner tous ses appareils, en quête d'un détail qui aurait révélé la présence d'un intrus – ou d'un fantôme – dans la maison.

Mais il n'y avait rien, sinon les sons étouffés que Candy et lui avaient entendus. Il ne voulait pas en parler aux Castelle, de peur de les conforter dans leur idée qu'il s'agissait d'une manifestation paranormale. Il n'avait pas encore assez de preuves pour se rabattre sur cette solution.

Il décida de laisser tous ses appareils en place et alla rejoindre les Castelle. Par une fenêtre, il vit Ben Wittes remonter l'allée. Oh ! pour l'amour du ciel ! Comme s'il avait besoin de cet idiot en ce moment.

Mais Annabelle l'invita à entrer.

— Qu'est-ce qu'il y a ? demanda Steve en le rejoignant.

— Je vous ai dit qu'il y aurait d'autres meurtres. L'esprit qui me guide dit que c'est l'homme, celui qui a tué sa femme.

Aucun intérêt. Steve réprima un soupir et rétorqua :

— Vous ne m'apprenez rien. Vous ne faites que répéter les histoires inventées par les gamins à l'époque. Les archives de la police ne mentionnent aucun meurtre.

Ben ferma les yeux et les rouvrit vivement.

— Peut-être parce que les victimes n'ont jamais été retrouvées. Ou parce que cet homme n'était pas encore assez fort. Mais maintenant, il l'est.

Il y eut un petit bruit, et Steve se retourna vivement. Vivian se cachait derrière sa mère. Elle semblait terrifiée.

— Suffit, dit-il. Vivian ne veut pas de vous ici. Vous êtes viré. Pas la peine de revenir. C'est compris ?

Un éclair de rage traversa le visage de Ben Wittes.

— Comme vous voulez, grommela-t-il. Et s'il y a des renseignements que vous n'avez pas, tant pis pour vous.

— Vous ne m'avez rien appris d'utile. Si vous pensez avoir mieux, trouvez-moi en ville. Et à présent partez.

Quand Wittes disparut au bout de l'allée, il fut étrangement soulagé.

— Êtes-vous sûr d'avoir bien fait ? s'enquit Annabelle.

— Il ne m'a rien dit de plus que ce que j'avais appris de la bouche de l'ancien shérif.

Il s'accroupit devant Vivian.

— Et d'ailleurs, reprit-il, tu ne l'aimais pas, n'est-ce pas ?

Elle secoua la tête et se mit à sucer son pouce. Il en eut le cœur brisé.

— Je te promets qu'il ne reviendra pas.
— Tant mieux, dit Vivian. Buddy ?
— Il est dehors, ma puce, indiqua Annabelle. Est-ce que tu veux que je le fasse rentrer ?
— Oui, répondit Vivian. Et je veux un chocolat.
Annabelle sourit.
— Je devrais prendre des actions chez le fabricant de chocolat.
— C'est ce que je ferais, à votre place, dit gaiement Steve. Pour l'instant, j'aimerais aller jeter un œil dans votre grange.
— Allez-y, lança Annabelle.
Où était passé Todd ? Avait-il préféré s'éclipser parce que Steve avait éveillé de mauvais souvenirs, ou parce que ses réponses n'avaient pas été entièrement sincères ? Il n'avait aucun moyen de le savoir.
Frustré, Steve se dirigea vers la grange. C'était sans doute une perte de temps, mais il tenait à examiner chaque piste. C'était une règle cardinale de son existence.

Candy rentra chez elle vers 7 heures du soir. Mue par l'habitude, elle avait acheté un sandwich – mais rien n'aurait pu la convaincre de le manger.
Le passé la rattrapait, comme elle l'avait redouté, et elle n'avait aucun moyen d'arrêter le processus maintenant qu'il était enclenché. Elle avait été projetée dans des lieux où elle avait voulu ne jamais retourner, et les vieux souvenirs se mêlaient aux images qu'elle avait vues aujourd'hui.
Échapperait-elle un jour à la laideur de la réalité ?
Soudain, les souvenirs s'abattirent sur elle avec une telle violence qu'elle dut courir jusqu'aux toilettes pour vomir. Quand elle revint dans la cuisine sur des jambes tremblantes, elle voulut faire du café, mais y renonça après avoir fait tomber la casserole deux fois.
Alors, elle s'effondra sur une chaise et se mit à pleurer. Elle avait pris sur elle pendant tellement longtemps qu'elle ne pouvait plus refouler ses larmes.

Peut-être qu'elle avait choisi le mauvais métier, après tout. Mais où aurait-elle pu aller ? Qu'aurait-elle pu faire d'autre ?

Elle était prise au piège, tant du passé que du présent. Elle ne supportait plus celle qu'elle était devenue. Démissionner ? Pas question. Elle n'était pas du genre à renoncer. Quand des pensées suicidaires lui venaient, elle les repoussait bien plus facilement que ses souvenirs.

Ces jeunes. Ces pauvres jeunes… Elle en avait vu mourir tellement d'autres. Certains avaient dix-huit ans et portaient le même uniforme qu'elle. D'autres, vêtus de haillons, âgés de dix ou douze ans, étaient morts parce qu'ils s'étaient trouvés au mauvais endroit, au mauvais moment.

Elle ne pouvait plus lutter contre les souvenirs. Ils étaient tellement vivaces que tout le reste cessa d'exister. Elle sentait même l'odeur de la poudre, entendait les explosions et les coups de feu. Elle était de retour en Afghanistan, et le poids de tous ces enfants disparus menaçait de l'écraser.

Elle entendit à peine une voix familière dire :

— La porte était ouverte…

Ensuite, les bras puissants de Steve se refermèrent sur elle, comme pour la retenir dans sa chute. Mais rien ne pouvait la retenir. Rien.

Elle sentit vaguement qu'il lui caressait les cheveux. Elle était perdue en elle-même, incapable de trouver une issue.

Elle continua à sangloter.

Dès que Candy sembla se calmer un peu, Steve la prit dans ses bras, la porta jusqu'à son lit et s'allongea auprès d'elle. Il sentait les larmes qui trempaient sa chemise, les frissons qui la parcouraient. Et il sentait presque les souvenirs qui la terrassaient.

Il avait sa part de souvenirs, lui aussi, mais ils n'étaient rien à côté de ceux de Candy. Pour la première fois de sa vie, il regretta de ne pas avoir de baguette magique.

Voilà ce que les guerres faisaient aux gens. Il détestait la guerre.

Enfin, les larmes de Candy se tarirent et elle cessa de trembler. Elle s'était endormie. Il en fut soulagé.

Mais il ne bougea pas, de peur de troubler son sommeil. Pour guérir, il fallait qu'elle dorme autant que possible.

Il aurait aimé savoir si son travail dans la police finirait par la rendre insensible à ces souvenirs. Comme s'il s'agissait d'une thérapie par immersion. On guérissait parfois l'arachnophobie en faisant regarder aux patients des douzaines de photos d'araignées, puis de vraies araignées. Certains osaient ensuite les toucher.

Mais ce dont souffrait Candy n'avait rien à voir avec une simple phobie. Il y avait un énorme trou béant dans son psychisme, qu'un peu d'enduit et de peinture ne suffiraient pas à colmater.

Il ne pouvait qu'espérer qu'elle guérirait, avec le temps. Jusqu'ici, elle s'en était bien sortie. Elle avait trouvé un travail, qui semblait fait pour elle.

Jusqu'à aujourd'hui. Cette fois, elle s'était certainement rendue sur la scène de crime. Sinon, jamais elle ne se serait effondrée de la sorte. Parce qu'elle était forte, il le savait. Et, pour cette force, il l'admirait autant qu'il l'aimait.

Elle refusait de revoir sa famille de peur qu'ils essayent de la sonder en voyant à quel point elle avait changé... Eh bien, quelque chose lui disait qu'il aurait apprécié cette famille. Il fallait seulement qu'on leur dise de la laisser aborder elle-même les sujets dont elle voudrait bien parler.

Mais ce qui lui brisait le cœur, c'était de savoir qu'elle se sentait responsable de la mort de son frère. Elle ne méritait pas de ressentir ça, et son frère non plus. Ce garçon s'était enrôlé de son propre gré, pas parce qu'elle lui avait pointé une arme sur la tempe.

Mais comment l'en convaincre ? La logique était toujours impuissante à vaincre la culpabilité.

Il ferma les yeux, heureux de la sentir blottie contre lui. Il se demanda si elle s'ouvrirait jamais à lui, ce qui était indispensable à la construction d'une relation profonde, même si elle ne dépassait jamais le stade de l'amitié.

Mais tout dépendait d'elle, et de sa capacité à lui accorder toute sa confiance.

Le sommeil le gagna enfin, l'emportant dans un monde de rêves confus issus pour moitié de l'affaire Castelle, pour moitié de l'inquiétude que lui inspirait Candy, et complétés par quatre meurtres atroces.

Même dans son sommeil, il était rattrapé par la réalité.

Quand Steve se réveilla, il faisait encore nuit - ce qui, à cette époque de l'année, ne voulait pas dire grand-chose.

Candy était déjà debout, mais une odeur de savon et de shampooing flottait encore dans l'air. Elle s'était douchée. Il en aurait volontiers fait autant s'il avait eu des vêtements de rechange.

Mais ce qu'il voulait plus que tout, c'était la voir, pour s'assurer qu'elle allait mieux.

Il suivit l'odeur du café jusqu'à la cuisine, se servit une tasse et passa dans le salon. Candy était assise sur le canapé, le regard perdu dans le vide.

Il s'installa face à elle et attendit qu'elle soit prête à parler... Si elle devait l'être. Elle avait une mine affreuse.

— Vous devez aller travailler, dit-elle enfin.

Si elle cherchait à lui faire comprendre qu'elle voulait qu'il parte, il refusait d'obéir. Pas tant qu'elle aurait cette expression. Les Castelle pouvaient attendre quelques heures.

Puisque le sujet semblait sans danger, il dit :

— J'ai viré le médium, hier.

Elle le regarda.

— Vraiment ? Je croyais que vous ne pouviez pas le faire.

— J'ai mon mot à dire, répondit-il. C'est mon émission,

après tout. Quand quelqu'un me crée trop de problèmes, je m'en débarrasse. Et croyez-moi, je sais faire.

Elle hocha la tête avec lassitude.

— Je suppose que oui.

— Vous avez un peu de temps, aujourd'hui ?

— J'ai toute la journée. Gage m'a dit de ne pas venir au bureau, mais il n'a pas parlé de ma mission auprès de vous.

— Donc, vous êtes quand même en service.

Tant mieux. Cela lui éviterait de trop penser à ces meurtres. Gage semblait savoir jauger l'état émotionnel de ses agents.

— Ouais, soupira-t-elle avec apathie. Pourquoi avez-vous viré Wittes ?

— Parce qu'il ne fait que répéter la vieille histoire que nous a racontée Tate, celle qui accuse, que ce soit à tort ou à raison, un homme dont plus personne ne se souvient aujourd'hui. Comme oraison funèbre, il y a mieux.

— Je suis d'accord.

— Mais ce n'est pas la seule raison. Viv avait peur de lui.

Cette remarque parut la ramener au présent.

— Ça ne m'étonne pas, Steve. Il ferait peur à n'importe quel enfant, et même à certains adultes.

— Sans blague.

Il but son café, qui était tiède, maintenant. Celui de Candy devait avoir complètement refroidi. Il aurait pu aller les resservir, mais n'en fit rien. Le seul moyen de l'écarter du précipice semblait être de l'entraîner sur un terrain dénué de danger… comme sa chasse aux fantômes.

Dénué de danger, vraiment ? Son instinct de flic lui hurlait que cette affaire était de plus en plus dangereuse.

— Je ne suis pas certain qu'il n'y ait aucun lien entre ces meurtres et l'affaire Castelle.

Zut ! Qu'est-ce qu'il lui prenait ? Ce n'était pas le moment de parler des meurtres !

Mais Candy ne se replia pas sur elle-même. Son regard était plus clair. La tempête était passée, pour l'instant.

— Vous me flanquez la frousse, remarqua-t-elle. Il me faut un autre café. Chaud, cette fois.

— Je peux aller nous chercher des crèmes, si vous voulez.

Il n'avait aucune envie de la laisser seule, mais il serait allé jusqu'à ramper sur du verre si cela avait pu l'aider à se sentir mieux, lui faire comprendre qu'il tenait à elle.

Il fut un peu ébranlé par cette pensée. Il s'était déjà senti prêt à donner sa chemise, mais ramper sur du verre ? Oh ! il était salement accro.

— Je veux bien, si cela ne vous dérange pas.

— Ça ne me dérange pas du tout, répondit-il en se levant. Et que voulez-vous manger ?

— Des frites. Les frites maison de Maude. Apparemment, j'ai besoin de glucides.

— Ça ne m'étonne pas.

Pas du tout, même. Elle avait été soumise à une telle tension que son taux de sucre devait être bien bas.

Il enfila son blouson et prit la route du restaurant. Il roulait sans doute un peu trop vite, mais il était encore tôt et il ne croisa que quelques voitures. Quand il arriva chez Maude, il n'y avait encore qu'une poignée de clients.

— J'ai appris la nouvelle, lui dit Maude.

— Oui. Candy est... Vous voyez.

Maude acquiesça.

— Après l'armée, il faut qu'elle voie... ça. Ce n'est pas ce qu'elle attendait de ce boulot. Est-ce qu'elle a besoin de reprendre des forces ?

— Elle a expressément demandé vos frites maison.

Maude fronça les sourcils. Mais, maintenant, il savait que c'était sa manière de sourire.

— Il lui faut plus que ça, répondit-elle fermement. Et vous, est-ce que vous prendrez quelque chose ?

— J'ai besoin de faire le plein, reconnut-il.

Quelques minutes plus tard, Maude avait posé quatre boîtes en polystyrène et quatre grands cafés crème sur le comptoir. Elle interpella l'un de ses clients :

— Donne un coup de main à Steve. Et ne renverse pas ces cafés. Ils sont pour Candy.

L'homme se fendit d'un vague sourire.

— Et comment. Il faut s'occuper de cette petite.

— Petite ? répliqua Maude avec un rire méprisant. Elle en a fait plus dans sa vie que tu ne voudrais en voir, Bill. Ce n'est pas une « petite ».

Steve aurait pu applaudir, mais Maude ne semblait pas être le genre de femme qu'on applaudit. Bill l'aida à charger ses provisions dans la voiture de façon que rien ne se renverse, et il reprit la route, à une vitesse raisonnable cette fois.

Il lui fallut trois allers-retours pour transporter son butin sur la table de la cuisine. Candy le rejoignit et lança :

— Qui avez-vous braqué ?

— C'est Maude qui a décidé de ce qu'il nous fallait. Je n'allais pas protester. Il lui suffirait sans doute d'un seul coup d'œil pour me réduire en cendres.

Cette boutade lui arracha un sourire. Elle prit un café et en but la moitié avant de s'asseoir. Pendant ce temps, Steve ouvrit les boîtes. Il y avait là assez de frites pour nourrir une petite armée, une belle portion d'œufs brouillés, une pile de bacon, et de grosses tranches d'ananas accompagnées de cerises. La dernière boîte contenait du gâteau au café.

— Un festin de roi, déclara-t-il en attrapant des assiettes et des couverts. Allez-y.

Comme elle avait fini son premier crème, il en poussa un second vers elle.

— Est-ce que vous voulez une goutte de whisky dedans ?

Elle leva les yeux vers lui, étonnée.

— Vous en avez ?

— Non, mais j'ai toujours eu envie d'avoir une flasque sur moi. Ça serait classe.

Elle laissa échapper un petit son qui ressemblait à un rire. Elle commençait à se détendre. Il fut ravi de la voir se servir des frites, des fruits et du bacon. Elle dédaigna les œufs, mais il comptait s'en occuper lui-même.

Elle mangea la moitié de son assiette avant de demander :
— Qu'avez-vous prévu de faire, aujourd'hui ?
— Beaucoup de choses. D'abord, je dois consulter mes enregistrements. Je pense aussi faire une seconde visite avec ma caméra à infrarouges. Ensuite, je veux inspecter la grange. J'aimerais que vous veniez avec moi. Deux paires d'yeux valent mieux qu'une.
Elle acquiesça et mangea une tranche d'ananas avant de se servir un morceau de gâteau.
— Vous revenez toujours à cette grange. Est-ce que vous êtes sûr de ne pas être obsédé ?
— Qui, moi ? Non. Seulement, elle ferait une bonne cachette. Si quelqu'un s'y est dissimulé, il aura laissé des traces de son passage.
— Bien vu.
Elle reposa sa fourchette.
— J'ai eu les yeux plus gros que le ventre. Je crois que je ne vais rien manger pendant une semaine.
Il éclata de rire.
— Vous voulez parier ?
Elle sembla presque embarrassée.
— J'ai appris à manger dès que je le pouvais, parce que je ne savais pas quand l'occasion se représenterait.
— Je vous crois. Mais je suis heureux que vous repreniez des forces. Et j'ai autant mangé que vous.
— Est-ce que vous faites beaucoup de sport pour garder cette silhouette ?
C'était la chose la plus intime qu'elle lui ait jamais dite.
— Un peu, mais pas trop. Assez pour garder la forme. Je ne cherche pas à éblouir qui que ce soit.
Quand ils eurent terminé, il mit leurs couverts dans le lave-vaisselle et rangea les restes dans le réfrigérateur. Ensuite, il demanda :
— Prête ?

14

Plutôt que de mettre son uniforme, Candy avait passé un jean, un pull-over jaune et une doudoune.

— Par quoi on commence ? s'enquit-elle. La grange, ou la maison ?

Il leva les yeux vers le ciel. De gros nuages s'amoncelaient à l'horizon.

— La grange, tant qu'il reste un peu de lumière.

Ils descendirent de voiture. Steve prit deux grosses lampes-torches dans son coffre et lança, d'un ton taquin :

— Vous en voulez une ?

— Oh ! arrêtez.

Elle aimait son sourire espiègle. Zut, elle aimait beaucoup de choses en lui, et surtout le fait qu'il n'ait pas pris la fuite la veille. S'il l'avait fait, elle ne le lui aurait pas reproché.

Beaucoup de gens ne pouvaient pas supporter ses crises. Elle l'avait appris à ses dépens, perdant les amis qu'elle s'était faits depuis sa démobilisation. Elle n'en avait encore perdu aucun ici, mais ils ne l'avaient pas vue comme Steve l'avait vue cette nuit. En tout cas, elle était heureuse de ne pas avoir été gagnée par la colère, comme cela arrivait parfois.

Il avertit les Castelle de leur arrivée avant de la rejoindre sur le chemin de la grange. Le sol gelé crissait sous leurs pas.

— Vivian a encore entendu la voix. Elle est bouleversée.

— Dans sa chambre ?

— Non, dans le couloir, en allant aux toilettes.

La poussière dansait dans les rais de lumière qui filtraient entre les planches disjointes de la grange.

— D'où vient toute cette poussière ? demanda Candy. Est-ce qu'il y a eu du vent, cette nuit ?

Steve se borna à la regarder, et elle comprit le message. Aucun fantôme ne pouvait soulever la poussière ainsi.

Une sensation de malaise familière fusa dans son dos. *Des ennemis.* Elle se ressaisit aussitôt. La réaction était excessive.

— Commençons par le fond, dit Steve. Ensuite, nous inspecterons le grenier à foin.

Si quelqu'un s'y terrait, c'était potentiellement l'endroit le plus dangereux.

Elle sentit que tout son sang-froid lui revenait, parce que les circonstances l'exigeaient. Si la guerre avait eu sur elle un seul effet positif, c'était celui-là.

Ils commencèrent par la sellerie et n'y trouvèrent qu'un vieux licol tellement sec et raide qu'il était inutilisable. Ils poursuivirent leur inspection, fouillant les moindres recoins, allant jusqu'à entrer dans les stalles. Étrangement, l'odeur des chevaux semblait encore y flotter malgré les années.

Ils montèrent ensuite dans le grenier au plancher jonché de foin. Un vrai nid à feu. Mais personne ne paraissait y être monté récemment. Ils redescendirent donc pour fouiller le reste du bâtiment. Candy ne put s'empêcher de jeter quelques regards vers le toit, tellement affaissé qu'il donnait l'impression d'être sur le point de s'effondrer.

Soudain, son pied buta dans quelque chose. Elle baissa les yeux et vit une sorte d'encoche.

— Steve ? Venez voir ça.

Il s'accroupit, observa l'endroit qu'elle éclairait de sa lampe torche et remarqua :

— Étrange. Mon royaume pour un balai !

Mais Candy, du pied, écartait déjà le foin qui recouvrait le sol. Steve joignit ses efforts aux siens, et un gros anneau en fer finit par apparaître. Il la regarda.

— Une trappe, dit-elle.

— On dirait bien, oui.

Il souleva la trappe, dévoilant une cavité aux parois habillées de planches grisâtres. Elle était profonde d'environ trois mètres et ne renfermait rien, sinon une vieille échelle en bois.

— Bizarre, souffla Candy.

— Non, répondit Steve d'une voix vibrante d'excitation. Regardez.

Il braqua le faisceau de sa lampe au fond du trou et dit :

— Il y a un tunnel.

Cinq minutes plus tard, Steve descendait dans le trou en faisant fi des vigoureuses objections de Candy.

— Si les planches cèdent, vous serez enseveli !

— En ce cas, vous appellerez les secours, répliqua-t-il. Nous tenons peut-être notre explication. C'est peut-être de là que viennent les voix.

— Je vous l'accorde, mais comment pouvez-vous être sûr qu'il n'y a personne au bout de ce tunnel ?

— C'est possible, mais peu probable. Si cela peut vous rassurer, je vais attendre un instant avant de m'y engager. Si je n'entends rien, j'y vais.

Cela ne la rassura nullement, mais elle avait compris qu'il était inutile de continuer à discuter avec lui. Il ne lui restait plus qu'à espérer que les planches tiendraient bon.

— D'après mon GPS, dit Steve, le tunnel se dirige vers la maison.

Candy se raidit. Dieu du ciel. Avait-il résolu l'énigme ? Mais alors, à qui appartenait la voix qu'on entendait ? Elle s'exhorta au calme. Après tout, ce tunnel n'allait pas nécessairement jusqu'à la maison. Pourquoi l'aurait-il fait ?

De plus, ces planches étaient trop vieilles pour avoir été posées récemment. Peut-être qu'il s'agissait d'une ancienne mine. Ce n'était pas ce qui manquait, dans la région.

Elle le regarda s'engager dans le tunnel. La lumière de sa

torche faiblissait à mesure qu'il progressait, et bientôt elle ne vit plus grand-chose.

Si le tunnel s'effondrait, jamais les secours n'arriveraient à temps pour le sauver. Zut... Elle aurait dû l'accompagner. En restant à trois ou quatre mètres l'un de l'autre, ils auraient été en sécurité. Si le tunnel s'était effondré, l'un d'eux aurait pu ressortir pour alerter les secours. À moins qu'ils ne soient tous deux ensevelis sous des tonnes de terre et de cailloux.

Soudain, la tête de Steve réapparut.

— Il y a des planches neuves dans ce tunnel, et une cloison en bois tout au bout.

— Je descends.

— Il semble n'y avoir aucun danger.

Elle remarqua qu'il ne cherchait pas à la dissuader de le rejoindre et en fut heureuse. Elle n'était pas de ces femmes qui aiment qu'on les protège.

Elle descendit prudemment la vieille échelle, dont les barreaux ployaient légèrement sous son poids. En bas, elle repéra d'épaisses poutres. Ils étaient bel et bien dans une ancienne mine. À quoi servait-elle maintenant ?

Elle suivit Steve dans le tunnel. Par moments, elle devait ramper, écorchant ses genoux à travers son jean. Mais sa curiosité la poussait à avancer.

Il leur fallut dix minutes pour atteindre la cloison dont Steve avait parlé.

— Ces planches ont été posées il y a peu, dit-il.

Effectivement, elles commençaient tout juste à foncer sous l'effet de l'humidité.

— Qui aurait...

Elle ne prit pas la peine de terminer sa question. C'était inutile. D'ailleurs, les souvenirs se manifestaient de nouveau.

— J'ai rampé dans des tunnels comme celui-ci, en Afghanistan.

— Est-ce qu'il faut que vous ressortiez ?

— Non, répondit-elle. Si je l'ai déjà fait, je peux le refaire. Je regrette seulement de ne pas avoir de grenade.

Ou un fusil ? Non, une grenade. Un fusil l'aurait gênée pour ramper. Étrangement, cette idée l'amusa. Certaines habitudes avaient la vie dure, apparemment.

— Si mes mesures sont correctes, reprit Steve, nous pourrions nous trouver juste sous la chambre de Vivian.

Elle inspira vivement.

— Nous devons découvrir ce qu'il y a de l'autre côté.

— Cherchons une ouverture. Je n'ai pas envie d'enlever des planches au hasard en espérant tomber juste.

— D'accord.

Elle se mit à balayer le mur de planches du faisceau de sa lampe. Soudain, une petite motte de terre se décrocha du plafond du tunnel et lui tomba dans le dos. Elle réprima un cri. Steve braqua le faisceau de sa lampe vers le haut.

— Je crois qu'il n'y a pas de quoi s'inquiéter. Ces planches ont l'air de tenir bon.

Elle se demanda qui avait bien pu creuser ce tunnel et apporter les planches qui l'habillaient. C'était un travail de Titan. D'ailleurs, pourquoi autant d'efforts ? Parce que ce terrain renfermait un trésor ?

Peut-être que le ruissellement y avait apporté de l'or, ou de l'argent. Il y avait dans la montagne beaucoup d'anciens tunnels miniers condamnés, dont certains étaient flanqués de piles de résidus hautement toxiques. Aujourd'hui encore, rien ne poussait sur ces terrils. Ils devaient être truffés de métaux lourds qui allaient polluer les nappes phréatiques et les cours d'eau.

Tous les tests pratiqués disaient que l'eau de la ville pouvait être consommée sans danger, mais elle se demandait parfois si c'était vrai.

— Regardez ça, dit-elle soudain.

Elle venait de distinguer une fente dans la cloison, encore plus fine que celle qu'elle avait trouvée dans le sol de la grange.

— Eh bien, vous avez de bons yeux.

— Connaissance situationnelle, dit-elle laconiquement.

Elle ne l'avait jamais quittée.

Steve tapota la planche.

— Ce n'est pas très épais.

— Je ne vois pas de gonds. Peut-être que c'est un simple panneau ?

Il commença à tâtonner le long de la fente. Elle le laissa faire. Elle avait des gants, et nulle envie de les ôter. Il faisait trop froid dans ce tunnel.

— Là, dit-il. Une encoche, juste assez grande pour y glisser les doigts. Il y a bien une ouverture. Prête ?

Son cœur se mit à galoper. Qu'allaient-ils découvrir derrière cette cloison ? Rien de bon, sans doute.

— Bien sûr que je suis prête. Sinon, je ne serais pas ici.

Ils retirèrent ensemble le panneau de bois et découvrirent une nouvelle cavité. Steve s'engagea le premier par l'ouverture et lâcha un juron.

— Qu'est-ce qu'il y a ?

— Je crois que c'est un abri anti-atomique.

— Eh bien !

Elle le rejoignit et balaya la cavité du faisceau de sa lampe. Des couchettes. Des citernes à eau. Des étagères garnies de boîtes de conserve rouillées.

— Toute une époque, déclara-t-elle.

— Sans blague. Mais pourquoi cette entrée dans la grange ?

— Posez la question à celui qui l'a construit, répondit-elle, pince-sans-rire.

Mais soudain, tout en elle se glaça.

— Steve ! Steve, est-ce que c'est un cercueil ?

Oui, c'était bien un cercueil fait de planches grossières, qui avait été glissé sous la couchette inférieure. Étrangement, il était vierge de toute poussière.

— On dirait bien, dit Steve. Mon Dieu, qu'avons-nous trouvé ?

— Ivy Bride ?

— C'est morbide, dit-il d'une voix sans timbre.

— N'y touchez pas, lança-t-elle. Je vais appeler des renforts.

— Parce que le shérif n'est pas déjà assez occupé ?

— Aucune importance. Il y a des lois qui empêchent de déplacer des restes humains et vous le savez, Steve.

Il acquiesça. Bien sûr, qu'il le savait. D'ailleurs, s'il y avait un corps là-dedans, il ne voulait détruire aucune preuve - et ce n'était pas en le regardant que Candy et lui apprendraient quoi que ce soit d'utile. Soudain, sa casquette de détective lui sembla trop étroite pour son crâne.

— Remontons, dit-il. Nous ferions mieux de garder l'entrée.

Gage arriva vingt minutes plus tard, accompagné de quatre agents.

— Vous auriez dû nous appeler avant d'entrer dans ce tunnel, lâcha-t-il. Vous avez suffisamment d'expérience pour le savoir.

Steve fronça les sourcils.

— Nous cherchions seulement une preuve qu'il y avait un accès qui menait jusque sous la chambre de Vivian. Nous vous aurions appelé pour vous informer de l'existence de ce tunnel. Mais...

Il secoua la tête.

— Jamais je ne me serais attendu à trouver ça.

Ben Wittes observait la scène, à bonne distance. Dans sa tête, la voix gagnait en puissance.*Ils l'ont trouvée. Enfin.*

— De quoi est-ce que tu parles ? répliqua Ben. C'est toi qui l'as tuée.*Non. Je ne l'ai pas tuée. Je ne pouvais pas la laisser partir, c'est tout.*

Maintenant, Ben était véritablement troublé. Que voulait cet esprit, au juste ? Et cette femme en colère ?

— Et les jeunes qui ont été tués sur la montagne ? lui demanda-t-il. C'est toi qui l'as fait ?*Non.*

Ben se prit la tête dans les mains. Il aurait aimé pouvoir l'écraser, tellement il était perdu, dépassé par les événements. Il voulait seulement que tout cela s'arrête. Il ne voulait plus entendre ces voix, savoir toutes ces choses. Qu'avait-il fait pour que les esprits le tourmentent ainsi ?

Pourquoi avait-il passé autant de nuits là en bas, sur les

ordres de cette fichue voix, à parler à ce cercueil ? À lui chanter des chansons ? Pour que la morte soit plus heureuse ?

— Va-t'en, dit-il avec force. Tout de suite.

Un rire résonna dans sa tête. *Je n'en ai pas encore fini avec toi.*

Bon sang, qu'est-ce que ça voulait dire ?

Il fit volte-face et partit en courant. La voix s'éleva de nouveau. *Trouve-moi d'autres jeunes.* *Non* ! cria-t-il dans son esprit. *Non !*

Il ne savait pas ce que la voix attendait de lui, mais il était terrifié.

Il se souvint alors de ces matins où il s'était réveillé couvert de terre. Était-il allé dans ce tunnel ? Ou avait-il fait quelque chose de pire ?

À 16 heures, l'équipe du shérif avait sorti le cercueil de sa cachette et les hommes de la police scientifique fouillaient la cavité, en quête de preuves.

Pendant que Candy prenait des notes et répondait à des questions, Steve réfléchissait, le regard perdu dans le vide.

Quatre jeunes assassinés. Un vieux cercueil. Quel lien y avait-il entre ces deux affaires ? Parce que son instinct lui disait qu'il ne s'agissait pas d'une simple coïncidence. Du moins, il savait maintenant d'où venait la voix qu'entendait Vivian. Il allait pouvoir la rassurer.

Mais, d'abord, il fallait qu'ils découvrent qui s'introduisait dans cette cavité pour tenir compagnie à ce fichu cercueil, et pourquoi.

Tant que ces questions n'auraient pas de réponse, le mystère ne serait pas entièrement résolu.

15

Le cercueil ne contenait que des ossements. Peut-être qu'un médecin légiste pourrait en dire plus.

Steve et Candy étaient rentrés en ville, où les rues étaient désertes et où nulle citrouille n'était illuminée, bien qu'on ne soit qu'à deux jours de Halloween. La radio locale avait conseillé aux parents d'emmener leurs enfants à la fête organisée au lycée, et le conseil était repris sur des affiches qui avaient été collées un peu partout.

Il était passé voir les Castelle avant de partir, mais sans pouvoir répondre à leurs questions. La présence du shérif les intriguait mais, au moins, ils n'avaient pas semblé se douter que la découverte de Steve et Candy puisse avoir un lien avec les voix qu'entendait Vivian. Pour le moment, c'était tout ce qui comptait.

À 9 heures, son portable sonna. Candy.

— Steve, annonça-t-elle d'une voix tendue, deux autres ados ont disparu. Nous commençons tout de suite les recherches dans la montagne.

— Est-ce qu'ils ont disparu depuis longtemps ?

— Depuis la sortie de l'école.

Il leur restait encore du temps.

— Je viens avec vous, lança-t-il.

— D'accord. Je passe vous prendre.

Quand Candy arriva au motel, Steve l'attendait devant la porte. Cette fois, il était habillé plus chaudement.

— Nous devons les trouver, déclara-t-elle résolument.

— Vivants, ajouta-t-il. Au moins, nous savons dans quel périmètre chercher.

C'était un piètre réconfort. Mais ces jeunes n'étaient portés disparus que depuis quelques heures. Il leur avait fallu bien plus longtemps pour retrouver les autres. Trop longtemps pour qu'ils survivent dans la nuit glaciale.

— Garçon et fille ? demanda-t-il.

— Oui. D'après ce qu'on m'a dit, ils avaient décidé de rentrer à pied chez eux. Ils habitent à trois kilomètres du lycée, environ.

— Je faisais ce genre de chose, moi aussi. J'aimais bien être seul avec ma petite amie, sans que personne ne vienne nous déranger.

Candy laissa passer une ou deux minutes avant de dire :

— J'avais une duègne.

Il se tourna vers elle.

— Sérieux ?

— Ma famille est assez vieux jeu. Maintenant, je comprends qu'ils ne cherchaient qu'à me protéger, où que j'aille. C'était ma tante qui était chargée de veiller sur moi, et elle avait l'air d'adorer ça. Cela lui permettait de découvrir des endroits où elle ne serait peut-être jamais allée. À la salle d'arcade, par exemple. Elle s'amusait tellement sur les jeux vidéo que j'avais le plus grand mal à la convaincre de partir.

— Cette tante devait être géniale, fit-il.

Mais Candy n'avait pas dû pouvoir fréquenter beaucoup de garçons.

— Oui. Quand elle me surveillait, elle avait toujours l'air de s'amuser autant que si elle vivait une véritable aventure.

— Peut-être qu'elle avait l'impression de redevenir une ado.

— Peut-être, oui. Mais ça m'agaçait.

La pente de la route était devenue abrupte. Bientôt, des lumières apparurent devant eux : des projecteurs, des lampes-torches qui se déplaçaient entre les arbres.

Gage dirigeait les équipes de recherche. L'air était empli du grésillement des radios. Deux ambulances attendaient. Candy estima qu'une bonne centaine de volontaires passait la zone au peigne fin.

Elle espérait seulement que les jeunes n'avaient pas été ligotés trop loin d'ici.

Maintenant, plus personne n'avait le moindre doute : ils avaient affaire à un tueur en série.

Les recherches se poursuivaient depuis deux heures quand Candy entendit un cri étouffé. Elle s'élança aussitôt vers le bruit, en balayant le sol du faisceau de sa lampe pour ne pas buter sur un obstacle, et Steve lui emboîta le pas.

Elle s'arrêta et appela les deux lycéens.

— Mark ? Mabs ?

Un autre cri étouffé, plus proche cette fois. Des volontaires les rejoignirent. Dix minutes s'écoulèrent encore avant qu'ils atteignent les deux adolescents ligotés chacun à un arbre, face à face. Ils avaient été drogués, et seule la jeune fille était encore consciente.

Les secouristes arrivèrent rapidement. Les deux jeunes furent enveloppés dans des couvertures de survie et emmenés sur des brancards.

Ils retournaient vers la voiture quand Steve dit :

— Il faut que j'aille chez les Castelle.

— Pourquoi ? Il est presque minuit. Ils doivent dormir.

Il secoua la tête.

— Candy, quelqu'un emprunte ce tunnel. Et six ados ont été kidnappés. Je refuse de croire qu'il n'y a aucun lien entre ces deux affaires.

Il avait peut-être raison. En plus, plus personne ne surveillait l'entrée du tunnel. Les forces de l'ordre étaient reparties de chez les Castelle dès qu'elles avaient appris la disparition des deux jeunes.

— Je viens avec vous, dit-elle.

Parce que maintenant elle ne croyait pas qu'il s'agissait d'une simple coïncidence, elle non plus. Un être capable d'actes aussi cruels sur ces jeunes n'hésiterait pas à s'attaquer à Vivian. Elle démarra et prit la route de la maison des Castelle, en roulant aussi vite qu'elle l'osait.

— Dieu merci, ces jeunes allaient bien, remarqua-t-elle.

Bien ? Après une telle épreuve, plus jamais ils n'iraient « bien ».

— Au moins, ils sont en vie, répondit Steve, laconique.

C'était une petite consolation.

— Est-ce que vous pensez qu'il y a un lien avec le passé de Todd ?

— Il est possible qu'il ne m'ait pas tout dit. Mais je ne pouvais pas le menacer pour le forcer à parler.

Les questions se pressaient dans son esprit. Une affaire de drogue ? Oui, c'était possible - et préférable, en un sens. La pensée que ces meurtres puissent avoir été perpétrés par un psychopathe qui parcourait les rues de cette ville depuis des années était affreusement dérangeante.

— Est-ce que Candy Serrano est votre nom complet ? demanda-t-il soudain.

Pourquoi cette question ?

— En réalité, je m'appelle Candela de Serrano, « Bougie des Montagnes ». Ce nom plaisait peut-être à mes parents, mais je l'ai toujours trouvé beaucoup trop long.

— J'espère que vous ne l'avez pas tronqué à cause de vos origines. C'est un nom magnifique.

Au moins, cette conversation l'empêchait de penser à la menace qui pouvait planer chez les Castelle.

Dès qu'elle se gara, Steve bondit de voiture et courut vers la porte d'entrée. Candy le rejoignit après avoir pris son ceinturon et son arme de service dans son coffre.

Ce fut Todd qui leur ouvrit la porte. Il semblait troublé.

— Encore cette voix, annonça-t-il. Et cette fois, je l'ai entendue. Elle semblait crier.

Le ventre de Candy se noua. Il y avait quelqu'un dans le tunnel.

Todd s'effaça pour les laisser entrer, mais Steve ordonna :

— Restez à l'intérieur et fermez tout à clé.

L'homme écarquilla les yeux et resta bouche bée pendant un instant.

— Quoi ? demanda-t-il enfin.

— S'il vous plaît, Todd, intervint Candy. Enfermez-vous et restez tous ensemble. Ce n'est peut-être pas un fantôme.

Todd hocha brusquement la tête, comme s'il essayait de comprendre ce qui se passait.

— C'est pour ça que le shérif était là tout à l'heure ?

— C'est possible, répondit Steve. Nous allons vérifier.

Tandis qu'ils se dirigeaient vers la grange, Candy dit :

— J'appelle des renforts.

Steve ne discuta pas. Maintenant, il était certain qu'il y avait un homme dans ce tunnel. Un homme qui pouvait avoir été saisi de fureur en constatant que le cercueil avait disparu. S'il était armé, et qu'il n'était pas étranger à la mort de ces adolescents, il pouvait représenter une menace sérieuse.

Candy ressentit une nouvelle fois le frisson désagréable qui la parcourait quand le danger était imminent - quand elle patrouillait de nuit, par exemple. Même avec des lunettes à vision nocturne, on ne repérait pas toujours un ennemi.

L'homme ne pouvait pas ressortir sans qu'ils le voient, à moins que le tunnel n'ait une autre issue. Il était pris au piège. Mais ils le seraient tout autant que lui.

Elle jeta un coup d'œil vers Steve et comprit qu'il passait lui aussi en mode combat, à sa façon. Peut-être un reste de l'époque où il patrouillait dans les rues.

Ils se glissèrent dans la grange aussi silencieusement que possible. En constatant que la trappe était ouverte, ils échangèrent un regard. Candy tendit l'oreille. Une voix étouffée montait des entrailles de la terre.

— Ils t'ont emmenée, mon amour, et je n'ai pas pu les en empêcher. Pardonne-moi.

— Bon sang, chuchota Steve. On dirait Ben Wittes !

— Oui. Je descends la première.

Contrairement à lui, elle avait déjà vécu ce genre de situation.

— Mais...

— Je suis armée, coupa-t-elle. Oubliez un peu que vous êtes un mec.

Dans d'autres circonstances, il aurait sans doute éclaté de rire.

Elle se glissa dans le trou et grimaça quand le nylon de son blouson crissa contre les planches. Mais la voix continua à psalmodier à l'autre bout du tunnel.

Elle commença à progresser, à genoux. Le sol était maintenant jonché de pierres et de mottes de terre qui avaient été délogées par les hommes qui avaient remonté le cercueil. Elle posa le genou sur une pierre acérée et réprima un juron avant de poursuivre son chemin à tâtons. Ils auraient progressé plus rapidement s'ils avaient eu de la lumière, mais ce n'était pas important. Elle avait déjà rampé bien plus lentement, dans des endroits bien pires - et où, contrairement à ce tunnel, elle n'était jamais allée.

Bientôt, un rai de lumière apparut devant elle. Leur cible devait avoir replacé le panneau sur l'ouverture, mais sans la refermer complètement.

L'homme continuait à parler et à chanter d'une voix forte, alternant berceuse et discours tour à tour furieux et apaisants.

— Tu es encore ici, dit-il. Sam le sait. Que les gens qui t'ont emmenée loin d'ici soient damnés. Sam veut que je les tue tous, et peut-être que je vais le faire.

Une pause.

— J'ai un fusil, Ivy. Ça ira plus vite.

Bon sang. Candy aurait aimé pouvoir regarder Steve par-dessus son épaule pour savoir s'il avait entendu ces mots, mais il faisait bien trop sombre dans ce tunnel.

Aussi silencieusement que possible, elle dégaina son revolver et ôta la sécurité. Il y eut un petit cliquètement.

Une sensation qu'elle connaissait bien descendit sur elle : un calme profond, inébranlable. Elle allait écarter ce panneau. Ensuite, elle devrait agir vite. Wittes avait peut-être son arme à portée de main. Si seulement elle avait pris le temps de passer le gilet pare-balles qui était dans le coffre de sa voiture... C'était idiot. Mais il était trop tard.

Elle prit une grande inspiration, passa ses doigts sous le rebord du panneau et le rejeta sur le côté.

— Vous croyiez que je ne vous avais pas entendus ? Sam savait que vous alliez venir.

Elle était nez à nez avec le canon d'un fusil.

Steve vit le fusil par-dessus l'épaule de Candy. Il avait suffisamment d'expérience pour savoir ce que lui ferait une balle tirée à cette distance. Il avança en cherchant comment l'aider. Il ne pouvait pas atteindre son revolver. Mon Dieu... Comment faire ?

Mais, forte de son expérience, Candy réagit aussitôt. Elle se laissa tomber à plat ventre et roula sur elle-même, hors de la ligne de tir.

Surpris, Ben chercha à pointer de nouveau son arme sur elle, ce qui fournit à Steve l'ouverture dont il avait besoin. Bien qu'il soit à plat ventre, il parvint à se jeter en avant. Une fois encore, Ben fut pris par surprise. Il semblait ne pas savoir comment gérer la situation. Il pointa son arme sur lui, mais Candy visa, tira... et le rata.

— Vous ne sortirez jamais d'ici, gronda Steve. Le shérif est posté à la sortie du tunnel. N'aggravez pas votre cas en tirant sur un agent de police.

Candy s'apprêtait à refaire feu quand un changement spectaculaire s'opéra chez Wittes. Médusé, Steve le regarda se recroqueviller sur lui-même, tel un ballon de baudruche qui se dégonfle. Quand son fusil tomba par terre, l'homme le fixa, paraissant ne pas comprendre de quoi il s'agissait. Ensuite, il releva les yeux et les dévisagea comme s'il les voyait pour la première fois.

Aussitôt, ils le plaquèrent au sol. Tandis que Candy lui passait les menottes, Steve rampa jusqu'au fusil pour en ôter les cartouches.

— Bien, dit-il. Maintenant, il faut le sortir d'ici.

Candy se tourna vers lui.

— Qu'est-ce qui s'est passé ?

— Du diable si je le sais.

Il leur fallut près d'une demi-heure pour traîner Ben jusqu'à l'entrée du tunnel. Gage et trois agents, Micah Parish, Sarah Ironheart et Guy Redwing, les attendaient à la surface.

— Eh bien, que je sois damné, dit Gage.

Ce qui voulait tout dire.

16

Deux jours avaient passé, et Halloween était enfin arrivée. Candy, de service dans le gymnase, regardait les enfants s'amuser et les parents distribuer des bonbons.

Même si Ben Wittes était probablement l'assassin, la ville n'avait pas encore retrouvé toute sa sérénité. De plus, il gelait à pierre fendre et les premiers flocons avaient commencé à tomber. Le lendemain, le monde serait drapé d'un épais manteau blanc étincelant. Comme pour le purifier, pensa-t-elle.

Steve, qui assistait à la fête, se rapprocha d'elle.

— Est-ce que nous pouvons aller parler dehors ?

— Bien sûr.

Elle fit un signe de la tête à Connie Parish, qui le lui rendit. Elle allait la remplacer pendant un moment.

Dehors, il faisait tellement froid que leur haleine formait de petits nuages blancs.

— Je voulais vous mettre au courant des derniers événements, dit-il.

Ils ne s'étaient pas revus depuis l'arrestation de Ben Wittes.

— Ça me ferait plaisir.

— Mais en échange je veux des informations.

— Je m'en doutais, répondit-elle en souriant. Je peux vous en fournir quelques-unes.

— Merci. Les Castelle sont à la fois choqués, horrifiés et soulagés.

— Ça ne m'étonne pas.

— Ils veulent combler le tunnel. Mais ils vont attendre que le tournage ait eu lieu.

Elle ne put dissimuler son étonnement.

— Parce qu'ils veulent quand même faire l'émission ?

— Oui. J'en suis aussi surpris que vous. Mais ils tiennent à ce que le public comprenne qu'il existe des choses bien plus effrayantes et dangereuses que les fantômes.

— Eh bien... Est-ce qu'il ne vaudrait pas mieux que les gens continuent à n'avoir peur que des fantômes ?

— Ce n'est pas leur avis, ni celui de mes producteurs. Quant aux psychologues, ils seront sans doute ravis que leurs patients leur parlent d'autre chose que de paranormal.

— Peut-être, mais leur histoire est réellement terrifiante.

— Ce n'est pas moi qui ai pris cette décision. D'ailleurs, les émissions qui traitent d'affaires criminelles attirent encore plus de téléspectateurs que celles qui parlent de fantômes, et elles n'ont pas l'air de particulièrement leur faire peur.

Il disait vrai. Les gens étaient fascinés par les histoires criminelles et n'en faisaient pas de cauchemars.

— En tout cas, vous êtes fidèle à vos principes, déclara-t-elle.

Maintenant, elle pensait qu'il en avait vraiment.

— Exactement. Je refuse de mentir à mon public.

— Et comment va Viv ?

— Ses parents lui répètent que le méchant homme a été arrêté par la police et qu'il ne reviendra plus. Mais il lui faudra peut-être du temps pour cesser d'avoir peur.

— Sans doute, répondit Candy, sincèrement triste pour la fillette. Elle a vécu dans la terreur pendant presque un an.

Steve acquiesça. Elle remarqua que les flocons de neige commençaient à s'accumuler sur son bonnet de ski.

— Buddy a l'air soulagé, lui aussi. Il ne grogne plus contre le mur. Je pense que sa réaction va beaucoup plus aider Vivian que tout ce que nous pourrons lui dire. Et maintenant, à votre tour.

— Eh bien... L'affaire se complique. Nous avons trouvé un sédatif dans le coffre de Ben, le même que celui qui a été utilisé sur les adolescents, ainsi que des habits couverts de terre et d'aiguilles de pin dans son panier à linge. Mais il prétend ne se souvenir de rien, et je crois qu'il ne ment pas.

Steve sembla dubitatif.

— Comment est-ce possible ?

— Il est passé au détecteur de mensonges, sans résultat. Il y a aussi sa réaction quand Gage et moi lui avons parlé des meurtres avant que la nouvelle ait été rendue publique. Personne ne peut pâlir ainsi sur commande.

— Sauf un moine bouddhiste, plaisanta Steve. C'est donc lui qui a tué ces jeunes.

— Nous avons suffisamment de preuves pour le coincer.

— Et le corps dans le cercueil ?

Elle soupira.

— Il était là depuis bien longtemps. D'après le médecin légiste, il s'agit de celui d'une femme d'une quarantaine d'années. Elle serait morte après une chute dans un escalier.

— Bride est donc hors de cause ?

— Peut-être. Ben prétend que Sam lui a dit de veiller sur elle, de lui parler et de lui chanter des chansons. Il n'arrête pas de répéter que Samuel Bride ne l'a pas tuée.

Steve garda le silence pendant un long moment avant de répliquer :

— Comment Ben peut-il ne pas se rappeler les meurtres ? Et comment peut-il être certain que Bride n'a pas tué sa femme ?

— Je ne sais pas. Vraiment pas. Nous commençons à penser que quelque chose ne tourne pas rond chez lui.

— Peut-être, répondit Steve en soupirant. S'il vous plaît, résolvez cette énigme. Je n'ai pas envie de me demander si cet homme communique réellement avec les morts.

Malgré les circonstances, Candy ne put que rire.

— Moi non plus.

Ensuite, il lui sourit.

— Que diriez-vous d'un café, quand cette petite fête sera finie ?

Son cœur bondit dans sa poitrine. Oh ! c'était mauvais signe.

Elle aurait dû lui dire non, commencer à prendre ses distances. Mais, au contraire, elle répondit :

— Oui.

Ah les jeunes… Steve regardait les enfants, petits et grands, s'aventurer dans la maison hantée qui avait été installée dans un couloir ou danser sur « Monster Mash », dans le gymnase. Le spectacle lui plaisait énormément.

Quand minuit sonna, les parents eurent bien du mal à rassembler tout leur petit monde. Steve se rappela l'époque où il lui arrivait de s'amuser jusqu'au petit matin. Une époque révolue.

Candy s'échappa enfin. Il la suivit jusque chez elle, mais s'arrêta au routier pour prendre des cafés et quelque chose à grignoter. Il ne voulait pas qu'elle se sente obligée de préparer quelque chose à cette heure de la nuit.

Quand il la rejoignit enfin, elle l'attendait. Elle semblait parfaitement réveillée, comme si la soirée l'avait stimulée. Pour sa part, il commençait à sentir les premiers assauts du sommeil. Mais il avait besoin de passer du temps avec elle, de parler avec elle. Il devait tenter sa chance, même si l'espoir était mince. Il ne pouvait plus contrôler les émotions qui s'accumulaient en lui.

Elle se pelotonna sur le canapé, sous un épais plaid, avec un café et un beignet à la confiture.

— J'ai toujours adoré ces beignets, confia-t-elle. Je n'en mangeais pas très souvent, quand j'étais petite. Ma mère et ma grand-mère faisaient toutes sortes de desserts : flan, gâteau aux trois laits, *empanadas*… Ils étaient tous délicieux. Mais elles ne faisaient jamais de beignets à la confiture.

Il hésita un instant avant de dire :

— Vous ne parlez pas souvent de vos origines latines.

Elle secoua la tête en soupirant

— Ce n'est pas un thème très populaire. J'ai entendu pas

mal de bêtises sur ce sujet, quand j'étais petite. À l'armée, il y en avait moins.

Encore un signe qu'elle commençait à lui faire confiance. Il se sentit honoré.

— Je ne pense pas que vous devriez le cacher, Candy.

— Peut-être que j'ai eu tort, mais la vie m'a enseigné le contraire. Vous savez, ma famille était déjà en Californie à l'époque où c'était une colonie espagnole. Pourtant, on m'a souvent dit de retourner au Mexique.

Elle laissa échapper un petit rire et ajouta :

— Mais nous étions aussi en Californie à l'époque où elle appartenait au Mexique.

— Les gens peuvent être tellement ignorants.

— Les cours d'histoire n'abordent sans doute pas cette question. J'essaye de leur pardonner mais, quand j'étais petite, ça faisait vraiment mal.

Il ne répondit pas immédiatement parce qu'il cherchait les paroles justes. Mais il paraissait ne pas y en avoir d'autres que la vérité pure et simple.

— J'ai souvent été témoin de ce problème, et il semble ne faire qu'empirer. Les populations indigènes ne sont pas mieux loties. Bon sang, elles sont ici depuis au moins vingt-cinq mille ans !

— Beaucoup de gens ont la mémoire courte. C'est plus commode pour eux.

— Mais pas vous, dit-il doucement.

Elle leva la tête.

— Il faut que je m'excuse pour cette nuit.

— Non, certainement pas. Avec moi, vous n'aurez jamais à vous excuser. Fin de la discussion.

Elle reposa son beignet, qu'elle avait vidé de sa confiture.

— Hé, ce n'est pas comme ça que se conduit un flic !

Elle éclata de rire.

— Si vous le dites… Comment est née cette tradition, au fait ?

— Les flics ont des horaires démentiels et, la nuit, il n'y a pas grand-chose d'ouvert. On avale un café et un beignet, et on reprend la route. Certains restaurateurs nous les offraient.

Elle haussa un sourcil.

— Ce n'est pas de la corruption ?

— Non. Ils n'ont jamais rien demandé en contrepartie. J'ai toujours pensé qu'ils appréciaient de nous avoir dans leur parking pendant quelques minutes.

— Protection policière ?

— Présence policière, rectifia-t-il. Comme je viens de le dire, ils n'ont jamais rien demandé en échange, et on peut difficilement parler de corruption devant un café à un dollar et un beignet à cinquante cents.

Comment amener le sujet dont il voulait discuter avec elle ? Il serrait son gobelet de café avec tant de force qu'il craignait de l'écraser.

— Candy ?

— Oui ? répondit-elle distraitement.

— Ai-je raison de penser que vous ne voulez pas rentrer en Californie ?

— Un de ces jours, peut-être, pour une visite. Mais pour y vivre ? Non. Je me plais bien mieux ici.

— C'est ce que je pensais. Alors, je veux vous faire une proposition.Désormais, il avait sa pleine attention. Il posa son café et vint s'asseoir sur le canapé, à côté d'elle.

— Aimeriez-vous que je revienne ici, pour vous voir ?

Candy retint son souffle. Toutes les cellules de son être semblaient se tendre vers Steve, mais elle ne bougea pas. Où ceci allait-il la mener ?

— Cela ne me dérangerait pas.

— Bien.

Il marqua une pause. Elle se sentait ballottée entre peur et espoir. Mon Dieu, que sous-entendait-il ?

— Traitez-moi de rustre si vous voulez, dit-il lentement, mais je ne plaisantais pas quand j'ai dit que je voulais mieux vous connaître… et que j'avais envie de vous.

Maintenant, son cœur battait follement. Elle sentit une onde de chaleur se répandre dans son corps.

— Vous n'êtes pas un rustre.

Il pinça les lèvres pendant un instant avant de reprendre.

— Je veux une histoire avec vous. Zut, je veux plus que ça, mais vous avez besoin de temps. Et si notre relation grandit, cela n'aura aucune importance que vous refusiez de vous installer en Californie.

Elle avait bien du mal à respirer.

— Pourquoi ? souffla-t-elle.

— J'habite là-bas, mais je ne fais qu'y passer entre deux émissions. Pourquoi quitteriez-vous vos amis et ce travail que vous adorez pour vivre avec moi, si c'est pour rester seule pendant des semaines ?

Cette fois, elle cessa carrément de respirer. Son cœur et son esprit s'étaient arrêtés sur trois mots. Vivre avec lui ?

— Steve ?

— Je suis un idiot sans cervelle. Ce que j'essaye de vous dire, c'est que je suis tombé amoureux de vous et que si vous ressentez un jour la même chose, nous trouverons une solution.

La perspective était tellement vaste qu'elle avait du mal à l'appréhender. Cette vie qu'elle avait renoncé à vivre un jour n'était donc pas hors de sa portée ?

Mais cet homme était resté à ses côtés pendant toute une nuit après l'avoir vue s'effondrer, sans la juger ni la critiquer. Au contraire, il ne lui avait offert que compréhension et soutien. Et maintenant il voulait lui offrir encore plus.

La réalité s'imposa lentement à elle, et elle sentit son cœur s'envoler. Mue par la franchise, elle avoua ce qu'elle s'était caché à elle-même.

— Je crois que je vous aime aussi.

Son visage se fendit en un large sourire.

— Vous venez de faire de moi l'homme le plus heureux du monde, dit-il en la prenant dans ses bras. À présent, passons à ma seconde requête. Si vous êtes d'accord.

La chaleur en elle devint électrique.

— Pourquoi est-ce que je ne le serais pas ? J'ai envie de toi, moi aussi.

Alors, il la porta jusqu'à son lit. Ensemble, ils firent les premiers pas sur une route qui la menait vers un nouvel avenir.

Elle savait qu'elle pouvait faire ce voyage, et qu'elle en adorerait chaque minute.

Tout comme le monde, son cœur était à l'aube d'un jour nouveau.